ars vivendi
Krimi

Uwe Gardein

Inningers Testament

Kriminalroman

ars vivendi

Originalausgabe

1. Auflage April 2012

www.arsvivendi.com

Lektorat: Elmar Tannert
Umschlaggestaltung: avv unter Verwendung
einer Fotografie von © STOCK4B-RF/Getty Images
Druck: cpi books GmbH, Ulm
Printed in Germany

ISBN 978-3-86913-115-3

Inningers Testament

I

Ich vergesse nie ein Gesicht.

Ein leichter Sprühregen schwebte auf die Stadt hinab, und die wenigen Leute in den Vorstadtstraßen zogen eilig die Köpfe ein. Eine Windbö fegte plötzlich heran und schob eine Taube aus ihrem Flugverbund. Sie geriet in Panik, denn als einzelne Taube konnte sie eine leichte Beute für die perfekten Jäger mit den scharfen Krallen und spitzen Schnäbeln werden. Sie zog einen Bogen und ließ sich fallen. Ein weiter Innenhof einer alten Fabrik öffnete sich, und die Taube landete auf einem steinernen Fenstersims. Sie hüpfte durch die Stäbe des rostigen Gitters und schaute durch das Atelierfenster in den Raum hinein.

Ich vergesse nie ein Gesicht! Hatte er diese Worte geträumt oder waren sie ihm soeben in den Sinn gekommen? Das Telefon meldete sich. Er schaute auf seine Uhr, und nach genau sechzig Sekunden war es wieder still. Dann klingelte es erneut. Er ahnte, dass sich gleich Jimi Hendrix melden würde.

»Hey Joe, where you goin' with that gun in your hand. I'm goin' down to shoot my old lady.«

Er hatte verstanden. Das war ein neuer Auftrag für ihn. Langsam erhob er sich von der Couch, legte die Decke sorgfältig zusammen und hängte ein breites Tuch über das unfertige Bild auf der Staffelei. Danach lief er durch den großen Raum, der sein Atelier war, und programmierte das Lampensystem, das jeden Abend wechselweise zu verschiedenen Zeiten Licht in den Raum bringen würde. Anschließend überprüfte er die Fenster, die alle außen mit Gittern gesichert waren. Die Taube hockte noch da, und sie betrachteten einander eine Weile interessiert an. Dann duschte er, föhnte seine Haare, setzte eine Strickmütze auf und zog sich an. Seine Umhängetasche musste er nur aus dem Wandschrank nehmen, weil sie dort ständig gepackt auf ihn wartete. Darin befand sich auch sein

Spezialwerkzeug, das er für die Durchführung der Aufträge benutzte.

Das alte Industriegelände sah heruntergekommen aus. Rote Ziegel, ein maroder Innenhof und große Pfützen empfingen ihn, als er das Haus verließ. Er sah gar nicht hin. Das alles war ihm so gut bekannt wie den anderen fünf Künstlern, die sich hier eingenistet hatten und zu denen er den Kontakt mied. Über den ersten Hof kam er auf die Straße. Bis zur U-Bahnstation hatte er es nicht weit. Nach vier Stationen stieg er aus. Anschließend fuhr er mit der Straßenbahn quer durch die Stadt, erneut mit einer anderen U-Bahn einige Stationen und erreichte den Bahnhof zu Fuß. Er bestieg den ersten Zug und stieg nach fünf Bahnhöfen wieder aus. Dort wartete er auf den ICE und fuhr nach Frankfurt. Von dort nach Würzburg und wieder zurück. Der nächste ICE brachte ihn nach Stuttgart.

Er war zu spät. Fast um eine Stunde hatte sich die Reise verzögert. Für ihn gab es zwei Zielorte, wenn er angerufen wurde. »Hey Joe« bedeutete die Trattoria *Gino Uno* in Stuttgart und »Foxy Lady« das *Kunterbunt* in Hannover. Also betrat er die Trattoria, nahm seine Strickmütze nicht ab, sondern legte nur den Mantel über die Lehne. Er bestellte sich gegrillte Fische und einen gemischten Salat. Während des Essens erhob er sich und ging zur Toilette. Er prüfte die drei Kabinen, und als er sie leer fand, betrat er die mittlere und setzte sich auf den Brillendeckel. Natürlich dauerte es nicht lange, bis jemand die Nachbarkabine aufsuchte. Ein Umschlag wurde zu ihm geschoben, den er schnell öffnete. Er schaute auf das Foto und lernte den Namen und die Adresse der Person zügig auswendig. Dann nahm er den Autoschlüssel an sich, merkte sich das Kennzeichen des Wagens und schob den Umschlag wieder zurück. Als nächstes wurde ein Stoffbeutel unter der Tür durchgeschoben. Er entnahm die Waffe, steckte sie ein und schob den leeren Beutel wieder zurück. Kurz darauf verließ die Person die Toilette. Also zählte er bis fünfhundert, damit ein ausreichend großer Zeitabstand entstand, wusch sich die Hände und benutzte zusätzlich noch ein Desinfektionstuch. Erst danach ging er in den Speiseraum zurück. Er aß, zahlte und verließ die Trattoria wieder. Seine Reise würde ihn also nach Kempten führen. Den ihm zugedachten dunkelblauen Mazda fand er mühelos am Straßenrand. Im Handschuhfach lag sein neuer Pass. Im Dunkel des Wageninneren zog er sich um. Ein dunkelgrauer Anzug und ein mittelgraues Hemd, dazu feste Schuhe, eine Brille und ein Borsalino, das war alles. Jemand klopfte an die Scheibe. Er ließ das Seitenfenster so weit herunter, dass er seinen alten Pass schnell hinausreichen konnte. Als Antwort kam eine Schachtel mit der passenden Munition für seine Pistole. Er startete und fuhr los. Stuttgart ließ sich in der Nacht zügig durchfahren, und so erreichte er schnell die Autobahn. Den Namen sagte Joe noch ein paar Mal leise vor sich hin. Hannelore Bittner. Warum sie sterben sollte, ging ihn nichts an. Er wiederholte die Adresse, bis er sicher war, dass er sie nicht mehr vergessen würde. Joe erinnerte er sich an das Gesicht auf dem Foto, das ihm bekannt vorkam. Nicht der Name war es, nur dieses Gesicht, mit dem er bereits irgendwann einmal konfrontiert worden war. Genau erinnern konnte er sich nicht mehr daran, wann oder wo das gewesen war. Ich vergesse nie ein Gesicht.

Sein nächster Gedanke galt der Rückkehr. Kempten würde kaum mehr als eine Episode sein, so wie alle seine diesbezüglichen Aufträge. Der letzte lag deutlich über ein Jahr zurück. Er würde eine Legende aufbauen und sich in Kempten nach einer Möglichkeit für eine Vernissage erkundigen. Schließlich war er keine Berühmtheit, also musste er sich selbst um Verkaufsmöglichkeiten seiner Bilder kümmern. Für seinen Auftrag hatte er maximal sieben Tage Zeit. Das passte zusammen. Er würde nach Erledigung von Kempten aus die Bundesstraßen benutzen und die Autobahn meiden. Da das

Kennzeichen »OF« des Autos zu einer Nachbarstadt seines Wohnortes gehörte, würde er den Wagen in Wiesbaden abstellen. Das dürfte unauffällig genug sein und neugierigen Passanten nicht weiter auffallen. Er dachte wieder an das Gesicht. Aus seiner Erinnerung kam ein Bild mit einigen Veränderungen. Es zeigte ein wesentlich jüngeres Gesicht, aber wo er es gesehen hatte, das fiel ihm nicht ein. Deshalb konzentrierte er sich auf die Fahrt, denn er wollte noch vor Mitternacht in Kempten sein, was eigentlich kein Problem sein sollte. Er kam zügig voran und dachte daran, dass er bald fünfzig würde. Der Gedanke deprimierte ihn.

Er fragte sich, warum sie ihm diesmal eine Walther P 38 mit acht Patronen gegeben hatten, schließlich sollte er kein Pferd erschießen. Eine moderne Waffe Kaliber 22 wäre ihm lieber gewesen, wenn er schon nicht seine eigene benutzen konnte.

Bei Ulm-Ost verließ er die Autobahn und fuhr auf den Parkplatz eines Rasthauses. Dort betrat er ein Restaurant, das bis Mitternacht geöffnet hatte, und nahm einen Tisch am Fenster mit Blick zur Tür. Es war ein Automatismus, weil er den Raum und den Platz vor dem Gebäude immer im Blick haben musste. Seine Umhängetasche hatte er mitgenommen, er wollte sich in der Toilette noch einmal umziehen.

Also bestellte er Kaffee und Parmaschinken mit Melone, ging dann hinüber zum WC, wechselte Hemd und Hose, schlüpfte in ein dunkelgrünes Sakko und nahm seine größere Brille. Das Döschen mit den Kontaktlinsen steckte er in die Seitentasche der Jacke. Dann hockte er sich auf den Brillendeckel des Klos und nahm die Walther in die Hand. Ein Blick über Kimme und Korn ließ keine Kritik zu. Die Waffe war in bestem Zustand. Trotzdem musste es einen Grund haben, dass sie ihm eine alte Pistole gegeben hatten, mit der die Großväter schon geschossen hatten. Allerdings benutzte er Schusswaffen nur sehr ungern. Er hatte eine eigene Methode, präzise und lautlos.

Zurück am Tisch aß er langsam kauend und dachte daran, dass er ziemlich allein in diesem Raum saß und daher eventuell im Gedächtnis des Personals bleiben könnte. Aber es würde ablaufen wie immer, und niemand würde ihn mit irgendetwas in Verbindung bringen können. Aber Vorsicht war ständig angebracht, deshalb zahlte er auch mit Papiergeld und ließ die Plastikkarte stecken.

Das Auto besaß keine Navigation, und ein Mobiltelefon führte er auch nicht mit sich. Nur keine Spuren hinterlassen, hieß seine Devise. Er musste nicht an einer videoüberwachten Zapfsäule tanken, denn im Kofferraum lag ein Kanister mit fünfundzwanzig Litern Super bleifrei, daran hatte der Auftraggeber gedacht. Fast langsam zockelte er dahin und hing seinen Gedanken nach. Er beglückwünschte sich zu seiner Fähigkeit, jede Reise genau vorbereiten zu können. Nicht einmal seine eigenen Zahnstocher vergaß er. Neben ihm lag eine Straßenkarte, und er wusste ja, wohin er wollte.

Plötzlich dachte er an die Taube am Fenster und daran, dass er sie malen könnte. Ein Wagnis nach Picasso. Er lachte. Seine letzte Ausstellung lag über ein Dreivierteljahr zurück, und die hatte in einer Privatvilla stattgefunden. Letztlich hatte lediglich der Gastgeber ein Bild gekauft, damit die ganze Angelegenheit nicht zu peinlich geriet. Er hatte sich gefragt, weshalb dieser vermögende Pöbel überhaupt erschienen war? Als höfliche Geste dem Hausherren gegenüber? Geschniegelt und gebügelt traten sie in den Salon und schlürften edlen Champagner. Statt Schmuck und teuren Klamotten hätten sie das Geld lieber seiner Kunst widmen sollen. Aus Zorn hatte er sich eines dieser parfümgeschwängerten, angemalten Wesen geschnappt und war mit ihr eine halbe Stunde im Keller verschwunden. Aber auch das hatte ihn nicht entspannt. Alle Türen zu und anzünden, hatte er gedacht. Diese opportunistische Mischpoke konnte er einfach nicht ertragen. Da passte es, dass er ab und zu eine oder einen von ihnen hinter sich lassen konnte, wie er es formulierte. Aber aus diesen Toten erwuchsen auf unheimliche Weise immer wieder weitere dieser geklonten Ratten. Jedenfalls kam es ihm so vor. Ratten vermehren sich besonders, wenn sie eine aufkommende Gefahr wittern, damit ihre Art überleben kann, das hatte er einmal irgendwo gelesen. Er tat diesen Job, damit er als Maler leben konnte. Um mehr ging es ihm nicht.

Die Finsternis tat Joe gut. Niemanden hören und keinen sehen, das war ihm angenehm. Er mochte die Menschen nicht. Keiner von ihnen wollte der sein, der er wirklich war. Und dann diese ständige Geschwätzigkeit. Nein, er war lieber für sich, schweigend, malend, und ohne Berührungen. Er dachte an die Bilder von Giorgio de Chirico. In seinem Atelier hing ein Druck eines Porträts des Dichters Apollinaire. Davor konnte er Stunden stehen und dazu Musik von Stockhausen hören. Das Bild hatte den Titel *Porträt kurz vor Ausbruch der Krankheit*. Das gefiel ihm. Der Künstler litt ständig unter dieser schwachsinnigen Gesellschaft, die sich selbst für gesund hielt und den Künstler für krank. Der litt und starb. Das wollte er nicht. Er wollte malen und perfekt werden. Dafür musste er töten.

Die Ausfahrt war erreicht, und er bog ab. Neben der Straße standen links und rechts jeweils zwei höhere Schuhkartonhäuser. Nirgends hatten die Stadtränder mehr ein eigenes Gesicht. Er bog in den Adenauerring ein und fuhr über die Illerbrücke. Nach einer Weile zweigte er in die Burgstraße ab und wurde langsamer. Hinter ihm hatte sich ein Fahrer auffällig benommen, war dicht aufgefahren, hatte einmal die Lichthupe benutzt, und deshalb blieb er nun stehen. An der Seite des Gehsteigs befand sich offensichtlich ein Park, also ging er schnell hinüber und steckte seine rechte Hand in die Sakkotasche mit der Pistole. Er wartete. Der andere Mann kam langsam auf ihn zu. Die Dunkelheit ließ ihn noch nichts Genaues erkennen.

»Hey Joe. Bist du gewachsen?« Werner Lohbach grinste.

Joe antwortete nicht. Der »Dustman«, wie er ihn für sich nannte, weil Lohbach ein Deckname war, konnte Körper so beseitigen, dass sie nie mehr gefunden wurden. Das zeichnete ihn aus. Dustman konnte Menschen im wahrsten Sinne des Wortes einfach auf ewig verschwinden lassen. Was seine Größe betraf, so hatte Joe mit dicken Schuhsohlen und dem Borsalino nachgeholfen. Es schadete nicht, wenn ein Zeuge dazu falsche Angaben machte, falls es einen Zeugen gab, was noch nie vorgekommen war.

»Da bin ich, Smutty«, antwortete Joe mit dem Spitznamen, den Lohbach absolut nicht mochte.

»Ich habe hier die Laufstrecke für dich. Die Zielperson macht den Weg jeden Morgen pünktlich kurz nach sieben Uhr. Die kleine Markierung zeigt dir den Ort ihres Verschwindens an. Ich bleibe unauffällig in deiner Nähe. Ab dem dritten Tag von heute an warte ich auf dein Ergebnis. An der nächsten Straße da drüben ist ein Autoverleiher. Dort steht der BMW, den du in Kempten benutzen sollst. Und das hier ist der Schlüssel für dein Apartment. Adresse ist aufgeklebt.«

Warum erwähnte er, dass seine Anwesenheit unauffällig sein würde? Das war doch selbstverständlich. Geschwätzigkeit, sonst nichts.

»Das war's, Smutty?« Joe grinste ihm frech ins Gesicht.

»Ich mache nur meinen Job, Joe. Die Person hat vor ein paar Jahren unsere Bereitschaft, sie zu schützen, abgelehnt. Jetzt hat sie mich hier in Kempten gesehen. Das kann unsere gesamte Aktion gefährden«, antwortete Lohbach und ging.

Der Grund für ihren Tod geht mich nichts an, dachte Joe. Schließlich machte auch er nur seinen Job. Es war neu für ihn, dass man ihm einen Mietwagen aus dem Ort zur Verfügung stellte. Viel Zeit blieb ihm nicht. Er wollte sich ein paar Stunden hinlegen, dann die Laufstrecke abgehen und sich ein Bild vom Ablegeort der zukünftigen Leiche machen. Dann würde er warten, bis die Person mit dem ihm bekannten Gesicht an ihm vorbeilief. Irrtum ausgeschlossen. Ich vergesse nie ein Gesicht. Die Sache mit der Pistole störte ihn. Es musste eine Bedeutung haben, dass er ausgerechnet diese Waffe benutzen sollte. Bisher hatte er die Aufträge immer auf seine Art erledigt. Wollte man ihn testen? Misstrauen gehörte zu seinem Leben wie das Zähneputzen. Er traute niemandem. Den Mietwagen fand er gleich, und das Apartment lag auch nur wenige Straßen entfernt. Er stieg in den zweiten Stock und wartete in der Wohnung, bis er sich an die Dunkelheit gewöhnt hatte. Dann spülte er die Wegzeichnung und den Aufkleber mit der Adresse die Toilette hinab. Nachdem er sich entkleidet hatte, machte er auf dem Boden liegend seine Übungen. Eine perfekte Reaktion brauchte eine geschmeidige Muskulatur. Anschließend legte er sich auf das Bett und begann mit seinem Gehirntraining. Er schloss dazu die Augen und zählte alles auf, was er in diesem Apartment trotz der Dunkelheit gesehen hatte. Die Wohnung, wenn man das Kästchen überhaupt so nennen durfte, hatte keine zwanzig Quadratmeter. Die Küchenzeile befand sich im Wohnraum, und die Nasszelle kam diesem Begriff tatsächlich sehr nahe. Das Ganze besaß den Charme eines staatlich verordneten Kerkers. Um sich zu ermüden, begann er mit dem »chinesischen Schachspiel« Xiangai. Erstes Feld ein Reiskorn. Danach zwei, dann vier, acht, sechzehn, zweiunddreißig, vierundsechzig, usw. Bis ans Ende des Schachbretts hatte er es noch nie geschafft. Immer war er vorher eingeschlafen.

Kurz nach sechs Uhr stand er auf. Drei Minuten kalt duschen und kräftig mit dem Handtuch abreiben. Dann zog er sich an. Jeans und eine kanadische Holzfällerjacke, dazu eine Schirmmütze und einen blauen Schal. Seine Habseligkeiten in der Umhängetasche nahm er mit. Er fuhr ein Stück mit dem Wagen und hielt an einem Supermarkt, um sich zwei Croissants und einen Apfel zu kaufen. Um zehn vor sieben erreichte er den Haubensteinweg. Dort ließ er den Wagen stehen und schlenderte die Straße entlang. Das war auffällig, aber nicht zu vermeiden. Als er wieder auf die Uhr sah, war es genau Viertel nach sieben. Zwanzig Minuten später sah er eine Person auf sich zu laufen. Er prägte sich noch einmal den Namen des Weges ein, den er bereits auf Smuttys Zettel gelesen hatte: Am Göhlenbach. Danach ging er wieder zu seinem Wagen und öffnete zur Tarnung den Kofferraum. Ein Blick wie ein Wimpernschlag genügte ihm, um das Gesicht mit dem ihm vorgelegten Foto zu vergleichen, als die Person vorbeilief. Sie waren identisch. Er ging den Weg zurück, bis er an den Weg Hintere Rottach kam. Der Baumbestand bot ihm jede Möglichkeit die Sache abgeschirmt zu erledigen. Er gab sich dafür zwei Minuten Zeit.

Er kehrte zu seinem Fahrzeug zurück und fuhr in die Königstraße, um dort zu parken, weil er einen umfassenden Spaziergang durch die Stadt machen wollte. Zeit hatte er genug, auch wenn er die Sache bereits am kommenden Morgen erledigen wollte. Er war ganz ruhig. Entscheidend würde sein, dass er nicht vergäße, das Apartment gründlich zu wischen und zu desinfizieren, bevor er den Ort wieder verließ. Natürlich würde Smutty das auch machen, aber er traute nur sich selbst und kaufte deshalb ein starkes Desinfektionsmittel für das Wischwasser. Nur die lästige Pistole in der Jacke störte ihn wirklich. Nicht einmal seine Umhängetasche war ihm dermaßen hinderlich.

Kurz entschlossen betrat er ein Café und bestellte sich einen Espresso und ein Glas Wasser dazu. Sein Zeitplan war perfekt. Die Zielperson würde zwanzig Minuten nach sieben tot sein, und er wäre zehn Minuten später bereits auf der Bundesstraße in Richtung Schongau. Selbst wenn die Vermisstenmeldung schnell bei der Polizei registriert würde, käme es erst zwei Tage später zu wirklichen Suchaktionen. Es ist nicht üblich, sofort großflächig nach Vermissten zu suchen. Diese Zeit würde Smutty reichen, um seinen Teil des Jobs zu erledigen. Er würde in sein Atelier zurückkehren und sein normales Leben weiterführen.

Nun schaute er auf seinen kleinen Zeichenblock, den er immer bei sich trug. Er hatte die Taube an seinem Fenster mit wenigen Strichen quasi auf das Papier geworfen. Es gefiel ihm und andererseits irritierte es ihn auch. So lange war er doch noch gar nicht fort, dass er sich bereits nach seinem Atelier sehnen musste. Er interpretierte seine Zeichnung und fürchtete, dass er mit zunehmendem Alter melancholisch wurde. Das würde ihm absolut nicht gefallen. Aber krank waren sie doch alle um ihn herum. Hysterisch, aggressiv, depressiv, schizophren, selbstsüchtig, und was es da noch an ähnlichen Krankheitsbildern gab. Er hatte einen Artikel über den täglichen Konsum der Bevölkerung von Psychopharmaka gelesen und war nicht besonders erstaunt gewesen. Von Psychiatern und Therapeuten hielt er auch nichts. Die kümmerten sich nicht um ein neues Leben ihrer Patienten, sondern brachten sie wieder zurück in den gesellschaftlichen Betrieb, der sie krank gemacht hatte. Was sollte das also? Wirkliche Gesundung gab es nur in der Kunst, davon war er überzeugt.

Was ihm nicht gefiel, war die Tatsache, dass seine Zielperson auf dem Fußweg lief und in ihrem Schlepptau ein Mann ihrem Weg gefolgt war.

Er schaute auf die Uhr, zahlte und ging hinaus. Er lief die Salzstraße entlang, und als er in die Poststraße abbiegen wollte, hielt ihn Smutty auf.

»Du läufst herum? Was soll das?«

»Der Zielperson folgte ein Kerl«, entgegnete Joe.

»Ich weiß. Kümmere dich um deine Angelegenheit und spiel hier nicht Räuber und Gendarm.«

Er hatte recht. Das ging ihn nichts an. Aber ihm kam nun der Gedanke, dass er die Pistole eventuell nötig haben könnte. Der unbekannte Mann verhielt sich bei seiner Verfolgung der Zielperson sehr clever, und so etwas konnte nur ein

Profi. Dustman musste den Kerl erledigen, sonst könnte er seine Arbeit nicht tun. Es gab kaum etwas Schwierigeres, als jemanden ungesehen zu beschatten. Er ging in die Salzstraße zurück und näherte sich dem Hofgarten. Er schaute nach oben und suchte nach Kameras. Offenbar gab es hier noch keine. Warum war Smutty in der Straße gewesen? Das war auch nicht sein Metier. Oder doch? Aber wenn Smutty den Verfolger ihrer Zielperson im Auge hatte, dann wäre bei der Aktion mehr als Vorsicht geboten. Er tastete nach der Pistole. Aus der für ihn gebotenen Distanz näherte er sich dem Rathaus. Die Überwachungskamera war da oben irgendwo, das hatte Smutty ihm gesagt, also ging er nicht über den Platz, sondern die Kronenstraße entlang. Was sollte er tun? Am besten zurückziehen kann man sich auf Friedhöfen. Er nahm den Stadtplan aus der Seitentasche und suchte nach einer Begräbnisstätte. Bei der St.-Mang-Kirche hielt er sich nicht länger auf. Diese bleistiftgespitzten Türme waren ihm fremd. Sie sahen aus, als sollten sie den Himmel stechen. Dann entdeckte er die Burghalde mit ihrer alten Mauer und fühlte sich sogleich davon eingenommen. Der quadratische Turm reizte ihn zu einigen Zeichnungen in seinem kleinen Block. Das Ensemble gefiel ihm sehr, aber nicht die breite Autostraße unterhalb des Hügels.

In der Kotterner Straße fand er ein italienisches Restaurant, und die Fischkarte lockte ihn hinein. Er glaubte nicht an Zufälle. Zwei Tische weiter saß der Mann, der seine Zielperson verfolgt hatte, und unterhielt sich mit zwei anderen Männern. Ich vergesse nie ein Gesicht. Er lief über den schachbrettgemusterten Boden und setzte sich an einen kleinen Tisch, mit dem Rücken zu den Männern, und nahm von einem lächelnden Kellner die Speisekarte entgegen. Der bewusste Mann, ohne Frage ein Südländer, verließ das Lokal wieder. Die beiden zurückbleibenden Herren waren älter und hatten einen hellen Teint. Während er einen wie zufällig geworfenen Blick auf sie richtete und sich ihre Gesichtszüge einprägte, hielt er den Stadtplan in der Hand. Er suchte sich einen Friedhof aus. Gäbe es etwas passenderes als den Gottesackerweg? Nach dem Essen würde ihm ein Spaziergang gut tun. Auf keinen Fall dürfte er sich mit diesen Männern beschäftigen, das würde seine Konzentration auf die Zielperson nachhaltig stören.

Ein einsetzender Regen hielt ihn von seinem Plan ab, also kehrte er in sein Apartment zurück. Dort ging er mit geschlossenen Augen durch die Räume, ohne irgendwo anzustoßen. In diesen Dingen war er perfekt. Sitzend begann er Häuser zu zeichnen, die ihm während seines Rundgangs aufgefallen waren. Aber die Stadt war ihm zu sehr dem Autowahn verfallen. Wozu benötigte eine klassische Metropole europäischer Geschichte dermaßen breite Autostraßen? Sollen die Arschlöcher doch zu Fuß gehen. Aber es war wie überall. Lobbyisten sind schnell vor Ort, und mit Geld funktioniert so gut wie alles. Wenn sie sämtliche Wege betoniert und geteert haben, dann reißen sie alles wieder auf und beginnen von vorne. Eine ewige Gelddruckmaschine.

Jemand war an der Tür. Er rührte sich nicht. Dann hörte er Schritte im Treppenhaus. Es war nichts. Also legte er sich auf den Boden und stemmte einen Stuhl. Anschließend machte er Liegestützen, und danach zeichnete er wieder. Als er die kleinen Blätter betrachtete, musste er feststellen, dass seine Konzentration zu wünschen übrig ließ. Vor sich sah er die Taube, die auf seinem Fenstersims gelandet war. Er hatte nur ihren Kopf und dieses erschreckte Auge gezeichnet. Auch wenn viele Menschen Tauben nicht mochten, es waren ästhetische Vögel. Plötzlich dachte er an den schmalen Bergbach in den Pyrenäen, an dem er stundenlang sitzen konnte, um in das schnell dahinfließende Wasser zu schauen. Er erinnerte sich, wie er einmal am Ufer gesessen war und die Pflanzen angesehen hatte, deren Blätter sich unter Wasser bewegten wie lange Mädchenhaare im Wind. Und je mehr er hingesehen hatte, desto klarer hatte er ein junges Gesicht und dunkelbraunes

Haar gesehen, und er glaubte fest daran, dass an dieser Stelle einmal eine junge Frau umgebracht würde. Er beschloss, nach Erledigung seiner Aufgabe hier in Kempten, wieder einmal dorthin zu fahren und sich in dem alten Schafstall einzumieten, der zum Hof einer deutschen Lehrerin gehörte, die das Gehöft gekauft hatte und seit Jahren dort lebte.

Es war Zeit, die Augen zu schließen und die morgigen Wege durchzugehen. Rund um die bewusste Stelle gab es Häuser. Um diese Zeit würden sich viele Menschen für die Arbeit fertig machen und in ihre Autos steigen. Nein, er würde die Pistole nicht benutzen und es wie immer machen. Still und ohne großes Aufhebens. Es gab ja auch keinen ausdrücklichen Befehl, dass er es mit der Pistole zu machen hatte. Über die Jahre hatte er sich anatomisch geschult und seine Vorgehensweise immer wieder an einem Kopfmodell geübt. Er benutzte einen spitzen Nagel aus Titan, dem er einen festen Griff aus Hartgummi angepasst hatte. Dadurch trat augenblicklich der Tod ein. Es gibt einen spaltförmigen Raum um das Zentralnervensystem zwischen den Hirnhäuten und der Pia mater spinalis, der weichen Haut des Rückenmarks, und mit einem gezielten Genickstich ist die Sache schnell zu Ende. Allerdings muss der Patient kurz fixiert sein, damit der Stich sauber geführt werden kann, alles andere wäre Dilettantismus. Er hatte diese Methode perfektioniert. Sein linker Arm legte sich um die Person mit der Kraft einer Würgeschlange. Der Rest war geübte Präzision. Natürlich war es für ihn ein Vorteil, dass er über einen Meter achtzig groß war und die Stichposition bei Bedarf durch Schuhe mit dicken Sohlen noch ändern konnte. Er machte keine Fehler.

Joe stellte die Heizung ab und öffnete das Kippfenster. Das stille Herabfallen der Regentropfen hatte etwas Beruhigendes. Zwei Decken nahm er sich von der Liege und breitete sie auf dem Boden aus. Dazu passte ein Sitzkissen vom Stuhl für den Kopf. Auf der weichen Matratze des Bettes wollte er nicht liegen. Wer weiß, wer da schon geschlafen hatte oder was da sonst noch so passiert sein mochte. Er zog den harten Boden als Schlafplatz vor. Einmal hatte er sich während eines Wetterumschwungs in den Pyrenäen verlaufen und die Nacht an einen Felsen gelehnt verbringen müssen. Was danach an Liegevarianten passiert war, hatte seinem Körper nur noch geschmeichelt. Er wollte drei Stunden schlafen, dann seine Arme und seine Brustmuskeln trainieren, später noch zwei Stunden ruhen und sich anschließend auf seine Aufgabe vorbereiten. Der Körper funktionierte nicht ohne innere Ruhe und psychische Ausgeglichenheit. In Gedanken setzte er sich in die Münchner Neue Pinakothek vor ein Bild von Caspar David Friedrich. *Riesengebirgslandschaft mit aufsteigendem Nebel* hieß das Gemälde. Darin waren Berge und weiße Nebelschleier zu sehen, aber kein einziger Mensch. Das gefiel ihm sehr.

Der nächste Morgen war wolkenverhangen, aber regenfrei. Vor der Arbeit frühstückte er nie. Er kleidete sich fast behutsam an, damit es nicht schon dabei zu Fehlern kam. Schuhe mit glatten Ledersohlen gehörten ebenso dazu wie eine fusselfreie Stoffhose, die keine Fäden hinterließ. Bei diesem Wetter musste er sich eine Regenpelerine überziehen, und seine Haare verschwanden unter einer dichten Wollmütze. Dann nahm er sein Werkzeug aus Titan und befestigte es in einer Lederhalterung am rechten Unterarm, die Pistole lag in der Außentasche seines Sakkos. Er fuhr zeitlich nie knapp bemessen los, tat es auch diesmal nicht und kam, bis auf zwei Ampeln, relativ gut voran. Dennoch war er wieder deutlich zu langsam unterwegs und musste sich von Dränglern anhupen lassen. Wenn du aussteigst, dann kannst du was erleben, dachte er und lächelte, als der Kerl ihn schimpfend überholte.

Das Auto ließ er zwei Straßen hinter sich zurück und ging gelassen dem Tatort entgegen. Zur Eile gab es keinen Grund. Ein Läufer kreuzte seinen Weg. Sonst war hier draußen niemand zu sehen. Aber er war auch noch nicht vor Ort. Ein Blick auf die Uhr zeigte ihm, dass er noch acht Minuten Zeit hatte. Von der anderen Seite kam ein Fußgänger mit Hund auf ihn zu. Ein Hund könnte die Angelegenheit erheblich beeinträchtigen. Joe bog ab. An der Straße fiel ihm ein weiterer Läufer auf, dick in einen Trainingsanzug mit Kapuze verpackt. Das war sie nicht. Auf keinen Fall durfte ihm ein Irrtum unterlaufen. Vor seinem inneren Auge sah er die Zielperson. Ich vergesse nie ein Gesicht.

2

Hannelore Bittner hatte Angst. Sie fühlte sich seit Tagen beobachtet. Nun war es endgültig: Sie würde ihn verlassen, und das war mehr als unfair, denn er war fast sechs Jahre ein guter Partner gewesen, aber es gab keine Alternative. Sie wischte sich die Tränen aus den Augen und schminkte sich neu. Jetzt würde sie ihm gleich noch einmal in die Augen sehen, sich umarmen lassen, dann würde er gehen, und wenn er am Abend von der Arbeit käme, würde sie nicht mehr da sein. Lautlos bewegte sie sich im Bad. Nur die kleine Schminklampe war an. Sie blieb innerlich angespannt und dachte an die letzten Wochen. Wie oft hatten sich ihre Hände am Lenkrad verkrampft, wenn sie sich wieder einmal verfolgt fühlte. Verängstigt hatte sie sich in der Dunkelheit zwischen Bäumen versteckt, während sie darüber nachdachte, wie sie ihrem Verfolger entkommen konnte. Darüber sprechen wollte sie mit niemandem, natürlich nicht. Dann war wieder tagelang nichts geschehen, und sie hatte sich selbst beschuldigt, hysterisch zu sein. Doch nicht zum ersten Mal hatte sie auch in dieser Nacht wieder geglaubt, dass da jemand um ihr Haus schlich. Diesmal wollte sie ihre Ängste nicht verdrängen und alles auf ihre krankhafte Fantasie schieben. Man hatte ihr eine Psychose bescheinigt und ihr Medikamente gegeben, aber gegen Fakten gab es keine Tabletten. Sie stand da und schnürte sich schnell die Laufschuhe.

»Brauchst du noch sehr lange?«

Sie hörte seine Stimme und antwortete nicht. Vor zwei Tagen waren sie auf der Autobahn bei recht hoher Geschwindigkeit abgedrängt worden. Er hatte laut über den verrückten Autofahrer geschimpft, während sie immer mehr in sich selbst versunken war. Auf keinen Fall wollte sie, dass ihm etwas passierte. So hatte dieser Vorfall ihren Entschluss, zu gehen, massiv befördert. Sie befestigte das Haarband, schloss den Reißverschluss und öffnete die Tür. Er stand schon an der Wohnungstür. Georg Bittner war spät dran.

»Bei dem Wetter willst du laufen?« Mit einem Handkuss eilte er hinaus, stieg in sein Auto. Als er an der Straßenecke war, blickte er zurück, und sie winkte ihm aus dem Küchenfenster zu. Belogen hatte sie ihn nie, sie hatte ihm einfach nichts erzählt und seine Fragen nach ihrer Vergangenheit geschickt umgegangen. So blöd ist keine Frau, dass sie das erzählt, um es sich später jahrelang vorhalten lassen zu müssen. Nun waren sie vier Jahre in Kempten, und es war eine ruhige Zeit gewesen. Das war jetzt vorbei. Kurz nach neun würde sie in der Bank anrufen und später zwanzigtausend Euro abheben. Das würde für die erste Zeit reichen. Es war nicht sein Geld, darauf legte sie Wert. Von diesem Konto wusste er nichts.

Ihre Hände zitterten, und sie bekam ein Zucken an ihrem rechten Auge. Die Kaffeemaschine lief, gleichzeitig hatte sie Teewasser aufgesetzt. Es war Zeit, den Koffer zu packen. Zunächst wollte sie nach Zell am See. Unterhalb der Schmittenhöhe gab es eine Pension, die sie einmal mit ihren Eltern besucht hatte. Das war zwar über fünfundzwanzig Jahre her, aber die Pension gab es noch. Sie hatte im Internet nachgesehen. Dort konnte sie unter ihrem früheren Namen Mehrwing abtauchen, denn nur unter diesem Namen kannte man sie dort. Ihre Eltern waren immer wieder in den gleichen Ort gefahren. Aber an die wollte sie jetzt nicht denken. Zornig schleuderte sie ihre Wäsche auf den cremefarbenen Teppichboden. Sie verlor die Beherrschung, das durfte ihr nicht passieren. Zum Kaffee trank sie Fencheltee, weil ihr Magen schnell übersäuerte. Anschließend nahm sie noch ein Glas Wasser und eine Tablette zu sich, setzte sich an den Küchentisch und legte ihren Kopf in beide Hände. Einen Moment überlegte sie, seinen kleinen Suzuki zu benutzen. Aber das wollte sie ihm nicht auch noch antun. Georg Bittner hatte sie vor Jahren im Zug kennengelernt. Er schien ihr damals solide genug zu sein, um sich auf ihn einzulassen. Bereut hatte sie es nicht, aber ihr Mädchentraum war er auch nie gewesen. Doch sein Fleiß und ihre Flexibilität hatten erreicht, dass man sie für ein glückliches Paar hielt, das lediglich an seiner Kinderlosigkeit litt. Quasi öffentlich unterstrichen durch die Tatsache, dass sie zwanzig Stunden im Monat bei einem Kinderarzt arbeitete. Nichts davon stimmte, bis auf ihre Beschäftigung, aber sie hatte diese Legende leben lassen, weil es von anderem ablenkte. So wie sie allem und allen misstraute, tat sie das auch Georg gegenüber. Aus welchem Grund sollte jemand nett zu ihr sein? Immer befürchtete sie, dass er eines Tages die Dinge aufzählen könnte, vor denen sie sich so fürchtete. Georg arbeitete bei einem Holzhandel und schreinerte selbst. Fast alle Möbel in der Wohnung stammten von ihm. Das hatte sie immer ein wenig stolz gemacht, weil er wirklich makellose Stücke hergestellt hatte.

Sie kniff sich in den Arm. Schluss damit. Sie cremte sich ihr Gesicht gegen die feuchte Kälte ein. Das gab ihr einen strengen und selbstbewussten Gesichtsausdruck. Dann lief sie durch die Zimmer und nahm die wenigen Fotografien mit, auf denen sie zu sehen war. Sie hatte sich nie gerne fotografieren lassen. Außer den üblichen drei Zimmern gab es noch eine kleine Kammer, die sie für sich genutzt hatte. Georg hatte ihr Refugium immer respektiert und war nie eingetreten, wenn sie es nicht erlaubt hatte. Sie nahm die dünne braune Ledermappe und steckte sämtliche Dokumente in ihre Handtasche. Wieder lief sie durch die Wohnung und versuchte, irgendwo etwas Persönliches von sich zu entdecken. Es war eindeutig »seine« Wohnung. Von den hölzernen Fußböden, Schränken und Vitrinen bis zu den Sesseln, Couches, Stühlen und dem Esstisch war alles Georg Bittner. Sie kam nicht vor. Vielleicht in den Blumen am Fenster und den kleinen Bäumchen im Wohnzimmer, sonst nicht.

Mehr als einen Koffer und ihre Umhängetasche wollte sie nicht mitnehmen. Sie würde nach dem Laufen eine schwarze

Jeans anziehen und in einen grünen Rollkragenpulli schlüpfen. Sollte sie einfach fliehen und das Geld woanders abheben? Nein, das würde ihre Fluchtroute verraten, und das durfte ihr nicht passieren. Sie setzte sich an den Küchentisch und trank noch eine Tasse Kaffee. Sollte sie Georg einen Brief schreiben? Armer Georg, du wurdest nie geliebt. Von nun an würde sie nur noch unterwegs sein. Fremde Straßen, fremde Orte, fremde Länder. Wie oft hatte sie den Eindruck gehabt, sie höre sich beim Sprechen zu und kenne die Person gar nicht, die da redete. Dabei hatte sie ständig ihr altes Leben auf den Schultern getragen, und niemand hatte es bemerkt. Oder doch? Sie wusste es nicht. Ihr früheres Leben nutzte sich auch in der Erinnerung nicht ab, blieb präsent bis zum Erbrechen. Sie lief ins Wohnzimmer und griff nach dem Telefon. Die bewusste Nummer kannte sie auswendig.

»Ja.«

»Hier ist 27-41-Ohm. Herrn Meier bitte.«

»Der ist nicht zu sprechen.«

»Dann richten Sie ihm aus, dass 27-41-Ohm gestürzt ist und dringend Hilfe braucht.«

Der Kerl ließ sich verleugnen. Sie wurde wütend. Alle ließen sie im Stich, selbst diese Dienststelle der Polizei und der Meier, der sie schützen sollte. Eilig rannte sie zur Toilette und übergab sich. Sie spülte den Mund aus und trocknete sich ab. Wenn sie nur etwas essen könnte. Aber sie brachte einfach nichts hinunter. Vor drei Tagen hatte sie sich bedrängt gefühlt und war direkt beim Kornhaus stehengeblieben, um ihren Verfolger zu stellen.

»Was ist los mit Ihnen«, hatte sie gebrüllt, »sind Sie ein solcher Feigling, dass Sie einer Frau nachschleichen müssen?«

Der Mann war mit seinem Gesicht immer näher gekommen und hatte angefangen zu lachen.

»Wenn mich eine schöne Frau grundlos anschreit, bin ich gerne ein Feigling.«

Dann ging er spaßend davon. Seitdem trug sie ein Springmesser in ihrer Jacke. Wenn sie unterwegs war, hatte sie immer ihre rechte Hand in der Jackentasche, fest um den Griff gefasst. Nicht mehr daran denken, ging nicht. Wer sich verfolgt fühlt, der fühlt sich verfolgt, wie sollte sie also nicht daran denken? Georg hatte sie nichts erzählt, selbstverständlich nicht. Sie griff zur Tageszeitung, die Georg auf das Fensterbrett gelegt hatte. Ein Blick hinaus genügte, um ein Auto zu sehen und einen Mann darin, dann startete der Wagen und verschwand um die nächste Ecke. Ihr Herz raste, und sie musste sich setzen. Georg wird mit meinem Verschwinden nicht einverstanden sein. Er wird mich suchen, dachte sie. Nein, in Wahrheit wird sich niemand mit ihrer Geschichte beschäftigen, sich auf sie einlassen wollen. Auch Georg nicht. Er ist ein Fatalist, einer, der erschrickt, wenn plötzlich etwas anders ist. Er will sich auskennen, und er hasst Experimente.

Das Stilett ist lächerlich. Sie konnte nicht einmal damit umgehen. Georg hatte es irgendwo gefunden und in seine Werkzeugkiste gelegt. In der Natur gibt es so etwas wie die Kunst der Flucht. Der Hase schlägt Haken, weil er dadurch den Fuchs ins Leere laufen lassen kann. Sie würde auch Haken schlagen müssen, um den Wölfen zu entkommen.

Sie ging ins Schlafzimmer und schaute nacheinander jedes der Kleidungsstücke an, das sie nicht mitnehmen würde. Einige Stücke gab es, um die es ihr leid tun würde. Dann nahm sie ihr Schmuckkästchen und legte sämtliche Geschenke Georgs auf seinen Nachttisch. Was blieb, waren ein paar hübsche Sachen, die sie sich selbst gekauft hatte. Die steckte sie ein. Sie zog ihr Bett ab und steckte die Wäsche in die Waschmaschine in der Küche. Es war immer noch Zeit, zu laufen.

Frau Riegle in der Bank kam häufig mit ihrem Sohn in die Praxis, die würde ihr das Geld ohne Fragen bereitlegen. Natürlich musste das noch am Vormittag erledigt werden. Um fünfzehn Uhr wäre Arbeitsbeginn, und da wollte sie bereits auf dem Weg nach Österreich sein. Was auch immer sie anstellen würde, immer blieb die Angst, da draußen wartete nun einer auf dich. Vielleicht war das auch ein Irrtum? Viele denken, ein neuer Partner, eine neue Stadt, ein neues Land und alles wird sich ändern, dabei vergessen sie, dass sie selbst immer dabei sind, und sie werden sich nicht ändern. Niemand ändert sich. Ich bin auch in mir eingeschlossen und komme da nie mehr raus, dachte sie. Sie blieb am Küchenfenster stehen und schloss die Augen. Ihr war zumute, als hätte sie ein schweres Leiden und würde auf ihrem letzten Weg in Freiheit in ein Hospiz fahren, um zu sterben. Vor Schreck ließ sie die Kaffeetasse fallen und griff nach dem Telefon, um Frau Riegle privat zu erreichen. Die zögerte einen Moment, als sie ihren Wunsch nach dem Geld äußerte.

»Kaufen Sie den Garten an der Iller nun? Ihr Mann hat letztens davon erzählt.«

Was sollte sie sagen? Frauen lachen während einer Verlegenheit, sie lachte auch. Es ging also nicht sofort. Frau Riegle benötigte etwas Zeit, um die Transaktion vorzubereiten. Also könnte sie etwas später laufen gehen.

»Wie geht es Frank?« Sie wollte ablenken.

»Das Mittel hat gut angeschlagen. Wir sind sehr froh. Danke, dass Sie sich nach ihm erkundigen«, erwiderte Frau Riegle.

Sie war immer noch gut darin, Frau Bittner zu spielen, stellte sie fest. Sie verließ die Wohnung und stellte den Koffer auf den Boden vor den Rücksitz. Ein leichter Nieselregen setzte ein. Viele Menschen waren nicht auf den Straßen zu sehen. Ihr war das nur recht. Sie überlegte, in wie vielen Vereinen Georg Mitglied war. Man muss sich einbringen, wenn man dazugehören will, hatte er immer gesagt. Sie wollte nirgends dazugehören. Ihr ging dieses freundschaftliche Getue schrecklich auf die Nerven. Haben die Leute alle Angst vor der Einsamkeit? Man ist einsam und bleibt es sein ganzes Leben, egal an wie vielen Spektakeln man teilnimmt. Man muss die innere Kraft haben, fortgehen zu können. Jemand hatte ihr das einmal gesagt. Wer war das? Es fiel ihr wieder ein, aber daran wollte sie sich auf keinen Fall erinnern. Die Richterin hatte auf den Angeklagten gezeigt, der damals noch ihr Lebenspartner war, und ihr diesen Satz gesagt. Man muss die Kraft haben, fortgehen zu können. Sie wollte darüber nicht nachdenken. Sein letzter Satz nach dem Urteilsspruch gegen ihn war in ihre Richtung gegangen. »Ich werde dich überall finden.« Die Angst vor ihm und seinen Kumpanen war sie nie mehr losgeworden.

Fast eine Stunde saß sie auf dem Klodeckel. Dann ging sie laufen. Es wurde heller, und die Wolken verschwanden. Dennoch war der Herbst bereits spürbar im Anmarsch. Sie konnte die nahen Berge sehen. Es war schön an diesem Ort. Mehr konnte sie nicht denken. Was sollte das, was tat sie hier? Sie hätte gerne gewusst, was so alles über sie geredet wurde. Als sie geheiratet hatten, hatte es kaum Gäste gegeben. Georgs Eltern, die Schwester mit ihrem Mann, Kollegen von früher und sein neuer Chef aus Kempten mit Gattin. Von ihrer Seite gab es niemanden. Sie hatte nie herausbekommen, ob man ihr die Auswanderung ihrer Familie nach Neuseeland geglaubt hatte. Georg gab sich damit zufrieden, sie bekam ja nie Post, Päckchen oder einen Anruf zu ihrem Geburtstag. Von damals zu heute hatte sie fünfzehn Kilogramm zugenommen, um ihr Aussehen zu verändern. Ihre Haare waren kastanienbraun, gefärbt natürlich. Sie trug sie länger, damit sie ihr Gesicht besser verhüllen konnte. Das alles hatte eigentlich gut funktioniert. Auch die Arbeit in der Praxis machte ihr großen Spaß. Dann begannen die Träume. Ein Mann ohne Kopf und einem Mönchsgewand tauchte Nacht für Nacht auf. Sie schlief nur noch schlecht und wurde nervös. Es war noch nicht lange her, da schaute sie durch das Küchenfenster in die Dunkelheit hinaus und sah, wie sich jemand in einem Auto fast direkt vor dem Haus eine Zigarette anzündete. Da war es dann mit ihrem bisherigen Leben endgültig vorbeigewesen. Früher war sie, wenn sie sich verstecken wollte, in ein Kino verschwunden. Als Kind hatte sie sich vorgestellt, in den Film hineinzukriechen und dann in dieser anderen Welt anzukommen. Einmal die Augen schließen, und man wäre ganz woanders. Warum ging sie nicht einfach zur Iller hinüber, stellte sich ans Ufer und sah zu, wie das Wasser dahinfloss? Nichts blieb an seinem Fleck, außer den Menschen, die sich in den Boden krallten, als gäbe es woanders keine Erde. Sie zog sich wieder um, weil sie nun doch nicht laufen wollte. Bald war ihre Zeit gekommen. Frau Riegle würde für sie bereit sein. Etwas in ihr versperrte ihr den Weg über die Straße. Georg war es nicht, der hatte sein Konto bei einer andern Bank. Georg bewegte sich unter vielen Bekannten, die nie den Ort verlassen hatten. Man sprach Dialekt, den sie inzwischen verstand. Man kostümierte sich bei Gelegenheiten und dokumentierte damit, dazuzugehören. Sie gehörte nicht dazu. Georg mochte man, obwohl er das sprach, was man allgemein Hochdeutsch nannte. »Reines Hochdeutsch«, was für ein Blödsinn, hatte ihr Vater, der Lehrer, immer gesagt, als gäbe es etwas wie »unreines Hochdeutsch«. Damit will man nur die Eigenheit der Sprachregionen diffamieren und diesen Einheitsbrei herstellen, den sich ein gewisser Herr Duden ausgedacht hat. Sprachen sind die Wortfarben einer Landschaft, hatte ihr Vater gesagt. Bei diesem Gedanken kam ihr die Idee, in ihre alte Heimat zurückzukehren. Nicht in den Ort, in dem ihre Eltern lebten, das konnte sie nicht tun. Ihr Vater wollte mit einer Kriminellen nichts zu tun haben. Irgendwo in die Nähe. Niemand würde auf die Idee kommen, sie dort zu suchen. Im September war sie jedes Jahr mit dem Vater in einem Einspänner durch die Heide gefahren. Da war sie ein Kind mit Zöpfen und in späteren Jahren mit einem Pferdeschwanz gewesen. Der Vater besaß ein Bienenvolk und ein Grundstück mit Obstbäumen.

Wenn sie über die Alleen dorthin fuhren, erzählte er ihr jedes Jahr, dass Napoleon die Bäume an den Straßen pflanzen ließ, damit seine Soldaten im Schatten der Baumkronen geschützt marschieren konnten. »Denn ›Allee‹ bedeutet ›gehen‹«, hatte er sie gelehrt, und sie hatte beharrlich keck geantwortet, »aber wir fahren doch mit der Kutsche«, worauf der Vater immer laut gelacht hatte. Warum erinnerte sie sich nur so ungern an diese Zeit? Wenn sie sich in Beedenbostel niederlassen würde, dann hätte sie Arnulf Stähler am Ort, der schon immer etwas für sie übrig gehabt hatte. Das war nicht weit von Altencelle entfernt, wo ihre Eltern wohnten. Sie könnte sich die Haare kurz schneiden. Arnulf würde ihr sicher bei der Eingliederung im Ort beistehen. Wahrscheinlich war er längst verheiratet und hatte zwei Kinder, aber das spielte keine Rolle. Er sollte ihr als Freund helfen, nichts anderes war gemeint. Warum hatte sie Georg nie sagen können, »ich bin in einem Zeugenschutzprogramm und heiße in Wahrheit Christine Ahrens. Mein Mann war ein Geldbote der Cosa Nostra«? Sie wollte sich beeilen, um auf keinen Fall zu spät zur Bank zu kommen.

3

Winkler stand im zweiten Stock vor dem Tableau und hatte die vier Zahlen vergessen, die einzugeben waren, damit sich die Tür öffnete. Die neue Abteilung ›Organisierte Kriminalität Oberallgäu‹ hatte eine ganze Etage in einem neutralen Gebäude zugewiesen bekommen. Winkler hatte seinen Sohn im Pflegeheim besucht und stand ziemlich neben sich. Was hatte er denn erwartet? Nach dem Unfall und dieser langen Zeit im Koma waren die Schäden im Gehirn irreparabel. Die Ärzte hatten ihm von Anfang an gesagt, dass der Bub ein Pflegefall sein würde, falls er je wieder erwachte. Das wusste er, aber dennoch war es für ihn äußerst schmerzhaft, dass sein Sohn ihn nicht mehr erkannte und nur ins Leere starrte. Winkler atmete erleichtert auf, weil ihm die Zahlenkombination wieder eingefallen war. Im Schreibtischsessel krempelte er sein Hosenbein hoch und cremte sein operiertes Knie mit Pferdesalbe ein. Ob es half, wusste er nicht, aber der Geruch der Salbe hielt zumindest die Hunde auf Distanz. Er wollte den restlichen Tag ruhig angehen, denn auf seinem Schreibtisch lagen lediglich zwei alte Fälle. Aber daraus wurde nichts. Kaum war er angekommen, meldete sich das Telefon, und er wurde zu Oberstaatsanwalt Heller gerufen. Also fuhr er den kurzen Weg hinüber in dessen Büro und fand dort die ganze Mannschaft sowie einen Haufen aufgeregter Privatleute. Heller flüsterte ihm kurz etwas über die Lage ins Ohr und schob ihn in ein kleines Verhörzimmer.

»Hauptkommissar Winkler«, stellte er sich vor. »Und Sie sind?«

Die Frau hielt ihre zitternden Hände ineinander geschlungen und sah ihn aus verweinten Augen an.

»Riegle, Marianne.«

Der Raum war weiß gestrichen, in der Mitte stand ein Tisch mit elektronischen Geräten und um den Tisch herum sechs Stühle. Die Frau saß zusammengesunken vor ihm.

»Erzählen Sie einfach drauflos«, sagte Winkler freundlich.

Frau Riegle wischte sich mit einem Taschentuch die Tränen aus dem Gesicht.

»Ich sah sie gegenüber der Bank auf der anderen Straßen-Seite stehen. Sie betrat die Fahrbahn und ging auf unsere Tür zu. Es ging um keinen Kredit oder irgendwelche anderen finanziellen Peinlichkeiten. Sie brauchte keine mitfühlenden Blicke oder eine beschönigenden Gesten zu befürchten. Deshalb wartete sie am Schalter. Ich hatte sie ja gleich gesehen und streckte die Finger einer Hand in die Höhe. Fünf Minuten warten hieß das. Sie nickte und sah sich um. Dann legte ich ihr das Geld zur Prüfung hin. Irgendwo bellte ein Hund, und sie erzählte plötzlich, das Bellen klinge wie das ihres Hofhundes Wolf, der ihren Großeltern gehört hatte. Lange ist das her, sagte sie noch.«

»Und weiter? Was geschah dann?« Winkler schob ihr ein Glas Wasser über den Schreibtisch.

Frau Riegle machte sich klein.

»›Bitte prüfen Sie die Summe und unterschreiben Sie bitte hier unten‹, sagte ich. ›Zweimal ›bitte‹ in einem Satz, wie lächerlich‹, dachte ich noch. Dann fragte sie nach meinem Sohn. ›Wie geht es dem jungen Mann?‹ ›Soweit ganz gut‹, antwortete ich. ›Ich muss heute erst um fünfzehn Uhr in die Praxis‹, erzählte sie, und ich fragte sie, ob sie nicht demnächst mit uns in die Schwammerl gehen möchte.«

Frau Riegle schwieg so plötzlich, dass Winkler näher an sie heranrückte.

»Am ersten Schalter stand plötzlich ein kleiner Mann mit einem Motorradhelm auf dem Kopf. Den habe ich heute schon gesehen, dachte ich. Erst dann begriff ich, was dort am Schalter vor sich ging. Der junge Kollege hinter der Barriere wurde blass und seine Augen flackerten nervös. Die vier Kunden standen wie erstarrt im Raum und bewegten sich nicht. Ohne zu zögern steckte sie den Umschlag mit dem Geld in ihre

Umhängetasche. Der Mann mit dem Helm trat einige Schritte zurück. Langsam hob er den rechten Arm und ließ seine Pistole sehen. Dann bewegte er sich wie in Zeitlupe auf sie zu. Ein Schuss traf sie. Der Mann mit Helm trat einige Schritte vor und schoss ihr direkt in den Kopf.«

Frau Riegle schluchzte laut auf.

»Wissen Sie noch, was auf dem Motorradhelm des Täters stand und welche Farbe er hatte?« Winkler hatte eilig den Kurzbericht der Kollegen überflogen.

Sie reagierte nicht auf seine Frage. »Er hatte das Geld doch schon eingesteckt, und plötzlich hat er Frau Bittner erschossen. Einfach so.«

Winkler überlegte, ob er weitermachen sollte. Sie würde ihm über den Täter nicht viel sagen, dazu war die Frau momentan nicht in der Lage. Der Schock über das Erlebte saß sichtbar tief.

»Kannten Sie Frau Bittner? Ich meine, über den üblichen Kontakt in der Bank hinaus.« Winkler versuchte einen anderen Weg, um mit ihr ins Gespräch zu kommen.

»Der hat keine dreitausend Euro geraubt. Dafür muss jemand sterben?« Sie machte eine Pause und antwortete dann auf Winklers Frage. »Nein. Sie arbeitet bei einem Kinderarzt. Mein Sohn ist dort in Behandlung. Sonst sieht man sie kaum. Herr Bittner, also der Georg, der zeigt sich häufiger. Das ist ein fröhlicher Mensch.«

Winkler hörte die Nuance. Georg ist ein fröhlicher Mensch, Frau Bittner war es offenbar nicht. Er brach das Gespräch ab. Frau Riegle würde sie nicht weiterbringen. Als sie sich vom Stuhl erhob, fiel Winkler noch etwas ein.

»Was wollte sie denn bei Ihnen erledigen? Ich meine, bei den elektronischen Möglichkeiten heute muss man doch nicht unbedingt persönlich erscheinen.«

Sie sah ihn an und zögerte.

»Ich weiß nicht, ob ich Ihnen das sagen darf.«

Winkler sah sie streng an.

»Der Polizei müssen Sie alles sagen. Es sei denn, Sie werden eines Verbrechens beschuldigt, dann dürfen Sie lügen. Aber das ist bei Ihnen ja nicht der Fall.«

Frau Riegle zerdrückte ein Taschentuch in ihrer rechten Hand, mit dem sie sich immer wieder die nassen Augen tupfte.

»Sie hat sich genau dreiundzwanzigtausend Euro geholt.«

Winkler schob die Zeugin auf den Stuhl zurück und schrieb sich die Summe in sein Notizbuch.

»Hatte sie das Geld bereits eingesteckt, als der Täter in der Bank erschien, oder könnte er es gesehen haben?«

Fünf Minuten später ließ Winkler Frau Riegle in den Flur hinaus, wo sie ihrem Mann in die Arme sank. Sie hatte ihm die Frage nicht beantworten können. Von der Treppe winkte ihm Oberstaatsanwalt Heller zu. Sie gingen in sein Büro.

»Osman und Gloger sind noch in der Bank. Kollegin Mandl hat das Video der Überwachungskamera vorbeigebracht. Schauen Sie sich das einmal an.«

Winkler blickte auf den Bildschirm. Der Oberstaatsanwalt ließ die Bilder in Zeitlupe laufen. Der Täter betrat die Bank. Er trug dunkle Kleidung, aber keine Motorradfahrermontur. Der riesige Helm über seinem Kopf ließ ihn wie einen Marsmenschen in Comiczeichnungen wirken. Eine Pistole war nicht zu sehen. Er trat an den ersten Schalter, und man konnte das Erschrecken des jungen Mannes am Schalter erkennen. Frau Riegle stand mit dem späteren Opfer am dritten Schalter. Drei weitere Personen im Kassenraum schienen das Geschehen nicht zu erkennen. Der Täter machte drei Schritte rückwärts und wäre gleich an der Tür gewesen, dann trat er kurz vor, und erst als er den Arm hob, konnte man die Pistole erkennen. Frau Bittner stürzte zu Boden, und der Täter verschwand.

»Zeugen auf der Straße erzählten, unser Mann sei in einem der Nachbarhäuser verschwunden. In welchem Haus genau, blieb unklar. Ich lasse gerade alle Häuser vom SEK durchsuchen.« Heller machte eine Pause und strich sich über die Haare. »Warum ist er nicht einfach gegangen? Dieser junge Bankmensch händigt ihm das Geld aus, und dann flieht er nicht sofort, sondern erschießt erst noch die Frau. Das ergibt doch keinen Sinn.«

Winkler setzte sich in einen bequemen Stuhl mit Lederpolsterung und knöpfte seine Jacke auf. Oberstaatsanwalt Heller schaute auf seine Sportschuhe, die Winkler seit seiner Knieoperation trug, weil sie ihm das Laufen leichter machten. Zur vorgeschriebenen Amtstracht passten die Schuhe natürlich nicht. Heller war da kleinlich, sagte diesmal aber nichts.

»Es gibt da eine Möglichkeit. Frau Bittner hatte dreiundzwanzigtausend Euro in der Tasche. Viel mehr, als er geraubt hatte. Wenn er das Geld gesehen hat, dann haben wir vielleicht ein Motiv.«

Heller schaltete das Gerät aus und setzte sich an den Schreibtisch.

»Wir haben das Geld bei ihr gefunden. Es fehlte nichts. Wieso hat der Täter es nicht an sich genommen?«

Das war für Winkler nicht so rätselhaft.

»Möglich ist doch, dass ihn die Situation überforderte. Plötzlich war neben dem Bankraub noch etwas anderes möglich. Darauf war er nicht vorbereitet. Weil Frau Bittner dann noch eine falsche Bewegung gemacht hat, kam es zu seiner Reaktion und dem Schuss.«

Der Oberstaatsanwalt schob die Lippen vor und machte ein skeptisches Gesicht.

»Seine Körpersprache zeigt keine nervöse Person«, widersprach Heller. «Er verlässt, nachdem er die Frau erschossen hat, ganz ruhig die Bank. Nicht etwa rückwärtsgehend und mit der Pistole fuchtelnd, nein, ganz normal mit dem Gesicht zu Tür, als wäre niemand in seinem Rücken, der etwas unternehmen könnte. Die Zeugen auf der Straße wunderten sich lediglich darüber, dass er mit dem Helm auf dem Kopf aus der Bank kam.«

Winkler musste zugeben, dass er genau dasselbe gesehen hatte. Doch ein Bankräuber benutzte eher selten seine Schusswaffe. Da er keine Antwort hatte, schwieg er.

»Kriminalrat Aspelkamp und Kollegin di Nardo kommen erst am Abend aus Augsburg zurück. Wir haben da eine schlimme Sache am Hals. Jemand hat uns einen Kokaintransport angezeigt, der in den nächsten Tagen über Österreich zu uns kommen wird. Die österreichischen Kollegen haben ihn bereits geortet und begleiten ihn, weil wir natürlich die Hintermänner haben wollen. Und nun ist die zuständige Richterin für organisierte Kriminalität aus Augsburg spurlos verschwunden. Kein Mensch weiß, was da los ist. Stellen Sie sich das vor. Unglaublich.« Heller saß da und schüttelte den Kopf. »Man spricht von privaten Problemen, aber genaues weiß niemand.«

Eigentlich hätte Winkler den gesamten Nachmittag frei gehabt, aber das hatte sich durch die Ereignisse gründlich verändert. Er durfte erst gehen, als die anderen Kollegen die Büros besetzten. Oberstaatsanwalt Heller wollte den Bittner sprechen. Kollegin Mandl erhielt den Auftrag, den Ehemann der Toten zu bringen, denn der war bisher nicht zu finden gewesen.

*

Winkler lief zu Fuß durch Kempten. Nach der Knieoperation hatte er es sich angewöhnt, die machbaren Wege per pedes zu bewältigen, weil das in den Sportschuhen auch nicht so anstrengend war. Er musste über die Iller, denn dort drüben hatte Renata sich eine Wohnung gekauft, nachdem Kempten ihr Lebensmittelpunkt geworden war. Ihr Haus hatte Vater di Nardo übernommen und ihr einen ordentlichen Preis bezahlt. Inzwischen hatte er seine zwei Ristoranti verkauft und sich mit seiner jungen Freundin ein angenehmes Leben eingerichtet. Sehr zum Stirnrunzeln seiner Tochter Renata, die seine junge Geliebte nicht besonders schätzte. Winkler sagte dazu nichts.

Renata hatte Winkler in ihrer Vierzimmerwohnung einen Raum gemütlich eingerichtet. Offiziell war es das Gästezimmer, aber da er inzwischen sehr häufig in Kempten war, wurde es sein Zimmer. Er mochte den Ausblick. Wenn er an seinem Tisch am Fenster saß, konnte er die Berge sehen. Über ihre Situation sprachen sie nicht, denn sonst hätten sie auch über ihre Beziehung im Allgemeinen reden müssen.

Er dachte an Heller. Seit der in seiner Karriere den Posten des Oberstaatsanwalts erreicht hatte, war er zugänglicher und auch leutseliger geworden. Eigentlich verstanden sie sich inzwischen sogar ganz prächtig und waren in ihren Analysen häufig einer Meinung. Allerdings wollte er auch nicht zu euphorisch sein. Man wusste ja nie, wie sich so etwas entwickelte.

Vor knapp einer Woche war er mit Renata aus Sirmione zurückgekommen. Endlich hatten sie einmal Zeit für einander gefunden. Sie mochten beide den Gardasee und Verona natürlich auch, wo allerdings nur sie Geld ausgegeben hatte. Einkaufen war keine Beschäftigung, für die Winkler sich begeisterte. Bei diesem Gedanken fiel ihm siedend heiß ein, dass er heute einzukaufen hatte, weil Renata in Augsburg war. Der vierspurige Autoverkehr rauschte an ihm vorbei, und ein eiliger Radfahrer klingelte ihn an, weil er zu nahe am Radweg stand.

Auf Winkler wartete ein frisch restauriertes Fahrrad, auch das hatte er vergessen. Vor drei Tagen hatte er es gekauft und fahrtüchtig machen lassen. Allerdings war es nicht der klügste Gedanke, sich zu Fuß auf den Weg zur Fahrradwerkstatt zu machen, denn als er endlich auf dem Rad saß, merkte er, dass er ziemlich aus der Übung war. Einige Male musste er absteigen, auch einen Sturz vermeiden und dazu noch auf den allgemeinen Verkehr achten. So radelte er an der Residenz vorbei zur Burghalde und war über die Radwege froh, die ihn beschützten. Das Radfahren hatte er sich einfacher vorgestellt, und dass er gleich einen Streifen Öl auf seiner Hose entdeckte, gehörte ebenfalls zu den unerfreulichen Überraschungen.

Der Grund für seine Zerstreutheit war natürlich das Bild der Toten in der Bank. Als er die Iller überquert hatte, stieg er ab und schüttelte seine Beine aus. Er verharrte auf der Sankt-Mang-Brücke und schaute ins Wasser. Winkler war unzufrieden. Die Tote ging ihm nicht aus dem Kopf. Der Täter hatte die Pistole direkt in ihre Richtung gehalten. So hatte er es auf dem Band gesehen. Aber weshalb? Hatte Frau Bittner etwas gesagt? Es war unwahrscheinlich, dass sich jemand der Anwesenden in der Bank erinnerte. Dazu dürfte der Schock zu groß gewesen sein. Wenn sich jemand an den Helm erinnern würde, wäre das bereits ein Erfolg. Nach einer Presseveröffentlichung würden sich Menschen umschauen, wer in ihrem Umfeld einen solchen Helm besitzt oder besaß. Winkler überquerte die Straße, radelte die Kaufbeurer Straße lang und bog in den Brodkorbweg ein. Er musste sich auf den Verkehr konzentrieren und war froh, dadurch seinen Gedanken an die Tat zu entkommen, weil sie zu nichts führten. Morgen in der Frühbesprechung würde man weitersehen.

Er hielt bei der Apotheke und kaufte sich ein Fußbad. Winkler wollte seine Füße entspannen und dazu ein kühles Bier trinken. Allerdings hatte er noch immer nichts zu essen eingekauft. In der Straße gab es einen Markt, also stellte er sein Fahrrad ab und ging einkaufen. Für Renata dachte er an Auberginen mit Schafskäse. Mehr würde sie zu später Stunde nicht essen. Da sie nicht da war, kaufte er sich etwas Herzhaftes für die Pfanne. Wammerl mit Leberkäse und Spiegelei sollte es werden, und als gesundes Alibi kaufte er eine Ananas. Die würde angeschnitten daliegen, wenn Renata eintraf, und alles andere wäre gegessen, abgewaschen und aufgeräumt. Da zumeist sie das Essen bestimmte, hatte er sich daran gewöhnt, dass das, was sie zu sich nahmen, gesund zu sein hatte. Ab und zu brauchte er dann etwas Deftigeres. Er aß in der Küche, setzte sich dann in den Sessel und genoss das Fußbad. Anschließend zog er sich frische Socken an, starrte auf den eingeschalteten Bildschirm und schlief ein. Am besten konnte er das, wenn sogenannte »Experten« aus der Schule plauderten. Was da so alles zusammengequatscht wird, das passt auf keine Kuhhaut, dachte er noch, bevor ihm die Augen zufielen.

Als er wieder erwachte, war er noch immer allein. Also schaltete er die Kanäle durch und blieb bei einem Bericht über Vulkane und ihre Gefahr für die Menschheit hängen. Um wieder müde zu werden, wollte er sich ein Bier gönnen, aber es gab keins. Eine Flasche Rotwein wollte er nicht öffnen. Winkler beschloss, zu Bett zu gehen. Würde er im Sessel hockenbleiben, dann liefen seine Gedanken automatisch wieder zur Tat in der Bankfiliale, und das wollte er vermeiden. Im Bett liegend könnte er sich an ihren gemeinsamen Urlaub in Sirmione erinnern.

Das tat er dann an seinem kleinen Tisch im Gästezimmer, wobei er gleichzeitig eine Skizze der Bank und der umliegenden Häuser anfertigte, auf der er die Tatzeit notierte. Danach war er sich zunächst sicher, dass es einen Komplizen gegeben haben musste, der dem Täter in einem der Häuser die Haustür geöffnet hatte, damit dieser sich verstecken konnte, doch dann verwarf er den Gedanken wieder. Es gab andere Möglichkeiten, in ein Haus zu verschwinden. Ein Täter mit guten Ortskenntnissen wäre dafür prädestiniert. Es war unsinnig, weiter darüber nachzudenken.

Er rieb sich das operierte Knie ein und klappte die Campingliege aus. Das alte Bauernbett mochte er einfach nicht, und außerdem hatte die Liege etwas Provisorisches, was seiner Situation in Renatas Wohnung entsprach. Als er an sie dachte, schaute er automatisch auf die Uhr. Es war ungewöhnlich spät für ihre Heimkehr, doch er wollte sich keine Sorgen machen. Also dachte er an Sirmione und wunderte sich wieder darüber, dass es dort dermaßen viele Lederwarengeschäfte gab. Sirmione war ein uralter Kurort, den bereits die Römer zu schätzen wussten, und Winkler war zum ersten Mal in einem Ort wirklich gerne flaniert. Er dachte an die herrliche Abendsonne über dem Gardasee und schlief auf der Liege tief und fest ein.

Mit diesem Bild, das ihm seine kleine Sehnsucht nach mehr Ruhe anzeigte, wachte er auf. Renata musste in der Nacht nach Hause gekommen sein, denn er meinte, etwas gehört zu haben. Außerdem hatte sie ein wenig von seinem Salat probiert und seine Tatortzeichnung vom Tisch genommen. Warum war sie gruß- und wortlos verschwunden? Winkler lief etwas hilflos durch die Wohnung, hörte das Geschrei der Möwen und den gleichmäßigen Anschlag des Wassers ans Ufer. Wenn er noch immer an den Gardasee dachte, dann war er noch nicht richtig wach. Er lehnte seinen Kopf an den kalten Metallgriff des Fensters. Ein Blick in den bleichen Morgenhimmel korrespondierte mit seiner Ahnung, dass es Ärger gegeben hatte. Es war nicht Renatas Art, ihn einfach hierzulassen und alleine ins Büro zu fahren. Obwohl er es eigentlich vermied, nahm er doch eine Schmerztablette und spülte mit einem heißen Espresso nach. Winkler guckte hinunter auf die Straße. Renatas Dienstwagen stand noch vor dem Haus. Also war sie abgeholt worden. Er begann, sich zu ärgern. Zumindest hätte sie ihm einen Zettel schreiben können. Manchmal war sein Privatleben so weit weg, wie er es nicht gerne wahrhaben wollte. Aus Groll über die Situation wäre er am liebsten in sein Auto gestiegen und zu seinem Sohn ins Pflegeheim gefahren. Der bekam niemals mit, wer da an seinem Bett stand. Winkler war für ihn während der Zeit des Komas ein Fremder geworden. Diese Wahrheit vor Augen geführt zu bekommen, würde ihn noch mehr deprimieren. Schließlich entschied er sich für sein Fahrrad und fuhr ins Büro.

»Niemand da?«, rief er durch den Flur, weil es so verdächtig still war.

Antonia Mandl fuhr ihren Computer herunter, stand von ihrem Stuhl auf und antwortete.

»Wir dürfen gemeinsam das Wochenendhaus von Richterin Zeiser in der Nähe des Alpsees aufsuchen.« Sie hielt Autoschlüssel hoch. »Befehl von der Chefin.«

Winklers Laune besserte sich nicht. Erstens hätte Renata ihm das selber sagen können, und zweitens störte ihn der ironische Ton der Kollegin. Als er dann auch die Aufzeichnungen zum Banküberfall nicht finden konnte, wäre er am liebsten wieder gegangen.

»Sämtliches Material in der Sache Hannelore Bittner wurde von Kriminalrat Aspelkamp eingesammelt. Mehr weiß das Fußvolk nicht.«

Warum ging er nicht einfach zurück in die Wohnung, packte seine Tasche und fuhr in sein kleines Apartment nach Oberstdorf? Seit wann musste er sich um vermisste Richterinnen kümmern? Das konnten doch die uniformierten Kollegen erledigen. Winkler schwieg. Der Kollegin Mandl gegenüber wollte er nicht illoyal erscheinen. Für ihn war die Sache klar, man wollte ihn eine Zeit lang aus dem Verkehr ziehen. Aber warum? Na schön, dachte er, dann schauen wir eben nach der vermissten Richterin.

»Sie waren doch früher in Augsburg. Kennen Sie die Richterin Zeiser?« Winkler tauschte seine dicke Jacke gegen einen Mantel, der in seinem Schrank hing.

»Kennen ist zu viel gesagt. Ich war zwei Mal als Zeugin geladen. Sie war manchmal etwas ungeduldig, mehr kann ich nicht sagen.« Antonia Mandl setzte eine Kappe mit Schirm auf, die Winkler nicht mochte. »Die Zeiser ist um die fünfzig und etwas füllig.« Sie griff nach ihrer Handtasche.

Na, dann werden wir einfach nach der dicken Frau suchen, wollte Winkler sagen, aber das verkniff er sich dann doch lieber. Gegenüber der Mandl wollte ihm einfach keine Lockerheit gelingen. Gerne fuhr er nicht mit ihr übers Land. Warum hatten sie ihm nicht den Osman zugeteilt? An den war er gewöhnt. Was nun? Winkler streckte sich auf dem Beifahrersitz aus. Er wollte den Tag gemütlich angehen lassen und ihn behaglich beenden. Die Fahrt über wollte er schweigend nachdenken und vor Ort die angenehme Natur genießen. Dass sie auf die vermisste Richterin treffen könnten, davon ging er nicht aus. Aber was war eigentlich los? Er wusste keine Antwort, und der Tag war bereits gelaufen. Renata und er könnten genauso gut in die Berge fahren und wandern gehen, denn bei der Suche nach der Richterin kämen sie dort auch nicht weiter. Wenn es darüber Streit geben würde, dann musste er Renata leider sagen, dass er mit seinen heftigen Kniebeschwerden dienstunfähig sei. Spaß an diesem Ausflug hatte er also absolut nicht. Schweigend saß er neben Antonia Mandl und ließ sich chauffieren. Gerade wollte er sich einen Grund suchen, um sich an ihr abzuarbeiten, das von ihr getragene Parfüm bot sich zum Meckern an, da fielen ihm ihre häufigen Blicke in den Rückspiegel auf. Kurz hinter Waltenhofen sagte sie ihm den Grund dafür.

»Uns folgt ein dunkelgrüner Wagen. Die Marke kenne ich nicht. Der folgt uns seit Kempten. Soll ich mal kurz das Gaspedal durchtreten?« Sie grinste ihm zu, aber Winkler schüttelte den Kopf.

»Das ist ein uralter Simca. Wenn der in Immenstadt immer noch da ist, dann bremsen Sie ihn aus.«

Sie lachte laut und fuhr etwas schneller.

»Wenn die Karre nicht so alt wäre, dann würde ich auf das BKA tippen.«

Winkler verstand den Zusammenhang nicht.

»Das BKA? Was ist denn das für eine Idee? Falls die sich für die Richterin interessieren, dann sollen die sie doch suchen, und wir bleiben in Kempten.«

Antonia Mandl schaute ihn überrascht an.

»Nicht deshalb. Die haben sich von Aspelkamp alle Unterlagen zu unserem Bankraub geben lassen. Ich dachte, Sie wüssten das.« Sie atmete aus und schüttelte leicht den Kopf. »Wenn ich etwas schneller werde, dann wird der grüne Wagen auch schneller.«

Jetzt hatte Winkler wirklich schlechte Laune. Was trieben die da oben für ein Spiel mit ihm? Er war doch nicht der Hanswurst, mit dem man sich amüsieren konnte.

»In Immenstadt ist die Fahrt für den Verfolger zu Ende«, sagte er verärgert.

Doch die Überraschung kam bereits kurze Zeit später. Antonia Mandl bog plötzlich ab, fuhr über die Illerbrücke auf die 308 und das viel zu schnell. Als sie scharf abbremste, war der grüne Simca unerwartet neben ihnen, scherte jäh ein und fuhr fast auf einen Lastwagen auf. Antonia Mandl gab wieder Gas, riss das Lenkrad herum und stellte sich quer vor den Verkehrsrowdy, der sofort anhielt. Noch bevor Winkler die Tür öffnen konnte, hatte sie den Mann aus dem Auto gezerrt.

»Haben Sie den Verstand verloren, oder war da oben bei Ihnen auch vorher nichts vorhanden? Polizei. Ausweis, Führerschein und Fahrzeugschein.«

Winkler sah in das blasse Gesicht des alten Mannes. Wie er den Papieren entnahm, war der Kerl zweiundsiebzig Jahre alt.

»Herr Winkler, ich bitte Sie. Ich muss Sie dringend sprechen in der Sache Hannelore Bittner. Ich habe es in Kempten bereits versucht, aber Sie haben mich nicht bemerkt. Erinnern Sie sich nicht an mich? Ich habe nach dem Unfall Ihres Sohnes, damals in der Klamm, einen Artikel wegen der unterlassenen Hilfeleistung geschrieben. Sie hatten mich damals angerufen. Franz Inninger, Journalist.«

Winkler erinnerte sich an die Geschichte, nicht aber an die Person Inninger.

»Hören Sie, wenn ich Ihnen übel mitspielen wollte, könnte ich Sie wegen Ihrer Fahrerei anzeigen. Setzen Sie sich in Ihr Auto und verschwinden Sie in die andere Richtung.«

Inninger verstand Winklers Reaktion nicht.

»Aber Frau Bittner wurde zielgerichtet ermordet. Ich bin mir ganz sicher. Hören Sie mir zu, bitte.«

Das genau wollte Winkler nicht tun. Das fehlte ihm noch, sich mit einem dieser Verschwörungstheoretiker auseinanderzusetzen, die hinter jeder Geschichte böse Mächte vermuten.

»Wenn Sie eine Aussage zu machen haben, dann gehen Sie zur Polizei. Ich bin mit dem Bankraub in Kempten nicht befasst.« Winkler nickte Antonia Mandl zu. Sie setzten sich in ihren Dienstwagen und fuhren nach Immenstadt hinein. An ihrem Gesichtsausdruck meinte Winkler zu erkennen, dass sie gerne über Inninger reden würde, aber das kam gar nicht in Frage. Da war nämlich noch eine Geschichte, an die er sich nicht mehr genau erinnern konnte. Nur so viel, dass Inninger damals seinen Job verloren und jemand einen Prozess gegen ihn angestrengt hatte. Nein, er hatte keine Lust, über Inninger zu reden. Wenn er ehrlich war, lag das auch daran, dass sich sofort wieder die Erinnerung an den Unfall seines Sohnes in ihm meldete. Genug davon, dachte Winkler, konzentrieren wir uns auf Frau Richterin Adelheid Zeiser.

Der kleine Ort Bühl am Alpsee bot sich mit seiner Idylle zu allem anderen an als zu der Suche nach einer vermissten Person. Hier machte man Ferien und ließ es sich gut gehen. Winkler hätte Lust gehabt, sich einen Kaffee zu gönnen und die Beine auszustrecken, um sich dem Blick über den See auf die Berge hinzugeben. Sollte doch die Kollegin das Haus der Zeiser anschauen, es käme ja doch nichts heraus dabei.

»Sie müssen nicht mit mir reden, Herr Hauptkommissar, aber ein wenig kränkend ist es schon«, sagte Antonia Mandl.

»Zur Information. Das Haus hier gehört Herrn Zeiser. Er hat eine Firma in Hamburg, und offenbar ist seine Frau von Augsburg herüber gekommen, wenn auch er da war. Der Mann hat ein Privatflugzeug.«

Winkler schaute auf den See und rührte sich nicht vom Fleck.

»Natürlich hat man ein Privatflugzeug. Wie sollte man auch sonst seine Partnerschaft pflegen?« Winkler bemerkte seinen verbitterten Tonfall und wechselte schnell das Thema. »Wenn Sie den Alpsee, die bewaldeten Ufer und die Berge sehen, was fällt Ihnen spontan dazu ein?«

Sie sah ihn an und schüttelte den Kopf.

»Ich verstehe nicht ganz?«

»Vergessen Sie es«, erwiderte Winkler.

»Sagen Sie es mir«, reagierte sie verärgert.

»Na schön. Weil Sie es sind. Ich höre *Im Abendrot* aus den *Vier letzten Liedern* von Richard Strauss. Suchen wir das Haus, sonst werde ich noch endgültig sentimental.«

Nun fiel Winkler ein, dass er sich bei Renata noch nicht bedankt hatte. Sie legte ihm ab und zu eine CD auf den Tisch, wenn er einen Musikwunsch äußerte. Vor vier Tagen war es Stockhausens Klavierstücke V-X gewesen. Was Musik betraf, war er sehr speziell.

Das Tor zur Einfahrt war mit einer schweren Kette gesichert, und zwischen den Hecken gab es Stacheldraht. Das Haus war einer Festung nicht unähnlich.

»Wie wohnen die normal, wenn das ein Wochenendhaus ist?« Antonia Mandl staunte.

»Nur kein Neid. Das haben die sich schwer erarbeitet.« Winklers Ironie schmeckte immer auch nach Sarkasmus.

Vom Parkplatz ihres Autos zum Haus der Zeiser war es nicht weit. Winkler schaute sich um. Von der Garage führten Steinstufen hinauf zum Hauseingang. Über dem Eingang gab es einen Balkon aus dunklem Holz. Das Dach war in alter Form angelegt worden, und die Fenster waren nicht sehr groß. Winkler vermutete im Erdgeschoss einen großen Raum und darüber Schlafzimmer und Bäder. Vor dem Haus wuchs eine zweistämmige Birke, und die Hecken waren kunstvoll geschnitten. Obwohl das Haus unbewohnt wirkte, hatte man den Eindruck, als würde sich jemand regelmäßig um den Außenbereich kümmern. Winkler drehte sich und blickte über den nahe gelegenen See.

»Wie tief mag der See sein?«

Antonia Mandl vermutete hinter der Frage Winklers einen ganz bestimmten Gedanken. Deshalb lief sie schnell zum Auto hinüber und schaltete ihren Rechner ein. Winkler ging inzwischen den kleinen Abhang hinab und über die Straße zum Seeufer. Dort erreichte sie ihn wieder.

»Ungefähr 22 Meter an der tiefsten Stelle. Einen Kilometer breit und etwa drei Kilometer lang. Das ist der Alpsee.« Sie hüstelte und legte ihren Schal fester um den Hals. Von den Bergen kam ein kalter Wind über das Wasser.

»Das ist nicht tief genug, damit jemand endgültig verschwindet«, entgegnete Winkler.

»Aber«, begann Antonia Mandl ihren Satz, doch Winkler ließ sie nicht ausreden.

»Sie haben recht. Aber! Fürs Erste würde die Tiefe reichen. Stellen wir fest, ob die Zeisers ein Boot haben und ob die Nachbarn etwas bemerkt haben, was für sie unüblich war. Sagen wir, die letzten vier Tage.«

Natürlich gab es Boote am See. Sie liefen bis zum Kai hinüber und fragten Leute, die ihre Segler winterfest machten. Man verwies sie an das alte Ehepaar Luchting, die nicht weit entfernt wohnten und gerade dabei waren, Blätter in Körbe zu stopfen. Die alten Leute waren misstrauisch und glaubten ihnen erst, als Antonia Mandl ihre Dienstwaffe zeigte. Winkler sprach mit ihnen über den Zaun.

»Frau Zeiser ist eine Richterin, das wissen Sie. War sie in den letzten Tagen hier? Eventuell nur auf einem Kurzbesuch?«

Die alte Frau mit ihrem runden Gesicht zupfte an ihrem Kopftuch.

»Er war da. Dann ist er wieder fort. Wir kümmern uns nur um den Garten. Ins Haus dürfen wir nicht.«

Winkler gab es auf.

»Eine Frage noch. Segelte das Ehepaar Zeiser?«

Der alte Mann stützte sich auf seine Harke und sah seine Frau an.

»Freilich«, antwortete sie. »Manchmal haben sie auch auf dem Boot übernachtet.«

»Wie heißt das Boot?«, fragte Winkler.

Sie schüttelten die Köpfe und setzten ihre Gartenarbeit fort.

Winkler folgte Antonia Mandl nach, die schon vorgegangen war.

»Möglich wäre es. Aber ist es auch wahrscheinlich?« Sie sah ihn an, aber er antwortete nicht.

Auf dem Weg zu den Nachbarn der Zeisers blieb Winkler unerwartet stehen.

»›So tief im Abendrot, wie sind wir wandermüde – ist das etwa der Tod?‹ Eichendorff«, ergänzte er. »Ich sprach vorhin von Richard Strauss. Die *Vier letzten Lieder*. Das ist aus *Im Abendrot* zitiert. Vielleicht sollten wir einen Tauchgang veranlassen, was meinen Sie?«

Antonia Mandl war völlig überrascht, dass Winkler sie etwas fragte.

»Ist es denn ein Fall für uns?«, fragte sie zurück. »Sie ist aus Augsburg.«

»Bei einer Richterin sind wir alle gefragt. Am See gibt es einen Gasthof. Lassen Sie uns eine Pause machen und nachdenken«, entgegnete Winkler. »Die Nachbarschaft läuft uns schon nicht davon.«

Sie ging zum Wagen und griff nach ihrer Handtasche. Eine stabile Frau, dachte Winkler. Nicht schön, aber attraktiv. Als sie sich zu ihm umdrehte, wandte Winkler sich ab. Sie sollte nicht denken, dass er sie angeschaut hatte. Hatte er eigentlich auch nicht, sondern sich nur so seine Gedanken gemacht.

»Die alten Leute wissen nicht, dass die Richterin verschwunden ist, stimmt's?«

Winkler nickte und ging weiter. Bisher hatte es keine Presseerklärung gegeben. Offenbar wollte Augsburg die Angelegenheit erst einmal abklären, bevor man an die Öffentlichkeit trat. Eine verschwundene Richterin war keine Kleinigkeit. Ein plötzlicher Regenschauer ließ sie eilig in das Auto flüchten. Antonia Mandl klappte ihren Rechner auf und beschrieb die Lage des Hauses, die umliegenden Gebäude, auch die angrenzenden Straßen und die entsprechende Lage zum See. Viel war das nicht. Sie schaute kurz zu Winkler, der stoisch auf dem Beifahrersitz hockte und schwieg. Man hatte ihn ihr als Kauz beschrieben, der aufbrausend und eigenbrötlerisch war und dem man besser nicht in die Quere kam. Dass er mit der Chefin Renata di Nardo zusammenlebte, kam da noch hinzu. Sie hielt zu allen im Büro eine gewisse Distanz und war damit bisher gut gefahren.

»Ich denke nicht, dass die Nachbarn uns weiterhelfen werden, aber es kann nicht sein, dass sie die Richterin nicht bemerkt hätten, falls sie hier war. Die Anfahrt von der Straße und die Einfahrt zur Garage sind einfach zu gut zu beobachten. Es sei denn, sie hat sich das Leben genommen. Das geschieht unauffälliger. Aber ihr Auto steht in Augsburg.« Winkler sprach mehr mit sich selbst, als dass er ein Gespräch mit Antonia Mandl suchte. Inzwischen war er nämlich zu der Meinung gekommen, dass tatsächlich etwas passiert sein könnte. Weshalb er zu der Ansicht gekommen war, das wusste er selbst nicht. Es war nur so ein Gefühl. Vielleicht war Eichendorff schuld daran? Oder der Alpsee, der so unschuldig still vor ihm lag.

Eine Stunde später saßen sie erneut im Wagen. Sie hatten sämtliche Nachbarn der Zeisers angesprochen und nichts erfahren. Auffallend war, wie wenig die Leute zu sagen hatten, und eine gewisse Distanz war auch zu spüren. Offensichtlich hatten die Richterin und ihr Mann keinen großen Wert auf ein gutnachbarliches Verhältnis gelegt. Sie waren Fremde geblieben. Sie kam aus Augsburg, und ihr Mann lebte in Hamburg, das passte den Hiesigen nicht so recht in ihr Weltbild. Kinder haben die auch nicht, erzählte die Nachbarin zur Linken. Wohlhabend, distanziert, vielleicht sogar ein wenig blasiert, und letztlich zu selten am Ort, das schaffte Abstand. Nachbar Schwarz stellte fest, dass sie in keinem Verein, nicht einmal im Segelclub waren. Winkler ließ Antonia Mandl all das notieren. Sie waren sich einig, dass es eigentlich nichts zu berichten gab, aber die Sache irgendwie seltsam wirkte. Leider durften sie nicht in das Haus.

»Fahren wir zurück? Was meinen Sie?«

Sie klappte ihr Gerät zusammen, steckte es in die Hülle und schob es unter den Sitz.

»Es wird nichts zu finden sein, wenn wir nicht in das Haus können«, sagte er. »Mehr als einen Tauchgang können wir Kriminalrat Aspelkamp nicht vorschlagen.« Winkler rieb sein Knie.

»Ich frage mich, weshalb das LKA das nicht selber macht? Was geht es uns an? Ich meine, solange wir sie nicht finden, sind wir eigentlich auch nicht zuständig.« Antonia Mandl winkte ab.

Sie steuerte aus der Parklücke und dachte darüber nach, ob sie auch einmal so werden würde wie Winkler. Vielleicht führte das Leben mit Mord und Totschlag auf die Dauer zu einer Charakterveränderung. Besser nicht darüber nachdenken, sagte sie sich und fuhr die Straße entlang. Winkler hatte sich den Sitz eingestellt, streckte sich aus und schloss die Augen. Nach der Lindauer Straße beschleunigte sie.

Der September war launisch und wechselhaft. Winkler mochte das Wetter nicht, weil er sein lädiertes Knie spürte. Er dachte an die andere Seeseite. Sollte es ein Problem sein, von dort über den See zu rudern? Die Distanz war ein Kilometer. Das könnte eine kräftige Frau schaffen. Die ungeklärte Frage war, wie ist sie an den See gekommen? Falls sie überhaupt in der Gegend war. Aber da war etwas, er spürte es genau. Ein wenig erschöpft döste Winkler ein. Nahe bei Kurzberg lag der grüne Simca neben der Straße auf dem Dach. Antonia Mandl fuhr sehr vorsichtig an die Unfallstelle heran, und als sie das Auto erkannte, bremste sie. Sagen musste sie nichts, denn Winkler stieg sofort aus, nachdem er die Augen geöffnet hatte. Der Abschleppwagen stand bereit, Feuerwehr und Polizei waren noch beschäftigt.

»Wo ist er?« Winkler zeigte mit dem Finger auf das havarierte Fahrzeug.

»Sie haben ihn mitgenommen«, antwortete der uniformierte Polizist, »aber das wird nichts mehr, sagte der Notarzt.«

»Franz Inninger heißt der Mann. Habt ihr das Auto angeschaut?«

»Absolut Schrott«, antwortete der Polizist.

Während Antonia Mandl sich die Unfallfotos vom Beamten zeigen ließ, stapfte Winkler zu dem Wrack hinüber. Im Inneren konnte er nichts entdecken, aber im Kofferraum lag unter der gerissenen Abdeckung eine graue Mappe. In ihr steckte ein Zeitungsartikel, den er sich näher ansah. Er war von Hand beschrieben und behandelte einen Prozess wegen Geldwäsche, Betrug und Körperverletzung in Frankfurt am Main. Am oberen Rand stand mit Bleistift geschrieben »Winkler«. Der Prozess hatte vor Jahren stattgefunden. Winkler wollte die Zeitungsseite bereits zurücklegen, sah sich dann aber noch das Foto genauer an. Darunter stand geschrieben: Einzug der Hauptzeugin der Staatsanwaltschaft. Winkler ging zu Antonia Mandl und hielt ihr den Artikel vor die Augen.

»Ich fürchte, ich habe einen Fehler gemacht. Inninger wollte mir dazu etwas sagen.«

Sie erschrak, hielt sich aber im Zaum.

»Was kannst du mir zum Unfallhergang sagen, Bertl?« Winkler fasste den Beamten freundschaftlich am Arm.

»Wir haben einen LKW-Fahrer als Zeugen. Nach seiner Aussage hat Inningers Wagen immer stärker beschleunigt, weil ihm ein großer Jeep im Nacken saß. Dann ist er von der Fahrbahn abgekommen, und der Jeep ist weitergefahren. Mehr konnte er nicht sagen. Ob die sich berührt haben, werden wir feststellen.«

Winkler nickte kurz. »Habt ihr eine Adresse von dem Inninger?«

»Der lebte im Altenstift Sankt Korbinian in Kempten. Die sind schon informiert«, antwortete der Polizist. »Ich hab ihn gekannt. Der hatte mehrere Anzeigen wegen langsamen Fahrens. Sachen gibt es.«

Im Auto sitzend starrte Antonia Mandl auf das Zeitungsfoto, bis Winkler ihr die Seite aus der Hand nahm.

»Diese gewisse Christine A. sieht aus wie die Hannelore Bittner, nur ein paar Jahre jünger.«

Das sah Winkler genauso.

»Das war es, was der Inninger mir unbedingt sagen wollte, Frau Kollegin. Sie ist ermordet worden, das waren seine Worte. Ich denke, wir lassen uns sein Zimmer zeigen, bevor wir ins Büro fahren. «

Ohne richterliche Zustimmung? Das war nicht der korrekte Dienstweg. Antonia Mandl sah Winkler kurz an, aber der verzog keine Miene. Zumindest das Einverständnis der Chefin hätten sie gebraucht, aber das schien Winkler nicht zu interessieren. Sie bog von der Straße ab und fuhr in einen Innenhof, wo ihr ein älterer Herr heftig gestikulierend den Parkplatz verwehren wollte. Das war wohl seine Beschäftigung, um den Tag irgendwie zu überstehen. Winkler umging den Mann und lief direkt auf den Haupteingang zu. Sie war nicht begeistert, dass sie ihm folgen sollte wie ein braves Hündchen. Als sie den Eingangsbereich erreichte, stand er vor der Tür der Direktion und war nicht gerade leise.

»Jetzt hören Sie mir einmal zu, Frau Mühl. Der Mann ist vielleicht nicht von alleine in den Graben geraten, also behindern Sie nicht meine Arbeit. Ich will nur einen Blick in das Zimmer werfen, ist das zu viel verlangt?«

Frau Mühl war jünger, als sie es durch ihre Kleidung verriet. Ihre strenge Frisur und der fast bodenlange Rock, die hochgeschlossene Bluse und die Brille ließen sie wie eine Gouvernante aus früheren Jahrhunderten wirken. Sie fuhren mit dem Lift in den zweiten Stock. Inninger hatte sich das Zimmer mit einem sehr alten Mann geteilt, der völlig teilnahmslos im Bett lag. An Inningers Schrank war manipuliert worden. Winkler sah den leichten Kratzer sofort. Das Schloss selbst war innen beschädigt und die Tür nur angelehnt. Ein schneller Blick brachte zwar keine Erkenntnisse, aber in der oberen Aktenreihe schienen mindestens drei Ordner zu fehlen.

»Wie kommen Unbefugte in die zweite Etage?«, fragte Winkler, und Frau Mühl war fassungslos.

»Das kann eigentlich nicht sein.« Sie bekam einen roten Kopf.

»Eigentlich kann es doch sein. Wer kann ohne Überprüfung hier hineinkommen?«

Sie schob ihre Brille hoch und sah Winkler nicht an.

»Wir haben natürlich immer wieder Handwerker im Haus. Es ist ständig etwas zu reparieren. Auch Besucher laufen herum.«

Winkler winkte ab und schob Antonia Mandl in den Flur hinaus.

»Angenommen, Inninger hatte recht mit der Bittner. Bei der geschätzten Geschwindigkeit hätte ein leichter Anstoß genügt, um ihn von der Fahrbahn zu schießen. Zumindest hätten der oder die Täter die Zeit nutzen können, um sich hier die Akten zu holen. Wenn dem so sein sollte, dann geht es um etwas anderes als Bankraub. Rufen Sie die Kollegin di Nardo an und lassen Sie die Technik kommen. Vielleicht findet sich doch etwas.«

Antonia Mandl legte den Kopf schräg und sah Winkler an.

»Und Sie? Was haben Sie vor zu tun?«

Winkler steckte die Hände in die Hosentaschen.

»Ich? Ich gehe nach Hause. Sagen Sie der Chefin, ich habe Schmerzen im Knie und muss mich hinlegen.«

Gewissermaßen war er für sich auf der richtigen Seite der Iller. Er brauchte nur durch den Park zu gehen, um zur Wohnung zu kommen. Dort wollte er sich ein paar Notizen machen, aber dann ließ er sich nur in den Sessel fallen und grübelte. Es konnte zutreffen, dass absolut nichts dran war an seinen Überlegungen. Die Richterin musste nicht im Alpsee liegen, und Inninger könnte einen ganz normalen Verkehrsunfall gehabt haben. Auch die fehlenden Akten könnten sich als Irrtum heraus stellen.

Er hörte sie aus der Küche und öffnete nur leicht die Augen. Sie war da. Auf ihrem Kopf thronte ein Handtuch, und sie trug ihren Bademantel. Winkler hatte der Schlaf im Sessel absolut nicht gut getan, denn jetzt tat ihm das operierte Knie wirklich weh. Ein wenig zu demonstrativ griff er nach der Salbe und rieb es ein.

»Du hättest wenigstens eine halbe Stunde im Büro erscheinen können«, sagte sie.

Winkler hatte keine Lust, sich anklagen zu lassen.

»Kennen wir uns oder haben wir uns nur lange nicht gesehen?« Er versuchte ein Grinsen, aber das gelang ihm nie.

Renata di Nardo legte das Handtuch auf die Schultern und bürstete ihre nassen Haare.

»Wir haben ein schönes Theater im Haus, damit du es nur weißt. Der Lastwagen mit dem Kokain steht in Österreich, und wir wissen nicht, wann er über die Grenze kommt. Wir müssen erfahren, wer hier die Abnehmer dafür sind, sonst machen wir uns lächerlich. Dann sind alle fassungslos über das

Verschwinden der Richterin Zeiser. Keine Spur, keine Zeugen, einfach nichts. Das LKA zieht die Augenbrauen hoch, und das BKA verzieht das Gesicht. Was soll ich deiner Meinung nach tun? Mach es dir nicht so einfach, Winkler!«

Tat er das? Winkler schüttelte seine lahmen Beine aus und schaute aus dem Fenster in den dunklen Abend. Wenn der Mond vom Himmel fiele, würde sich niemand mehr für den ganzen Quatsch hier interessieren. Aber soweit war es ja noch nicht. Er wusste nicht, ob er darüber froh war.

»Na schön. Reden wir Klartext. Ich habe hier einen Artikel, in dem eine gewisse Christine A. eine Rolle spielt. Sie sieht aus wie die jüngere Ausgabe unserer Toten in der Bank. Franz Inninger hat mir gesagt, dass sie ermordet wurde. Nun liegt er schwer verletzt in der Klinik. Aber die Akten über den Banküberfall wurden abgezogen, und ich wurde hinter einer Richterin hergeschickt, die vielleicht nur unter privaten Blähungen leidet. Wenn wir miteinander Tratzball spielen, dann würde ich das gerne wissen.« Winkler spürte, dass seine Worte schärfer ausgefallen waren, als er es beabsichtigt hatte. Renata di Nardo biss in eine frische Karotte und goss sich dann eine Tasse Tee ein.

»Wir sind in Kontakt mit den Hessen. Offenbar war die Tote in einem Zeugenschutzprogramm. Wurde sie tatsächlich ermordet, dann wäre das eine Katastrophe.« Sie stellte die Tasse ab und sah sich das Foto der Bittner noch einmal an.

4

»Hey Joe.«

Der Mann trug einen sandfarbenen Trenchcoat und einen teuren Kaschmirschal. Sein Gesicht hatte sich nicht verändert. Es zeigte wie immer einen Ausdruck von überheblicher Gleichgültigkeit.

»Gehen wir.«

Wieder einmal, wie in den letzten Tagen schon, stand Joe oberhalb der Iller und warf mit schnellen Strichen eine Zeichnung auf das Papier. Auch die Sankt-Mang-Kirche hatte er auf diese Weise festgehalten und sich mit langen Spaziergängen die Zeit vertrieben. Vier Tage waren vergangen, seit die Stadt in Aufregung versetzt worden war. Eigentlich sollte er schon längst nicht mehr hier sein, aber er hatte eine Nachricht erhalten, die ihn festhielt. Er mochte es nicht, wenn der Typ sich so an ihn heranschlich, aber das bewies, wie unaufmerksam er war, wenn seine Konzentration seiner Malerei galt.

»Wohin?«, fragte Joe. »Es gibt keinen Ort, den man heutzutage nicht belauschen kann. Also können wir genauso gut hier bleiben. Dann haben wir die Geräuschkulisse des Autoverkehrs von der nahen Brücke, wenigstens etwas. Wie heißt du jetzt, Smutty?«

»Werner Lohbach. Hör mir zu, denn ich werde gleich wieder gehen. Ich brauche von dir vier oder fünf gemalte Landschaften. Du hast eine Woche Zeit. Bis dahin müssen wir eine andere Sache klären. Die Tote in der Bank hieß Bittner. Sie war die Christine Ahrens. Du erinnerst dich?«

Er steckte seinen Zeichenblock in einen Stoffbeutel und nickte.

»Ich vergesse nie ein Gesicht.«

»Das weiß ich«, antwortete Lohbach ungeduldig. »Ihr Mann bekam durch ihre Aussage damals achteinhalb Jahre. Inzwischen ist er draußen und untergetaucht. Die Ahrens hatte durch ihn ein einziges Mal Gigi Borgini gesehen. Alle dachten, der alte Sack wäre schon lange tot. Die haben offenbar Rache geübt. Vermutlich wegen ihrer Aussage gegen Ahrens. Gehen wir davon aus, dass Borgini irgendwo hier im Allgäu lebt, haben wir die Lösung. Er dürfte an die achtzig Jahre alt sein. Wir werden ihn finden. Es ist nicht unwahrscheinlich, dass die Ahrens ihn zufällig gesehen hat, weswegen sie auf die Todesliste kam. Wahrscheinlich hat die Mafia einen Burschen aus Italien kommen lassen, der das in der Bank erledigte. Ich war ihm auf den Fersen und öffnete ihm eine Tür zur Flucht, als er aus der Bank kam. Die Firma versteckt ihn jetzt in einer Hütte. Ich behalte ihn im Auge, bis er uns etwas über Borgini erzählt.« Lohbach trat näher an Joe heran. »Da ist noch etwas. Ich würde schwören, dass Arturo Latonini aus der New Yorker Familie längst hier ist. Das bedeutet, auch die haben etwas Größeres vor. Deshalb wirst du hier abwarten und die Bilder malen. Ich werde sie für dich verkaufen. Mein Informant von der Polizei gab mir zu verstehen, dass die Gangster von unserer Anwesenheit hier noch keine Ahnung haben. In zwei Tagen melde ich mich wieder.«

Er verschwand in einem Trupp Touristen, und Joe schaute ihm nicht nach. Werner Lohbach, was für ein Name. Das änderte nichts daran, dass er die Landschaftsbilder zu malen hatte. Er schüttelte den Kopf. Nicht über die Aufgabe, sondern darüber, dass die Bittner trotz der dringend notwendigen Abschirmung und des Zeugenschutzprogramms so leicht zu finden gewesen war. Damals in Frankfurt war sie schon auf der Abschussliste gestanden. Ausgerechnet ins Allgäu hatte sie sich geflüchtet. Dort musste sie den Italienern irgendwann einmal vor die Augen kommen, egal ob sie Bittner oder Ahrens hieß. Man wusste doch, dass das Allgäu lange schon der Ruheraum für gefährdete Männer der Familie Borgini war. Weshalb die sie hatten töten sollen, diese Frage stellte sich nicht. So lief eben das Geschäft. Allerdings gefiel es ihm überhaupt nicht, dass er nun weiter in Kempten bleiben musste, nur weil er dieser Frau nicht begegnet war. Das war unprofessionell.

Bevor er sein Apartment aufsuchte, ging er zur Entspannung kreuz und quer durch den Ort. Im Zimmer lag ein Koffer auf dem Stuhl, der neben Ölfarben und Acryl auch Aquarellfarben und Wachsstifte enthielt. An der Wand neben dem Bett lehnten zehn Leinwände in der Größe 60 mal 40. Er hatte keine Lust, darüber nachzudenken, was sich ein »Werner Lohbach« unter Landschaftsbildern vorstellte. Bisher hatte er in Zusammenarbeit mit diesem Mann andere Dinge zu erledigen gehabt. Es wäre mir lieber, dabei würde es bleiben, dachte er, und machte seine Espressokanne startbereit. Nachdem Joe den Kaffee getrunken hatte, aß er einen geschälten Apfel. Dann sortierte er seine Skizzen und dachte über Landschaften nach. Selbstverständlich würde er keinen Schund abliefern. Wenn »es« in ihm nicht entstand, dann bekäme Lohbach keine Bilder. So einfach war das. Doch es gab zwei Illerskizzen, die ihm ganz gut gefielen.

Er dachte unvermittelt an Christine Ahrens. Wie konnte diese Frau nur glauben, dass ihre Aussage gegen den eigenen Mann und somit gegen die Mafia durch ein Zeugenschutzprogramm aus der Welt wäre? Sich hinter dem Namen Hannelore Bittner verstecken zu wollen, war geradezu lächerlich. Damals hatte er sie gesehen, als sie das Gericht in Begleitung ihres Anwalts verließ. Sie verzog das Gesicht, als wüsste sie genau, dass ihr Tod von nun an nur noch eine Frage der Zeit sein würde. Ihr Mann war genauso ein naiver Idiot. Statt sich mit den Prämien für die Geldwäsche und der Verteilung des Kokains zufriedenzugeben, hatte er die Familie Borgini betrügen wollen. Das ließ sich ein Gigi Borgini nicht bieten. Der hatte Ahrens eine hübsche Falle gebaut und die Polizei informiert, die ihn nur noch festzunehmen brauchte. Nun war er also nach der Haft untergetaucht oder auf die übliche Art für alle Zeit verschwunden. Das wusste man nicht so genau.

Joe legte den Zeichenblock vor sich hin. Er hatte die Ahrens in Frankfurt genau im Auge gehabt, weil seine Leute sie auch weg haben wollten. Seine Firma hatte ihren Rechtsanwalt gekauft, trotzdem war die Ahrens spurlos verschwunden. Also gab es angeblich kein Interesse mehr an ihr, bis man sie in Kempten fand und es jemanden geben musste, der ihre Geschwätzigkeit beendete. »Ich liebe den Verrat, aber ich hasse Verräter«, soll Julius Cäsar gesagt haben.

Joe hielt seine Zeichnungen gegen das Tageslicht. Er vermutete, dass seine Firma befürchtet hatte, die Familie Borgini könnte die Bittner fangen, und dort würde sie zu viel ausplaudern. Das hätte für die Firma unschön werden können, also hatte er ihr zum Big Sleep verhelfen sollen. Er musste über diese Metapher lachen. Der Fall war von anderer Hand erledigt worden. Das ging ihn nichts mehr an.

Joe erhob sich und legte eine Leinwand auf den Tisch. Es reizte ihn, die Biegung der Iller nach Norden hin zu malen. Er hob die Leinwand hoch und schnupperte daran. Das tat er immer, bevor er zu malen begann. Joe musste die Leinwand gut riechen können, sonst gelang das Bild nicht. Davon war er fest überzeugt. Doch zur Arbeit war er nicht konzentriert genug. Immer wieder schweifte er in seinen Gedanken ab. Also lief Joe ins Bad und duschte sich kalt. Weshalb es dann die Taube sein musste, konnte er nicht sagen. Es war genau jene Taube, die vor seinem Atelierfenster auf dem Sims gesessen hatte. Sie würde nun über der Iller schweben, als hätte sie nie woanders fliegen können.

Gegen vier Uhr morgens musste er sich hinlegen. Die Müdigkeit hatte gesiegt, aber Joe war zufrieden mit sich. Er schloss die Augen und sog den Duft der frischen Farben ein. Jetzt hatte er wieder einmal erleben dürfen, wofür er lebte. Das Bild war natürlich nicht fertig, aber er sah es bereits präzise vor sich. Joe spürte eine wohltuende Erregung in sich und drehte sich auf die Seite, um endlich Schlaf zu finden. Das

Hungergefühl ignorierte er. Er aß zu wenig. Manchmal vergaß er es völlig. In seinem Atelier hatte er einmal erlebt, wie er ausgezehrt zu Boden fiel und dachte, das war es nun. Nein, jetzt noch einmal aufzustehen, um an den Kühlschrank zu gehen, kam nicht in Frage. Dann schlief er doch nicht gleich ein. Die Sterne lockten ihn ans Fenster. Ein Stern schien zu blinken wie das Positionslicht eines Flugzeugs. Jemand sang sehr leise. Es war mehr ein Summen. War es eine Frauenstimme? Oder der helle Gesang eines Kastraten? Er ging hinüber und öffnete die Tür zur Küche. Ein alter Freund stand unerwartet hinter ihm. Den hatte er Jahrzehnte nicht gesehen. Im Bett vor ihm lag eine alte Frau und bewegte ihre Lippen. Sang sie ein altes Wiegenlied? Er erinnerte sich nur an die Melodie. Es war seine Mutter, aber die war bereits eine Ewigkeit tot. Er musste etwas essen, sonst würde er den Verstand verlieren. Dann schlief er doch ein.

Als das Licht anging, sprang er aus dem Bett und ging in Abwehrstellung.

»Es tut mir leid, Joe«, sagte Lohbach, »die Dinge haben eine ungünstige Entwicklung genommen. Wir müssen ihnen eine andere Richtung geben. Der Typ wird unberechenbar, weil er nicht nach Italien zurück kann. Nun soll er in die Staaten abhauen, wenn er sich kaufen lässt. Ich habe einen Koffer voll Geld für ihn dabei.«

Joe wischte über sein Gesicht und tat das im Bad noch einmal mit einem nassen Waschlappen. Die Firma hatte den Kerl also in Italien den Behörden angezeigt, damit er nicht zurück konnte. Sie wollten ihn haben? Jedenfalls dachte er sich das, sonst würde der Typ sich nicht im Allgäu verstecken. Aber ihm war klar, was es damit auf sich hatte, dass Lohbach ihn in aller Samstagsfrühe aus dem Bett holte. Schließlich war sein Job eindeutig definiert, und ein Gefangenentransport gehörte nicht dazu. Da er keine Lust zu reden hatte, zog er sich seine Arbeitshose an und schwieg. Er war noch mit seinem Traum beschäftigt, der ihn gleich vor mehrere Rätsel stellte. Eine Antwort fand er nicht sofort. Eigenartig, dass er von diesem Schulfreund geträumt hatte, mit dem ihn Dinge verbanden, die noch heute eine Rolle spielten, wie die Malerei oder die klassische Musik. Darüber wollte er später intensiv nachdenken.

Lohbach hatte seinen Passat einen Kilometer weit vom Haus entfernt abgestellt und öffnete Joe die hintere Tür, während er sich ans Lenkrad setzte. Es war noch dunkel, trotzdem wusste Joe, in welche Richtung sie fuhren. Er besaß einen ausgezeichneten Orientierungssinn. Ein paar Stunden zu Fuß durch eine Stadt genügten ihm, um sich danach bestens auszukennen. Zum eigenen Schutz sollte man jeden Weg zur Eigensicherung mehrfach gegangen sein. Das hatte er erledigt, als Lohbach ihm sagte, er müsse bleiben. Der bog in eine von Bäumen eingefasste Straße ein und zählte laut die Häuser auf der rechten Seite. Alles hier sah hübsch akkurat aus, und Joe stellte sich vor, wie die Bewohner sich gegenseitig argwöhnisch beäugten, um jede Störung der Ordnung im Keim zu ersticken. Es ging in Richtung Autobahn, aber das war nicht das Ziel, sonst würde Lohbach schneller fahren, dachte Joe. Neben ihm lag eine dieser typischen schmalen Lederkoffer, wie ihn jeder Büroschwengel bei sich trug. Er fragte sich immer, was diese Leute darin Menschheitswichtiges mit sich herumtrugen. Letztlich waren sie nur ein Erkennungszeichen, genau wie Anzug und Krawatte, diese Uniform der Mittelmäßigen.

Sie blieben kurz vor einer Ausfallstraße stehen. Lohbach beobachtete die Umgebung und fuhr dann weiter. Er steuerte den Audi über den Schumacherring zur Lenzfrieder Straße, bog dort ab und ließ ihn still durch die schmale Straße gleiten. Er hielt beim Parkplatz am Bachtelweiher an. Joe sah das Gebäude und sagte nichts.

»Die haben heute geschlossen.« Lohbach schaute auch hinüber.

»Jeder Gastronomiebetrieb hat einen Hund«, konterte Joe.

»Hoffentlich«, reagierte Lohbach und lachte kurz. »Wir warten. Er steht drüben beim Spielplatz, ich sehe ihn im Scheinwerferlicht. Der kann vor Misstrauen nicht gehen. Siehst du ihn? Die Nacht hat er in einem fast fertigen Neubau verbracht. Ich habe ihn bis zum Morgen nicht aus den Augen gelassen. Der dürfte nicht besonders gut geschlafen haben und wird dementsprechend gereizt sein. Die Waffe hat er auch noch.«

»Wieso denkst du, dass der Kerl dir deine Nummer abkauft, Smutty? Dir würde ich kein Wort glauben.« Joe zog die Handschuhe über.

»Weil er sonst keine Chance hat. Der alte Borgini ist keine verlässliche Adresse mehr.«

Lohbach öffnete das Handschuhfach und hielt ein Flugticket, einen Stadtplan von New York und noch ein Dokument hoch, das Joe nicht identifizieren konnte. Der Typ beim Spielplatz war nicht sehr groß. Ein schmächtiges Kerlchen, eher unscheinbar, und er wirkte harmlos kindhaft. Aber er besaß eine Pistole. Lohbach öffnete das Fenster und winkte, aber der Bursche rührte sich nicht vom Fleck.

»Wenn er mir nicht glaubt, dass ich einer von Latoninis Leuten bin, dann müssen wir es auf deine Art erledigen. Er muss definitiv glauben, dass er überlaufen kann, sonst haut er ab«, sagte Lohbach und stieg aus.

Das bedeutete allerdings, dass sie ihn zunächst einmal einfangen mussten. Joe hatte keine Lust auf eine Hasenjagd. Lohbach zog Mantel und Sakko aus, legte beides auf den Fahrersitz und ging langsam in Richtung Spielplatz, wobei er ständig mit den Dokumenten wedelte. Als er in der Mitte zwischen dem Auto und dem Spielplatz angekommen war, legte er die Papiere auf den Boden und ging Schritt für Schritt rückwärts zurück. Da der Kerl hinter einem Baum stand, konnten sie nicht sehen, ob er die Waffe in der Hand hatte. Lohbach zog aus der Manteltasche einen amerikanischen Pass und wedelte auch damit herum. Dabei ließ er sich langsam auf den Fahrersitz gleiten. Joe schaute sich den Burschen näher an, als der zu den Papieren ging und sie aufhob. An der Art, wie er die Pistole in der Hand hielt, meinte er zu erkennen, dass da einiges an Erfahrung mitspielte, auch wenn der Typ noch ziemlich jung war. Die Borginis würden natürlich keinen unerfahrenen Mann schicken, wenn es um eine solche Sache ging wie die in der Bank. Also mussten sie sich vorsehen. Lohbach wirkte locker, aber an seinem arbeitenden Kiefer sah Joe, wie es in ihm arbeitete. Viel Zeit blieb nicht mehr, denn bald würde es völlig hell sein. Das wussten sie beide. Außerdem waren sie im Wagen in der ungünstigeren Position. Die Kugeln würden die Außenhaut des Fahrzeugs leicht durchschlagen. Joe wunderte es, dass der Bursche überhaupt erschienen war. Wieso sollte er glauben, dass Smutty ein Mann der New Yorker Latonini-Familie war? Vielleicht hatten ihn die Borginis hängen lassen? Der Junge bewegte sich unsicher, und Joe dachte daran, dass diese Unsicherheit ihn schießen lassen könnte. Joe atmete kurz, um seine innere Spannung zu halten. Lohbach saß in direkter Schusslinie. Doch das würde nicht viel ändern. Selbst wenn Joe sich auf der anderen Seite aus dem Wagen fallen ließ, würde der Kerl ihn leicht erwischen können. Joe hatte den schmalen Lederkoffer auf seinen Schoß gelegt und sah nicht hinüber zu dem Typ, sondern blickte wie gelangweilt auf die stille Oberfläche des Sees. Lohbach bewegte sich leicht, hob eine Thermoskanne hoch, schraubte den Trinkverschluss ab, goss sich Kaffee ein und winkte damit dem Burschen. Die gesamte Zeit ihrer Anwesenheit am See hatten sie kein Wort miteinander gewechselt. Joe vermisste kein Gespräch, und Lohbach konnte sich sowieso immer nur auf eine Sache konzentrieren.

»Come on, Massimo«, rief Lohbach.

Jetzt drehte Joe seinen Kopf leicht in die Richtung des Angesprochenen und sah, dass er sich vorsichtig in Bewegung setzte. Als er den Wagen erreicht hatte, zeigte er nach kurzem Zögern mit der Pistole auf den Lederkoffer, und Joe reichte ihn zu Lohbach nach vorne. Lohbach reichte Massimo den Kaffee und öffnete den Koffer, der randvoll mit hohen Dollarnoten gefüllt war. Joe betrachtete Massimo nun aus der Nähe und war sicher, dass seine armselige Kleidung keine Maskierung war. Das viele Geld schien ihn zu verwirren, denn er trank den Kaffee hastig, nahm die Kanne vom Beifahrersitz, hockte sich ins Auto und zog den Geldkoffer auf seinen Schoß. Als er den Kopf etwas nach vorne beugte, konnte Joe sein Genick direkt vor sich sehen. Er wollte nicht mehr warten. Ein kurzer Ruck, und der spitze Platinstift steckte tief im Nacken von Massimo. Lohbach war mit dieser plötzlichen Aktion von Joe nicht einverstanden, aber er reagierte nur kurz.

»Herrgott Joe, jetzt hat der den ganzen Kaffee auf das Geld geschüttet.«

Joe hielt noch den Faden zwischen den Fingern, mit dem er vorsichtig sein Werkzeug aus der Lasche an seinem rechten Unterarm gezogen hatte. Lohbach machte nun seinerseits seinen Job. Er zog den Toten aus dem Wagen und schleifte ihn zu dem Baum, hinter dem der sich zuvor verborgen gehalten hatte. Dann nahm er die Reisepapiere wieder an sich, stieg in das Auto und fuhr los. Auf der Straße in die Stadt kamen ihnen die ersten Hundebesitzerinnen entgegen.

»Sie werden ihn gleich finden. Hoffentlich reißt sich keine von diesen Hundeladys die Pistole unter den Nagel.« Lohbach lachte.

Joe wusste, was er meinte. Die Polizei sollte Massimo schnell als Mörder der Hannelore Bittner erkennen können und die Borgini-Familie aus der Reserve locken.

»Ich steige hinter der Brücke aus«, sagte Joe, ohne weiter auf Lohbach einzugehen. Der stoppte kurz, reichte Joe einen Umschlag und fuhr weiter. In dem Umschlag befand sich eine Fahrkarte. Der Zug sollte kurz vor dreizehn Uhr vom Bahnhof

Kempten aus nach Stuttgart fahren. Er wunderte sich nicht darüber, dass sie seine Gedanken lesen konnten. Kurz nach dem Tod des Burschen hatte er genau das gedacht. Joe wollte nach Hause in sein Atelier. Die gewünschten Bilder könnte er dort besser malen als in Kempten. Oder doch nicht? Er steckte den Umschlag mit den fünftausend Euro in die Jacke. Das waren seine Betriebskosten. Die eigentliche Summe wurde auf sein Geheimkonto überwiesen. Er musste sich keine Gedanken machen. Betrogen hatten sie ihn noch nie.

Joe ging spazieren, so wie er es danach immer tat. Doch nicht etwa, um sich abzulenken. Die Muskulatur war während der Tat so angespannt, dass er sie hinterher durch das Laufen lockern musste. Kurz nachdem das Kaufhaus in der Kotterner Straße geöffnet hatte, betrat er es. Auch dieses Ritual behielt er konsequent bei. Er kaufte diesmal eine schwarze Cordjacke und eine dunkelgrüne Cordhose, sowie eine lange Jacke in Beige mit Kapuze, und er behielt die Kleidung gleich an. Als nächstes folgten ein Paar dunkelbraune Wildlederschuhe. Auch die zog er nicht mehr aus. Mit drei vollbepackten Tüten spazierte er zielgerichtet umher, bis er ein Müllfahrzeug gefunden hatte. Einige Häuser weiter steckte er die Tüten in eine Tonne und wartete ein paar Minuten, bis sie geleert wurden. So verschwand die eventuell belastete Kleidung aus seinem Besitz. Niemand konnte sagen, ob nicht doch kleinste Spuren der Angelegenheit am See als Anhaftungen zu finden sein würden. Er lief in Richtung Bahnhof, um sich dort in der Nähe noch ein Frühstück zu gönnen, denn bis Stuttgart würde er nichts Essbares mehr bekommen.

An der Beethovenstraße gab es dann doch noch ein unerwartetes Ereignis. Es waren nur Sekunden, aber die Person am Steuer, die so langsam an ihm vorbeifuhr, die kannte er. Ich vergesse nie ein Gesicht. Eine Frau. An die Nase erinnerte er sich, an den hängenden Ohrring, das breite Kinn. Jetzt gab es etwas, über das er während der Zugfahrt lange nachdenken konnte. Er kannte die Frau, da gab es keine Zweifel. Aber woher? Plötzlich hätte er sich gerne noch eine Stunde hingelegt, aber in das Apartment wollte er auf keinen Fall zurück. Wahrscheinlich hatte Lohbach sowieso schon saubergemacht und das Schloss ausgetauscht.

Die Frau ging ihm nicht aus dem Kopf, und nun war es erst kurz vor halb elf. Er musste das unterbinden, denn es störte seine Konzentration. Bevor er etwas essen ging, suchte er den Bahnhof auf und erkundigte sich nach dem ICE von Stuttgart nach Frankfurt am Main, dann lief er zum Hofgarten und hielt Muße. Das war gut so, denn dabei fiel ihm auf, dass er noch seine alten Socken trug, und eine Reise ohne jegliches Gepäck war auch nicht gerade unauffällig. Nachdem er sich eine Umhängetasche und Socken gekauft hatte, besorgte er sich zwei unterschiedlich große Zeichenblocks und einen Satz hochwertiger Bleistifte dazu, ging wieder in den Park und zeichnete. Kempten gefiel ihm immer besser. Das Licht, die Atmosphäre dieser Stadt, so eine Mischung aus bürgerlicher Behäbigkeit und übertriebener Hektik, mit fast archaischen Bildern, gefielen ihm, und auch das aufgesetzte Großstadtgetue, weil es auf ihn wirkte wie eine große Inszenierung. War nicht letztlich das Leben ein einziges großes Spiel? Als es endlich an der Zeit war, zum Bahnhof zu gehen, hatte er diesen Massimo schon so gut wie vergessen.

Es konnte und durfte nicht sein, aber plötzlich fühlte er sich beobachtet. Im Hakenschlagen war er geübt, und letztlich passte er den Zug nach Stuttgart so ab, dass er ihn gerade noch erreichte.

5

Will sie mich umbringen? Seine Lungen schmerzten bereits und sein Atem wurde durch die Anstrengung immer flacher. Wie hatte er nur auf Renatas Lockungen hereinfallen können? Er wusste doch, dass eine Bergtour für ihn immer auf die gleiche Weise in Quälerei ausartete. Winkler sah das kleine Mädchen von vorhin wieder bei dem Haus stehen. Es hatte ein Katzenjunges im Arm. Das Tier hatte drei schwarze Pfoten und eine weiße, deshalb war es ihm vorhin schon aufgefallen. Auch einen jungen Burschen sah er, der eine Zigarette schmauchend am Baum lehnte und dem Mädchen etwas zurief, das er nicht verstand.

Winkler blieb stehen und versuchte, in Ruhe Luft zu bekommen. Er drehte sich um. Renata war wie immer perfekt. Er hingegen sah selbst dann, wenn er einen Smoking trug, wie ein aufgeblasener Pförtner aus. Winkler lächelte, obwohl er von ihrer beruflichen Auseinandersetzung noch brummig war. Er hatte zu Renata gesagt, dass der Tote wie ein Symbol an den Baum gelehnt worden war; sie hatte das voreilig genannt, und er war in den Wagen gestiegen und hatte die Tür zugeknallt.

Die schwere Wasserflasche störte ihn erheblich beim Gehen. Selbstverständlich schleppte er keinen Rucksack, schließlich war er nicht auf der Flucht. Renata trug einen, aber bei ihr sah auch das elegant aus.

Renata di Nardo wusste, dass er sich quälte. Sie beobachtete sein Bein mit dem operierten Knie. Wenn er anfing zu humpeln, dann gab es für sie nur eine Entscheidung, nämlich ins Tal zurückzukehren. Aber bisher lief Winkler normal, auch wenn er versuchte, sein Schnaufen zu unterdrücken, um durchtrainiert zu wirken. Er war nicht besonders fit, das war alles.

Sie hatten nach Auffinden der Leiche am Bachtelweiher und ihrer ersten Tatortbesichtigung nicht mehr über diesen

Fall gesprochen. Als Winkler mit Rasim Osman eingetroffen war, da hatte sie bereits ihren ersten Wutanfall hinter sich, weil die Leute ungeniert mit ihren Hunden herumgelaufen waren, und manche hatten sogar Fotos von dem Toten gemacht. Die Polizei war der Lage einfach nicht Herr geworden, es waren zu viele Gaffer vor Ort gewesen. Nach dem kleinen Wortwechsel mit Winkler hatte Renata ihn mit Osman zurück ins Büro geschickt, denn mit Antonia Mandl und Reto Gloger war ihre Abteilung mit genug Leuten vor Ort vertreten gewesen. Sie hatte sich dabei gar nichts weiter gedacht, aber Winkler nahm es ihr übel.

Außerdem wälzte er noch andere Probleme in seinem Kopf. Am kommenden Sonntag hatte er eigentlich seinen Sohn im Pflegeheim besuchen wollen, aber seine Ex-Frau hatte sich angesagt, wie ihm die Stationsschwester am Telefon mitteilte, und deshalb war Renata mit dem Vorschlag einer Wanderung zum Kanzelwandhaus zu ihm durchgedrungen. Seine Ex-Frau wollte er auf keinen Fall treffen. Also waren Renata und er am späten Samstagabend in sein Apartment nach Oberstdorf gefahren und hatten dort über Gott und die Welt geplaudert, um eine Debatte über die beiden Morde zu vermeiden.

Seit dem Leichenfund am See waren fast zwölf Stunden vergangen. Sie hatte ihm auch noch nicht gesagt, dass Franz Inninger kaum eine Überlebenschance besaß. Dazu würde sie am Montag noch Gelegenheit haben, wenn es die große Konferenz gab, die Kriminalrat Aspelkamp angekündigt hatte.

Genug jetzt, dachte sie, sonst nimmt dir der Alltagskram noch die ganze Freude an der Bergwanderung. Irgendwann würde sie jedoch über den Fall mit ihm reden müssen. Winkler hatte sich ein neues Auto zugelegt. Das hatte sie sehr erstaunt. Dass es ein kleiner Italiener war, hatte sie lächelnd zur Kenntnis genommen. Nun wartete der Wagen unten bei der Fellhornbahn. Winkler schien etwas kräftiger auszuschreiten als zuvor. Renata di Nardo ließ sich etwas zurückfallen, um den Ausblick zu genießen. Sie mochte die Berge, weil sie ihr sagten: Es ist nichts, reg dich nicht auf. Sie hatte sich darüber gewundert, dass Winkler nicht vor dem Schild *Kanzelwandhaus* stehengeblieben war, weil ihn die zu begehenden 1.520 Meter zu sehr beanspruchen würden. Der Weg durch den Mischwald war eher anheimelnd gewesen. Nun aber begann der richtige Aufstieg über die Stufen, und das forderte den ganzen Mann. Das war eher ironisch gedacht, und sie musste lächeln, denn nach wenigen kräftigen Schritten hatte sie Winkler wieder erreicht. Da sie selbst so oft es ging in die Berge stieg, war sie ihm gegenüber einfach im Vorteil. Am Wildbach blieb Winkler stehen.

»Hier würde ich gerne verweilen, in das stürmische Wasser schauen und zum wiederholten Male begreifen, dass die Natur uns Menschen nicht braucht«, sprach er pathetisch.

Renata di Nardo sah ihn an. Manchmal befürchtete sie, er würde noch dünner werden. Seine Wangen wirkten eingefallen, und er lief ständig etwas nach vorne gebeugt. Doch Sorgen machte sie sich nicht, denn die regelmäßigen ärztlichen Pflichtuntersuchungen hatten ihn bisher immer dienstfähig gesehen. Sie hoffte nur, er dachte nicht an seine Ex-Frau, denn das würde ihnen den ganzen Sonntag ruinieren. Dass diese Frau sich nun erlaubte, so zu tun, als würde sie das Schicksal ihres Sohnes interessieren, nachdem sie sich während seiner Zeit des Komas nicht um ihn gekümmert hatte und sogar die Geräte abschalten lassen wollte, zeigte ihre Abgründe. Natürlich war ihr Urteil nicht fair, denn sie kannte die Frau nicht, aber sie hatte an Winkler häufig genug erlebt, wie er unter dieser Situation litt. Er glaubte offensichtlich, sie hätte nicht mitbekommen, dass diese Frau einen Rechtsanwalt eingeschaltet hatte, um den Sohn unter ihre Aufsicht zu bekommen. Seine kryptischen Andeutungen sowie zwei Anwaltsbriefe, die offen auf seinem Tisch lagen, hatten sie aufhorchen lassen. Sie fürchtete, dass Winkler dann zu Dingen fähig wäre, über die sie nicht weiter nachdenken wollte.

»Was ist mit dir? Du machst ein Gesicht, als wärst du schon wieder bei unseren Toten«, rief er ihr zu.

Sie schüttelte nur den Kopf und lief weiter.

»Was sagtest du, wie lange unser Spaziergang dauern wird? Drei Stunden, vier Stunden?« Er legte den Kopf schräg und grinste.

Sie wusste ganz genau, was er damit sagen wollte, nämlich dass er es nur aus Liebe zu ihr tat, aber das wollte sie ihm nicht schmeichelnd bestätigen, also schwieg sie und beschloss, ihn oben beim Kanzelwandhaus dafür einmal kräftig zu umarmen. Wenn er doch nur diesen albernen Stoffteller vom Kopf nehmen würde, dachte sie. Sie kannten sich zu gut, als dass er ihren Blick nicht übersetzen konnte.

»Die Baskenmütze bleibt«, reagierte Winkler, »weil es erstens eine echte ist und mir zweitens ein Stahlhelm nicht steht.« Er sah sie an, und sie wussten beide, dass die kleinen Zwistigkeiten der letzten Tage der Vergangenheit angehörten. »Bitte erzähl mir nicht, wie die Berge da drüben heißen. Zuletzt habe ich ein ganzes Wochenende damit verbracht, herauszufinden, weshalb man diesen Berg dort drüben Fellhorn nennt.«

Es war ihr kleines Spiel, denn er wusste, wie intensiv sie sich mit dem Gebirge beschäftigte, und natürlich hatte sie eine Antwort parat.

»Wenn dir der Name nicht gefällt, dann nenne ihn Schlappolder Spitz. So nannten die Allgäuer ihn bis 1844. Und wenn wir schon einmal dabei sind, dann darf der verehrte Herr zusätzlich erfahren, dass die Kanzelwand auch Warmatsgundkopf genannt wird.« Sie lachte und lockerte ihren Schal, denn der Aufstieg wärmte durchgängig.

Winkler beobachtete grantig einen Trupp Wanderer, der ihnen entgegenkamen. Er mochte diesen Massenauftrieb nicht. Eine einheitlich gekleidete Herde und vornweg der Hammel, dachte er.

»Dann können wir quasi jeder für sich auf einen eigenen Berg steigen. Du auf die Kanzelwand und ich auf den Warmatsgundkopf, was auch immer der Name bedeuten mag.« Winkler drehte sich zur Seite und wartete darauf, dass die lebhaft schwatzende Meute an ihm vorbeizog. Renata di Nardo musste nicht darüber nachdenken, ob er bis zum Kanzelwandhaus gehen wollte, denn vor ihnen liefen mindestens ein Dutzend Wanderer auf dem breiten Weg, der hinaufführte. Inzwischen war der Himmel klarer, und ein sonniger Herbsttag öffnete seine Fenster. In einiger Entfernung sah sie die Seilbahn und nahm natürlich den anmutsvollen Blick über die Bergspitzen in sich auf. Es gab genug Plätze, um sich zu setzen und den Anblick der Natur zu genießen. Sie nahm zwei aufblasbare Sitzkissen aus der kleinen Seitentasche des Rucksacks und reichte sie Winkler.

»Pusten, Herr Kollege«, sagte sie.

»Deiner Intuition sei Dank. Ich dachte schon, wir würden uns dieser Invasion anschließen.« Winkler blies die Sitzkissen auf, und sie hockten sich an einen Wiesenhang mit dem Blick auf die umliegenden Höhen. Nach einer andächtigen Pause zu Ehren dieser faszinierenden Welt der Berge aß Winkler ein gekochtes Ei, das Renata di Nardo ihm reichte.

»Wenn ich hier oben bin, dann verstehe ich deine unbeirrbare Sehnsucht nach dieser Welt. Aber nur, wenn ich hier oben bin«, sagte Winkler einschränkend, und sie lächelte ihn an.

»Du bist nun einmal ein ignoranter Städter und musst mir nicht schmeicheln«, antwortete sie scherzend, während er in eine Tomate biss und ihm der auslaufende Saft seine alte Windjacke bekleckerte.

»Ich habe dein Lätzchen vergessen«, sagte sie lachend, während er vergeblich nach Papiertaschentüchern suchte. Aber Renata hatte selbstverständlich richtige Stoffservietten dabei. Während er noch eine Semmel mit italienischer Knoblauchsalami aß, kam sie zum Thema. Sie hatten nun lange genug so getan, als könnten sie das Büro aus ihren Köpfen verbannen, aber das war doch nur Getue. Außerdem glaubte in der Abteilung sowieso niemand daran, dass die Chefin Winkler gegenüber die Schweigepflicht wahrte, die Kriminalrat Aspelkamp im Auftrag der höheren Stellen den oberen Dienstgeraden auferlegt hatte.

»Ich habe mit Antonia Mandl über eure Dienstfahrt gesprochen«, sagte sie einleitend.

»Tatsächlich? Wer hätte das gedacht.« Winkler wollte ironisch sein, aber es klang nur böse.

Renata di Nardo überhörte das und setzte ihren Satz fort.

»Sie ist mit dir der Meinung, dass die Richterin Zeiser im Alpsee liegt, aber ihr habt weder Anhaltspunkte noch Beweise dafür. Es wird also dort auch keine Suche geben. Die in Augsburg glauben, dass sie an einem Erschöpfungssyndrom leidet und sich daher fluchtartig verabschiedet hat.«

Winkler wischte sich mit dem Jackenärmel über den Mund, was Renata di Nardo mit kritisch gespitzten Lippen zur Kenntnis nahm.

»Zum Glauben sollen sie in die Kirche gehen und Kerzen spenden. Vielleicht hilft das.« Winkler schüttelte den Kopf. »Mich würde interessieren, an welchen Fällen die Richterin im letzten Jahr gearbeitet hat. Wenn der Borgini dabei war, müssen wir mit dem Unerfreulichsten rechnen.«

Renata di Nardo aß Salat aus einer kleinen Schüssel und schaute auf die hellen Schneeflecken auf den gegenüberliegenden Bergen. Winkler wunderte sich wieder einmal darüber, was sie so alles in ihrem Rucksack mit sich schleppte.

»Das werden die Augsburger uns nicht sagen. Ich dachte, wenn ich dir die Mandl mitgebe, dann lassen sich durch sie alte Seilschaften in Augsburg bewegen, aber dem war nicht so. Wenn eine Richterin Angst vor der Mafia haben muss, dann gute Nacht, schöne Welt.« Sie brach eine Semmel entzwei und tupfte mit dem weichen Kern das Olivenöl und den

Balsamicoessig auf. »Du hast davon gehört, dass der Borgini sich hier irgendwo versteckt hält? Aber der ist bisher unauffällig geblieben. Warum sollte er sich wegen einer Richterin Ärger einhandeln?«

Das war nun ein neues Thema. Winkler wunderte sich darüber, dass sie es ansprach, denn es wurde wie ein Staatsgeheimnis gehütet. Gigi Borgini war der oberste Chef einer süditalienischen Familie und war in seiner Heimat zu einer langjährigen Haftstrafe verurteilt worden. Weshalb er es dann bis ins Allgäu schaffen konnte, darüber sprach man nicht. Der Mann war ein krimineller Multimillionär, der konnte mit seiner Brieftasche viele Türen öffnen.

»Ich möchte dich schon einmal auf Missvergnügen vorbereiten, denn am Montag will Aspelkamp etwas während der zweiten Dienstbesprechung verkünden. Mehr weiß ich nicht. Ich denke aber, dass die Augsburger mehr als eine stille Amtshilfe nicht haben wollen.«

»Vielleicht fürchten sie, dass wir die Richterin finden und sie dann blöd dastehen?« Winkler streckte sich. »Soll doch das LKA die Koordination übernehmen.«

»Es ist eine heikle Angelegenheit, weil es auch noch die Panne mit der Hannelore Bittner gegeben hat. Außerdem erwartet das LKA den Kokaintransport aus Österreich. Sie sind nervös. Alles kann schiefgehen.« Renata di Nardo sprach nicht mehr weiter. Winkler war klug genug, um sich seinen eigenen Reim darauf zu machen. Sie hatte es ihm erzählt, weil die da oben ihn bei den Untersuchungen nicht dabei haben wollten, davon ging er aus. Aspelkamp war das, bestimmt nicht Heller. Wahrscheinlich waren es übergeordnete Stellen, die in der Sache bereits Mist gebaut hatten. Bei denen war er sowieso nicht besonders angesehen. Also abwarten, dachte Winkler, etwas anderes blieb ihm nicht übrig.

Winkler betrachtete zwei dicke Wolken, die wie Matronen am Himmel hingen. Jemandes unsichtbare Hände begannen sie zu gestalten. Es schien, als würden Finger an ihren Rändern zupfen und sie ein wenig zerzausen. Gleich darauf wurden sie in die Länge gezogen und wieder zurückgeworfen. Dann bekamen sie lange weiße Federn, die wie breite Flügel den Flug der Wolken erklärten. Sie schwebten bald darauf auf kleinen Füßen über blaues Wasser.

»Siehst du die Wolken?«

»Ja. Sie werfen keine Schatten«, antwortete Renata di Nardo.

»Der Wind spielt mit ihnen. Er modelliert sie nach seiner Neigung. Wir sehen ihn nicht, aber er ist da und formt Wolken«, erwiderte Winkler.

»Das ist schön«, sagte sie.

»Jetzt sehen sie aus wie dunkelgraue Vögel mit fransigen Flügeln.«

»Wie hübsch«, entgegnete sie.

»Hübsch? Wolken sind wie Regentropfen. Sie erklären uns unsere Vergänglichkeit.« Winkler wartete, bis der Himmel ein neues Bild geformt hatte, dann drehte er den Kopf zur Seite und sah sie an. »Es gibt vieles, was man nur hier oben sehen kann.«

»Wirst du philosophisch oder melancholisch?«

Darauf wollte er nichts erwidern, und deshalb schaute er nur stumm in das Tal. Sie blieben noch eine ganze Weile schweigend sitzen und ließen die Umgebung auf sich wirken. Schließlich liefen sie den Abstieg hinab an Wäldern und Wiesen vorbei, wobei der geteerte Weg Winkler zu schaffen machte, auch wenn er das lädierte Knie schonte. Am Sturzbach blieben sie noch einmal stehen, und Winkler legte einen Arm um Renata, die seine Geste mit einer Umarmung ihrerseits beantwortete. Danach liefen sie schweigsam nach Faistenoy, und kurze Zeit später suchte Winkler seinen Fiat 500. Auch den Autoschlüssel fand er nicht. Den hatte Renata di Nardo an sich genommen, weil Winkler ein klassischer

»Ich-vergesse-immer-meinen-Schirm-Mensch« war und daher auch andere Sachen gerne mal verlor oder irgendwo liegen ließ. Das Auto stand bei der Fellhornbahn, was er tatsächlich vergessen hatte. Renata di Nardo ging darauf nicht näher ein, denn dafür gab es ihrer Meinung nach einen einfachen Grund. Seine Vergesslichkeit hatte etwas mit den ungelösten Fällen zu tun. Wenn er an sie dachte, dann waren die üblichen Dinge des Lebens für ihn einfach nicht mehr wichtig. Das machte ihm auch nichts aus, denn er hatte ja sie. Winkler hockte sich auf den Beifahrersitz und ließ Renata fahren. Er war müde. Über vier Stunden war er gelaufen, das gab es so gut wie nie bei ihm. Bei den Touren begleitete er sie eher selten. Zumeist nur, wenn er etwas gut zu machen hatte. Die Sonne stand bereits tief im Westen, als Renata di Nardo Oberstdorf ansteuerte.

Winkler hatte in seinem Bett fast drei Stunden geschlafen, während sie sich an seinem Wackeltisch Notizen für das morgige Treffen gemacht hatte. Sie musste ihre Leute einteilen, wusste aber nicht, was für Aufgaben Aspelkamp für sie bereithalten würde. Nachdem Winkler sich vom Bett aufgerafft hatte, wollte er unbedingt seine eigenwillige Bergkluft ausziehen, in der er geschlafen hatte. Das Ergebnis war nicht viel besser als seine Kleidung vorher, dachte sie, sagte aber nichts. Das würde Winkler nicht helfen, denn er hatte einfach kein Auge für die zu ihm passende Bekleidung, und andere Meinungen langweilten ihn. Modische Kleidung war für ihn Tarnung für Menschen ohne Persönlichkeit, also interessierte sie ihn nicht. Im kühlen Alpenland hatte das Zeug, wie er Kleidung bezeichnete, zu wärmen, das war alles. Dann kannst du dir doch ein Bärenfell um die Schultern legen, hatte sie einmal spöttisch angemerkt, und er hatte diesen Spott nicht einmal bemerkt.

Wegen der Besprechung am Montag fuhren sie in Renata di Nardos Dienstaudi am Abend nach Kempten. Der Autoverkehr war erheblich, und die Menschen wollten offensichtlich eiligst in ihre Behausungen zurück. Wenige Kilometer später setzte ein Drängler zum Überholen an und scherte dermaßen brutal vor ihnen ein, dass Winkler das Blaulicht blinken ließ und Renata di Nardo ihren Audi so beschleunigte, dass ihnen der Übeltäter nicht entwischte. Aspelkamp hatte ihr den Dienstwagen für das Wochenende auf Abruf erlaubt. Am nächsten Parkplatz stiegen sie aus. Während Winkler langsam auf die Fahrerseite des gestoppten Wagens zuging, sicherte Renata di Nardo ihn ab.

»Braucht die Polizei wieder Geld, oder weshalb werde ich angehalten?«, herrschte der Fahrer Winkler an. »Diese ewige Abzockerei ist zum Kotzen.«

»Fahrzeugpapiere und Führerschein«, antwortete Winkler und sah, wie die Zivilstreife der Autobahnpolizei in den Parkplatz einfuhr. Als die Kollegen Schäffler und Bringfeld aus dem Auto stiegen, nickte man sich kurz zu.

»Der war uns entwischt«, sagte Schäffler zu Renata di Nardo. »Wir hatten ihn schon kurz hinter Oberstdorf im Visier.«

Winkler staunte immer wieder über die Kollegen, die mit bayerischer Bierruhe auch den größten Flegeln in aller Ruhe die Verkehrsregeln erklären konnten. Die Kinder zogen Grimassen, und die Frau rauchte und stierte vor sich hin, während ihrem Göttergatten langsam der Kragen platzte.

»Der schwarze Wagen mit diesem Pärchen hat plötzlich abgebremst, also wurde ich zu einem Ausweichmanöver gezwungen«, behauptete er plötzlich.

»Sie sollten sich als Märchenerzähler bewerben«, reagierte Winkler, was den Mann richtig in Wut brachte.

»Leck mich doch am Arsch«, war die Antwort. Die Kinder lachten, und die Frau nuckelte weiter an ihrer Zigarette.

Winkler nahm den Fehdehandschuh auf.

»Da haben Sie in der Schule wohl nicht aufgepasst. Bei Goethe heißt es: Er kann mich im Arsche lecken. Das passt doch mit Sicherheit auch mehr in Ihre Geschmacksrichtung.«

»Deeskalieren, Winkler«, flüsterte ihm Schäffler ins Ohr, und Renata di Nardo zog ihn schnell in den Wagen zurück. Sie hatten mit der Sache nichts mehr zu tun. Das heißt, eine Aussage würden sie wohl machen müssen, falls der Mann tatsächlich vor Gericht zog. Sie verabschiedeten sich per Handgruß von den Kollegen und fuhren weiter.

»Auf der Autobahn findet sich doch immer ein Panoptikum aus geistig Beschränkten und motorisierten Perversen.« Winklers Lachen klang gekünstelt. Er wusste genau, dass Provokationen zu schlimmsten Eskalationen führen konnten, doch er konnte es einfach nicht lassen. Renata di Nardo musste dazu nichts sagen. Sie hatte plötzlich keine Lust mehr, essen zu gehen. Nicht nur wegen der Unbeherrschtheit Winklers, sondern auch, weil der morgige Tag mit seinen vielen offenen Fragen sie beschäftigte. Es war einfach keine übliche Untersuchung möglich aufgrund der Tatsache, dass die tote Hannelore Bittner eigentlich Christine Ahrens hieß und in einem Zeugenschutzprogramm alles passieren durfte, nur nicht, dass die zu schützende Person erschossen wird. Auch der Mord an dem jungen Mann am See gehörte durch die Art des Tötens zu den ungewöhnlichen Fällen. Dazu kam die verschwundene Richterin Zeiser, über die sie auch keine wirklichen Informationen erhalten hatte, und dann war da noch der Kokaintransport, der sie allesamt in helle Aufregung versetzt hatte. Man stelle sich vor, der Transport ging ihnen durch die Lappen, ein Skandal erster Güte wäre das.

»Sind wir schon wieder bei der Arbeit?«, fragte Winkler, der sich, im Sessel sitzend, eine Pizza bestellen wollte, weil Renata, wie er sagte, die nötige Essensaufnahme verweigerte, was gar nicht stimmte. Sie nahm sich ihren rohen Fisch, aß ein paar Reiskörner dazu und abschließend eine große Portion Schokoladenpudding. Für Winkler war das kein Essen, so wie Renata di Nardo jede angelieferte Pizza verweigerte. Bei diesem Thema waren sie sich nur selten einig. Sie reichte ihm die Namensliste, die sie geschrieben hatte.

»Die Todesursache von dem Burschen am See kommt mir irgendwie bekannt vor. Davon habe ich schon einmal gehört. Oder ich habe darüber gelesen. Ich weiß es nicht mehr.« Winkler legte den Zettel auf den Tisch neben sich.

»Sonst fällt dir nichts ein?« Sie tupfte sich die Lippen mit ihrer Serviette ab und brachte das Geschirr in die Küche. Dann räumte sie den Rucksack aus, hängte ihre Bergkleidung zum Lüften auf und kehrte in den Wohnraum zurück. Winkler lag im Sessel und las den Beipackzettel seines Schmerzmittels. Also ging sie ins Bad, duschte und machte es sich anschließend bequem. Sie lag auf dem Sofa und betrachtete Bilder des Banküberfalls, als es an der Tür klingelte und Winklers Pizza gebracht wurde. Dass er sie aus der Packung mit den Fingern aß, nahm sie wieder einmal mit hochgezogenen Augenbrauen zur Kenntnis.

»Weshalb können wir den Georg Bittner nicht finden? Das ist doch merkwürdig. Ein Ehemann verschwindet, während seine Frau erschossen in der Bank liegt.« Winkler sprach mit vollem Mund und verschluckte sich fast. »Und dann ist da noch die Sache mit dem Franz Inninger. Vielleicht hat der Journalist tatsächlich Material, das uns interessieren muss. Auch wenn er ein verblendeter und lästiger Verschwörungstheoretiker sein mag, irgendetwas hat mich bei ihm stutzig gemacht.« Er wischte sich mit dem Handrücken über die Lippen.

Renata di Nardo nickte ein wenig geistesabwesend.

»Die Borgini-Familie soll damals einer der Auftraggeber für Ahrens, den ersten Mann der Bittner, gewesen sein. Genau klären können hat man das nicht. Eigentlich hatte man dem Ahrens nicht viel beweisen können, bis Frau Bittner aussagte, und sie hat den Paten auf Fotos identifiziert. Wenn es stimmt, dass der Borgini später im Allgäu untergetaucht ist, dann können wir einen möglichen Zusammenhang herstellen. Rache war schon immer ein Motiv.«

Winkler stand auf und ging sich die Hände waschen.

»Das solltest du vor und nach dem Essen tun«, kritisierte Renata di Nardo.

»Ja, Mama.« Winkler taten die Füße weh und er war müde. »Lass uns das beenden. Morgen früh erfahren wir hoffentlich Handfesteres.«

*

Es war einer dieser gräulichen Herbstmorgen, bei denen man nie wusste, wird die Sonne sich noch sehen lassen, oder geht gleich ein nicht enden wollender Nieselregen nieder. Winkler stand in Unterwäsche am Fenster und sah hinaus. Am Schrank hing sein dunkelbrauner Anzug. Das war kein Fingerzeig, das war ein Befehl. Er sollte offenbar »anständig« gekleidet an der Besprechung teilnehmen. Die meisten Verbrecher trugen genormte Frisuren und manierliche Kleidung. Sie passten perfekt in diese programmierte Gesellschaft. Aber er wollte keinen Konflikt am frühen Morgen und begnügte sich damit, den braunen Anzug mit blauen Socken zu kombinieren. Etwas Provokation musste sein. Ein kleiner Hinweis auf seine Autonomie. Renata di Nardo trank ihre Schokolade und leckte sich die Sahnetupfen von den Lippen. Auf der kurzen Fahrt sprachen sie nicht. Als sie den Wagen auf ihren Parkplatz lenkte, standen Antonia Mandl, Rasim Osman und Reto Gloger neben der Tür und rauchten.

»Die Generalität ist noch nicht eingetroffen«, sagte Osman, und es klang fast wie die Entschuldigung eines Burschen, der von seinem Vater beim Rauchen erwischt wurde.

»Lassen Sie diese flapsigen Bemerkungen, Herr Kollege«, gab Renata di Nardo zurück und verschwand im Gebäude. Winkler folgte ihr nach. Vor dem großen Besprechungsraum standen Kriminalrat Aspelkamp und Oberstaatsanwalt Heller. Letzterer öffnete die Tür, und man ging gemeinsam in den Raum.

»Bevor wir gleich in medias res gehen, möchte ich eine Vorbemerkung machen.« Dabei schaute er Winkler an. »Es geht um die äußerst heikle Angelegenheit mit der Richterin Zeiser. Zwei unabhängige Zeugen haben den Augsburger Kollegen mitgeteilt, dass sie ein Wohnmobil gemietet haben soll. Falls das stimmt, werden wir schnell das Autokennzeichen bekommen. Wenn der Wagen gefunden wird, dann hätten wir gerne eine sehr genaue und dezente Untersuchung, ohne dass die Öffentlichkeit etwas erfährt. Und da kommen Sie ins Spiel, Kollege Winkler. Sie haben die Erfahrung und verfügen über das notwendige Einfühlungsvermögen. Kriminalrat Aspelkamp ist derselben Meinung. Frau Kollegin di Nardo wird auf Sie nicht verzichten müssen, denn ihr übertragen wir die ausnahmslose Untersuchung aller Fälle. Augsburg ist zu stark involviert und vielleicht nicht objektiv genug. Sie sind jederzeit befugt, sich mit dem Kollegen Spengler vom LKA abzusprechen. Die Sache ist selbstverständlich ganz oben angesiedelt. Wir verstehen uns?«

Winkler konnte nicht mehr reagieren, denn genau in diesem Moment betraten die erwarteten Herrschaften den Raum und wurden vorgestellt, nachdem Antonia Mandl, Osman und Gloger hinter Winkler Platz genommen hatten. Als letzte betrat die Pathologin Frau Dr. Wallinger den Raum, die ein großes Foto mit der Kopfwunde der Hannelore Bittner an der Tafel befestigte.

Aspelkamp hob die Hände.

»Ich darf zunächst vorstellen. Frau Kollegin Dr. Silke Feilhorn vom BKA und Herr Kollege Amadeus Spengler vom LKA. Frau Dr. Wallinger ist Ihnen ja bekannt.«

Winkler betrachtete die attraktive Brünette vom BKA mit dem Kurzhaarschnitt und dem dunklen Herrenanzug.

Spengler, der etwas von einem verkleideten Gartenzwerg an sich hatte, war ihm schon früher über den Weg gelaufen. Frau Dr. Wallinger zeigte mit dem Zeigefinger auf das Foto.

»Ganz kurz, weil wir die ersten Vergleiche durchgeführt haben. Der Tote vom See trug eine tschechische CZ 75 bei sich. Soweit wir es bis heute sagen können, die letzten Tests werden noch durchgeführt, stammt die Wunde am Kopf der Toten aus der Bank von dieser Waffe.«

Die schicke Frau Dr. Feilhorn trat vor die Ärztin.

»Gehen wir also davon aus, dass diese halbautomatische Pistole mit 9 mm Munition die Tatwaffe war, dann haben wir es mit einer ähnlichen Waffe wie der Beretta 92 FS zu tun. Einer Waffe, mit der unser Toter vom See in Italien mindestens vierzehn Menschen umgebracht hat, wie uns vor einer Stunde die Behörden aus Rom mitgeteilt haben. Massimo Ragi war ein Killer der Borgini-Familie und anderer Herrschaften. Damit sind wir beim Thema, verehrte Kolleginnen und Kollegen. Beim Thema Christine Ahrens nämlich.«

Sie machte eine Pause und hängte einige Porträtfotos an eine magnetische Tafel. Winkler sah in die Runde. Gloger saß wie immer brav auf seinem Stuhl, Osman kniff die Augen zusammen, Antonia Mandl hockte gebückt auf ihrer Sitzgelegenheit, und Renata di Nardo wirkte unkonzentriert und ein wenig genervt. Er wunderte sich, dass nur ihre kleine Abteilung informiert wurde. Frau Feilhorn schaute in die Runde.

»Das linke Bild zeigt Ahrens. Wegen eines Schadens von siebzehn Millionen Euro wurde er wegen Geldwäsche, Betrugs, Insolvenzverschleppung und Unterschlagung verurteilt. Seine Verbindung zur Borgini-Familie basierte auf der Aussage seiner Frau, damals Ahrens, heute Bittner. Sie hatte zu Protokoll gegeben, dass sie Ahrens und Borgini mehrfach zusammen in Düsseldorf gesehen hat. Ahrens sagte während seiner Verhandlung kein Wort. Weil er nicht kooperierte, saß er die gesamte Zeit ab, also fast achteinhalb Jahre. Nach seiner

Entlassung ist er spurlos verschwunden. Frau Ahrens bekam ihr Zeugenschutzprogramm bis zu ihrer Eheschließung mit Georg Bittner. Danach wollte sie keine enge Betreuung mehr. Wir haben erst spät erfahren, dass sie von Darmstadt nach Kempten gezogen war. Übrigens haben wir Herrn Bittner in unsere Obhut genommen. Sie brauchen ihn also nicht zu suchen. Wenn wir ihm Glauben schenken können, wusste er von der Vergangenheit seiner Frau nichts.«

Winkler musste etwas sagen.

»Schön, dass wir auch erfahren, dass Herr Bittner bei Ihnen ist.«

Aspelkamp schaute böse, während Staatsanwalt Heller keine Miene verzog.

»Das ging aus taktischen Gründen nicht anders«, antwortete Frau Feilhorn sachlich. »Wir sehen ihn auch als gefährdet an, weil die andere Seite eventuell Schritte unternehmen könnte, um an Material zu kommen, das sie bei Frau Ahrens vermutet.«

Das ist doch alles Quark mit Soße, dachte Winkler.

»Wenn Frau Bittner, oder Ahrens, als einzige Zeugin ihren Mann und den Borgini gesehen haben will, wieso hat man ihr das geglaubt? Ist es denn wahrscheinlich, dass ein Boss der Bosse sich mit einem kleinen Ganoven trifft? Und dann diese Inszenierung des Toten am See. Woher wollen wir wissen, dass dieser Massimo unser Mörder ist? Er wurde uns quasi auf dem Tablett geliefert, und wir sollen offenbar das glauben, was wir gefunden und gesehen haben.« Winkler brach ab. Zwar hatte sich das Gesicht von Renata di Nardo entspannt, also war sie seiner Meinung, aber Aspelkamp und Spengler sahen wütend drein, während Heller seine Fingernägel begutachtete.

»Sie haben völlig recht, Kollege Winkler«, sagte die Feilhorn ,und die Gesichter von Aspelkamp und Spengler entspannten sich. »Die CZ 75 ist eine Waffe, mit der man sehr präzise schießen kann. Der Kopfschuss war sicher kein Zufall.

Dass er keine Beretta benutzte, sollte uns wohl suggerieren, es handele sich um einen üblichen Bankraub. Spuren am Bachtelweiher deuten darauf hin, dass der Tote mit einem Auto an den See verbracht wurde. Was uns hellhörig machen muss, ist die Tötungsart. Auf diese Weise wurden in den letzten vier Jahren Menschen in Schweden, Belgien, Frankreich und nördlich der Mainlinie ermordet. Sieben Tote insgesamt. In allen Fällen liegen die Motive im Dunkeln. Es könnte bedeuten, dass wir uns um eine neue Gruppierung zu kümmern haben. Wegen der Biografie der Christine Ahrens, alias Hannelore Bittner, bleibt das Ermittlungsverfahren zunächst beim BKA.« Sie drehte den Kopf in Richtung Spengler und setzte sich. »Herr Kollege, Sie sind am Wort.«

Spengler war längst nicht so eloquent wie die Feilhorn. Er hatte eine fleckige Gesichtshaut und wirkte auf Winkler überfordert.

»Was wir gar nicht haben wollen, ist eine öffentliche Debatte über einen Krieg zwischen verschiedenen Mafiafamilien im Allgäu. Deshalb wird eine Verbindung zwischen der Ahrens und diesem Massimo offiziell nicht hergestellt. Oberstaatsanwalt Heller, Frau Hauptkommissarin di Nardo und ich werden die Untersuchungen mit dem BKA koordinieren. Die Anwesenheit des Gigi Borgini im Allgäu gilt als reine Spekulation. Kollegin di Nardo wird mit ihrem Stab die Suche nach diesem Schwerkriminellen forcieren. Nach italienischen Angaben ist der Mann um die zweiundsiebzig Jahre alt. Neuere Fahndungsfotos gibt es leider nicht. In der europäischen Dimension ist der Borgini eine kleine Nummer. Dennoch können wir nicht ausschließen, dass er von hier aus diverse Geldströme zirkulieren lässt, um Drogengelder zu waschen. Die Behörde in Italien sprach von hundert Millionen Euro.«

Spengler setzte sich. Man sah einander an, und Aspelkamp trat vor, etwas überrascht von dem plötzlichen Ende der Rede.

»Ich werde mich mit Frau Dr. Feilhorn in den kommenden Tagen zurückziehen. Wir wollen versuchen, uns bei Europol in Den Haag mit den dringend erforderlichen Informationen zu versorgen. Dieser Borgini wird ja kaum in einer Pizzabude hausen. Seine Verbindungen sind uns allerdings bisher nicht bekannt, und aus Italien bekamen wir bisher nur spärliche Aussagen. Es ist daher auch nicht auszuschließen, dass es türkische oder russische Banden sind, die sich mit Gewalt in das Geschäft drängen. Vergessen wir nicht, dass nach Schätzungen das Business mit Drogen weltweit dreihundert Milliarden Dollar einbringt. Der Trend nach oben ist ungebrochen. So gut wie jeder Geldschein, den wir in der Hand halten, hat Spuren von Kokain. Inzwischen ist in die Sache mit dem Transporter in Österreich Bewegung gekommen. Die Bande hat den Fahrer getauscht. Man schätzt, dass zwischen einhundertfünfzig und zweihundert Kilogramm Kokain in dem Transporter versteckt sind. Er wird in den nächsten Tagen unser Gebiet erreichen, und da sind alle zu erhöhter Wachsamkeit verpflichtet. Diesmal wollen wir keine Münzsammler fangen, die sich in dunklen Parks herumtreiben, sondern Herrschaften, die in Fünf-Sterne-Etablissements ihr kriminelles Leben genießen. Das wäre es von meiner Seite. Frau Dr. Wallinger wird uns nun noch etwas über die Toten sagen.«

Die Ärztin blieb auf ihrem Stuhl sitzen und blätterte dabei in ihren Unterlagen.

»Frau Bittner erhielt den Kopfschuss aus etwa zwei Meter Entfernung. Durch die Munition wurde das Gehirn irreparabel geschädigt. Sie muss sofort tot gewesen sein. Ihr Mageninhalt und ihre gesamte körperliche Verfassung deuten darauf hin, dass sie in letzter Zeit nicht viel gegessen hat. Der komplette Bericht folgt nach. Massimo Ragi wurde mit einem spitzen Gegenstand durch einen Stich ins Genick getötet. Die Art dieses Vorgehens weist auf anatomische Kenntnisse hin, und das legt die Vermutung nahe, dass der Täter wusste, was er tat.

Auch hier erreicht Sie der komplette Bericht in den nächsten Tagen. Danke für Ihre Aufmerksamkeit.«

Anschließend sammelte Renata di Nardo ihre Leute in ihrem Büro um sich. Zunächst ließ man das Gehörte schweigend auf sich wirken und wartete auf Winkler, den Oberstaatsanwalt Heller auf dem Flur noch einmal zur Seite genommen hatte, während Aspelkamp mit der Feilhorn und Amadeus Spengler das Gebäude verließ. Frau Dr. Wallinger wartete vor dem Büro von Renata di Nardo, weil die noch mit ihr sprechen wollte.

»Die Sache Zeiser ist inzwischen ganz oben angekommen«, sagte Heller. »Niemand im Ministerium glaubt mehr, dass sie sich einen Urlaub außerhalb der Reihe genehmigt hat. Man befürchtet mittlerweile, dass bei Bekanntwerden ihres Verschwindens und der zwei Morde in Kempten ein unzulässiger Zusammenhang hergestellt werden könnte. Sie kennen ja die Presse. Wir kochen das auf ganz kleiner Flamme. Einige befürchten bereits Auswirkungen auf den Tourismus. Sie sind da unser Mann, Kollege Winkler. Ich muss nicht extra betonen, dass ich Ihre Arbeit immer sehr geschätzt habe.«

Winkler durfte gehen, und ein dumpfes Gefühl beschlich ihn. »Wenn du von den Mächtigen gelobt wirst, dann hast du etwas falsch gemacht.« Wer hatte das gesagt? Er erinnerte sich nicht. Von Inninger hatte Winkler nichts gesagt, und nun war er überzeugt davon, dass das genau richtig gewesen war. Inninger, der angebliche Verschwörungstheoretiker, könnte doch tatsächlich Zusammenhänge kennen, die sie alle bisher nicht gesehen hatten. Aber der Fall Ahrens-Bittner war nicht mehr sein Fall, also wollte er Augen und Ohren offen halten und die Sache auf seine Weise weiter betreiben. Die Richterin Zeiser interessierte ihn nicht, zumal sie noch kein Fall für Ermittlungen in Sachen Mord und Totschlag war. Was ihn wirklich stutzig gemacht hatte, war die hohe Nervosität von BKA und LKA. Bei den Summen, um die es ging, auch kein

Wunder, aber Winkler glaubte sicher sein zu können, dass noch mehr dahintersteckte und sie nicht alles gesagt hatten. Diese penetrante Geheimniskrämerei ging ihm auf die Nerven, aber er musste sich eingestehen, dass er sich auch nicht anders verhielt, siehe Inninger. Als er die Tür zum Büro von Renata di Nardo öffnete, kam ihm ein heftiger Gedanke. Gab es in ihrem System irgendwo einen Maulwurf? Wieso erwischten sie immer nur die kleinen Fische, nie die großen Macher? Das könnte der Grund dafür sein, dass die Feilhorn nicht viel erzählt hatte. Wobei er insgesamt eher an das BKA dachte, weniger an Spengler. Und wie hätte er selbst reagiert, wenn die Mafia ihm Geld geboten hätte, damit sein Sohn eine exzellente Behandlung bekäme? Diesen Gedanken schaltete er sofort wieder ab. Darüber wollte er besser nicht nachdenken. Ein paar Auskünfte über die Fahndungsmaßnahmen und gut war es. Als er den Raum betrat, wurden gerade Bilder des gesuchten Gigi Borgini ausgedruckt, wie er heute aussehen könnte. Lange Haare, kurze Haare, keine Haare. Mit Bart, mit Schnurrbart, glatt rasiert. Ein rundes Allerweltsgesicht mit und ohne Kopfbedeckung.

»Davon gibt es tausende«, sagte Gloger.

»Der nette ältere Herr von nebenan«, äußerte Osman.

»Na gut, dann werfen wir die Flinte gleich ins Korn«, reagierte Renata di Nardo verärgert. »Wir hatten schon weniger Material und haben die Fälle aufgeklärt.«

Während Antonia Mandl die Fotos nebeneinander auf den Tisch legte, nahm Winkler sich einen Kaffee und Renata di Nardo wies auf die Straßenkarte an der Wand hin.

»Der Borgini spricht nur Italienisch. Das grenzt seinen Spielraum ein. Wir haben in den letzten Tagen die Straßenkontrollen verschärft. Daher wird er sich vermutlich nicht viel bewegen können. Also braucht er Komplizen. Das alles kann nicht unbeobachtet geblieben sein. Die Kollegen Osman und Gloger gehen auf Tour. Osman Richtung Isny und Gloger Richtung

Memmingen. Essen Sie so viel Pizza wie Sie können und halten Sie die Ohren offen. Kollegin Mandl, Sie besuchen alle kostspieligen Boutiquen im Umkreis und stellen fest, welche Ausländer in den letzten Wochen teuer eingekauft haben. Vielleicht finden Sie etwas. Kollege Winkler hat eine Spezialaufgabe, und ich halte hier die Stellung. Viel Erfolg.« Renata di Nardo nahm das Telefon und bestellte die Autos für die Kollegen. Danach leerte sich das Büro. Winkler wollte auch gehen, aber sie hielt ihn auf.

»Deine Meinung ist gefragt«, sagte sie und sah ihn an. »Du hieltest dich vorhin bedeckt, also heraus mit der Sprache.«

Wie gut sie mich kennt, dachte Winkler.

»Wir bieten möglichen Zeugen zweitausend Euro an. Europol hat einen Jahresetat von achtzig Millionen. Die Mafiosi machen Milliardenumsätze, Renata. Das passt doch nicht zusammen.« Er trat an das Fenster und winkte Osman, der soeben in einen schicken Audi stieg. »Na schön. Ich sage dir, was mich stört. Was ist mit dem Geld, das die Bittner in ihrer Handtasche hatte? Warum redet niemand darüber? Der Mord an diesem Massimo passt mir auch nicht ins Bild. Wenn diese Familien etwas erledigen, dann ballern sie wie Verrückte in der Gegend herum. Jetzt sollen plötzlich auch noch Türkenbanden und Russen mit im Spiel sein. Und weshalb haben sie unsere Abteilung ausgebootet? Aus die Maus.«

Renata di Nardo verstand ihn nur zu gut.

»Was wir finden, das heben wir auf. Denken wir an Kommissar Zufall. Oder wie heißt der bei dir? Inninger, glaube ich. Solange die in der Sache Zeiser nichts Konkretes haben, bist du doch flexibel. Was meinst du? Immerhin haben sie uns die Untersuchung nicht grundsätzlich verboten.«

Winkler grinste.

»Aspelkamp ist in Den Haag, und Heller wird uns machen lassen«, antwortete Winkler. »Die Wallinger sprach von diversen ähnlichen Morden in Europa. Das muss sich doch recherchieren lassen. Was denkst du?«

Renata di Nardo füllte ihre Tasche mit Unterlagen, strich ihren Rock glatt und ließ sich von Winkler in den Mantel helfen.

»Wir werden uns in die Wohnung zurückziehen und alles noch einmal gründlich durchgehen. Und wir fangen mit der Ahrens an, die in Kempten Bittner hieß. Sie musste sterben, das steht fest. Warum? Aus Rache? Weil sie etwas wusste oder weil sie jemanden gesehen hatte? Den Inninger kannst du übrigens morgen besuchen. Das ist ein Stehaufmännchen. Die Ärzte haben wohl bei ihrer ersten Diagnose übertrieben. Und die diversen Mordfälle mit dem Stichel bekomme ich auch noch auf den Tisch. Wir dürfen nur nicht vergessen, den Heller mit kleinen Infohäppchen zu erfreuen, sonst geht er uns womöglich von der Leine.«

Das gefiel Winkler. Hektik war nie ein guter Ratgeber bei komplizierten Fällen. Zumal es sich hier nicht um übliche Morde im Familien- oder Bekanntenkreis handelte, wo die Ermittlungen in der Regel in kurzer Zeit zum Ziel führten. Hier waren ganz offensichtlich Serienmörder am Werk, die ihr Handwerk verstanden. Quasi Berufshenker von der anderen Seite.

»Ich denke, der Spengler war so angefressen, weil sie es mit dem doch so perfekt geglaubten Zeugenschutzprogramm versaut haben. Die Bittner hätte niemals sterben dürfen.« Renata di Nardo öffnete die Tür, und Winkler ging ihr hinterher.

»Wie wäre es mit einem Maulwurf bei uns?«

»Das habe ich gehört«, erwiderte sie und drehte ihren Kopf nach allen Seiten um. »Schrei es doch gleich über den Hof.«

Winkler nickte sich selbst zu und schwieg. Sie hatte das also auch bereits in Erwägung gezogen. Er ging die Treppe hinunter und wartete, während Renata di Nardo mit Frau Dr. Wallinger sprach.

»Hatte die Bittner Kinder?« Renata di Nardo schaute auf einen kleinen Notizzettel. »Wie war sie körperlich beisammen?

Könnte es sein, dass sie eine kostspielige Schönheitsoperation plante?«

»Dazu kann ich nichts sagen. Eine Geburt hatte sie nicht.« Frau Dr. Wallinger verabschiedete sich.

Renata di Nardo und Winkler liefen vom Hof aus auf die Straße. Es wurde laut und hektisch. Die Menschen eilten an ihnen vorüber, als wären sie alle auf der Flucht. Irgendwo schepperte ein Lastwagen. Winkler betrachtete Renata in ihrem marineblauen Mantel und dem weißen Kragen ihrer Bluse darunter. Sie musterte ihn von der Seite, weil er wieder ein wenig nach vorne gebeugt lief und mit den Schuhsohlen über den Gehsteig schlurfte. Sie nahm ein kleines Taschentuch aus dem Mantel und reichte es ihm. Während er den Kopf zur Seite drehte und sich schnäuzte, blieb sie dicht neben ihm. Warum nur sah Winkler in jeder Kleidung immer so ärmlich angezogen aus?

Sie leuchtet wie eine junge Blüte, dachte Winkler, egal was sie trug, ihr stand einfach alles. Wenn er sich ein Hemd bügeln musste, dann war er anschließend erschöpft wie nach einer Bergwanderung.

»Wir sollten von der Bodmanstraße zum Residenzplatz gehen und von dort in den Hofgarten. Lass uns irgendwo eine Brotzeit kaufen, dann hat das mit dem Hofgarten seine Logik«, sagte Renata di Nardo.

»Uns beobachtet jemand. Aber jetzt sehe ich ihn nicht mehr. Wo ist er?« Winkler riskierte einen Blick in eine Schaufensterscheibe, um den von Renata di Nardo vermuteten Verfolger auszumachen.

»Völlig sicher bin ich mir nicht, aber er blieb zweimal stehen, als wir langsamer gingen, sonst wäre er uns wohl zu nahe gekommen. Lass mich ein wenig hysterisch sein, doch ich bin mir fast sicher, dass uns jemand folgt.«

Winkler war da ganz ihrer Ansicht, sagte das aber nicht.

»Vorsicht ist die Mutter der Wickelkommode«, antwortete er.

Es gibt nie den gleichen Blick. Alles ändert sich sofort, sobald ein Wimpernschlag getan wird. Jetzt war die Straße in einem anderen Licht als zuvor. Und wer hätte sagen können, ob dieselben Autos über den Asphalt fuhren wie wenige Minuten davor? Die Augen sind manipulierbare Geräte. Winkler dachte nicht an Hysterie oder an Verfolgungswahn. Dazu war sie zu professionell. Wenn die andere Seite ihnen allerdings so nahe kam, wie Renata vermutete, dann war es an der Zeit, wieder einmal seine Waffe zu tragen. Renata di Nardo deutete auf seine Achselhöhle. Sie hatte den gleichen Gedanken.

»Stellen wir uns vor, die Hannelore Bittner hat bemerkt, dass sie verfolgt wird, dann komme ich zu der Überzeugung, dass sie das Geld in ihrer Handtasche zur Flucht abgehoben hat. Oder sie wurde erpresst? Aber das ist weniger wahrscheinlich.« Winkler wollte in eine Metzgerei gehen, doch Renata di Nardo zog ihn zu einem Obststand.

»Vielleicht hat sie ihren Verfolger gar nicht bemerkt, sondern tatsächlich den Borgini entdeckt und ist in Panik geraten«, antwortete Renata di Nardo.

Winkler bekam eine Banane, und er freute sich darüber nicht.

»Oder einer aus der Borgini-Familie hatte sie wiedererkannt und diesen Massimo kommen lassen. Natürlich kommt auch der Ahrens in Betracht. Aber eins ist klar, das Zeugenschutzprogramm war keines.« Winkler kaute missmutig und trug die leere Bananenschale in der Hand, weil er nicht wusste, wohin damit.

Renata di Nardo schälte sich eine Mandarine.

»Deshalb war der Spengler so nervös und die Feilhorn so verschlossen wie eine Auster.«

Was war das denn für ein Vergleich, dachte Winkler und schwieg. Ihn beschäftigte die Art, wie dieser Massimo umgebracht worden war. In beiden Fällen gab es zu viele Unbekannte.

»Wir stochern im Nebel«, sagte er nur und stahl aus ihrer Hand ein Stück Mandarine, um den dumpfen Bananengeschmack aus dem Mund zu bekommen.

Eigentlich war es kein Wetter, um sich auf eine Bank zu setzen. Winkler war froh darüber, dass sie nichts zur Richterin Zeiser sagte. Bisher hatte er nicht einmal Akteneinsicht bekommen. Er ging davon aus, dass Renata mehr wusste als er, weil sie mit Heller darüber gesprochen hatte. Auch zum Besuch seiner Ex-Frau beim Sohn hatte sie bisher nichts gesagt. Das war ihm noch angenehmer als ihr Schweigen zu Adelheid Zeiser. Sie nahm ihm die Bananenschale aus der Hand und steckte sie zu ihren Schalen in die geleerte Obsttüte. Vier Mandarinen hatte sie gegessen. Winkler wunderte das nicht, denn sie aß auch große Mengen an Weintrauben, Zwetschgen und Ananas. Er nicht. Winkler aß das, was ihn satt machte. Obst machte ihn hungrig.

Renata di Nardo holte eine Tageszeitung aus ihrer Tasche und legte sie auf die Bank, bevor sie sich hinsetzte. Natürlich gab es auch für Winkler genug Papier. Sie schaute in das Wasserbecken, in dem die blauen und gelben Kacheln leuchteten. Winkler blickte auf die Türme der Basilika, die sich auf dem Wasser spiegelten. Das Licht im Hofgarten schien anders zu sein als in der übrigen Stadt. Weicher und mehr von der Art, die zum Träumen anregte.

Aber natürlich ging nichts über das Licht in den Höhen der Berge. Dort war die Helligkeit so beeindruckend, dass sie verstehen konnte, warum die Menschen in den Himmel wollten. Renata di Nardo schaute auf Winkler, der die wenigen Menschen im Park beobachtete.

»Vielleicht war das vorhin ein Journalist?« Winkler konnte nicht abschalten. Wenn er nicht an die Morde dachte, dann war sein Sohn präsent. In seinem Kopf gab es keine Ruhephasen. »Was hatte der Massimo eigentlich bei sich, außer der CZ 75?«

Renata di Nardo hätte sich gerne noch etwas von der gepflegten Anlage vereinnahmen lassen, aber das war mit Winkler nicht möglich.

»Nichts weiter. Einen Ausweis mit seinen korrekten Daten und einen Autoschlüssel. Den Wagen haben wir noch nicht gefunden.« Sie steckte die Tüte mit den Schalen in ihre Tasche, um sie korrekt zu entsorgen. »Dass es sich um einen Journalisten gehandelt hat, kann ich mir kaum vorstellen. Einer von hier war es auf keinen Fall, die kenne ich, und die auswärtigen melden sich bei unserer Pressestelle an.«

Einige Krähen stürzten aus den Wolken und lärmten. Winkler wollte gehen. Dann schaute er auf eine Krähe, die einen metallenen Hemdenbügel verbog. Sie stand neben einer Hecke und ließ sich von seinen Blicken absolut nicht stören.

»Siehst du den Vogel? Schau dir das an. Was macht der da?«

Renata di Nardo amüsierte Winklers Faszination. Manchmal konnte er staunen wie ein kleines Kind.

»Sie fertigt sich ein Werkzeug. Vielleicht braucht sie einen Nachschlüssel, um an Leckereien zu kommen.«

»Wieso sie?« Winkler blieb an seinem Platz stehen.

»Die Krähe, nicht der Krähe. Hast du noch nie gehört, dass Krähen sehr gescheit sind und sich Werkzeuge basteln, um an Nahrung zu kommen?«

Winkler mochte es nicht, wenn sie ihn belehrte und ging deshalb weiter.

»Der Krähenvogel«, sagte er noch schnell.

6

Lohbach hatte sich abrupt auf dem Absatz gedreht und war in die entgegengesetzte Richtung davongeeilt. Er spekulierte nicht darüber, ob die Kommissare di Nardo und Winkler ihn entdeckt hatten. Wie immer wollte er jedes Risiko vermeiden. Immerhin wusste er inzwischen, dass sich ihre Büros in einem unscheinbaren Gebäude befanden und nicht bei der offiziellen Kemptener Polizeidienststelle. Er hatte sie gesehen, als sie bei der Leiche von Massimo Ragi standen und verärgert um sich blickten wegen der vielen Gaffer, und hatte sich dann rasch wieder entfernt, um sie anschließend mit gehöriger Distanz bis zu dem Gebäude zu verfolgen. Er hielt sich für einen überdurchschnittlich fähigen Rechercheur. Ragi hatte er entdeckt, als er die Bittner beobachtet hatte. Jetzt machte ihm Franz Inninger Kopfzerbrechen. Wie jeden Tag las Lohbach die Tageszeitungen geradezu inbrünstig, besonders die Kleinanzeigen. Den Artikel über den Unfall eines gewissen Franz I. auf der nahen Autobahn bei Kempten, wie immer war der Name nicht ausgeschrieben, beachtete er besonders. Die winzige Randbemerkung, es handele sich bei dem Opfer um einen früheren Redaktionskollegen, elektrisierte ihn. Am nächsten Morgen war er zum Krankenhaus gegangen und hatte sich in der Nähe der Intensivstation herumgetrieben, um herauszubekommen, wie es denn dem »Franzl« ging. Bei der vierten Krankenschwester hatte er den Nachnamen erfahren und wusste inzwischen, dass er diesen Franz Inninger kannte. Nicht persönlich, das nicht, aber Inninger war einer der Journalisten beim Prozess gegen den Ahrens gewesen und hatte sich in seinen Artikeln darüber empört, dass die Mafia im Prozess nicht einmal erwähnt worden war. Später hatte er dann seinen Job verloren, weil er eine Bank in Verbindung mit Ahrens der Geldwäsche bezichtigte und die Bank gegen seine Zeitung einen Prozess anstrengte. Inninger hatte ein Buch veröffentlicht: *Schweigen oder sterben.* Lohbach war damals darüber nicht sehr froh gewesen, denn die Spekulationen von Inninger kamen den Tatsachen sehr nahe. Aber er besaß keine wirklichen Beweise, und das Buch wurde ein Flop. Inninger hatte herausgefunden, dass es ihn, Lohbach, gab und dass er eine ganz besondere Rolle innehatte. Fast hätte das für ihn Konsequenzen gehabt, aber Inninger interpretierte die Spur letztlich völlig falsch. Inzwischen jedoch war er so gefährlich für ihre Arbeit, wie es die Bittner gewesen war. Lohbach lebte nun in einem Hotel, weil das Apartment in Kempten Joe zur Verfügung stand. Er klopfte rhythmisch mit den Fingern auf die Tischplatte und dachte nach. Inninger war inzwischen ein alter Mann und hatte nun einen schweren Verkehrsunfall zu verdauen. Würde er sterben, dann könnten seine Unterlagen der Polizei in die Hände fallen. Dass es Unterlagen gab, davon ging Lohbach aus, denn ohne sie hätte er das Buch kaum schreiben können. Die Frage war, um was für Unterlagen handelte es sich? Aber da war dann auch noch die Tatsache zu beachten, dass Inninger sich in Kempten angesiedelt hatte. Ausgerechnet in dem Ort, in dem die Kronzeugin Ahrens zu Hannelore Bittner geworden war. Lohbach glaubte nicht an Zufälle. Das Risiko Inninger wurde ihm zu groß. Es war an der Zeit, dass Joe die Sache in die Hand nahm. Doch der war in seinem Atelier bei Frankfurt. Eigentlich hatte Joe noch zwei Tage Zeit, um seine Bilder herzustellen, aber darauf konnte er keine Rücksicht nehmen. Er würde nach Augsburg fahren und von einem öffentlichen Telefon Joe anklingeln.

Als er im Auto saß, wurde ihm klar, dass das keine gute Idee war. Er durfte die Dinge in Kempten nicht außer Kontrolle geraten lassen. Deshalb stellte er den Wagen wieder ab und lief durch eine ganze Reihe von größeren Geschäften, bis er eine Frau entdeckte, die telefonierte. Nach ihrem Gespräch wühlte sie in einem Berg von Unterwäsche herum und legte das Telefon achtlos neben sich. Das war seine Gelegenheit.

Schnell hatte er das fremde Mobiltelefon in der Jacke stecken. Nun fuhr er auf einen großen Parkplatz, gab sein telefonisches Signal an seinen Auftraggeber ab, legte das Gerät unter seinen Hinterreifen, fuhr mehrfach darüber und nahm die Einzelteile an sich, um sie in der Iller zu entsorgen.

Joe stellte den Teller mit Vogelfutter auf den Fenstersims und legte sich auf die Couch, um den Anflug der Taube zu beobachten. Sie kam inzwischen jeden Tag, und er wartete, den Zeichenblock in der einen und den Stift in der anderen Hand. In einem Anfall von Arbeitswut hatte er neun Bilder gemalt, Tag und Nacht die Leinwände bearbeitet, und auf jedem war die Taube erschienen. Er konnte nicht anders, sie war einfach notwendig geworden, auch wenn es vermutlich dem unbedarften Betrachter befremdlich erscheinen würde. Das konnte er nicht ändern. Für ihn musste die Taube mit in die Landschaften, und nun war er müde, aber zufrieden. Sie kam nicht. Stattdessen klingelte sein Telefon. Wie immer ging er nicht hin. Er hörte die Nachricht aus dem Lautsprecher: »Hey Joe«.

»Goin' downtown«, sang Billy Roberts. »Goin' downtown.«

Dann begann der Song von neuem und endete nach den Worten:

»She run off with another man.« Joe wunderte sich, dass Lohbach die Version von Roberts gewählt hatte. Einmal hatten sie die halbe Nacht darüber gestritten, welche der vielen Versionen von *Hey Joe* die eindringlichste war. Er hatte Jimi Hendrix gewählt und Lohbach das angebliche Original von William Roberts. Danach war *Hey Joe* die Erkennungsmelodie geworden, wenn es Arbeit für ihn gab. Jetzt bedeutete das, die Pläne waren geändert worden. Lohbach musste durch irgendein Ereignis in die Bredouille gekommen sein. Joe entschied wie immer sehr schnell. Er würde seinen alten Saab aus der Garage holen und ganz offiziell als Maler nach Kempten fahren und sich dort in einem Hotel einmieten. Wenn er seine

Bilder am Wochenende zeigen sollte, dann war dies bestimmt keine krasse Fehlentscheidung. Wer dann letztendlich das Ziel sein würde, um das er sich kümmern sollte, würde sich zeigen. Er zweifelte selbstverständlich keine Sekunde an seinen Fähigkeiten, auch dieses Problem ein für allemal aus der Welt zu schaffen. Am Vortag war er bei einem Galeristen in Wiesbaden gewesen. Der hatte von ihm nur noch ein kleines Bild in seiner Ausstellung. Wenn er seinen Zweitberuf nicht regelmäßig ausüben würde, dann wäre er als Künstler längst verhungert, und niemand hätte sich für sein Schicksal interessiert. Er steckte die Bilder behutsam in eine Folie und umhüllte sie mit Packpapier. Durch die von ihm vorbereiteten Luftschlitze konnte die Farbe besser nachtrocknen. Er kleidete sich in einen dunkelbraunen Cordanzug. Darunter trug er ein beiges Hemd. Seine Reisetasche lag wie immer vorbereitet im Flur. Den Mantel legte er über den Arm, und zum Schluss setzte er noch den schwarzen Hut der Amish people auf, den er vor Jahren in Providence in einem Altkleiderladen erworben hatte. Nun sah er so aus, wie er eigentlich auch aussehen wollte und hatte nichts mehr mit der Kunstfigur zu tun, die er in seinem Zweitberuf zu sein hatte. Der Hut machte ihn ein Stück größer. Aber er blieb der schmale Kerl, der wendig war und sehr schnell reagieren konnte. Du kannst sogar einer Kugel ausweichen, hatte Lohbach eines Tages gesagt. Joe ging noch einmal zum Fenster. Die Taube kam nicht.

Der grüne Saab war natürlich perfekt gewartet und funktionierte. Das kostete ihn regelmäßig ein kleines Vermögen, denn Ersatzteile waren längst rar geworden. Er war deshalb sogar einmal bis nach England gereist. Joe suchte die CD von Hendrix, fand sie aber nicht. Als *Hey Joe* aufgenommen wurde, waren er und Lohbach noch Kinder gewesen.

Bevor er konzentriert losfahren konnte, mussten die Bilder sicher verstaut werden. Er fragte sich, wo Lohbach sie ausstellen wollte? Darüber hatten sie nicht gesprochen. Joe fragte nie etwas. Wenn Lohbach Auskunft gab, dann genügte ihm das. Wer viel weiß, der kann unter Qualen auch viel verraten. Das war seine feste Überzeugung. Er entschied sich für die A 5 und wollte bis Stuttgart fahren, dort in der Nähe eine Lunchpause einlegen und dann die Fahrt über Ulm fortsetzen. Der Saab 9-2 war Baujahr 1961. Das machte die Angelegenheit für ihn interessant, denn wenn dem Auto die Puste ausgehen würde, wäre er nicht in der Lage, das Problem zu lösen und würde in ein kleines Abenteuer rutschen. Auch konnte er nicht einfach zu einer Werkstatt gehen, um den Wagen dort wieder richten zu lassen. Bisher hatte er sich allerdings erst einmal einen Mietwagen nehmen müssen, und das lag einige Jahre zurück. Notfalls musste ihm die Firma einen Ersatzwagen schicken. Die sahen es sowieso nicht gerne, wenn er in diesem auffälligen Fahrzeug unterwegs war. Als er gemütlich dahinfuhr, fiel ihm endlich ein, woher er die Frau kannte, die er in Kempten an der Ampel hinter dem Steuer eines Wagens gesehen hatte. Sie war ihm vor zwei Jahren in Ulm über den Weg gelaufen, und sie hatten sich nach einer kleinen Ausstellung im Anschluss miteinander amüsiert. An mehr konnte er sich nicht erinnern. Wahrscheinlich war sie inzwischen glücklich verheiratet und würde zur Seite blicken, wenn sie sich auf der Straße begegneten. Joe lachte schallend und fuhr schneller.

»Ich vergesse nie ein Gesicht«, sagte er laut.

Da war noch etwas. Sie hatte ihn einige Tage später angerufen. Damals besaß er noch ein Mobiltelefon, und er bewegte sich gerade in der Öffentlichkeit, als es sich meldete. »Ich bin es«, hatte sie gesagt, und er hatte das Gerät schnell ausgeschaltet. Er hatte nie verheiratet sein wollen. Beziehungen waren ihm lästig. Unvorstellbar, dass da jemand zwischen seiner Staffelei, den abgestellten Bildern und seinen Möbeln herumlaufen könnte. Wenn es einmal zu persönlichen Ereignissen kam, wie Joe das nannte, dann ging er mit der Frau in ein Hotel. Er wischte die Gedanken beiseite und konzentrierte sich auf die Autobahnfahrt.

Schließlich fuhr er ohne Pause durch. Ein Hotel hatte er sich zunächst nicht gesucht, sondern er war in das Apartment gegangen. Obwohl es nach Reinigungsmitteln roch und alles wie geleckt wirkte, bemerkte er intuitiv, dass hier jemand Fremdes gewesen war. Bleiben wollte er nicht. Einen Zettel zu hinterlegen, kam auch nicht in Frage. Lohbach hatte sich hier aufgehalten, und wer noch? Er lief durch die Straßen und bewegte sich immer wieder in die Nähe des Apartments. Lohbach traf er schließlich direkt neben seinem Saab bei der Burghalde. Der schaute auf das Auto, dann auf Joe, sagte dazu aber nichts.

»Ich dachte schon, du kommst zu Fuß«, meinte er spöttisch. »Das hat ja ewig gedauert.«

Sie liefen gemeinsam hinüber zur Iller und sprachen unterwegs kein Wort. Erst am Fluss kam Lohbach zum eigentlichen Thema.

»Es ist bisher nur eine Vermutung. Die bestimmte Person ist noch nicht so recht beurteilbar, weil sie im Krankenhaus liegt. Aber es gibt Verdachtsmomente, dass sie über Gigi Borgini, den Ahrens und vielleicht noch einige andere Material besitzt. Mich übrigens eingeschlossen. Das können wir nicht ruhen lassen. Ein übler Schnüffler ist dieser Inninger. Du bleibst also zunächst in der Warteschleife.« Lohbach machte eine Pause, weil ihnen ein Paar mit seinen Hunden entgegenkam. »Deine Bilder brauche ich morgen Nachmittag. Offiziell bin ich dein Agent im Allgäu, und wir werden am Samstag eine kleine Ausstellung in der Villa von Waldlass eröffnen. Ich habe ihm von deinen Erfolgen in Florida, Maine, Schevendingen und Malmö erzählt. Die Kunst interessiert ihn nicht. Er will Geld anlegen. Du verstehst? Auch mit Bildern kann man Geld waschen. Wir haben ihn im Verdacht, dass er der Geldwechsler für die Familie Borgini ist. Ich habe eine Liste mit seinen Beteiligungen an diversen Firmen und Anlagen im gesamten Gebiet der Alpen. Kann sein, dass er sauber ist, aber davon gehe ich grundsätzlich nicht aus, dazu ist er zu reich. Also werde ich, während du deine Erläuterungen zu den Bildern gibst, eine Wanze platzieren. Sie ist in eine Nähnadel eingebaut. Man glaubt nicht, was die Technik heutzutage alles kann.«

Joe wollte das alles gar nicht wissen. Die Firma bezahlte Lohbach und ihn, das war ihre einzige Gemeinsamkeit.

»Ich gehe in ein Hotel«, sagte er nur.

»Ist gut«, antwortete Lohbach. »Wir treffen uns jeden Mittag um zwölf Uhr beim Rathaus. Setze dich dort auf eine Bank und lies Zeitung. Ich besorge dir ein anderes Auto. «

Joe schaute auf das Wasser und vermisste seine Taube.

»Wie finde ich den Detlev Waldlass, und wann soll ich dort sein?«

»Das sage ich dir noch.« Lohbach drehte sich um und ließ Joe zurück.

Es gab Momente, da traute er Joe nicht über den Weg. Jetzt war es wieder einmal soweit. Der spazierte immer herum wie ein aufgeblasener Pfau und macht sich mit seinem Saab für alle entdeckbar, dachte er. Nie hielt er sich an die erste Regel: Niemals auffallen. Lohbach kämmte sein schütteres Haar und zog die Krawatte nach. Dann öffnete er seinen kleinen Schirm und lief zu seinem Auto. Nun regnete es, und er war zufrieden. Sobald es nieselte, achteten die Menschen nicht mehr auf die Umwelt und versteckten sich unter ihren Stoffdächern. Er musste nicht lange fahren und fand auch gleich einen Parkplatz in der Nähe der Klinik. Lohbach lief durch das Gebäude und machte sich ein Bild. Kurz darauf fuhr er in die Stadt zurück und telefonierte von einem öffentlichen Gerät mit dem Krankenhaus. Er ließ sich mit der Unfallstation verbinden. Lohbach hörte, wie die Frau am anderen Ende der Leitung rauchte.

»Besuchen können Sie ihn nicht«, reagierte sie geradlinig, aber keineswegs unfreundlich. »Die Schulter wird wieder, aber er hat sich einige Rippen angebrochen.«

»Dann sagen Sie ihm liebe Grüße vom Willi. Ich bin extra aus Frankfurt angereist.« Lohbach wartete auf eine positive Reaktion, aber die erfolgte nicht. »Wäre schön, wenn ich ihm kurz ein ›Grüß Gott‹ sagen könnte.«

Das Gespräch kam zum Stillstand. Lohbach wollte unbedingt etwas sagen, damit sie nicht einfach auflegte.

»In seinem Alter ist alles schrecklich.« Dieser Satz hatte keinerlei Gewicht und Inhalt, aber er hatte ihn leidenschaftlich ausgesprochen.

»Sie können ihn nicht besuchen«, sagte die Frau laut und deutlich.

»Die alten Kollegen haben gesammelt, und ich soll ihm ein besonderes Präsent überreichen, das wir für ihn gekauft haben.«

Sie legte einfach auf.

Nach dem Telefonat brauchte Lohbach einen Kaffee. Er hatte erfahren, in welchem Stift der Inninger wohnte, und konnte so sein Geschenk loswerden. Das war doch etwas. Er rieb sich die Hände. Allerdings blieb für den Kaffee keine Zeit mehr, denn er wollte an dem Altenheim zumindest einmal vorbeifahren, bevor er Detlev Waldlass aufsuchte. Er würde dort eindringen müssen und versuchen, herauszubekommen, ob Inninger dort seine Unterlagen bunkerte. Lohbach konnte sich das allerdings nicht vorstellen. Vielleicht nutzte Inninger das Schließfach einer Bank? Das wird noch ein hartes Stück Arbeit, dachte er. Bevor die große Lieferung aus Holland eintraf, musste er dringend klären, ob Inninger Material über ihn gesammelt hatte. Zweimal nur war er während des Prozesses gegen Ahrens im Gericht gewesen. Mehr konnte es an Erkenntnissen über ihn nicht geben, aber auch das wäre bereits zu viel. Jedenfalls hatte Inninger den Unfall überlebt, und so gab es keinen Nachlass. Noch nicht.

Er fuhr nach Steufzgen hinaus zur »Villa Waldlass«. Ihr Eigentümer war ein undurchsichtiger Typ. Niemand konnte sagen, wie der an sein großes Geld gekommen war, aber alles schien legal gelaufen zu sein. Immerhin hatte Lohbach herausgefunden, dass er die Villa noch nicht lange besaß und sie für fast eineinhalb Millionen Euro gekauft hatte. Das war schon einmal eine Hausnummer. Bei fast vierhundertfünfzig Quadratmetern und zwölf Zimmern wunderte ihn der Preis nicht. Lohbach war bisher über die großzügige Diele des Hauses nicht hinausgekommen. Er hatte bei seinem ersten Besuch in das Arbeitszimmer gehen wollen, um dort die Wanze zu installieren. Detlev Waldlass hatte ihm zugehört, als er von einem Investor erzählte, der sein Geld in die Solarindustrie investieren wollte und einen kompetenten Partner suchte. Gleichzeitig hatte er während des Gesprächs einfließen lassen, dass er auch als Agent für einen Maler unterwegs sei. Da sein Investor, den er als Reinhart Auried vorgestellt hatte, sich für moderne Kunst interessierte, empfahl er Waldlass, eine kleine Ausstellung ausrichten zu lassen, um die kaufmännische Atmosphäre zu entspannen. Dieser hatte zugestimmt, nachdem Lohbach von vierzehn Millionen Dollar gesprochen hatte, die bei Auried bereitstünden. Es sollte nicht mehr werden als ein erstes unverbindliches Gespräch. Waldlass war misstrauisch geblieben. Lohbach hatte sich vorzeitig von der Firma eine Mappe mit Unternehmen erstellen lassen, an denen Reinhart Auried beteiligt war, und sie persönlich bei Waldlass abgegeben. Das war sein zweiter Besuch gewesen. Nun sollte die dritte Stippvisite folgen, und er hatte die Villa noch immer nicht richtig ausspähen können. Hunde gab es allerdings keine, das hatte er feststellen können. Morgen sollte Reinhart Auried nebst Gattin Kempten erreichen. In schwierigen Fällen kamen hochgestellte Leute aus der Zentrale. Die koordinierten das weitere Vorgehen und würden, so hoffte Lohbach, Joe die Künstlerflausen austreiben. Er war sicher, dass die Firma einen exzellenten Mann schicken würde, der sein Fach verstand. Man kannte sich untereinander nicht, das war ein Firmenprinzip. Aber das mit der Wanze musste auch klappen, denn er ging davon aus, dass Waldlass nach dem Besuch und dem Millionenangebot telefonieren würde.

Diese Leute hatten noch immer nicht begriffen, dass man heutzutage weder mit einem Mobiltelefon noch mit einem Navigationsgerät unterwegs sein durfte. Überall standen die Masten mit den Geräten, die alles überprüfen oder aufzeichnen konnten. Nichts blieb mehr intim. Die Firma hatte ihnen alles verboten, was irgendwie elektronisch entdeckbar war. In dieser Hinsicht war sogar auf Joe Verlass. Dem ginge es mächtig an den Kragen, wenn er nicht aufpasste.

Lohbach parkte einige Straßen vor der Waldlassvilla und lief zu Fuß. Er trug einen konservativen dunklen Anzug, ein weißes Hemd und eine bordeauxrote Krawatte. In seinem Kofferraum befanden sich pfleglich behandelte und behutsam eingepackte Kleidungsstücke für jeden Anlass. Lohbach konnte sich so auf dem Rücksitz seines Fahrzeugs innerhalb weniger Minuten verwandeln. Auch einen sehr teuren Stockschirm besaß er, den er nun wie einen Spazierstock handhabte, als er langsam auf das Grundstück zuging, damit man ihn vom Haus aus beobachten konnte. Jedenfalls ging er davon aus, dass es Kameras an der Villa gab, mit denen man die gesamte Straße beobachten konnte. Das Viertel machte auf ihn den Eindruck, als wäre es auf dem Reißbrett eines Architekten entstanden. Das Haus von Detlev Waldlass machte da keine Ausnahme. Hohe Bäume umstanden die Villa, und von außen konnte niemand erkennen, ob sich in ihr Menschen aufhielten. Lohbach versuchte, sich die Umgebung und das Grundstück genau einzuprägen, falls er Joe instruieren musste. Er drückte auf den Klingelknopf, und die Tür zur Villa öffnete sich ebenso wie die schwere Haustür wie von Zauberhand. Waldlass erwartete ihn in der Diele. Sein silbernes Haar war dünn und tarnte nur noch schwach die hohe Stirn. Darunter befand sich ein rundes Gesicht, und hinter einer Hornbrille verbargen sich dunkle Igelaugen. Waldlass trug einen Kaschmirpullover und eine kamelhaarfarbene Stoffhose. Er war nicht sehr groß und neigte zur Fülle. Statt Lohbach in das Haus zu bitten, schob Waldlass ihn hinaus und ging mit ihm in den Garten, wo sie zwischen mehreren Bäumen auf einem englischen Rasen stehenblieben. Waldlass hatte Lohbach nicht begrüßt oder ihm gar die Hand gegeben, was dieser als Warnung zur Kenntnis nahm. Der Mann war mehr als argwöhnisch.

»Wenn Sie mir nicht mehr über Ihren Herrn Auried sagen, kann ich mich nicht weiter damit beschäftigen. Niemand kennt ihn. Ich habe mich erkundigt. Weder in Frankfurt noch an der Börse von New York hat man von ihm gehört.« Waldlass hatte rote Flecken am Hals.

War der naiv, oder lag hier irgendwo jemand mit einem Richtmikrofon auf der Lauer? Lohbach lächelte arrogant.

»Na schön. Dann lassen wir es. Reinhart Auried lebt in London und in Boston. Offenbar haben Sie sich bei den falschen Informanten erkundigt. Er ist jetzt in Brüssel und informiert sich über die Fördermittel für erneuerbare Energien innerhalb der EU. Es ist zwar unangenehm für mich wegen der Kürze der Zeit, aber ich werde sicher einen anderen Gesprächspartner für Herrn Auried finden. Viel Zeit hat der Mann nicht. In zwei Tagen muss er in Hongkong sein.« Lohbach sah, wie es in Waldlass arbeitete. Es war wie beim Lachsfischen in Kanada. Sie können nicht einmal einen gefangenen Lachs aufessen, weil sie vorher satt sind, aber sie fischen weiter, weil die Gier sie antreibt.

»Lassen Sie mir Ihre Telefonnummer da, ich melde mich.«

»Nein. Ich rufe Sie in einer Stunde an.« Lohbach nahm seine Tasche und den Schirm.

Sie nickten einander zu, und Lohbach verließ das Grundstück. Natürlich nicht, ohne sich zuvor die Rückfront des

Hauses eingeprägt zu haben. Es gab zwei Balkone und ihm schien es, als würde Waldlass im ersten Stock wohnen. Darüber gab es noch eine Etage unter dem schrägen Dach. Vom Garten aus sah man hinunter auf Kempten und hinüber zu den Bergen. Trotz der Kameras ist das Haus schlecht gesichert, dachte Lohbach, und ging die Straße hinunter. Jetzt durfte er heftig ausatmen. Die Sache konnte absolut schief gehen. Es konnte sein, dass Lohbach ein Kandidat für Joe wurde, falls er wirklich ein Borgini-Vertrauter war.

Er stieg in sein Auto ein, wechselte in eine Jeans und zog ein leichtes Jackett über. Lohbach war fest davon überzeugt, dass Detlev Waldlass in der Sache noch nicht telefonieren würde und rechnete damit, dass er in Kürze an ihm vorbeifahren würde, dann wollte er die Verfolgung aufnehmen. Aber es geschah nicht. Nichts geschah. Das Viertel blieb wie ausgestorben. Lohbach setzte eine Kappe auf und stieg aus, um an der Villa Waldlass vorüberzuschlendern. Allerdings so weit entfernt, dass ihn die zwei Kameras an der Außenfront nicht erreichen konnten. Nach über einer Stunde, er saß wieder in seinem Wagen, fuhr eine schwere Limousine an ihm vorbei, und Lohbach sah nur getönte Scheiben. In ihm gingen sämtliche Signale an. Langsam fuhr er die Straße entlang und sah, wie der schwarze Mercedes in Waldlass' Garage verschwand, an der sich langsam die Tür absenkte. Er hatte sich das Kennzeichen gemerkt und schrieb es schnell auf einen Zettel. Dann ließ er sein Auto die Straße hinabrollen und fuhr in die Stadt zurück. Er wollte Joe sehen. Lohbach war froh, dass er sich nach dem Signalruf an Joe in ein Hotel eingemietet hatte, weil er dachte, dass Joe wieder in dem Apartment wohnen wollte.

*

Joe hatte sich über Lohbach geärgert. Deshalb verließ er das Hotel ohne eine Nachricht zu hinterlassen, spazierte am

Krankenhaus vorbei und ging zur Mariaberger Straße, um sich auf der kleinen Brücke über die Rottach mit dem Blick auf das Wasser zu entspannen. Dort wollte Joe eine Zeit lang verharren. Das nahe Krankenhaus wäre für ihn keine Herausforderung. Dieser Inninger war auch nicht das Problem. Der alte Mann würde schnell sterben, das war sein Job. Natürlich mussten die Unterlagen von Inninger gesichert werden, bevor sie an seinen Tod denken konnten. Aber genau das hatte Lohbach bisher versäumt, und das ärgerte Joe. Lohbach hätte längst erkunden müssen, was der alte Knabe genau wusste. Joe hätte auch die Geschichte dieser Villa Waldlass und von der Ankunft weiterer Mitglieder der Firma nicht erfahren dürfen, weil das nicht zu seinem Job gehörte. Lohbach war ein Schwätzer, und das könnte ihn gefährden. Er zog ihn dadurch in eine Sache hinein, von der er absolut nichts wissen wollte. Und auch nicht sollte. So lautete die grundsätzliche Anweisung. Er hatte seine Aufgabe und Lohbach eine völlig andere.

Als er so in Gedanken auf das Wasser blickte, da wurde ihm mit einem Mal klar, dass er sich hauptsächlich ärgerte, weil es keine Ausstellung geben würde, wenn Lohbach und Waldlass sich nicht einigen konnten. Wozu hatte er sich die Tage und Nächte mit seiner Malerei um die Ohren geschlagen, wenn seine Bilder nicht ausgestellt wurden? Er hatte wieder einmal übersehen, dass sich diese Leute nicht für seine Malerei interessierten und seine Bilder nur Mittel zum Zweck sein sollten. Lohbach verdächtigte diesen Waldlass zu Borgini zu gehören. Natürlich war es möglich, eine Villa mit Bankkrediten zu finanzieren, sie später wieder zu veräußern und auf diese Weise mehr als eine Million Euro zu waschen. Andererseits wäre dieser Weg der Geldwäsche doch ziemlich umständlich. Aber das ging ihn nichts an und interessierte ihn auch nicht weiter. Er führte aus, das war sein Job. Du machst dir zu viele Gedanken, dachte Joe. Am liebsten hätte er den Weg der Rottach bis zu ihrer Mündung in die Iller verfolgt, doch er war kein Tourist, der den lieben langen Tag spazieren gehen konnte. Immerhin war es bereits Dienstag geworden, und am Freitag sollte er wieder verschwinden. Aber noch gab es keine letzte Entscheidung. Inninger war alt und könnte seinen Verletzungen erliegen.

Joe lief zügig weiter. Wenn er zu viel nachdachte, dann gefährdete er sich. Sich gut vorbereiten und kühl handeln, so lautete seine Devise. Die Blicke auf seinen Hut registrierte er amüsiert. Zeugenbeschreibungen seiner Person würden über diesen Hut nicht hinausgehen. Mehr nahmen sie von ihm nicht wahr, und das könnte ihm nützen. Er ging auf dem Fußweg wieder zurück in die Stadt, wobei er auf seine Schuhe sah, die ihn leicht federnd laufen ließen. Joe drehte sich in Richtung Adenauerring und ging zu seinem Hotel zurück, wo Lohbach bereits wartete. Der grinste ihn an und sie fuhren gemeinsam zum Apartment.

»Sie sind angekommen. Das Paar heißt hier Dagmar und Reinhart Auried. Er wird bei Waldlass eines deiner Bilder kaufen. Sie wollen diesem Weichei zeigen, dass sie mit Kunst Geld waschen. Du musst das Gemälde aussuchen und es mir erklären, damit ich es an sie weitergeben kann. Sie wollen bei Waldlass nicht wie Idioten vor deinen Gemälden stehen.« Lohbach setzte sich auf die Bettkante, was Joe absolut nicht leiden konnte, weil man nicht in Straßenkleidung auf einem Bett saß. Bevor er reagieren konnte, sprach Lohbach weiter. »Den Waldlass habe ich angerufen. Plötzlich ist er mit allem einverstanden. Offensichtlich gehorcht er den Befehlen jener Person in dem schwarzen Mercedes.« Lohbach legte ein Kissen neben sich und setzte sich darauf, während Joe stehen blieb.

»Wer war im Apartment?«, fragte Joe.

»Ich war mit unserem Paar in dem Altenheim, wo Inninger wohnt. Wir haben uns Apartments für ihre alten Eltern zeigen lassen.« Er lachte. »Reinhart und Dagmar sind brillante Schauspieler.« Lohbach wurde ernst. »Ich war in Inningers Zimmer. Außer zwei Akten mit Notizen und Zeitungsartikeln habe ich nichts gefunden. Allerdings klebte ein Schließfachschlüssel mit einem Klebestreifen an der hinteren Schrankwand. Der Mann hat ein Fach in einem Raum neben dem Büro der Direktorin. Ich habe mich bedient. Inninger wird dort nichts mehr finden.«

Joe öffnete eine Wasserflasche, goss sich ein Glas voll und trank.

»Warum muss ich das wissen?« Er trank einen Schluck. »Beantworte meine Frage.«

Lohbach sah ihn an und zog einen Umschlag aus seinem Mantel.

»Was ist das?« Joe trat neben ihn und sah zu, wie er einen bunten Prospekt hervorholte.

»Das ist dein Hausboot in Florida. Die Prämie, die du dir noch verdienen musst. Es hat sich nämlich etwas geändert. Wir können nicht eine ganze Mannschaft nach Kempten beordern, das verstehst du bestimmt. Der Tod dieses Massimo Ragi hat die Hühner leider nicht aufgescheucht. Es ist still geblieben. Entweder ist Gigi Borgini zu schwach geworden, oder aber seine Familie hat inzwischen erfahren, dass Arturo Latonini aus New York angereist ist. Der nächste Schritt gilt der Lieferung der 300 Kilogramm Heroin, die wir erwarten. Latonini offenbar leider auch. Sie sind von Belgien über Holland inzwischen im Rheinland angekommen und werden dort umgeladen. Du wirst deshalb auch den Waldlass im Auge behalten, mehr hast du nicht zu tun. Das ist noch kein Auftrag an dich. Wir verstehen uns? Außerdem müssen wir das Büro dieser Renata di Nardo genauer beobachten. Unsere Informationen besagen, dass die gesamte Abteilung nicht mehr zur Kemptener Polizei gehört. Sie nennen das nun ›OKO‹. Organisierte Kriminalität Oberallgäu. Klingt lustig, ist es aber nicht. Wir beide arbeiten nun zusammen wie Zivilisten. Ich bin dein Manager, und du bist Joe, der Maler.« Lohbach grinste und reichte Joe die Hand, der sie aber nicht ergriff.

»Beantworte endlich meine Frage.«

»Die Direktion hat nachgesehen, ob du etwas vergessen hast.« Lohbach lachte.

Joe griff nach seinem Mantel und ging. Sie hatten ihn also kontrolliert und nun einfach vereinnahmt, und das passte ihm ganz und gar nicht. Er wollte, dass Lohbach sein Verhalten ganz oben meldete. Sie sollten wissen, dass er für diesen ausufernden neuen Job nicht bezahlt wurde.

Waren die Straßen belebter als vorher? Es kam ihm so vor. Er lief nicht weit. Ein großer Hund stand quer auf dem Gehweg und schaute grimmig. Seine Hüterin quälte sich mit dem Halsriemen und schimpfte. Das war dem Hund vollkommen egal. Augenscheinlich wollte das Tier an diesem Ort nicht mehr sein und vor allem auch nicht mehr weitergehen. Joe musste auf die Fahrbahn ausweichen, um vorbeizukommen. In diesem Augenblick sah er jemanden eilig in ein Geschäft verschwinden. Wurde er beobachtet? Er machte einen Umweg und lief zum Hotel zurück, rief Lohbach an und sie trafen sich im Treppenhaus. Joe erzählte ihm von seiner Vermutung und wollte Auried sprechen. Auried sah aus wie der Schauspieler Sean Connery als junger James Bond.

»Kann sein, kann auch nicht sein. Wir sollten das zu unserer Sicherheit überprüfen«, sagte Auried. Also vereinbarten sie, dass Joe die Bahnhofsstraße entlangschlendern sollte. Dagmar und Reinhart Auried würden als Touristen auch dort sein und ihn im Auge behalten. Eine Stunde ertrug er es inmitten der Menschenmeute umherzuspazieren. Dann lief er zurück, und sie trafen sich erneut im Treppenhaus. Dort konnte Joe Dagmar Auried näher betrachten. Sie hatte sehr kurze blonde Haare und die Körperbewegung einer durchtrainierten Polizistin. Hübsch ist sie nicht, dachte Joe.

»Nichts entdeckt«, sagte Lohbach.

»Aber egal ist uns das trotzdem nicht. Wir besuchen den Waldlass, du stellst deine Bilder auf, und bis morgen Abend bleibst du in deinem Zimmer,« beschloss Auried.

Joe hatte sich zu fügen.

»Möglich ist, dass die Polizei in Kempten regelmäßig, wie die Fischer im Meer, mit einem Schleppnetz durch die Straßen zieht und später nachschaut, was so alles darin hängengeblieben ist. Wahrscheinlich suchen sie nach Komplizen von dem Massimo Ragi, denn die öffentliche Hinrichtung der Bittner wird sie nicht schlafen lassen.« Joe sah Auried an. Der trug ein teures Harris-Tweedsakko. Dafür hatte Joe ein Auge.

»Ich werde deine Bilder in mein Auto bringen. Wir fahren in einer Stunde.« Lohbach schaute auf seine Armbanduhr.

»Das wirst du nicht tun«, reagierte Joe ablehnend. »Ich fasse die Bilder an, sonst niemand.«

In dieser Situation entstand eine Spannung zwischen ihnen, die einer keimenden Feindschaft nicht unähnlich war. Natürlich durften sie das wegen ihrer gemeinsamen Aufgabe nicht zulassen. Joe wusste, dass Lohbach zu gerne seinen richtigen Namen gewusst hätte, aber Werner Lohbach war in Wahrheit auch ein anderer, also waren sie ex aequo ahnungslos.

»Streitereien liegen mir nicht. Ich bin ein Familienmensch«, sagte Lohbach, aber er lachte nicht. Eigentlich lachte der immer, wenn etwas unangenehm wurde, dachte Joe.

»Für sowas wie Familie fehlt mir jegliche Begabung«, antwortete Joe mit ziemlicher Geringschätzung.

Da beide wussten, dass eine Debatte darüber zu nichts führen würde, beendeten sie ihre Zusammenkunft. Joe knüpfte an den Abend bei Detlev Waldlass keinerlei Erwartungen. Lohbach würde sein Abhörgerät anbringen, und das war es dann. Er hasste nutzloses Gerede, und davon würde er wohl einiges zu hören bekommen, wenn Lohbach ihn als »den Künstler des Abends« vorgestellt haben würde. Wie oft schon war er die Garnierung für Leute gewesen, die sich für auserwählt hielten, Kunst beurteilen zu können. Sie hatten davon so viel Ahnung wie von der Liebe oder sonst einem Quatsch, der sie davon abhielt, ihren sinnlosen Existenzen ein frühes Ende zu bereiten. Er erinnerte sich an eine Frau, die einmal vor einem seiner Bilder gestanden war und ihm gesagt hatte, das habe er wohl mit sehr viel Liebe gemalt. Joe hatte geantwortet, eigentlich male ich mit Farben. Sie fand das nicht amüsant. Er lachte, als ihm eine andere Geschichte einfiel, die ihm vor einigen Jahren passiert war. Er hatte eine Bekannte und deren Tochter in ein Geschäft begleitet, in dem der jungen Dame ein Kleid für die Hochzeit gekauft werden sollte. Sie hatten ihn mitgenommen, weil er als Künstler ja »einen Blick« habe. Joe hatte sich den ganzen Plunder in dem Geschäft angesehen. Dafür, dass es sich lediglich um einen chemischen Prozess im Gehirn handelt, der den Menschen signalisiert, du bist jetzt paarungsbereit, also vermehre dich und erhalte deine Art, wird dafür ein ziemlicher Zirkus veranstaltet, hatte er geäußert. Nach dieser Aussage hatten sie ihn wieder ausgeladen.

Irgendetwas lief in Kempten schief, und er wusste nicht, was es war. Noch nie hatte er sich in einem Ort dermaßen lange bewegen müssen, und das gefiel ihm überhaupt nicht. Es galt noch immer die alte militärische Formel. Hineingehen, Auftrag erledigen und schnell wieder hinaus. Alles andere gefährdete die Mannschaft. Lohbach wollte offenbar die Borgini-Familie gegen die Latoninis aus New York ausspielen. Deshalb war der Ragi tot. Bisher hatte das nichts gebracht. Nun sollte er helfen, die verursachten Scherben aufzukehren, denn die Polizei hielt ja einige Fäden in der Hand. Du musst aufpassen wie ein Hütehund, sagte er sich und schloss die Augen. Der Lohbach wird dich ans Messer liefern, wenn ihm selbst das Wasser bis an den Kragen steht. Joe traute niemandem und das aus Prinzip, nicht aus negativen Erfahrungen. Dazu hatte er es nie kommen lassen.

Später fuhren sie mit Lohbachs VW hinaus nach Steufzgen und sprachen nicht. Joe lauschte dem Fahrtwind, den satten Geräuschen des Motors und sah den Krähen zu, die sich vom Fallwind herumschubsen ließen. Die Eingangsdiele der Villa Waldlass war bereits vorbereitet worden. Für jedes Bild stand eine neue Staffelei bereit. Empfangen wurden sie von einer schwarz-weiß gekleideten jungen Dame, die eine exaltiert lange Schürze trug. Jedenfalls gefiel Joe diese Bekleidung nicht, während Lohbach freundlich lächelte. Im Hintergrund stand ein massiger Kerl, der aussah, als wäre er aus seinem Matrosenanzug herausgewachsen. Joe empfand eine tiefe Abneigung gegenüber diesem Haus, und so stellte er die Bilder zunächst nur ab, ohne sie auszupacken. Erst zur offiziellen Einladung um einundzwanzig Uhr wollte er die Bilder aus ihren Schutzhüllen nehmen. Bis dahin musste er sich noch einige Stunden gedulden. Also stiegen sie wieder in das Auto und fuhren den gleichen Weg zurück. Lohbach grinste. Dann warf er Joe die Werbebroschüre eines Bekleidungsversandes auf den Schoß.

»Lies die Anschrift.«

»Cambo Consulting Waldlass« stand da gedruckt, und Joe wusste nicht so recht einzuordnen, worüber Lohbach sich freute. So etwas in Erfahrung zu bringen, gehörte zu seinen Aufgaben. Allerdings staunte er über die Tatsache, dass Lohbach ein dermaßen blitzschneller Dieb war. Er hatte nichts davon mitbekommen, dass Lohbach den Prospekt in seiner Mantelinnentasche hatte verschwinden lassen. Letztlich war es ihm gleichgültig. Joe überlegte, wie er die Bilder stellen sollte. Der Raum war leer, bis auf einen kleinen Tisch neben der Eingangstür. Er hatte also genügend Platz.

»Detlev Waldlass investiert fremdes Geld in diverse Geschäfte, das wussten wir«, erzählte Lohbach. »Jetzt wissen wir, dass er eine weitere Firma gegründet hat.«

»Was ist daran verdächtig?«, fragte Joe.

»Das ist immer verdächtig. Von wem kommt das Geld, das Waldlass einsetzt? Ich muss wissen, ob er in Immobilien investiert. Du kaufst eine teure Immobilie, nimmst dazu Geld bei einer Bank auf, drehst dich dreimal im Kreis und verkaufst die Sache wieder, schon ist das Geld sauber gewaschen«, dozierte Lohbach.

Joe dachte lieber darüber nach, wie gefährlich das Spiel für ihn werden konnte, das Lohbach hier inszenierte. Bisher hatte er seine Malerei strikt von seiner Zweitbeschäftigung getrennt. Nun sollte das anders sein, was ihm absolut nicht gefiel. Immerhin fiel mit seinen Gemälden eine seiner Masken, denn als »Joe der Maler« war er leicht identifizierbar.

7

Er war zu spät. Als Winkler am frühen Mittwoch im Hof aus dem Auto stieg, da sah er schon die Limousinen der oberen Dienste eingeparkt stehen. Zwar hatte er sich die Erlaubnis geholt, seinen Sohn zu besuchen, doch er hatte den Zeitrahmen überzogen. Auch jetzt stieg er nicht gleich aus und verzögerte sein Erscheinen, weil er in seinen privaten Gedanken blieb und noch einige Minuten an die Pflegeeinrichtung denken musste. Wenn er ehrlich war, dann war seine Stippvisite nicht in erster Linie seinem Sohn gewidmet gewesen, sondern er galt dem Wochenendbesuch seiner Ex-Frau. Leider hatte er nicht mit den Pflegerinnen des kommenden Wochenendes sprechen können, da die ihren freien Tag hatten. Aber allein die Tatsache, dass seine Ex-Frau plötzlich ihren Sohn wieder entdeckt hatte, beunruhigte ihn zutiefst. Winkler stieg aus seinem Fiat, ging die Treppe hinauf und betrat den Besprechungsraum. Schnell setzte er sich auf einen freien Stuhl, denn er hatte Amadeus Spengler vom LKA in seiner Rede unterbrochen. Er schaute auf die Schrift an der Wandtafel. Dort war eine Namenspyramide zu sehen. Oben stand Aspelkamp, darunter die Namen Spengler und di Nardo. Unter ihrem Namen las Winkler: »Erste Hauptkommissarin«. Das war neu. Er schaute zu ihr hinüber, aber sie las gerade. Mandl, Osman und Gloger waren auch verzeichnet, nur seinen Namen fand er nicht. Über den Namen stand geschrieben: »Organisierte Kriminalität Oberallgäu«. Spengler sah Winkler direkt an.

»Kollege Winkler, die Lage insgesamt erfordert neue Strukturen. Sie werden in Zukunft die Bereiche Oberstdorf und Immenstadt verantwortlich betreuen. Oberstaatsanwalt Heller hat die Direktion darum gebeten, dass Sie für besondere Einsätze abgestellt werden. Das wird in Zukunft so sein.« Er schaute in die Runde und setzte seine Rede fort. »Wie Kollege Aspelkamp bereits ausführte, hat uns Frau Dr. Feilhorn übermittelt, dass es für einen Einsatz von Massimo Ragi durch die Borgini-Familie aus Italien keine direkten Anhaltspunkte gibt. Das BKA wies uns aber darauf hin, dass es eventuell eine Verbindung zwischen Massimo Ragi und dem Ahrens geben könnte. Ahrens hätte auch einen Grund, sich an seiner ehemaligen Frau zu rächen. Beweggrund für diese Ansicht ist die Tatsache, dass die Borgini-Familie in ihrem Ruheraum kein Blutvergießen wünscht. Leider ließ sich die Anwesenheit von Gigi Borgini im Allgäu bisher nicht beweisen. Frau Kollegin di Nardo, Ihr Beitrag bitte.«

Sie blieb sitzen, schaute auf ihre Papiere und sprach dann mit ihrer bekannt ruhigen Stimme.

»Zunächst die Neuerung. Unsere Abteilung operiert eigenständig und unabhängig von den hiesigen Kollegen. Die Zusammenarbeit mit dem LKA und dem Kollegen Spengler wird es uns ermöglichen, tiefer in die Fälle vorzudringen. Obwohl Massimo Ragi als Täter in der Sache Hannelore Bittner so gut wie überführt ist, haben wir noch immer das Motiv nicht aufdecken können. Wie uns die Kollegen aus Offenbach inzwischen mitteilten, ist der Ahrens in seiner ehemaligen Wohnung nicht anzutreffen. Durch den damaligen Prozess gegen ihn wurde bekannt, dass er mit der Borgini-Familie Kontakt hatte und sich auch im Allgäu aufhielt, bevor er vor neun Jahren in Memmingen verhaftet wurde. Bisher hatten wir einen solchen Fall in dem Stil wie diesem zum Nachteil der Bittner bei uns nicht. Georg Bittner wird weiterhin vom LKA betreut. Zur Sache konnte er keine Aussagen machen, da ihm das kriminelle Vorleben seiner Frau unbekannt geblieben war. Folglich konnte er auch keine Aussage zu der hohen Geldsumme in der Handtasche seiner Frau machen. Ich kann Ihnen auch mitteilen, dass ihr das Geld im Rahmen ihrer Betreuung durch das BKA nicht zugeflossen ist. Was die Tat zum Nachteil des Massimo Ragi betrifft, eine ungewöhnliche Ausführung wie Sie wissen, gibt es weder Spuren zur Familie Borgini oder gar zum Latonini-Clan. Dazu muss gesagt werden, dass sich Arturo Latonini mit ziemlicher Sicherheit in Europa aufhält. Alle Erkenntnisse der internationalen Behörden weisen darauf hin. Ob er sich dem Druck der US-Behörden entziehen wollte oder aus anderen Gründen aus New York verschwunden ist, wissen wir nicht. Trotz unserer Nachforschungen gibt es keine konkreten Anhaltspunkte der Anwesenheit dieses Paten in unserem Zuständigkeitsbereich. Allerdings dürfen wir das auch keineswegs ausschließen.« Renata di Nardo atmete durch und legte ihre Papiere zur Seite. »Ein besonderer Fall ist das Verschwinden der Richterin Adelheid Zeiser. In dieser Sache werden Oberstaatsanwalt Heller und Kollege Winkler die Federführung vor Ort behalten. Bisher wissen wir nur, dass die Richterin Augsburg offensichtlich aus freien Stücken verlassen hat. Mehr dazu zu sagen, wäre daher rein spekulativ. Kollege Winkler wird nun zur Staatsanwaltschaft fahren, Kollegin Mandl und Kollege Gloger kontrollieren noch einmal sämtliche italienischen Restaurants und die dortigen Mitarbeiter. Kollege Osman überprüft alle Möglichkeiten einer Verbindung zwischen der Bittner, dem Ahrens und dem Ragi. Georg Bittner ist in die Recherche inbegriffen, auch wenn uns das gegenüber dem Witwer kein Vergnügen bereitet. Massimo Ragis Fingerabdrücke haben wir nur an der Pistole CZ 75 gefunden, aber die kann man ihm auch post mortem abgenommen haben. Danke, Kollegen, und auf geht's.«

Aspelkamp applaudierte demonstrativ, und Winkler verschwand schnell, lief hinüber zu den Büros und erfuhr dort, dass Renata di Nardo und ihr Schreibtisch nun direkt neben dem Büro von Aspelkamp ihre Heimat gefunden hatten. Also kehrte er um.

Renata di Nardo wollte noch einmal mit ihrem Vater telefonieren. Sie hatte einige Fragen zum Verkauf seines Restaurants. Insbesondere, wer genau das Geschäft vermittelt hatte. Winkler trat ein, ohne zu klopfen.

»Erste Hauptkommissarin, also meine Gratulation und meinen Respekt, Frau Kollegin.«

Das war genau der Ton, den sie an Winkler absolut nicht schätzte.

»Lass das«, sagte sie streng. »Ich wusste bis heute auch nichts davon, aber Aspelkamp will mich unbedingt in den nächsten Jahren als seine Nachfolgerin aufbauen. Soll ich nein sagen? Und bevor du dich darüber aufregst, dass du zu Heller musst: Das kam von ganz oben. Die Minister amüsiert es nicht, wenn eine Richterin verschwindet. Das ist mehr als nur eine delikate Angelegenheit. Sie haben Heller nach dem fähigsten Beamten gefragt, und er nannte deinen Namen. Genug damit. Ach ja, und wie geht es dir sonst so?«

Damit war sein Ausflug zu seinem Sohn gemeint, aber wie immer wollte Winkler darüber nicht sprechen. Er grüßte kurz und ging. Renata di Nardo griff nach dem Telefon.

»Ciao, Papa. Ich vergaß zu fragen, wer die Abwicklung des Restaurants für dich übernommen hatte?«

»Grüß Gott Tochter, schön von dir zu hören. Mir geht es auch gut«, antwortete di Nardo ironisch. »Falls es dich interessiert, wir fahren an den Bodensee zum Segeln.«

Er hatte recht, sie kümmerte sich zu wenig um ihren alten Herrn. Aber das konnte sie jetzt auch nicht ändern.

»Papa, bitte.«

»Das war ein Detlev Waldlass. Cambo Consulting Kempten. Ich muss jetzt. Meine Liebe sitzt schon im Auto.«

Er wusste, dass ihr das Wort »Liebe« einen Stich versetzte. Renata di Nardo notierte sich den Namen »Cambo Consulting« und starrte eine Weile vor sich hin. Sie sollte ihrem Vater die neue Frau gönnen, aber das konnte sie einfach nicht. Noch immer empfand sie es als Verrat an ihrer toten Mutter. Das war natürlich Unsinn, aber sie kam dagegen nicht an.

Schnell schob sie ihre Unterlagen in die Ledermappe und griff sich ihren Mantel. Renata di Nardo befürchtete, dass

Aspelkamp sie gleich wieder mit seinen Theorien überfallen würde, deshalb fuhr sie lieber zu sich nach Hause, um nachzudenken. Aspelkamp meinte, die Sache sei ziemlich verfahren, weil sie bisher nichts gefunden hatten, doch diese Ansicht teilte sie nicht. Sowohl Hannelore Bittner als auch Massimo Ragi waren zum Schweigen gebracht worden, und genau das führte sie zu einer wichtigen Antwort auf die Frage, warum das geschehen war. Da gab es für sie nur eine Erklärung. Beide mussten etwas gewusst haben, das einem Dritten hätte gefährlich werden können. Dass der Ahrens seine Frau aus Rache hatte erschießen lassen, wäre eine Möglichkeit. Aber nur dann, wenn da noch etwas mehr Substanz war als nur die Wut über ihre Aussage in dem Prozess gegen ihn. Ahrens hatte für die Borgini-Familie Geld gewaschen. Das stand so gut wie fest, auch wenn er es nie zugegeben hatte. Ragi hatte für die Borgini-Familie getötet, das bestätigten die italienischen Kollegen. Sie kam immer stärker zu der Überzeugung, dass es in Kempten ein zufälliges Aufeinandertreffen von Frau Bittner mit einem oder mehreren Mitgliedern der Borgini-Familie gegeben haben musste. Allerdings hatte sie ihr Äußeres verändert und war in Kempten auf den ersten Blick nicht als Christine Ahrens zu erkennen gewesen. Da Renata di Nardo nicht an Zufälle glaubte, könnte die Bittner auch jemand verraten haben. Sie dachte spontan an Georg Bittner, aber was sollte der für ein Motiv haben? Außerdem hatte Bittner bestimmt nichts mit dem Tod des Ragi zu tun.

Renata di Nardo parkte ihren Audi und ging im Landschaftspark spazieren. Die kühle Luft tat ihr gut. Konnte es sein, dass die Borgini-Familie bereits ein Spinnennetz von Informanten über das Allgäu gelegt hatte? Um sich sicher fühlen zu können, brauchten sie viele Spione. Am Geld scheiterte das bestimmt nicht. Allein im letzten halben Jahr schätzte das BKA den Gewinn der Borgini-Familie auf dreihundert Millionen Euro. Wobei sich in Italien die »sauberen

Geschäfte« noch stärker entwickelt hatten, aber darüber gab es keine offenen Auskünfte. Sie waren im Baugewerbe, in der Müllentsorgung und anderen lukrativen Geschäften tätig, und es hatte sie doch sehr verwundert, dass dabei immer wieder öffentliche Aufträge eine Rolle spielten, obwohl doch jeder wissen musste, wer hinter diesen vermeintlich sauberen Firmen steckte. Im Allgäu sprach man das Wort »Mafia« immer noch sehr ungern aus. Die Bevölkerung sollte nicht beunruhigt werden. Renata di Nardo dachte an den Lastwagen mit Kokain. Die österreichische Polizei hatte beobachtet, dass man noch einmal den Fahrer gewechselt hatte, also würde der Transport bald über die Grenze kommen. Sie war gespannt darauf, wer nach der Verhaftung als Drahtzieher zum Vorschein kommen würde. Das Volksfest rund um St. Mang am Wochenende würde sie gerne dazu nutzen, sich außerhalb Kemptens aufzuhalten. Sie würde darüber mit Winkler sprechen. Aber es passte andererseits dazu, dass der Transport des Rauschgifts genau zu diesem Zeitpunkt stattfinden sollte. Offenbar wollte man den Trubel in der Stadt zur Tarnung nutzen. Sie hatte Aspelkamp nach den Informanten gefragt, aber der hatte nur geantwortet, dass das LKA sich da durchaus zugeknöpft gezeigt habe. Wie Winkler war sie der Meinung, dass es sich nicht um die Italiener handeln dürfte. Eher waren es Türken, Russen oder Georgier, die immer stärker auf den europäischen Drogenmarkt drängten. Diese Leute waren inzwischen an Brutalität kaum zu überbieten, und daher wollte sie die Fahndung nach Massimo Ragis Mördern auch in diese Richtung ausweiten. Ihr wurde kalt. Der Wind war frisch, und die Außentemperatur lag nur wenig über zehn Grad. Renata di Nardo machte sich auf den Weg nach Hause. Als sie in ihre Straße einbog, stieg Winkler gerade aus seinem kleinen Fiat.

»Wie sieht es bei dir am Wochenende aus?«, rief sie ihm zu, und er schaute überrascht.

»Hast du es denn noch nicht gehört? Sie haben den LKW und einen PKW kurz hinter Oberstdorf gestoppt und vier Männer verhaftet.«

Renata di Nardo hatte ihr Mobiltelefon in ihrer Handtasche im Kofferraum gelassen, um unbehelligt spazieren gehen und nachdenken zu können. Der Zugriff war so nicht geplant gewesen.

»Zwei Bulgaren, ein Wiener und ein Münchner wurden festgenommen. Wie wollen sie denn nun an die Hintermänner herankommen? Das ist doch ein solcher Krampf. Heller hat sich furchtbar aufgeregt.« Winkler machte eine abschätzige Geste. »Übrigens soll die Information über den Transport von Borgini gekommen sein.«

In der Wohnung warf Winkler seinen Mantel über einen Stuhl und kochte Tee, während Renata di Nardo mit Aspelkamp telefonierte.

»Sie haben zu früh verhaftet. Ein Missverständnis«, sagte sie nach dem Gespräch, im Türrahmen der Küche stehend, und Winkler tippte sich an die Stirn.

»Ich darf gar nicht darüber nachdenken, dass da eventuell irgendwer bei uns ein falsches Spiel spielt. Es war eindeutig verabredet, den Stoff bis zu den Chefs zu verfolgen und nicht die vier Handlanger zu verhaften.« Winkler verschüttete das heiße Wasser und fand keinen Lappen.

Renata di Nardo warf Winkler eine Küchenrolle zu und stellte ihm die Tüte mit grünem Tee zurecht.

»Gefunden haben sie magere 15 Kilo Kokain. Das entspricht absolut nicht der Menge, die uns genannt worden war. Die Kollegen in Österreich haben den LKW mit der Kamera Tag und Nacht überwacht. Sie haben dabei keine Aktion gefilmt, die zeigen würde, dass da vorher etwas über die Bühne gegangen ist. Nun hat das BKA die Sache übernommen, und wir schauen zu.«

Winkler goss den Tee auf und sah auf die Uhr.

»Lass uns am Freitag nach Oberstdorf fahren. Ich möchte das Wochenende nutzen, um mir die Gegend ein wenig genauer anzusehen.« Winkler wischte den Tisch trocken.

Renata di Nardo lächelte, denn sie wusste genau, dass er mit seinen Worten die Suche nach der Richterin Adelheid Zeiser umschrieb. Fragen wollte sie ihn nicht danach, was er mit Heller besprochen hatte.

»Schön«, antwortete sie, »ich will auf jeden Fall das Volksfest vermeiden. Wir sollten uns wieder einmal ein gutes Essen leisten, Winkler. Was meinst du?«

Winkler hatte nicht zugehört. Er schaute auf das farblose Wasser in seiner Tasse und verstand nicht, wie Renata di Nardo diesen Tee sichtlich mit Genuss trinken konnte. Aber sie aß ja auch Käse, der so penetrant stank, wie es seine Socken nicht einmal nach einer Woche schaffen würden, und legte ihm dennoch jeden Morgen frische Strümpfe zurecht.

»Unsere Fälle mögen mehr als ungewöhnlich sein, aber es muss eine Logik geben. Es gibt immer eine Logik«, bekräftigte Renata di Nardo ihre Meinung.

»Ich habe mit Heller vereinbart, dass ich mich die Tage noch um den Inninger kümmere. Nach letzten Berichten soll sich der Alte wieder einigermaßen berappelt haben. Er hatte Glück.«

Renata di Nardo schüttelte den Kopf.

»Glück? Das aus deinem Mund. Wie hilflos sind wir, dass wir einen Inninger brauchen?« Sie stellte ihre Tasse auf den Couchtisch, stand dann aber auf und trug sie in die Küche.

Was sollte er ihr darauf antworten? Für ihn hatte die Sachlage insgesamt den Anschein, als wäre ihnen die kriminelle Seite immer einen Schritt voraus. Er wollte nicht schon wieder aussprechen, dass er darüber nachdachte, ob sie in ihrem Haus nicht doch einen Maulwurf hatten. Das wäre die vollkommene Katastrophe. Demgegenüber standen ihre Ehre und ihr Gewissen, das Geld hatten die anderen, und es war schon immer Mittel zum Zweck der Bestechung. Konsequenterweise müsste er dann aber an konkrete Personen denken, und das wollte er auf jeden Fall vermeiden, weil ihn Misstrauen am Denken hinderte. Dann fiel ihm ein, dass er etwas völlig vergessen hatte.

»Das Haus in Oberstdorf wird renoviert. Die Wohnungen auch. Ich weiß nicht, ob die das schon erledigt haben. Lass mich kurz telefonieren.« Winkler rief einen Nachbarn nach dem anderen an, aber keiner ging ans Telefon. »Niemand zuhause«, sagte er, »dann fahren wir am Freitag eben ins Blaue hinein.«

Renata di Nardo mochte es nicht, einfach so ins Ungewisse zu reisen. Erst am Donnerstag erhielt sie einen kurzen Bericht über die LKW-Aktion. War dieser Transport ein Ablenkungsmanöver? Sie rief Heller an, und der war vorsichtig mit seiner Antwort.

»Es könnte sein, dass uns ein Bandenkrieg ins Haus steht. Borgini ist schon da, der Latonini wahrscheinlich ebenfalls, und nun kommt die Ostmafia auch noch ins Spiel.«

Renata di Nardo war unzufrieden mit der gesamten Kommunikation. Kempten war eines, dann gab es die schweigsamen Augsburger, und das LKA war dicht und das BKA noch dichter. Sie musste dringend die Akten noch einmal studieren und gründlich darüber nachdenken. Deshalb kam ihr der Ausflug nach Oberstdorf am Freitag ganz recht.

Sie fuhren mit zwei Wagen zunächst zum Krankenhaus, und als Winkler hineinging, rief Renata di Nardo Amadeus Spengler auf dessen internem Hausanschluss an.

»Es ist zwar nicht mein Fall, Kollege, aber mich interessiert die Sache mit dem LKW. Warum ausgerechnet bei Oberstdorf und warum so voreilig?«

Spengler zögerte mit der Antwort.

»Man sah Gefahr im Verzug. Wir haben immerhin das Kokain und vier Verhaftete. Dazu den LKW und einen PKW.«

Sie spürte, dass er eine offizielle Meinung wiedergab, die nicht die seine war. Renata di Nardo sah schon die Pressekonferenz mit der Erfolgsmeldung für die Öffentlichkeit vor sich. Mehr war da zunächst nicht vorgesehen.

»Noch etwas. Die Hessen haben die Prozessakten noch nicht übergeben. Ich habe also die damalige Aussage der Ahrens noch immer nicht in den Händen. Tut mir leid.«

Was sollte sie sagen? Hannelore Bittner war ihr gemeinsamer Fall, und es ging und ging nicht voran.

»Schönes Wochenende«, sagte sie und das keineswegs ironisch. Spengler war auch nicht begeistert über das zähe Verfahren.

Auch Winkler kam wenig erfreut aus der Klinik zurück.

»Stell dir vor, der alte Inninger hat sich selbst aus dem Krankenhaus entlassen. Gegen den Rat der Ärzte, wie man mir mehrfach versicherte. Er sagte, er fühle sich in der Klinik nicht sicher.«

Renata di Nardo steuerte den Wagen durch den Freitagsverkehr und bog auf den Schumacherring ab.

»Willst du noch zum Altenheim?«

»Nein. Wer weiß, was in dem Kopf von dem alten Zeisig vor sich geht. Ich werde mich am Montag nach ihm erkundigen.« Winkler faltete die Hände und ließ Renata Richtung Autobahn vorfahren. Sie war froh, dass er zum Thema »Erste Hauptkommissarin« kein Wort verlor. Sie hatte sich in der Sache nie engagiert, auch wenn es klar war, dass ihr der Titel »Kriminalrat« vor ihrem fünfzigsten Geburtstag durchaus Freude bereiten würde. Doch bis dahin hatte sie noch einige Jahre Zeit.

In Oberstdorf angekommen, konnten sie tatsächlich nicht in Winklers Wohnung. Zwar war alles fertig geworden, doch fehlte seine Wohnungstür, weil man die falsche angeliefert hatte. Renata di Nardo spazierte über den frisch verlegten Holzboden, begutachtete die neue Dusche, die blaue Badewanne und die Kacheln, die nun bis zur Decke reichten. Auch die Fenster des Apartments waren ausgetauscht worden. Es roch nach Farbe und frischem Holz. Sie fand es schön, während Winkler mit den Handwerkern schimpfte und dadurch erreichte, dass sie ihm hoch und heilig versprachen, die Tür bis spätestens in drei Stunden eingesetzt zu haben. Winkler öffnete die Tür zum Dachboden und sah nach, ob seine Möbel noch komplett waren.

»Wollen wir nicht die Gelegenheit nutzen und dir ein paar neue Sachen kaufen? Wie wäre es mit einem gemütlichen Sessel?« Renata di Nardo wollte, dass er bei ihr wohnte, deshalb staunte sie über ihre Worte, aber sie kannte ihn ja. Seine Antwort kam auch prompt.

»Bin ich Krösus? Für die paar Stunden in der Woche, die ich hier wohne, reicht der alte Plunder allemal.«

Er wohnte lieber bei ihr. Damit war sie zufrieden.

»Dann lass uns wenigsten etwas Feines essen gehen«, sagte sie und zog ihn mit sich.

Bevor er in das Auto einstieg, holte er noch seine Post aus dem Briefkasten. Weil er den Schlüssel nicht fand, nahm er zwei Finger und zog drei Briefe langsam aus dem Schlitz des Postkastens. Renata di Nardo schüttelte den Kopf. Es dauerte nicht lange, und sie saßen in einem Landgasthof am Tisch. Wie immer ging es bei Winkler schnell mit der Bestellung.

»Käsflädlesuppe, Hasenkeulen im Trollinger, Blaukraut und Spätzle.« Mehr hatte er nicht zu sagen. Bei Renata di Nardo dauerte das Bestellen etwas länger.

»Ich gehöre nicht zu den Menschen, die einen Weinkrampf bekommen, wenn sie hundert Gramm zugenommen haben«, sagte Winkler. Als sie nicht reagierte, bestellte er eine Flasche Trollinger, ohne sie zu fragen.

Nach einiger Zeit winkte Renata di Nardo der Bedienung und hielt ihr die Speisekarte so hin, als sollte die Kellnerin ihre Bestellung noch einmal laut vorlesen.

»Die Rehmedaillons im Pfeffermantel, eine kleine Portion Spinatspätzle und die Bohnen ohne Speck, kein Blaukraut. Bitte nicht zu üppig mit Butter und Sahne umgehen, dafür dürfen die Schalotten glasig bleiben.« Als die Bedienung gehen wollte, hob Renata di Nardo ihren rechten Zeigefinger. »Bringen Sie noch eine Karaffe stilles Wasser, keine Flasche.«

Winkler hätte gerne etwas gesagt, aber er verkniff sich jede Bemerkung, denn es lag ein Wochenende vor ihnen. Gerne hätte er ihre Bestellung nämlich mit den Worten ergänzt: »Und machen Sie mir noch ein Fußbad und rufen die Maniküre.«

»Ich will gar nicht wissen, was du denkst.« Sie lächelte spitzbübisch.

Bevor das Essen kam, ließen sie ihre Blicke durch das Etablissement kreisen und beobachteten die anderen Gäste. Das gehörte zu ihren Beschäftigungen, wenn sie auf das Essen warteten. Man konnte sich über die Leute so herrlich das Maul zerreißen. Außerdem vermieden sie auf diese Weise ihre unliebsamen Themen. Winkler wollte nicht über die Situation seines behinderten Sohns sprechen und Renata di Nardo nicht über ihren Vater und dessen neue Freundin. Also würden sie über Berufliches reden, aber das sollte an einem gemeinsamen Wochenende nicht passieren. Deshalb passte es gut, wenn sich andere Menschen als Themen eigneten.

Weil er mehr von dem Trollinger getrunken hatte, fuhr sie. Das Essen war nicht schlecht gewesen, aber sie würden dort nicht wieder einkehren. Man war zu sehr auf die Touristen fixiert, das konnte man an der Speisekarte ablesen. Kurz bevor sie die Straße, in der Winkler wohnte, erreichten, gab es eine Entdeckung zu machen. Sie sah, dass er ihren Blick registrierte. Als sie anhielten und ausstiegen, hatten sie beide nur ein Ziel. Auf dem Gehsteig stand ein prächtiger alter Ohrensessel. Einige Leute standen noch herum und betrachteten einzelne Stücke dieser Wohnungsauflösung. Winkler nahm im Sessel Platz und streckte die Beine von sich.

»Ich kann ihn nicht kaufen«, sagte er.

»Warum nicht?« Sie fragte das herausfordernd, denn sie war völlig anderer Ansicht als Winkler.

»Weil er so gemütlich ist, dass ich darin ständig einschlafen werde«, gab er ihr zur Antwort.

Das war eine typische Winklerantwort, die sie nicht akzeptierte. Eine dicke, treuherzig dreinblickende Frau machte den Verkauf.

»Wie viel?«, fragte Renata di Nardo.

»Fünfhundert«, bekam sie zur Antwort.

»Fünfzig«, rief Winkler.

Die dicke Frau machte ein empörtes Gesicht und schnappte nach Luft.

»Dieses Prachtstück hat mein Vater aus England importiert.«

»Dreißig Euro«, rief Winkler.

Renata di Nardo schob die Frau ein wenig zur Seite und sprach mit ihr, während Winkler sich im Hintergrund amüsierte. Er blieb im Sessel und winkte den Umstehenden zu, was die mit Befremden zur Kenntnis nahmen.

»Ist Ihr Mann betrunken?«, fragte die dicke Frau.

»Nein, er scherzt nur gerne. Ich gebe Ihnen dreihundert auf die Hand. Überlegen Sie es sich.«

»Dreihundertfünfzig«, sagte die Dicke und presste die Lippen aufeinander.

»Na schön, aber dann fahren Sie mir den Sessel vor die Tür.« Renata di Nardo schrieb die Anschrift auf einen Zettel und reichte ihn der Frau. Dann ging sie zu Winkler, und er musste ihr einhundert Euro geben, weil sie nicht bezahlen konnte. Damit erst gar nicht der Gedanke entstand, den Sessel noch einmal zu verkaufen, zeigte sie der Dicken ihren Ausweis.

»Ist ja schon gut«, reagierte die gekränkt.

Fünf Minuten später betraten sie den Hausflur und staunten. Die Wände leuchteten weiß, erhellt durch moderne Flurlampen.

Während Renata di Nardo auf die Treppe zuging, bemerkte sie die dunkelblauglasierten Bodenfliesen. Die waren ihr in der Vergangenheit gar nicht aufgefallen. Zwei Handwerker kamen aus dem Keller und verließen das Haus, während Winkler hinter ihr hinauf zu seiner Wohnung stieg. Seine Tür war offen, aber es war sein neuer Eingang, also hatten die Männer Wort gehalten. In der Wohnung befand sich noch ein Mann, der mit einer Silikonspritze hantierte.

»Ich hab's gleich«, sagte er.

»Nur nicht hudeln.« Winkler schaute ihm zu. »Könnten Sie mir schnell etwas hereintragen helfen? Danke.« Ohne weiter zu warten, schob Winkler den Mann auf den Dachboden und trug mit ihm das alte Bauernbett und den schweren Schrank zurück in seine Wohnung, was sich etwas hinzog, denn die Möbel waren in ihre Einzelteile zerlegt. Der Mann machte dann schnell, dass er fortkam, während Renata di Nardo und Winkler mit dem Aufbau begannen. Mit dem Bett hatten sie keine Schwierigkeiten, aber der Schrank machte richtig Arbeit. Kaum war das erledigt, klingelte die dicke Frau mit dem Sessel. Auch mit dem taten sie sich schwer. Das Treppenhaus hatte einige Flüche von Winkler zu verkraften, aber letztlich schafften sie auch das. Renata di Nardo schob den Ohrensessel an das kleine Fenster, setzte sich und seufzte tief, während Winkler seine drei Koffer vom Dachboden holte und seine Sachen wieder in dem Schrank unterbrachte. Als er damit fertig war, kam Renata di Nardo frisch geduscht aus dem Bad, und sie trug seinen Bademantel. Winkler tat es ihr nach, duschte sich, zog seinen alten Trainingsanzug an und setzte sich in den neuen alten Sessel. Er nahm sein Doppelglas und schaute damit aus dem Fenster.

»Es ist dunkel draußen«, sagte sie.

»Aber es gibt Lichter«, antwortete er.

Renata di Nardo stellte das Radio an und lauschte der Stimme von Maria Callas in *Turandot*. Oper war nicht Winklers Welt, und er tat das, was er bereits angekündigt hatte, er schlief in dem Ohrensessel. Genau den nahm Renata die Nardo nun noch einmal in Augenschein. Auch wenn ihre kleine Lampe neben dem Bett nicht viel Licht abgab, so war sie zu der Überzeugung gekommen, dass die dicke Frau gelogen hatte. Niemals war das ein original englischer Ohrensessel. Der Stoffüberzug schien ihr ziemlich neu zu sein. Aber egal. Der Sessel blieb das einzige vorzeigbare Möbelstück im gesamten Apartment. Sie hatte mit Winkler noch nicht über ihren Wunsch gesprochen, seine Wohnung zu ihrem gemeinsamen Wochenenddomizil auszubauen. Es war an der Zeit, sich intensiver in die Berge zu begeben, und Oberstdorf war einfach ein idealer Ausgangspunkt. Sie wusste, sie würde ihn wieder einmal überreden müssen. Nun konzentrierte sie sich erneut auf die Musik, denn Eugenio Fernandi sang *Nessun dorma*. Nach der Musik brauchte sie einen Moment der inneren Ruhe. Dann weckte sie Winkler auf, und als der neben ihr im Bett gleich wieder schlief, da galt *Nessun dorma* vielleicht für ganz Oberstdorf, aber nicht für Winkler.

Renata di Nardo stand am Sonntag gegen acht Uhr auf, zog seinen Bademantel an und schaute im Sessel hockend mit ihrem Klapprechner ins Internet. Zu ihrer vollkommenen Überraschung fand sie genau diesen Sessel mit dem gleichen Stoffüberzug. Ein Preis stand allerdings nicht dabei. Sie hatte der dicken Frau Unrecht getan, und sie freute sich, dass sie so wenig bezahlt hatte, denn im Internet sah das gute Stück verdammt teuer aus.

Die Eier wurden nichts. Auch nach zwanzig Minuten war das Wasser immer noch eiskalt. Winkler fluchte, denn der Herd war nicht wieder angeschlossen worden. Er nahm den elektrischen Wasserkocher und legte die Eier dort hinein. Renata di Nardo sah ihn kopfschüttelnd an, weil er mit demselben Wasser seinen löslichen Kaffee aufgoss. Wie jeden Morgen trank sie nur ein großes Glas Mineralwasser und aß dazu zwei trockene Scheiben Toast.

Zuerst klingelte ihr Telefon in der Handtasche, kurz darauf das von Winkler im Flur. Als sie sich nach ihren Gesprächen an seinem kleinen Tischchen wieder trafen, war das gemeinsame Wochenende beendet.

»Was war bei dir?«

Winkler pellte die überharten Eier und trank dazu den Kaffee.

»Baader hat mich aus dem Polizeibüro angerufen. Ein Bursche hat ihm ein Foto von zwei einsamen roten Pumps zugeschickt, die am Ufer des Seealpsees stehen. Sie passen zur Bekleidung der Richterin Zeiser. Ich werde mit Baader hinauffahren.« Er schluckte das zerkaute Ei hinunter. »Und bei dir?«

Renata di Nardo schüttelte wie ungläubig den Kopf.

»Aspelkamp hat mir mitgeteilt, dass sich ein Privatdetektiv gemeldet hat, dem das Foto der Hannelore Bittner in der Zeitung aufgefallen ist. Er behauptet, die Frau im Auftrag von Georg Bittner observiert zu haben.«

Winkler verschluckte sich beinahe.

»Ja, da schau her. Der feine Herr Bittner.«

»Das war aber noch nicht alles. Ein gewisser Inninger geht Aspelkamp telefonisch schrecklich auf die Nerven.«

Winkler amüsierte sich, aber Renata di Nardo blieb ernst. Während sie in ihr Auto stieg, um zurück nach Kempten zu fahren, wartete Winkler vor dem Haus auf Baader, der in seinem Streifenwagen ankam.

Der Wind war kühl, und Winkler hatte wieder einmal den falschen Mantel an. Er fror. Sie mussten vom Parkplatz aus den Weg in die Berge nehmen und folgten dem vorgegebenen Pfad. Sie gingen zu Fuß, weil Winkler das so wollte. Hinter den Bäumen machten sie halt, damit Baader verschnaufen konnte. Er ist noch dicker geworden, dachte Winkler. Nach kurzer Rast ging es weiter. Er nahm sein Doppelglas und schaute sich um. Lieber wäre er im Tal geblieben und hätte in einem Café gut gefrühstückt. Baader sah auch nicht aus, als liebte er in dieser

Situation seinen Beruf. Sie spürten die steil ansteigenden Serpentinen in den Waden, und Winkler fluchte laut.

»Wir haben doch nicht mehr alle Tassen im Schrank. Warum haben Sie keinen Hubschrauber angefordert, Baader? Das ist ja die reinste Tierquälerei.«

»Der Herr Winkler scherzt gerne. War doch Ihre Idee. Wenigstens müssen wir nicht aufs Nebelhorn«, gab sich Baader sarkastisch. Er zog einen Touristenführer aus der Tasche und las vor. »Der Seealpsee liegt auf fast 1.700 Metern Höhe. Unter ihm liegt das Oytal am Südosthang des Schattenberges. Der Blick vom See aus ist berauschend.«

Die roten Schuhe standen direkt am Wasser. Sie waren ordentlich hingestellt, wie man es früher in Hotels machte. Winkler musste erst einmal durchatmen.

»Die Dame hat vornehm ihre Schuhe ausgezogen und ist dann in voller Montur im Wasser verschwunden? Wer soll das denn glauben? Außerdem ist sie unmöglich mit den Dingern hier hinaufgekommen. Die hätte sich beim Anmarsch die Fußgelenke verrenkt. Wer hat eigentlich angeordnet, dass wir hierher sollen?« Winkler war ziemlich sauer.

»Oberstaatsanwalt Heller«, antwortete Baader.

»Unser Champagnerbaron. Na, Prosit.«

Winkler schaute in das Tal hinab und schüttelte den Kopf. Sein Zorn legte sich, und er wurde ernst.

»Und Heller hat Ihnen gesagt, die Schuhe könnten zu ihr passen? Hm. Vielleicht hat sie die Dinger als Nachricht aufgestellt? Wie tief ist der See?«

Baader schaute nach.

»Bis zu fünfzig Meter.«

»Weshalb hat der Bursche eigentlich das Bild gemacht und es uns zugeschickt? Und wo ist er?«

Baader streckte den Arm aus. In zwanzig Metern Entfernung hatte es sich ein Trupp Wanderer mit Zelten und Schlafsäcken gemütlich gemacht.

»Ihm hat das Motiv gefallen. Er wollte es ins Internet stellen. Dann dachte er daran, dass sich eine Frau im See umgebracht haben könnte«, ergänzte Baader.

Danach konnten sie sich nicht mehr verständigen, weil ein Hubschrauber im Landeanflug war. Heller kam und brachte zwei Männer von der Kriminaltechnik mit. Er war bekleidet, als wollte er zu einer Himalaya-Expedition. Der friert bestimmt nicht, dachte Winkler. Man begrüßte sich kurz, und Heller zeigte ihm Fotos. Das Paar Schuhe war enorm vergrößert dargestellt, und an den rechten Seiten, fast am oberen Lederrand, waren die Initialen »A. Z.« zu erkennen. Sollte das tatsächlich den Beweis erbringen, dass die Zeiser hier oben gewesen war? Winkler zögerte mit seiner Zustimmung. Für ihn war ein toter Körper ein Beweis, kein abgestelltes Paar Schuhe.

»Es sieht in der Vergrößerung gekünstelt aus«, sagte er, als der Hubschrauber zur Ruhe gekommen war.

Heller schaute auf die roten Pumps und lief in einem Halbkreis um sie herum.

»Wir werden den gesamten Aufstieg am Berg durchkämmen. Irgendeinen konkreteren Beweis müssen wir finden. Sie glauben gar nicht, was mir der Minister für einen Druck macht.«

Deshalb also der ganze Aufwand, dachte Winkler. Eine Richterin darf nicht einfach verschwinden, das bringt das gesamte Staatsgefüge ins Wanken. Winkler kniff die Lippen zusammen, damit ihm keine ihn denunzierenden Worte entwichen. Für eine Normalsterbliche gäbe es keinen Einsatz mit einem Hubschrauber und einem Oberstaatsanwalt als Garnierung. Er musste aufpassen, nicht unfair zu werden. Es war ja immer wieder ein Hubschrauber in den Bergen unterwegs, weil sich jemand verirrt hatte oder abgestürzt war. Etwas verdarb ihm die Laune, und er wusste nicht, was es war.

»Vielleicht ist das Paar Schuhe ein Hinweis und hat eine Bedeutung, die wir nicht verstehen? Ich frage mal so«, sagte Winkler.

Heller sah nicht aus, als würde er diesen Gedanken für lächerlich halten. Nach einer Stunde vergeblicher Suche gaben sie auf. Baader und die Technik blieben vor Ort und warteten auf den aufsteigenden Suchtrupp, der sich mit Spürhunden den Berg hinaufmühte. Heller und Winkler flogen nach Kempten zurück. Während Heller zur Staatsanwaltschaft fuhr, ging Winkler zu Fuß ins Büro.

Er wollte Renata di Nardo nach der Bedeutung von Schuhen als Hinweisgeber fragen. Eine Frau, die ein handgefertigtes Paar teurer Pumps an einem Bergsee abstellt, hat irgendeine Geschichte zu erzählen. Ihm war das unerklärlich. Außerdem hatten sie das Auto der Richterin noch nicht gefunden. Wie ein Feenwesen wird sie den Berg wohl kaum hinaufgekommen sein, dachte er und klopfte an die Tür. Renata di Nardo rief seinen Namen. Sie hatte ihn längst über die Außenkamera entdeckt.

»Ein Paar Schuhe«, sagte Winkler. »Sündhaft teure Pumps. Rot wie eine Ampel und abgestellt wie vor einem Hotelzimmer. Surreal, einfach surreal.« Er hockte sich auf einen Stuhl, während sie ihm eine Mappe über den Schreibtisch schob.

»Das ist die Kopie des Vertrags zwischen Georg Bittner und der Detektei Oberallgäu. Die Detektei gibt es nicht mehr. Bittner bestreitet die Existenz eines solchen Auftrags durch ihn. Wir werden die Unterschrift und das Papier untersuchen lassen. Wenn stimmt, was da steht, dann hat der Bittner seine Frau im Juni und Juli beschatten lassen.« Renata di Nardo holte sich die Bilder der roten Schuhe auf den Bildschirm.

»Wisst ihr schon, wer die Schuhe angefertigt hat?« Winkler wartete.

Sie legte ihm ein altes Foto von Borgini auf den Tisch.

»Ich habe dem Detektiv zehn Fahndungsfotos vorgelegt. Er sagte, das hier wäre Bittner.«

Winkler bekam große Augen. Sie ist einfach gut, dachte er und ging hinüber in sein Büro. Osman hockte über einer Liste sämtlicher italienischer Restaurants im Allgäu und machte Häkchen hinter die Namen.

»Nichts?«, fragte Winkler.

»Absolut gar nichts«, antwortete Osman. »Das wäre auch zu einfach. Wenn wir etwas finden, dann durch Autos. Die Herrschaften werden wohl kaum zu Fuß gehen.«

Winkler nickte.

»Antonia und Gloger klappern bereits seit gestern die Händler ab. Wenn Borgini allerdings bei Komplizen abgestiegen ist, dann stochern wir weiter im Nebel«, ergänzte Osman.

Winkler rief Heller an und fragte nach, ob er inzwischen den Hersteller der Pumps vom LKA bekommen hatte, so wie er es veranlassen wollte. Eine Viertelstunde später betraten Amadeus Spengler, Aspelkamp und Renata di Nardo mit Georg Bittner den Konferenzraum. Später tauchten auch Antonia Mandl und Reto Gloger auf, so dass Rasim Osman sich nun endgültig um einen gemütlichen Wochenenddienst betrogen sah. Bittner hatte ein leeres Blatt mit hundert seiner Unterschriften zu versehen und musste dann auf dem Flur warten.

»Die Auskunft von Herrn Zeiser war lediglich eine Vermutung.« Heller sah Winkler an. »Aber wir haben die Putzfrau in Augsburg angerufen. Frau Zeiser trug Schuhe aus einem Ort namens Corridonia. Das liegt vierzig Kilometer südlich von Ancona. Zum Einkaufen soll sie allerdings nach Mailand gereist sein.«

Diese Auskunft machte Winkler nun besonders hellhörig. Nicht nur, weil sich der Herr Oberstaatsanwalt direkt in den Fall Zeiser einmischte.

»Vergessen Sie jede Vermutung, das ist ein anderes Italien.« Heller verzog das Gesicht, weil er offenbar ähnlich gedacht hatte wie Winkler. »Da ist nichts.«

»Schuhe sind ein weibliches Sexualsymbol. Allein stehende Schuhe weisen darauf hin, dass man eine neue Bekanntschaft machen wird.« Renata di Nardo schaute in staunende Männergesichter. »Das ist so. Können Sie in Traumdeutungen nachlesen.«

Außer Winkler lachten alle.

»Da führt uns jemand an der Nase herum«, sagte er sehr ernst. »Wer sagt uns denn, dass nicht irgendeiner die Schuhe gestohlen und an den See gebracht hat? Das würde auch zu dieser plötzlichen Erinnerung des Detektivs passen. Wieso kommt der erst jetzt mit dem angeblichen Auftrag von Bittner daher? Da soll etwas verschleiert werden, und wir werden mit Abfall in Bewegung gehalten«, rief Winkler. »Oder ist Richterin Zeiser doch in Italien?«

Jetzt erfriert denen das Grinsen im Gesicht, dachte Winkler und setzte sich. Er wusste, dass er nicht unrecht hatte. Nur eine perfekte Antwort auf seine These besaß er nicht.

»Wenn Winkler richtig liegt, dann will jemand, dass wir Zeit vergeuden«, reagierte Renata di Nardo als erste.

Winkler ging in sein Büro und blieb am Fenster stehen. Vor der Tür stand Heller und sprach mit Georg Bittner. Der schimpfte, weil man ihn nicht gehen ließ. Er sagte, er wisse doch nichts, sie habe nie etwas davon erzählt, dass sie einmal Ahrens geheißen habe. Ihr Pass sei auf ihren Mädchennamen ausgestellt gewesen, wie alle anderen Papiere auch. Nun wisse er ja, dass das im Zuge des Prozesses und des Personenschutzes geschehen sei, aber geholfen habe ihr das offensichtlich nichts. Bittner weinte laut und wütend. Das hätte er nicht tun sollen, denn nun glaubte ihm Winkler sein Schauspiel nicht mehr. Das war eine Inszenierung mit dem Titel: »Der verzweifelte Ehemann trauert um sein Weib«.

Als Heller sein Büro betrat, schaute Winkler wieder aus dem Fenster.

»Was halten Sie von dem?«

»Das ist ein sehr kleiner Mann, der allen Ernstes zu glauben scheint, er könne die Polizei an der Nase herumführen. Den ahnungslosen Ehemann nehme ich ihm nicht ab, Herr Oberstaatsanwalt.« Winkler schnippte mit den Fingern.

Heller steckte seine Hände in die Hose. In seinem Gesicht rührte sich nichts. Er schaute sich eine ganze Weile die Fotos der Leichen an, die an den Wänden befestigt waren. Dann hob er leicht die Augenbrauen und ging wieder hinaus.

»Was war das denn?«, fragte Osman.

»Wir sitzen zusammen im Schleudergang und wissen nicht, wie wir in die Waschmaschine gekommen sind«, antwortete Winkler.

»Ich verstehe.«

»Gar nichts verstehen Sie, weil wir nämlich alle nichts verstanden haben. Die Dinge laufen völlig anders als bisher vermutet. Der Oberstaatsanwalt erzählte mir gerade, dass der Detektiv den Borgini und Bittner zusammen gesehen hat. Kommen Sie, Osman, ich habe da eine Idee.«

Sie liefen hinaus. Beide stiegen die zwei Etagen hinab, öffneten die schwere Eisentür und setzten sich in Osmans blauen Mercedes. Die Sonne schien im Westen.

8

Der Verkehr auf dem Ring floss gemütlich dahin. Das lag auch an der Verkehrskontrolle, die Heller veranlasst hatte.

»Siegfried Hegenau«, sagte Joe nur und zeigte auf den Maybach.

In diesem Moment riss Lohbach das Lenkrad herum und presste sich zwischen zwei Fahrzeuge in die dritte Spur. Joe tippte sich an die Stirn. Lohbach gab Gas, während der Fahrer hinter ihm hupte und fluchte.

»Schau auf den dunkelblauen Mercedes vor uns. Der ist interessanter als Hegenau.«

»Ich vergesse nie ein Gesicht«, erklärte Joe. »Die Polizisten kenne ich.«

Kurz vor dem Seniorenwohnheim parkte Lohbach ein und pfiff kurz durch die Zähne, denn mit Winkler und Osman stiegen zwei auch ihm bekannte Gesichter aus dem Mercedes.

»Das ist ja gleich die Prominenz der OKA. Die wollen zum Inninger.« Lohbach lachte. »Der ist aber nicht da.«

Joe sah hinüber zum Altenstift und zog den Schlüssel ab.

»Auf keinen Fall bleibe ich im Auto, bis die wieder herauskommen. Egal, ob mit oder ohne den Inninger.«

Lohbach winkte ab.

»Was ist denn passiert? Du hast doch die Alte im Stift wunderbar abgelenkt, und ich habe in zwei Minuten sämtliche Fotos von Inninger aus seinem Schließfach nehmen können. Die hat das absolut nicht bemerkt.«

Joe wollte nicht, dass er immer mehr in die Nähe von Lohbach rückte, weil der ihm viel zu öffentlich arbeitete, wie er es nicht kannte und auch nicht wollte. Ihm reichte bereits der Abend bei Detlev Waldlass, und nun hatte er im Büro der Direktorin des Altenheims so tun müssen, als wäre er vollkommen begeistert von der Idee, im Eingangsvestibül eine Ausstellung seiner Bilder zu veranstalten. Dazu hielt er ihr

Fotos vor die Augen, während Lohbach im Nebenraum das Fach von Inninger geöffnet hatte. Da an allen Schließfächern Namen angebracht waren, war das dem einbruchgeübten Lohbach ein Leichtes gewesen. Für Joe bedeutete dies aber, dass die Frau ihn beschreiben könnte, und genau das war es, was er immer vermieden hatte.

»Mir passt das nicht«, sagte Joe. »Entweder wir kehren zu der früheren Vereinbarung zurück, oder ich reise ab.«

Lohbach wurde ernst.

»Schon gut. Du holst morgen deine Bilder bei Waldlass und dann bleibst du im Hotel. Mehr kann ich dir nicht anbieten, denn das hier auf dem Foto, das ist eindeutig Hegenau. Und Hegenau bedeutet Geld, viel Geld, nicht nur wegen des Maybach. Der ist so einer smarter Typ, groß, schlank und sportlich. Er trägt gerne Borsalino und sieht aus wie ein Fotofuzzy aus einem Versandkatalog. Es gibt zwei Fotos mit ihm. Das erste Foto hier ist in Frankfurt gemacht worden, direkt vor dem Gerichtsgebäude im Zusammenhang mit dem Prozess gegen Ahrens. Das zweite ist spannender, denn wie du unschwer erkennst, steht er hier in Kempten an der Königstraße. Hinter ihm sieht man die schwarze Limousine, und genau die war es, die bei Waldlass in die Garage gefahren wurde. Ich muss sämtliche Antennen ausfahren, und wenn die Brüder sich entlarven, dann stehen wir bereit. Inninger dürfen wir auch nicht übersehen. Wer weiß, was der alte Schnüffler noch so alles herausgefunden hat.«

Joe stieg aus und ging grußlos davon. Sie hatten die Polizei gesehen, dann könnte das umgekehrt genauso passiert sein. Lohbach war unvorsichtig, und er hatte nichts dazu gesagt, dass man auch Lohbach auf einem der Frankfurter Prozessfotos von Inninger erkennen konnte. Gleich neben der Ahrens. Zwar verwaschen ungenau, aber mit der heutigen Technik würde man sein Gesicht deutlich sichtbar zeigen können. Lohbach hatte also durchaus persönliche Gründe, was den

Inninger betraf. Gut zu wissen, dachte Joe. Er nahm die Richtung zum Apartment, während Lohbach im Wagen blieb. Er dachte, wer sollte sich daran stören, dass ein Mann in einem parkenden Auto saß und sich Fotografien ansah? Lohbach fühlte sich sicher. Noch. Die Kommissare kamen zurück.

»Es ist schon wieder September, und regnen wird es nun auch dauernd.«

Osman hatte keine Ahnung, was dieser Satz von Winkler zu bedeuten hatte. Es war September, das stimmte, aber ansonsten blieben ihm die Worte ein Rätsel. Vielleicht lag es daran, dass Winkler so viel älter war als er und den Herbst anders empfand?

»Ich fürchte, ich verstehe den Sinn nicht ganz? Hat das etwas mit dem Altenstift zu tun?«

»Es gibt ein Problem, Kollege. Unsere Gegner sind generell keine besonders netten Leute. Da drüben in dem Opel sitzt einer, der hat uns vorhin verfolgt. Lassen wir ihn in dem Glauben, dass wir ihn nicht entdeckt haben. Merken Sie sich die Nummer.« Er holte Luft. » Leider haben wir den Inninger falsch eingeschätzt. Wir sollten einmal so tun, als glaubten wir ihm.«

Rasim Osman versuchte die Sache zu verstehen.

»Die Verkehrspolizei hat von ihm die Aussage, dass er keinerlei Erinnerung hat. Weder an die Zeit vor, noch an die Zeit nach dem Unfall.«

Winkler drehte sich, lief wieder auf das Gebäude zu, drückte die Glastür auf und betrat das Haus, ohne Osman die Tür aufzuhalten. Diesmal würde er sich von der Direktorin nicht einfach hinauskomplimentieren lassen.

»Verständlich, wenn der Inninger Angst hat. Wir können ihm keine Leibwache stellen, und das weiß er.« Winkler steuerte direkt auf das Direktionszimmer zu. »Gehen Sie in sein Zimmer und reden Sie da oben mit sämtlichen Leuten, die sie treffen. Irgendetwas muss es geben, und wenn es ein Gerücht ist.«

Winkler stand vor dem Direktionsbüro und musste warten. Vom Flur aus konnte er den Eingangsbereich einsehen. Über der Tür war eine Kamera angebracht, und genau gegenüber gab es eine weitere. Dadurch ließ sich der gesamte Bereich beobachten. In den Sesseln und auf den Stühlen saßen einige Leute, und es gab ein ständiges Kommen und Gehen. Als es Winkler zu lange dauerte, klopfte er mehrfach energisch an die Tür. Die folgende Begrüßung fiel eher dürftig aus. Winkler nickte kurz und Frau Mühl schaute indigniert.

»Noch einmal kurz und knapp. Herr Inninger hat das Krankenhaus gegen den Rat der Ärzte verlassen. Wie lange war er hier?«

Frau Mühl schüttelte den Kopf.

»Wie lange war er hier?« Winkler verlor langsam die Geduld.

»Leider hat er sich weder an- noch abgemeldet. Das ist so seine Art.«

»Sie haben ihn gehen lassen?«

»Das hier ist kein Gefängnis, Herr Winkler. Franz Inninger war häufig unterwegs. Soweit ich weiß, hat er draußen sehr viel fotografiert. Mehr kann ich nicht sagen.«

Winkler schaute in den Nebenraum. Neben hohen Aktenschränken befand sich eine Reihe kleiner Schließfächer.

»Ich muss doch bitten«, sagte Frau Mühl.

»In Ihrem Vestibül haben Sie Kameras installiert. Zeichnen die auf?«

Frau Mühl nahm einen Kugelschreiber in die Hand und klopfte damit auf den Schreibtisch.

»Nein. Wir beherbergen ältere Herrschaften, die manchmal etwas durcheinander und desorientiert sind. Wir müssen sie kontrollieren, damit sie nicht hinaus auf die Straße laufen.«

»Hat man ihn auf dem Bildschirm gesehen?« Winkler sprach sehr laut.

»Es steht dafür nicht immer Personal zur Verfügung.«

Sie wurde angerufen, Winkler legte seine Visitenkarte vor sie hin und ging hinaus. Er spazierte einmal um das gesamte Gebäude herum. Bei den Bäumen standen einige alte Leute zusammen und unterhielten sich. Dann kam Osman kopfschüttelnd aus dem Gebäude.

»Nichts. Der alte Mann in seinem Zimmer ist nicht ansprechbar, und die Leute auf seinem Flur halten offenbar nicht viel von Inninger. Er soll sich an nichts beteiligen und ist als Außenseiter verschrien. Die Schwester sagte, er sei nur kurz da gewesen, habe seine Umhängetasche genommen und einen kleinen Handkoffer, und danach sei er gleich wieder verschwunden.«

Winkler nickte, als hätte er eine Antwort gefunden.

»Der Mann fürchtet sich und will abtauchen. Sein Schließfach im Nebenraum stand offen.« Als ein Taxi vor die Eingangstür des Altenstifts fuhr, hatte Winkler eine Idee. »Fragen Sie den Taxler nach Inninger. Oder besser noch, fragen Sie in der Taxizentrale nach.«

Während Osman zum Taxi lief, dachte Winkler an das, was Aspelkamp ihm über den Anruf von Inninger erzählt hatte. Da war von Querverbindungen der Mafia durch das gesamte Voralpenland die Rede gewesen, und Aspelkamp hatte dazu bemerkt, der Mann sei doch nicht ganz richtig im Kopf. Dieser Ansicht war Winkler längst nicht mehr. Man wusste, dass Mafiafamilien das Allgäu als Rückzugsraum nutzten. Er dachte an die enormen Summen, die allein mit Kokain Jahr für Jahr verdient wurden. Verbrecher dieser Couleur waren konservative Leute, und die brachten ihr Geld zur Bank. Doch Aspelkamp hatte ihm ausdrücklich verboten, Banken im Umland in irgendwelche Ermittlungen mit einzubeziehen. Man fürchtete negative Auswirkungen auf die Konjunktur und die Beschäftigungslage, wenn Banken und Mafia in einem Atemzug genannt würden.

»Inninger hat sich zum Bahnhof fahren lassen«, erzählte Rasim Osman nach seiner Rückkehr. »Ich habe den Fahrer angerufen. Die Zentrale hat mir seine Nummer gegeben. Der sagte, Inninger sei aber nicht in den Bahnhof gegangen, sondern habe am Eingang unter der Uhr gewartet.«

Winkler zögerte. Rasim Osman wäre gerne in das Auto eingestiegen, aber er wollte Winkler nicht stören. Der sprach nicht mit ihm, sondern mit sich selbst.

»Das ist interessant. Auf wen kann er gewartet haben? Wir wissen, dass wir nichts wissen, und das ist nicht gut. Was machen wir nun? Herumfahren und ihn suchen ist keine Lösung. Inninger ist als Zeitungsmensch in Frankfurt bei dem Prozess gegen Ahrens dabei gewesen. Seitdem hat ihn das Thema nicht mehr losgelassen. Aber was kann er wissen, was uns bisher entgangen ist?« Winkler schaute Osman an. »Wir schicken die Kriminaltechnik ins Altenheim. Die sollen das Zimmer und das Schließfach untersuchen. Nun machen Sie schon.« Winkler setzte sich auf den Beifahrersitz.

»Wie viel Grad sind denn heute? Mir ist kalt. Ich mag diese verfrorenen Herbsttage nicht.« Winkler schlug den Kragen hoch und steckte die Hände in die Hosentaschen.

Hoffentlich werde ich im Alter nicht so wie er, dachte Osman. Endlich stieg Winkler in den Wagen und ließ sich fahren. Da es keine Zielvorgabe gab, fuhr Osman nur herum und wartete auf Anweisungen.

»In den Bergen bei Oberstdorf hat es dreißig Zentimeter geschneit«, erzählte er.

Es begann zu regnen.

»Wo soll es denn hingehen?«, fragte Osman. »Der Opel ist übrigens verschwunden.«

»Haben Sie die Nummer durchgegeben?« Winkler machte sich Notizen für seinen Bericht.

»Die Kollegen sind unterwegs. Der Wagen gehört einer Frau.« Osman wartete.

»Fahren Sie einfach, ich muss nachdenken.«

»Die Kollegen prüfen nach, ob Inninger in einem der hiesigen Hotels abgestiegen ist. Vielleicht ist er doch der Paranoiker, für den Aspelkamp ihn hält.« Osman schaute in den Rückspiegel.

»Aspelkamp ist nur genervt.« Winkler rieb sich das schmerzende Knie. Hätte ich mich bloß nie operieren lassen, dachte er. »Hoffentlich nimmt Inninger Kontakt zu uns auf.«

Kurz darauf bekamen sie die Mitteilung, dass der Opel wegen eines Motorschadens seit Tagen in einer Werkstatt stand.

»Da benutzt jemand das Kennzeichen und den gleichen Wagentyp.« Osman glaubte nun auch, dass Aspelkamp sich irrte.

Lohbach hatte keinen Ehrgeiz, den Kommissaren weiter zu folgen, deshalb hatte er den Parkplatz verlassen und war in entgegengesetzter Richtung davon gefahren. Inninger wurde zum Problem. Es würde nicht mehr lange dauern, dann würde ihn dieser Kommissar in die Mangel nehmen, oder er würde freiwillig mit Winkler sprechen. Das durfte nicht passieren. Lohbach dachte an Joe. Aber zunächst wollte er den Passat loswerden und wieder einmal das Fahrzeug tauschen. Dazu fuhr er zu einer kleinen Autowerkstatt, die für ihre Firma arbeitete. Er stellte den Wagen an den Straßenrand, zog die Schutzfolien von den Sitzen und vom Lenkrad, lieh sich einen Polo und fuhr davon. Wegen Inninger wollte er unbedingt mit Joe reden. Aber nicht mehr heute.

Ein trüber Montag, und Joe stieg mit einer Tüte Semmeln die Treppe zum Apartment hinauf. Der kalte Regen regte ihn dazu an, sich unter einer Decke aufzuwärmen. Er wollte schlafen. Er sah gleich, dass jemand an der Tür gewesen war. Seine Präparierung hatte sich gelöst. Wenn er das Apartment verließ, dann befestigte er einen winzigen durchsichtigen Klebestreifen zwischen Tür und Rahmen. Öffnete jemand die Tür, löste sich der Klebestreifen vom Holz. Sein Misstrauen war wieder einmal geweckt, denn wer sollte ihn besuchen wollen? Außer Lohbach und den Aurieds wusste niemand von dem Apartment. Er ging hinein. Zweimal die Woche bürstete er seine Schuhe und die Kleidung im Bad über der Wanne, die er danach gründlich reinigte. Das gehörte zu den Dingen, die er sich irgendwann einmal angewöhnt und sich bewahrt hatte. Ich sollte gehen und weit wegfahren, dachte er. Sie werden den Saab entdecken und in meinem Leben herumsuchen. Bisher war er nie als wirkliche Person in Erscheinung getreten und daher nicht aufgefallen.

Joe war ein Mann, der seine Prinzipien nie änderte. Er mochte seine Malerei, Musik hörte er gerne, und es gab einige wenige Autoren, die er las. Menschen mochte er nicht. Er hasste sie geradezu. Joe schaute auf die Uhr und beschloss, etwas für seine Fitness zu tun und sich abzulenken. Er stellte sich in die Mitte des Raumes und hob das rechte Bein an. Dann begann er still zu zählen. Nach einer Weile tat er dasselbe mit dem linken Bein. Die Ermüdung beider Beine trat etwa zur gleichen Zeit auf. Das war gut. Lohbach, fand er, war gegen ihn unansehnlich. Auch seine Stimme war ihm zuwider. Eigentlich konnte er den ganzen Kerl nicht besonders gut leiden. Würden sie ihm den Auftrag geben, ihn aus dem Weg zu schaffen, täte er es, ohne eine Spur innerer Unruhe verspüren zu müssen. Doch noch gehörte Lohbach auf seine Seite, was auch immer das zu bedeuten hatte. Joe dachte an das Boot in Florida, das er als Prämie erhalten sollte. Er würde dort leben und malen. Warum auch nicht? In seine Heimatstadt wollte er auf keinen Fall zurück. Eine Stunde später kam Lohbach.

»Es wird allmählich unerträglich. Dieser Geier Winkler und noch einer von seinem Verein suchen den Inninger immer intensiver. Wenn der tatsächlich etwas von unseren Verbindungen weiß und sich dazu seinen Reim auf Detlev

Waldlass und den Siegfried Hegenau macht, dann kommt er uns arg in die Quere. Das muss vermieden werden.« Er lehnte sich an die Wand und schaute auf Joe. »Den Waldlass kennt er bestimmt, und der Hegenau ist ein bekannter Geldhai. Der hat früher Immobilien auf eine sehr unschöne Weise von Mietern entsorgt.«

»Wenn du ›uns‹ sagst, dann meinst du eigentlich nur dich. Du bist auf dem Foto.«

»Die Sache kannst du mit Ahrens diskutieren, wenn du das brauchst.« Lohbach ärgerte sich.

Joe verstand. Er würde also nicht abreisen dürfen.

»Wie und wo?« Er sah Lohbach nicht an.

»Nicht so eilig. Erst einmal muss ich ihn finden, und dann müssen wir warten, bis die Lieferung aus Belgien eingetroffen ist. Erst danach können wir etwas unternehmen.« Lohbach drehte sich zum Fenster um.

Sie waren einmal vor Jahren gemeinsam in Kopenhagen eingesetzt worden. Damals war Lohbach unter dem Namen Reichel aufgetreten. Er selbst war nicht zum Einsatz gekommen, denn das Schiff mit dem Kokain und der Zielperson war in der Ostsee untergegangen. Lohbach hatte sich an ihn nicht mehr erinnert, als sie später wieder aufeinander trafen. Ich vergesse nie ein Gesicht, dachte Joe. Er schaute Lohbach auf den fleischiger gewordenen Nacken. Mit dem Dorn würde er dort möglicherweise nicht präzise sein können. Aber er hatte noch sein kurzes Seil, womit er durch eine ruckartige Bewegung das Genick brechen konnte. Dazu brauchte er nicht einmal viel Kraftaufwand.

»Wie lange soll ich noch die Kunstfigur Joe spielen? Nun hat mich auch noch die Alte aus dem Seniorenheim gesehen. Mir liegt das nicht.«

Lohbach drehte sich wieder um und sah Joe an.

»Du fährst nach Memmingen und wartest«, sagte er.

»Nach Memmingen will ich nicht.«

»Na schön. Dann organisieren wir dir in zwei Tagen ein Hotel in Isny. Dort kannst du Joe, der Maler sein. Mehr kann ich dir nicht anbieten. So lange bleibst du noch hier.«

Joe war froh, als Lohbach endlich gegangen war. Irgendwann würde er ihn einmal erwischen. Lohbach glaubte, in einer Realität zu leben, die ihn brauchte. Joe hatte Jahre benötigt, um zu erkennen, dass es gar keine Realität gab. Alles nur Einbildung. Was Menschen dafür hielten, fand lediglich in ihrem Kopf statt, und das meiste in ihrem Leben war primitive Anpasserei an die Gegebenheiten, die ihnen von den Mächtigen als Realität vorgegaukelt und durch die Medien indoktriniert wurden. Wer wusste schon von sich selbst, wer er wirklich war und was hinter seiner Fassade in Wahrheit steckte? Er blickte hinter die Fassaden, und deshalb mochte er die Menschen nicht und brachte ihnen keine Konzilianz entgegen. Es machte ihm nichts aus, einen von ihnen umzubringen. Die Magie des Lebens, entzückende Fantasien verworrener Ewigkeit, die Lügengebilde jener, die sich für erwachsene Menschen hielten. Am Ende ist das alles nur Schund und Anmaßung. Nur die Kunst blieb einzigartig und die Wahrheit. Joe ging in die Knie und stemmte seine Beine in die Höhe, damit das Blut in seinen Kopf strömen konnte. Ich werde meine Abneigung gegen die da draußen nicht abbauen, sagte er sich, denn wenn ich sie mir aus der Nähe ansehe, verspüre ich noch mehr Ekel, als bereits in mir ist.

Lohbach war verärgert. Er würde Joe oben melden, und dann sollten die entscheiden, ob der Kerl noch tragbar war oder nicht. Der hielt sich für etwas Besonderes. Weiter kam er mit diesem Gedanken nicht, denn unerwartet tauchte vor ihm der schwarze Mercedes von Siegfried Hegenau auf, und davor erkannte er den 7er BMW von Detlev Waldlass. Er folgte ihnen. Sie verließen Kempten in Richtung Durach und Nesselwang. Doch die Fahrt endete abrupt, und Lohbach musste achtgeben, nicht aufzufallen. Sie fuhren in den Hof des Betriebes, in dem Georg Bittner arbeitete.

Lohbach dachte nicht lange nach. Siegfried Hegenau hatte Geld, Detlev Waldlass die dazu passende Firma, und mittelständische Firmen wie die von Bittner waren häufig unterfinanziert. Das war noch nichts Besonderes. Interessant waren die drei Personen, die das mutmaßliche Geschäft miteinander vereinbarten. Er würde über die Firma Erkundigungen einholen. Wenn es dann tatsächlich so war, musste er deutlich näher an Waldlass herankommen. Waldlass hatte zu Borgini Kontakt, das wusste die Firma bereits länger. Nur wie die Geschäfte abliefen, das war bisher unbekannt.

Inzwischen wusste er, dass der Einsatz des Abhörgerätes nichts brachte. Waldlass telefonierte so gut wie nie, und wenn, dann tat er es auf seinem weitläufigen Grundstück. Im Haus selbst redete er nur über Belanglosigkeiten. Lohbach fuhr zurück, rief Dagmar und Reinhart Auried an und traf sich mit ihnen im Cambodunum-Park. Ein gut gekleidetes Paar kam da auf ihn zu, aber er sah sofort, dass sie kein wirkliches Paar waren, dazu liefen sie zu distanziert nebeneinander her. Lohbach erzählte von seiner Entdeckung.

»Ich habe mir schon lange abgewöhnt, an Zufälle zu glauben. Wenn Siegfried Hegenau und Detlev Waldlass mit Bittner Geschäfte machen, dann kennen die sich geschäftlich schon länger.« Lohbach zeigte die gestohlenen Fotos von Inninger. »Der Prozess gegen den Ahrens hatte die Borgini-Familie in die Öffentlichkeit gebracht, was denen nicht gefallen haben kann. Die Zeugin Ahrens-Bittner wurde erschossen, und ich finde ein Foto, auf dem der Siegfried Hegenau in Frankfurt zu sehen ist.«

Sie gingen sehr langsam und wollten dabei den Eindruck erwecken, als genössen sie die archaische Vergangenheit des Platzes über der Iller.

»Über Siegfried Hegenau gibt es erstaunlich wenig Material. Interessant dürfte sein, dass einer seiner Anwälte ein Verteidiger von Ahrens in Frankfurt gewesen war«, sagte Dagmar Auried. »Das BKA hatte Ahrens ein Geschäft vorgeschlagen, und der Anwalt soll ihm das ausgeredet haben. Also hat Ahrens geschwiegen, sonst hätten die Borginis ihn längst entsorgt. Wenn Borgini hier im Süden Geld gewaschen hat, dann wusste Ahrens davon, und offenbar hatte dieser Inninger die richtige Nase.«

Lohbach nickte.

»Genau das denke ich auch. Inninger wird zum Problem. Die Polizei sucht nach ihm.«

»Wissen Sie nicht, wo er sich aufhält?« Dagmar Auried sah ihn erstaunt an.

»Nach seinem Unfall kann er sich noch nicht wieder einwandfrei bewegen. Dazu kommt sein Alter. Also wird er nicht sehr weit sein. Er hat vermutlich Freunde in Kempten, die ihn aufgenommen haben. Viele wird es nicht geben. Wir werden das Problem lösen. Joe bleibt noch hier.«

Lohbach wunderte sich, dass Reinhart Auried nicht reagierte. Lohbach selbst war es wichtig, Inninger zu finden, denn beide sahen ihn mit diesem Blick an, der ihm sagte: Für dich ist es besser, nicht zu versagen.

Inzwischen standen sie in dem Raum mit der römischen Therme und starrten auf die uralten Steine. Allerdings galt ihre Konzentration nicht dem historischen Bild Kemptens, sondern ihren Aufgaben. Daher wurde der Rundgang beendet, und man ging gemeinsam zum Auto. Das Paar fuhr einen schweren Jeep mit dunklen Scheiben. Lohbach nahm auf dem Beifahrersitz Platz, während die beiden im hinteren Bereich mit zwei Rechnern hantierten. Sobald die Monitore geöffnet waren, schoben sich die Porträts von Waldlass, Hegenau und Ahrens in den Mittelpunkt, die Lohbach gestohlen hatte. Dazu kam Gigi Borgini, dessen Foto nicht besonders scharf geraten war.

»Das sind alle Fotos von Inninger?«

Sie sah Lohbach an, der nickte. »Wenn man beliebig Fotos nebeneinander aufreiht, dann kann man immer den Eindruck erwecken, als gehörten die Personen zusammen. Heute lässt sich alles fälschen. Wir geben die Bilder jetzt weiter und werden sehen, welche Reaktionen sie in der Firma auslösen.«

Was sollte er sagen? Lohbach hätte gerne deutlichere Beweise zu Borgini, Waldlass und Hegenau vorgelegt, aber außer Vermutungen besaß er nichts.

»Wenn Inninger außer den Fotos weitere Indizien besitzt, dann werden die bald der Polizei gehören, denn er wird sich nicht ewig verstecken können«, reagierte Lohbach auf die ihm entgegengebrachte Skepsis.

»Dieser alte Mann ist ein Problem für Sie? Ich muss mich doch wundern, Lohbach. Was zahlt man Ihnen dafür, dass Sie nichts tun?« Dagmar Auried verzog den Mund. »Wir brauchen mehr über den Hegenau. Hat er nur die Consulting-Firma oder noch andere Objekte? Immobilien, Firmenanateile, Spielhallen. Alles Möglichkeiten zum Geld waschen.«

Lohbach schnäuzte sich, und Auried hantierte an seinem Rechner. Diesmal war er es, der sich zu Wort meldete.

»Der Adler ist gelandet. Die Lieferung von der Küste ist komplett und wohlbehalten eingetroffen. Soeben kommt die Nachricht. Das Kokain ist auf dem Weg nach Süden. Damit können wir die Ratten jetzt aus den Löchern locken. Borgini und Latonini werden sich prügeln. «

Lohbach durfte gehen.

Welche Ratten? Borgini? Was war damit genau gemeint? Das Paar hatte ihm nichts von den Gesprächen mit Detlev Waldlass berichtet. Sie wollten doch im Kokaingeschäft mitbieten und mit viel Geld die Kanäle eruieren, die er nutzte, aber sie sagten ihm darüber nichts. Lohbach wollte sich nicht verunsichern lassen, er dachte an Joe, der Kokain hasste.

*

Letztlich waren es immer wieder Tauben geworden, die er auf das Papier gezeichnet hatte. Bis in die Nacht war Joe am

Boden gesessen und hatte den harten Bleistift über das Papier geführt. Dann hatte er ein Kissen und die Wolldecke genommen und war auf dem Fußboden eingeschlafen. Nach dem Erwachen sah er sich die Zeichnungen an. Dass er immer wieder eine Taube auf das Papier gebracht hatte, dafür gab es eine einfache und keineswegs mystische Erklärung. Er sollte längst wieder in seinem Atelier sein und nicht in Kempten. Seine positiven Ergebnisse in der Vergangenheit hatten damit zu tun, dass er immer selbst den genauen Zeitpunkt seines Einsatzes bestimmte. Das war der alleinige Grund dafür, bisher nicht aufgefallen zu sein. In Kempten hatte sich das geändert, und er lief immer mehr Gefahr, enttarnt zu werden.

*

Joe fuhr erst am nächsten Tag zu Waldlass, um dort seine Bilder abzuholen. Die kalte Luft und der trübe Himmel gefielen ihm nicht. Er dachte kurz an Florida, aber die dort vorherrschende feuchte Hitze war auch nicht sein Fall. Er trug eine dicke Jacke und eine Wollhose, weil das Auto immer kalt blieb, die trockene Wärme der Autoheizung mochte er nicht. Joe dachte über die vorliegenden Tatsachen nach und kam zu keinem Ergebnis. Es waren einfach zu viele Personen beteiligt, über die er zu wenig wusste. Waldlass gehörte zu ihnen. Als er eine Kurve nahm, sprang ein Hund auf die Fahrbahn. Er hatte in England an einem Fahrertraining teilgenommen und beherrschte die Situation. Es passte zu seiner Stimmung, dass ihm der schuldige Hundebesitzer einen Vogel gezeigt hatte. Das war es aber nicht, was ihm die Laune noch mehr verdarb. Kurze Zeit später parkte er in einer Seitenstraße, weil er das Gebiet um die Waldlassvilla erst einmal zu Fuß kontrollieren wollte. Sein Instinkt hatte ihn nicht getäuscht. An der abfallenden Straße parkte ein BMW. Er schlug seinen Kragen hoch und zog seine Mütze in die Stirn, dann lief er an dem Wagen vorbei. In dem Auto, das an der Straße unterhalb der Villa Waldlass parkte, sah er dieses Gesicht wieder. Das Gesicht der Frau, das er vor Tagen bereits an einer Straße in Kempten erblickt hatte. Im Auto neben ihr saß ein Mann mit einer Kamera. Nun war klar, dass das Haus von Waldlass beobachtet wurde, und daher fuhr er nicht vor die Einfahrt zur Villa, sondern in die Straße auf die Rückseite der Villa. Er musste an einem Haus vorbeigehen, um an den Zaun zum Grundstück von Waldlass zu kommen. Hinter dem Zaun gab es ein weißes Gartenhaus mit Kamera. Joe posierte, und es dauerte nicht lange bis Waldlass über den englischen Rasen auf ihn zukam.

»Ich will Sie nicht beunruhigen, aber Ihr Haus wird von der Straße aus überwacht«, sagte Joe zur Begrüßung. Was ihn stutzig machte, war die zur Schau gestellte Gleichgültigkeit, mit der Waldlass die Mitteilung aufnahm. Andererseits glaubte Joe, in dessen Gesicht einen spöttischen Ausdruck zu erkennen, als der ihn von oben bis unten musterte. Joe trug Cord, dazu die dicke Überjacke und die große Mütze. Diese Ausstattung schien den Hausherrn zu amüsieren. Waldlass zog aus der Tasche seines englischen Hausmantels einen Umschlag mit Geld und reichte ihn Joe.

»Das Bild mit der Taube, die dicht über das Wasser der Iller flog, fehlt.« Waldlass tupfte sein Gesicht ab. »Die Polizisten sind bald wieder weg. Ich habe bereits meinen Anwalt eingeschaltet. Kommen Sie herein. Ich öffne die Gartentür.«

Joe sah den fülligen Mann an. Er tat cool, doch er schwitzte. Im Ausstellungsraum der Villa sah er sich kurz um. Waldlass hatte das Bild mit der Taube tatsächlich gekauft, denn alle anderen Gemälde standen noch auf den Staffeleien im Vestibül. Joe zählte das Geld nicht. Er hatte auf Bargeld bestanden, das machte er immer so, wenn er irgendwo einmal eines seiner Bilder verkaufte. Lohbach hatte das Waldlass gleich mitgeteilt.

»Wenn Sie sich bitte beeilen könnten«, sagte Waldlass und öffnete eine Tür. Für einen winzigen Moment konnte Joe in die Wohnhalle blicken und erspähte die Spitze eines glänzenden schwarzen Herrenschuhs. Mehr konnte er nicht sehen. Der Mann saß offensichtlich in einem der schweren Fauteuils, von denen er zwei weitere in der Nähe des Kamins stehen sah, und hatte die Beine übereinandergeschlagen, so dass die Schuhspitze etwas hervorragte. Schon schloss sich die Tür wieder. Joe legte die Bilder in die dafür vorgesehenen Folien und dann in Packpapier. Er würde langsamer fahren müssen, damit sie in seinem Saab keinen Schaden nähmen. Da es keine Verabschiedung gab, trug er die Bilder nacheinander zu seinem Wagen und fuhr ein paar Straßen weiter. Bald darauf fuhr das Spionageauto an ihm vorbei. Er sah die Kamera in der Hand des Mannes und die Frau. Ich vergesse nie ein Gesicht, dachte Joe.

An diesem frühen Dienstag schien sich der Himmel zu langweilen. Er trug einen langen, grauen Kittel, und weil er die Menschen foppen wollte, ließ er ein paar Strahlen der Sonne auf die Erde nieder. Joe gab Gas. Er wollte seine Bilder in sein Atelier bei Frankfurt bringen, noch in der Nacht zurückfahren und spätestens am nächsten Morgen im Bett des Apartments liegen. Auf keinen Fall durften die Gemälde in Kempten bleiben. Sie waren wie Fingerabdrücke. Nun nahm er doch keine Rücksicht auf die Bilder und fuhr stramm auf der linken Spur. Er benötigte knappe drei Stunden Fahrtzeit, um in seinem Atelier anzukommen. Alles in Ordnung, sagte er sich, nachdem er sein Atelier auf ungebetene Besucher überprüft hatte. Bevor er sich eilig frisch machte, sich umkleidete und einen Anzug anzog, verstaute er alle siebenunddreißig von ihm gemalten Bilder in einem mittelgroßen Blechcontainer. Später klingelte er bei einem seiner Malernachbarn und bat ihn, dem Spediteur die üblichen Papiere zu unterschreiben. Es war nicht selten, dass er Bilder zu einer Ausstellung verschickte, und deshalb hatte er einen perfekten Spediteur, der das übernehmen würde. Joe rief die Firma an, und nachdem er die Formalien erledigt und den Saab in die Garage gefahren hatte, lief er mit einer kleinen Reisetasche zu seinem zweiten Auto. Der dunkelrote Passat war sein Stadtauto. Joe wollte sofort wieder zurück. Die Sache in Kempten musste endlich ein Ende finden, damit er sich seiner Malerei widmen konnte.

Er hatte zwei volle Kanister Benzin in der Garage. Damit würde er den Saab füllen und seinen Bildern an die englische Küste folgen, wo er eine für ihn perfekte Wohnung besaß, wenn er dann endlich aus der Geschichte in Kempten heraus war. Das waren keine Vorsichtsmaßnahmen. Er ging davon aus, dass Lohbach die Kontrolle verlieren würde, was ihn in ernste Gefahr brächte. Da musste er auch nicht weiter nachdenken. Lohbach hatte einfach keine Klasse. Joe beschloss, nach dem Inninger über Polen mit einem Schiff nach England zu fahren. Er würde über Österreich, die Slowakei und Tschechien einen Weg finden, auf dem er unbehelligt bliebe. Nach der Sache Inninger war für ihn Schluss, das stand fest. Er hatte genug. Das Geld würde ausreichen, um ihn für mindestens ein Jahrzehnt in aller Ruhe malen zu lassen. Bevor er wieder auf die Autobahn fuhr, befestigte er einen der Reservekanister im Kofferraum. Er hielt nicht an Tankstellen, die mit Kameras bestückt waren, und Joe schaffte die knapp vierhundert Kilometer zügig. Lohbach hatte ihn in Memmingen abholen müssen, weil Joe den Passat nicht in Kempten haben wollte. Lohbach hatte ihn wegen des Kennzeichens von Baden-Baden gefragt, aber er hatte dazu nichts gesagt. Am Nachmittag schien die Sonne über Kempten. Joe besorgte sich ein paar Kleinigkeiten in einem Supermarkt und blieb stehen, als er sie entdeckte. Er musterte die dunkelrote Strickjacke und den weißen Seidenschal. Sie hatte die Mütze über den Kopf gezogen und trug eine Jeans. Er sah, wie sie Straße hinabging und dann verschwand. Ich vergesse nie ein Gesicht.

Joe betrat das Apartment und betrachtete die Taube, die er gestern geistesabwesend auf das Papier gebracht hatte. Er legte sein Kinn auf die verschränkten Hände und machte ein paar Dehn- und Streckübungen für die Genickmuskulatur. Das war bei ihm fast eine Manie, doch er kannte die Muskelschwäche der Menschen an dieser Stelle, und ihn sollte niemand damit überraschen, ihm den Hals umzudrehen. Die kräftigen Muskeln an dieser Stelle würden ihm die Zeit geben, um sich gegen den Angreifer zu wehren. Er hatte diese Art des Angriffs und seiner Abwehr immer wieder geübt. Er spielte mit einem Blatt Papier, faltete kunstvoll einen Vogel und dachte an die Taube, die er auch diesmal wieder nicht an seinem Atelierfenster gesehen hatte. Vielleicht war der Habicht schneller gewesen? Joe kochte sich einen Tee, spülte die kleine Kanne aus, während er trank, und entsorgte die Teeblätter so, dass er sie später leicht in den Müll werfen konnte. Nur keine Spuren hinterlassen, das war die Devise. Obwohl er die Plastikhandschuhe äußerst ungern trug, blieben sie an seinen Händen.

Als Lohbach im Apartment erschien, begann Joe seine Bleistifte anzuspitzen und füllte die abgeschälten Kringel in eine Tüte, um sie später in seine Jackentasche zu stecken.

»Wir reden nicht über deinen kleinen Ausflug. Das werden andere tun. Dagmar und Reinhart Auried haben eine Einladung zu einer Firmengründung erhalten, auf der sich viel Prominenz zeigen wird. Gastgeber ist Detlev Waldlass, und Siegfried Hegenau steht auch auf der Liste der Prominenten. Man ist offiziell ganz entzückt, dass es Investitionen in Millionenhöhe geben wird. Wo das Geld herkommt, danach fragt ja niemand.« Lohbach ließ die Jalousie herunter, so dass sie im Dunkeln saßen. »Ich habe Inninger ausfindig gemacht. Der hockt in einer kleinen Pension am Stadtrand und zittert. Bist du bereit? Wir fahren.«

Darin war Lohbach gut, ein perfekter Schnüffler. Auf der Straße lauschte Joe dem Krächzen der Krähen. In ihrer Nähe gab es keine Tauben. Sie liefen durch das Viertel, in dem viele Einwanderer aus dem Osten und der Türkei lebten.

»Fahre ein paar Straßen und parke dann. Es war vorhin jemand vor dem Haus.« Joe drehte sich um.

»Darf ich mehr wissen?«

»Nein«, antwortete Joe abweisend.

Lohbach schien absolut nichts zu bemerken, während Joe sich beobachtet fühlte. Manchmal glaubte er, mit seinem Rücken sehen zu können. Irgendwo hinter ihm lag sie auf der Lauer. Ich vergesse nie ein Gesicht.

9

Vor der Montagsbesprechung standen sie sich auf dem Flur gegenüber, und Renata di Nardo wusste nicht so recht, was sie mit der Nachricht anfangen sollte, die sie soeben von Frau Dr. Wallinger bekommen hatte.

»Es mag sein, dass das für Ihre Ermittlungen absolut irrelevant ist, aber ich wollte es Ihnen auf keinen Fall vorenthalten«, sagte die Ärztin.

Renata di Nardo dachte nach.

»Solche Operationen lassen doch inzwischen viele Frauen an sich vornehmen«, sagte sie.

Frau Dr. Wallinger nickte.

»Das mag so sein. Doch bei Frau Bittner sind die Operationen perfekt gelungen, und das können nur sehr hervorragende plastische Chirurgen erreichen. Mein Gedanke war, wie kann eine normale Angestellte diese Summen aufbringen, ohne sich immens zu verschulden? Ich weiß, das ist nicht mein Fall, aber trotzdem wollte ich es Ihnen mitteilen.«

Renata di Nardo hob die Arme.

»Das war richtig, absolut richtig. Jede Information hilft uns weiter. Seien Sie so freundlich und geben Sie mir das schriftlich.«

»Haben Sie mein Memo gelesen? Interpol hat die Art des Mordes an Ragi mehrfach gespeichert. Der Täter ist quasi europäisch tätig«, sagte die Ärztin.

Wegen des Gesprächs mit Frau Dr. Wallinger kam sie zu spät zur montäglichen Mittagskonferenz. Zu ihrem Erstaunen war auch Frau Dr. Silke Feilhorn vom BKA anwesend.

»Pardon, aber Dr. Wallinger hat mir Neuigkeiten im Fall Bittner mitgeteilt.«

Aspelkamp verzog den Mund, Heller nickte, während Dr. Feilhorn kalt blieb und Amadeus Spengler eine LKA-Akte in den Händen hielt, als er sich erhob.

»Nur zur Information. Die amerikanischen Behörden haben uns darüber in Kenntnis gesetzt, dass sie Agenten auf Arturo Latonini angesetzt haben, der sich angeblich hier im Allgäu befinden soll. Die Leute der US-Behörde sind bereits tätig und werden sich noch bei uns vorstellen. Mehr lässt sich dazu momentan nicht sagen.« Spengler schloss seine Akte.

Aspelkamp klopfte auf den Tisch und bat um Ruhe.

»Kommen wir zum wichtigsten Punkt des Tages. Eine männliche Leiche wurde vor wenigen Stunden, keine fünfhundert Meter von den roten Schuhen entfernt, in einem Waldstück gefunden. Die uniformierten Kollegen sichern den Fundort. Da es eventuell um einen Bezug zu unserer vermissten Richterin geben könnte, sollten sich die Kollegen Winkler und Osman auf der Stelle in Bewegung setzen. Die Kriminaltechnik ist bereits unterwegs.«

Alle Blicke richteten sich auf Frau Dr. Silke Feilhorn, weil die wie eine Schülerin mit den Fingern schnippte.

»Wir haben eine Beschwerde des Rechtsanwalts von Herrn Waldlass bekommen. Niemand hat sein Haus zu beobachten. Wer hat das angeordnet? Solcherlei Dinge sind ab sofort einzustellen, wenn es von unserer Seite keine Zustimmung gibt. Konzentrieren Sie sich auf das Wesentliche.«

Wer hatte diese Späherei veranlasst? Renata di Nardo sah zu Winkler, doch der zuckte nur mit den Achseln. Dann erhob sich Reto Gloger, aber Heller winkte ab, also setzte er sich wieder hin.

»In den letzten Wochen waren immer wieder Einbrüche in Häuser gemeldet worden. Das war eine reine Vorsichtsmaßnahme und richtete sich gegen niemanden der Bewohner.« Heller blickte in die Runde.

Antonia Mandl und Gloger schauten sich an. Der Herr Oberstaatsanwalt hatte gelogen. Das hatten sie noch nie erlebt. Allerdings war die Abneigung zwischen der Feilhorn und Heller nicht neu. Winkler meldete sich.

»Was hat das mit den Amerikanern zu bedeuten? Bekommen wir Einblick in ihre Untersuchungen, oder halten die nur Kontakt?«

Die Feilhorn, die sich der Ablehnung in diesem Haus gegenüber ihrer Person bewusst war, schwieg mit kaltem Gesicht.

»Nein«, antwortete Spengler.

»Nein? Das ist alles?« Das war keine Antwort auf seine Frage. Winkler schüttelte den Kopf.

»Ja. Das ist alles. Sie sollten längst unterwegs sein, Kollege Winkler.«

Vom Fenster am Gang sah Renata di Nardo, wie Winkler und Osman mit eingeschaltetem Blaulicht den Hof verließen. Als Heller klopfte, saß sie bereits an ihrem Schreibtisch.

»Ich wollte die Sache mit dem Inninger auf keinen Fall ins Spiel bringen. Seine Fotos sind die eine Seite der Medaille, die andere ist die, dass er sich einfach nicht persönlich meldet.« Der Oberstaatsanwalt setzte sich. »Wann hatte der denn die Bilder in ihren Briefkasten geworfen? Offenbar weiß er, wie und wo er uns finden kann.« Heller streckte sich. »Aspelkamp hält ihn nach wie vor für einen querulantischen Idioten.«

»Nein, das ist er nicht. Die Fotos waren an Winkler adressiert. Ich frage mich, weshalb man uns eigene Nachforschungen verboten hat? Es besteht doch kein Zweifel, dass uns genau die Personen auf den Bildern Fragen beantworten könnten. Aspelkamp glaubt an Fälschungen. Sie haben ihn selbst gehört. Warum sollte der Inninger das tun? Gehen wir von der Echtheit der Bilder aus, dann haben wir ein Foto mit diesem Hegenau und dem Ahrens. Siegfried Hegenau ist ein Freund und Geschäftspartner von Joseph Hornbach und vom Waldlass, wie wir inzwischen erfahren haben. Den Waldlass habe ich früher schon zweimal überprüfen müssen und nichts als Ärger bekommen. Ahrens ist die Verbindung zu Borgini. Sagen Sie mir Ihre Meinung dazu.«

Oberstaatsanwalt Heller hatte aufmerksam zugehört und noch keine klare Vorstellung von der neuen Situation.

»Ich kenne diese Herrschaften von einigen offiziellen Anlässen. Wir sollten ihre Verbindungen nach ganz oben nicht unterschätzen. Bisher gelten sie als Geschäftsleute, die im Allgäu viel Geld investieren. So etwas macht gewissermaßen sakrosankt. Spengler befürchtet, dass man ihn zur Rechenschaft zieht, wenn sich Anschuldigungen nicht beweisen lassen.« Heller klopfte mit seinem Kugelschreiber auf den Schreibtisch.

Du hast also auch ein wenig Angst um deine Karriere, dachte Renata di Nardo.

»Frau Dr. Wallinger berichtete mir vorhin, dass die Hannelore Bittner ziemlich kostspielige Operationen an ihrem Körper hatte vornehmen lassen. Wohlgemerkt nicht im Gesicht, sondern am Bauch, den Hüften, am Oberschenkel und an den Händen. Das kostet. Wir haben bei ihr eine Menge Geld gefunden. Was soll ich darüber denken? Außerdem wissen wir nun, dass der Mörder von Ragi wegen ähnlicher Taten international gesucht wird. Die aufwendige Untersuchung ergab, dass der Mord genauso präzise und in der gleichen Weise bereits in mehreren Ländern durchgeführt wurde.«

Heller spielte weiter mit seinem Kugelschreiber.

»Sollen wir glauben, dass Latonini einen Mann aus dem Borgini-Clan ermorden ließ, oder wollen wir davon ausgehen? Wenn meine Informationen stimmen, dann verdient der Latonini an jedem Süchtigen pro Tag mindestens zweihundert Dollar. Warum also sollte er sich mit einem Wurm wie Ragi beschäftigen?«

Renata di Nardo wurde ein brauner Umschlag gebracht. Sie legte die Fotos auf den Tisch.

»Nun haben wir eine weitere Leiche, über die berichtet wird, dass ihr Körper bestimmt nicht von allein an den Ast gekommen ist. Ausgerechnet in der Nähe der Schuhe von Richterin Zeiser. Sehen Sie sich den Mann an.«

Heller beugte sich über die Fotos.

»Eine bessere Bildqualität wäre gut. Sieht aus wie eine Inszenierung.«

Renata di Nardo kam auf einen für sie wichtigen Punkt zu sprechen.

»Wenn Frau Feilhorn und Herr Spengler ihre Akten nicht endlich öffnen, dann können wir unsere Ermittlungen einstellen. Als Alibi bin ich mir zu schade. Das gilt auch für den Fall Zeiser und Augsburg. Und plötzlich haben wir es auch noch mit Amerikanern zu tun, die wir nicht sehen und nicht kennen dürfen. Darf ich das alles insgesamt als merkwürdig und destruktiv bezeichnen, Herr Oberstaatsanwalt?«

Heller fasste mürrisch an seine goldene Krawattennadel.

»Wenn von ganz oben Anweisungen gegeben werden, dann sind wir hier in der Provinz machtlos. Mir schien auch, dass die Feilhorn mehr weiß, als sie sagte. Wir müssen die Fälle Bittner und Massimo Ragi noch einmal durchgehen. Vielleicht haben wir doch etwas übersehen?«

Das war ihr zu ausweichend. Renata di Nardo legte Heller die Fotoserie hin, die Gloger ihr gebracht hatte.

»Eigentlich scheint in dieser Straße alles normal zu sein, doch es sind die Dinge, die nicht passierten, die mich stutzig machen. Da fahren Lieferwagen vor, der Weinhändler und ein Feinkostgeschäft, das Paketauto und der Briefträger, aber es passiert absolut nichts Privates bei Waldlass. Keine Familie, keine Besuche, nichts. Nur der Hegenau kam und fuhr mit seinem schwarzen Mercedes direkt in die Garage, als gehöre das Haus ihm.«

Heller schaute auf die Bilder.

»Sie wissen, dass die nicht verwendbar sind. Was mir Sorgen bereitet, ist die Tatsache, dass der Gloger und die Kollegin Mandl so schnell entdeckt wurden. Die Beschwerde von Waldlass kam recht zügig.«

Renata di Nardo überhörte die Kritik an ihren Leuten nicht, und sie reagierte.

»Wieso gelingt es uns nicht, zusammenzuarbeiten? Das BKA gibt uns keine weiteren Auskünfte zu dem LKW mit dem Kokain aus Österreich und das LKA auch nicht. Außerdem tun sie so, als wäre ihr Versagen in der Sache Bittner eine quantité négligeable. Immerhin hat ihr Zeugenschutzprogramm versagt, denn die Schutzbefohlene ist tot. Weiterhin bekommen wir keinerlei Anhaltspunkte zu der verschwundenen Richterin Zeiser, und es ist eine Frage von Stunden, wann diese Geschichte in der Presse steht. Ich will mehr über Detlev Waldlass, Joseph Hornbach und Siegfried Hegenau wissen. Ist das zu viel verlangt?«

Sie hatte recht. Heller drehte an seinem Manschettenknopf.

»Ich werde versuchen, die Sache geradezurücken. Natürlich ist das mit der Bittner mehr als peinlich, aber es kommt vor. Dann haben wir bereits mit Ragi den Täter. Was uns fehlt, sind die Hintermänner. Jemand hatte ein Interesse am Tod der Bittner, und wenn ich nicht völlig falsch liege, dann dürfte das in erster Linie ihr Ex-Mann Ahrens gewesen sein. Rache dürfte die Antwort sein. Da Ahrens den Mord nicht selbst begehen wollte, hat er seinen alten Chef Borgini um Hilfe gebeten.«

Sie sah Heller an und sagte nichts. Renata di Nardo ordnete die Fotos auf dem Tisch.

»Was ich bisher von Inninger hier vor mir liegen habe, sieht nicht nach Ergüssen eines Spinners aus. Leider sind die Fotos aus der Distanz nicht sehr deutlich. Andererseits könnte es sein, dass zumindest bei diesem Gartenfest, hier sehen Sie, Waldlass und Hegenau mit Borgini reden.«

»Na schön. Ich sage Ihnen etwas, aber das bleibt unter uns. Man will nicht, dass die Mafiasache hochgehängt wird, weil es insgesamt für das Allgäu schädlich wäre. Geldwäsche ist ein heikles Thema und der Waldlass sowieso. Ohne wasserdichte Beweise geht also gar nichts.« Oberstaatsanwalt Heller verabschiedete sich und fuhr in sein Büro.

So war das also. Renata di Nardo rührte sich eine Weile nicht vom Fleck, denn sie fand für sich noch keine Antwort, wie sie weiter vorgehen wollte. Jemand klopfte. Renata di Nardo, die gerade noch schnell die Fotos in den Umschlag steckte, erledigte das noch, ehe sie »herein« rief. Doch niemand trat ein. Sie griff zum Telefon, um Antonia Mandl zu sich zu rufen. Die sollte noch einmal zum Seniorenheim fahren und die Direktorin Mühl nach Inninger befragen. Auch Georg Bittner wollte sie anrufen und ihn fragen, was das mit den Operationen bei seiner Frau auf sich hatte. Außerdem musste sie unbedingt wissen, was die zuständigen Behörden nach der Gefängnisentlassung gegen Ahrens unternahmen, der gegen seine Bewährungsauflagen verstoßen hatte, als er untergetaucht war.

Kriminalrat Aspelkamp steckte seinen Kopf in das Zimmer und trat ein.

»Der Oberstaatsanwalt ist schon fort? Schade«, beantwortete er seine Frage selbst. »Morgen wollen sie in Augsburg eine Pressekonferenz wegen der Richterin Zeiser veranstalten. Ich halte das für verfrüht. Aber nach dem Fund der Leiche beim Oytalhaus glauben sie, dass die Spekulationen ansonsten ins Kraut schießen werden. Die Leiche hängt ja nun einmal in der Nähe des Fundorts der roten Schuhe, und sie wollen nicht, dass es dazu eine spekulative Meinung in der Öffentlichkeit gibt. Hat sich Kollege Winkler von dort schon gemeldet? Nicht? Hm. Dann müssen wir halt warten. Insgesamt sind unsere Ergebnisse mehr als dürftig, aber wem sage ich das. Übrigens hat das Ministerium die Amerikaner um mehr Offenheit gebeten, aber unsere transatlantischen Partner hüllen sich in Schweigen. Dann will ich mal nicht länger stören.« Aspelkamp zog den Kopf zurück und schloss die Tür wieder.

Was war das denn? Renata di Nardo legte den Telefonhörer zurück. Aspelkamp stand ganz offensichtlich unter erheblichem Druck von oben. Und an eine Arbeit zusammen mit der amerikanischen Drug Task Force glaubte sie nicht. Die erledigten ihre Sache immer alleine. Es dauerte nicht lange, und Aspelkamp kam wieder.

»Was für ein Theater. Die Presse hat den Leichenfund beim Oytalhaus im Visier, und bevor die am Fundort Ärger machen, werden wir schnell eine Informationsstunde abhalten. Also keine offizielle Pressekonferenz. Sie müssen selbstverständlich dabei sein. Kommen Sie, der Wagen wartet.«

Aspelkamp hatte zugenommen. Als er die Treppenstufen hinunterstieg, schnaufte er hörbar. Renata di Nardo griff noch schnell nach einer modischeren Jacke in ihrem Schrank und lief Aspelkamp hinterher. In diesem Moment hatte sie absolut kein Interesse, seine Nachfolgerin zu werden. Was sollten sie den Zeitungsschreibern erzählen? Während sie auf den Wagen zulief, rief sie Osman an, weil Winkler grundsätzlich keine »klingende Nervensäge« in der Hose haben wollte. Rasim Osman trug ein Headset, das hatte sie angeordnet, damit er im Straßenverkehr mit seinem Mobiltelefon nicht auffiel. Sie wollte es kurz machen.

»Was haben wir?«, rief sie, während Aspelkamp ihr die Wagentür aufhielt.

»Es ist wahrscheinlich, dass der Mann nicht von selbst an den Ast kam. Er hat Hämatome an den Armen, den Rippen und im Nierenbereich.«

»Wissen wir etwas zur Person?« Renata di Nardo kramte ihren Notizblock und einen Kugelschreiber aus ihrer Handtasche.

»Grob geschätzt dürfte er zwischen fünfunddreißig und fünfundvierzig Jahre alt sein. Mediterraner Typ. Er trägt eine Stoffhose und ein Kurzarmhemd, mehr nicht. Frau Dr. Wallinger vermutet, dass er nicht am Baum gestorben ist. Er hing nur dreißig Zentimeter über dem Boden. Man wird ihn dorthin getragen haben.«

Das war es. Mehr an Informationen gab es nicht. Renata di Nardo zeigte Aspelkamp ihre Notizen. Der nickte nur kurz.

»Soll ich das mitteilen?«

Aspelkamp schüttelte heftig den Kopf.

»Wo denken Sie hin. Wir werden zunächst eine Freitodthese vermuten, bis wir Fakten haben. Ich werde denen sagen, dass sie ein Foto bekommen, wenn sie sich noch ein wenig zurückhalten, bis wir mehr wissen. Wir werden ein Fahndungsfoto von dem Ahrens verteilen. Das lenkt die Meute etwas ab und verschafft uns Luft. Tatsächlich haben wir in der Sache Hannelore Bittner noch immer keine brauchbaren Zeugen.«

Renata di Nardo strich ihren Rock glatt. Aspelkamp spielte gerne Spielchen. Was sollte sie sagen? Sie hielt sein Vorgehen für nicht korrekt, aber das hatte sie schließlich nicht zu verantworten.

Das Gespräch verlief ganz im Sinne von Aspelkamp. Besonders die Herren von den Boulevardblättern bevorzugten die Sache mit Ahrens, weil da der Geruch von Mafia in der Luft hing. Das war spannender als ein vermutlich depressiver Mann an einem Strick. Renata di Nardo wartete, bis der Raum sich wieder geleert hatte, bevor sie Aspelkamp hinterher ging, der sich der Presse gegenüber jovial gab und sich bereitwillig fotografieren ließ. Um nicht mit Fragen belästigt zu werden, wählte sie einen Seitenausgang. Sie war in Gedanken, als der Mann sie auf dem Gehweg anrempelte. Der Mann hinkte. Sein langer Lodenmantel und der einfache Hut mit dem zerfransten Gamsbart wirkten ärmlich.

Bevor sie sich versah, hielt sie einen Umschlag in der Hand. Sie reagierte schnell.

»So warten Sie doch, Herr Inninger«, rief sie. »Halt! Herr Inninger, so geht das nicht. Sie sind doch Franz Inninger?«

Sie hielt ihn am Mantelärmel fest, und er wehrte sich nicht.

»Man hat mich auf der Autobahn gerammt, um mich zu töten. Sie werden einen Mord nicht verhindern können. Deshalb muss ich mich tarnen und verstecken. Ich kann Sie nur auf Dinge hinweisen, mehr ist mir nicht möglich. Ihre Schlüsse müssen Sie schon selber ziehen.« Inninger redete hastig und schaute sich dabei immer wieder um.

»Kommen Sie, gehen wir in mein Büro. Machen Sie eine konkrete Aussage.«

»Den Teufel werde ich tun«, rief Inninger und lief davon. Renata di Nardo ließ ihn ziehen. Er hatte ja recht. Sein Leben beschützen konnte sie nicht.

Aspelkamp wartete ungeduldig am Auto.

»Sehen Sie sich das an«, sagte Renata di Nardo und reichte ihm den Umschlag. In ihm befanden sich ein Foto und ein alter Zeitungsartikel. »Franz Inninger muss von unserem Pressegespräch erfahren haben und hat mich abgepasst.«

Aspelkamp betrachtete das unscharfe Schwarzweißfoto und las dann den Zeitungsartikel.

»Ich erinnere mich. Der Fleischskandal von 2005. Damals wurde Ekelfleisch als genießbar deklariert, und damit wurden Millionen gemacht. Ein Händler, ich glaube er hieß Höfele, hatte sich und seine Frau erschossen, bevor wir sie verhaften konnten.« Er machte eine Pause und hielt das Foto hoch. »Jetzt verstehe ich den Zusammenhang. Ich sehe den Hegenau, und der wurde damals aus Mangel an Beweisen freigesprochen. Man konnte ihm nicht nachweisen, dass er etwas von dem Gammelfleisch gewusst hatte, und das Geld durfte er auch behalten.«

Renata di Nardo hatte aufmerksam zugehört und sah den gehetzten Inninger wieder vor sich. Ein graues, eingefallenes Gesicht, in dem die Angst geschrieben stand. Und dann betrachtete sie den wohlgenährten Herrn Hegenau auf dem Foto.

»Als Finanzjongleur ist Hegenau wohl nicht mehr tätig.«

»Also bitte. Hegenau wurde freigesprochen. Er lebt heute als Privatier und betreut seine Stiftungen. Wer ist der andere Kerl auf dem Bild?«, fragte Aspelkamp.

Das Gesicht dieses Mannes war nur unscharf zu erkennen. Sie war froh, als das Telefon klingelte und sie nicht antworten musste. Winkler meldete sich.

»Ich denke, du solltest dir den Tatort beim Oytalhaus einmal persönlich anschauen.«

»Der persönliche Eindruck ist immer der Beste«, bestätigte Renata di Nardo, doch da war Winkler schon nicht mehr am Gerät.

»Ich würde lieber mit meinem Auto fahren. Könnte mich Ihr Chauffeur zu meiner Wohnung bringen?«

Aspelkamp hatte nichts einzuwenden und stimmte mit einem Kopfnicken zu. Er dachte an ein stressiges Wochenende, das ihm mit Sicherheit bevorstand, denn er wollte Waldlass von einer Feier des akademischen Bergvereins wieder ausladen, dessen Vorsitzender er war. Man würde ihn nach den Gründen fragen. Oder man legte ihm die Ausladung als Warnung für Waldlass aus.

»Halten Sie mich auf dem Laufenden«, sagte er und ging in sein Büro.

Renata di Nardo rief im Archiv an und fragte nach einer Akte Siegfried Hegenau, die es aber nicht gab. Sie war, wie es so schön hieß, schon längere Zeit abgängig. Dafür erinnerte sich der Archivar an den Fall Höfele, da sich die Tötung einer Frau und eine anschließende Selbsttötung nicht so häufig ereigneten, und fand die Akte so schnell, dass Renata di Nardo sie auf dem Weg in ihre Wohnung abholen konnte. Eigentlich wollte sie das Dokument gar nicht mitnehmen, aber sie stolperte über eine Aussage von Hegenau in dem Schriftstück. »Wenn man das große Geld machen will, dann passieren dumme Sachen sozusagen zwangsläufig.« Damit hatte er das Ehepaar Höfele gemeint.

Es ist leichter, dass ein Kamel durch ein Nadelöhr geht, als dass ein Reicher in das Reich Gottes kommt. Renata di Nardo hörte diesen Satz, gesprochen von ihrer Großmutter. Er hatte die Menschen nicht beeindruckt und schon gar nicht beeinflusst. Natürlich wusste sie es nicht, aber sie hoffte, dass die Worte von Jesus zutrafen. Mit Winkler brauchte sie darüber nicht zu reden, der würde nur lauthals lachen. Sie nahm die Akte Höfele mit nach Oberstdorf. Sie kannte durch ihre Informanten und durch die kurze Beobachtung des Hauses von Waldlass einige Besucher. Hegenau gehörte dazu. Sie brauchte Inninger nicht, um diese beiden Herren in die Nähe der Geldwäsche zu rücken. Diese Behauptung kursierte schon lange unter Journalisten. Beweise gab es allerdings keine. Doch zuerst galt es, sich auf den Toten im Baum zu konzentrieren.

Sie hatte geduscht, ihre kleine Reisetasche gepackt, war in den leichten Anzug in Dunkelblau geschlüpft und nahm ihren Wintermantel über den Arm, bevor sie in den Audi stieg. Ihr Rechner lag unter dem Fahrersitz. Er war neu, und sie staunte darüber, wie klein die Dinger inzwischen waren. Als sie die Auffahrt der Tiefgarage verlassen hatte, glaubte sie einen Moment, von der anderen Straßenseite beobachte sie jemand. Auf der Autobahn blickte Renata di Nardo immer wieder in den Rückspiegel, aber es gab nichts Beunruhigendes zu entdecken.

Der Tote lag abgedeckt unter dem Baum, an dem er gehangen hatte. Die Spuren am Ast waren deutlich zu erkennen. Renata di Nardo war nicht zu Winklers Wohnung gefahren, sondern direkt an den Berg. Zweimal wurde sie von Uniformierten gestoppt und hatte sich auszuweisen. Einige hundert Meter musste sie über den geteerten Weg zu Fuß laufen. Sie kam gerade an, als Rasim Osman etwas mit einer Pinzette in die Höhe hielt.

»Das ist ein künstlicher Fingernagel«, stellte Renata di Nardo fest und wandte sich Winkler zu, der auf einem umgestürzten Baumstamm hockte und sich das Knie mit einem Papiertuch säuberte. Die Hose war an dieser Stelle zerrissen und der Mantel erdbeschmiert.

»Ich bin einen Abhang hinuntergerutscht.« Er lächelte gequält.

Osman kam näher und wies auf die Kriminaltechniker hin, die den Hang akribisch absuchten.

»Es gibt keinen Zweifel mehr, dass die roten Schuhe da oben am See der Richterin Zeiser gehören. Der Tote muss bereits am Baum gehangen haben, als die Schuhe gefunden wurden.« Bevor Osman weiterreden konnte, stoppte Renata di Nardo seinen Redefluss.

»Keine voreiligen Schlüsse. Warten wir den Bericht von Frau Dr. Wallinger ab. Falls Frau Zeiser und der Tote etwas miteinander zu tun hatten, dann müssen wir das schlüssig beweisen. Vorher wird darüber nicht einfach so daher geredet. Vielleicht hängt der Mann erst seit gestern da.«

Winkler raffte sich auf und schlich zum Auto von Renata di Nardo.

»Es ist nicht zu übersehen, dass Leute am Berggasthof vespern und im Wäldchen ihre Geschäfte erledigen. Eine Saubande ist das, kann ich dir sagen. Lass uns fahren.«

Doch er musste sich gedulden, denn Renata di Nardo schaute sich den Ort genau an. Mindestens zwei Personen mussten den Mann an den Ast gehängt haben. Am liebsten wäre sie den Berg hinaufgelaufen bis zum Seealpsee, aber dazu war es bereits zu spät, und in der Dunkelheit wäre nichts zu finden. Bei genauerer Betrachtung kam sie zu dem Schluss, dass der Mann wohl eigenständig hinaufgekommen und dort unterhalb des Oytalhauses auf seine Mörder getroffen war.

Sie entschlossen sich in Oberstdorf zu bleiben und ließen sich zwei Pizzen kommen, um sich in Ruhe mit den Fällen und dem Problem Inninger zu beschäftigen. In der Nacht wachte Renata di Nardo auf, weil Winkler sich hin und her wälzte.

»Ich muss nach München.« Winkler knurrte. »Sie hat meinen Sohn aus dem Heim geholt und in ihre Wohnung verschleppt. Ich brauche einen Anwalt und eine einstweilige Verfügung. Ich verstehe diese Frau nicht.«

Das war nicht nur keine gute Idee, das war eine Katastrophe. Renata di Nardo zögerte, aber sie musste reagieren.

»So kontert nicht der Winkler, den ich kenne.« Sie wartete, doch er sagte nichts. »Wie willst du denn vorgehen? Mit einer Verfügung und uniformierten Kollegen? Du hast ein Urteil, wonach die Pflege im Heim unabdingbar bleibt, und die Vereinbarung, dass Besuche miteinander zu koordinieren sind. Also ist sie im Unrecht. Der Anwalt in München soll ihr das Jugendamt schicken.«

Er gab nach, aber seine nächtliche Unruhe blieb. Winkler schlief unruhig, weshalb er sehr früh aufstand. Nach dem Frühstück fuhren sie nach Kempten. Winkler saß steif auf dem Beifahrersitz. Es dauerte einige Zeit, bis er wieder lebhaft wurde. Er klebte sich ein Pflaster auf sein verwundetes Knie und schnaufte.

»Warum bekommen wir für den Seealpsee keine Taucher?« Winkler öffnete die Autotür.

»Einen Moment.« Er bezweckte damit, die Sache mit seinem Sohn ad acta zu legen, aber Renata di Nardo wollte in kein misslauniges Wochenende gehen. Das waren nur noch drei Tage bis dahin. Sie reichte ihm die Akte Höfele.

»Ich weiß, deine Ex-Frau hat so ihre Eigenarten, und ich denke nicht, dass ich mit ihr mein Wochenende verbringen möchte. Ich habe genug andere Dinge auf dem Hals.«

»Die ist übergeschnappt. Eine Irre. Völlig unfähig, ein krankes Kind zu betreuen.« Winkler regte sich auf. »Die ist besessen davon, mir auf die Nerven zu fallen.«

Renata di Nardo sah in den Rückspiegel und betrachtete ihre zurückgekämmten Haare und den strengen Knoten. Die Frisur saß korrekt.

»Du hast sie geheiratet.«

»Damals war sie eine andere Person«, gab Winkler zurück.

»Halt dich von ihr fern, sonst gibt es noch ein Unglück.« Renata di Nardo beugte sich zur Seite und schloss die Beifahrertür. »Wir fahren jetzt zu dir, besprechen die Lage und gehen danach etwas essen. Und wenn du dich von der Geschichte mit deinem Sohn nicht lösen kannst, dann fahre ich nach Kempten zurück.«

Wenn Winkler keine Antwort gab, war er in der Regel einverstanden. Sie fuhr los.

»Sie haben Hautschuppen von der Richterin in den roten Schuhen gefunden. Wenn der Erhängte ihr Geliebter war, dann haben wir eine ziemlich unappetitliche Geschichte samt Presse am Hals.«

Winkler schüttelte den Kopf.

»Du hast Ideen. Der Tote war ein südländischer Typ, und die Zeiser ist keine Schönheit. Ein Liebhaber? Niemals. Als Richterin traut die sich das nicht.« Winkler blätterte in der Akte. »Was soll ich damit?«

»Da kommt ein gewisser Siegfried Hegenau vor.«

In seiner Wohnung hockte Winkler sich in den Sessel und las in der Akte. Renata di Nardo breitete mangels Ablegemöglichkeiten die Unterlagen auf Winklers Bett aus und öffnete ihren Rechner. Eine kurze Mitteilung an Aspelkamp musste zunächst genügen. Plötzlich begann Winkler das Zimmer umzuräumen. Auf diese Weise reagierte er sich ab, das kannte sie. Nach kurzer Zeit entspannte er sich wieder, nahm sie am Arm und half ihr in den Mantel. Fünf Minuten später standen sie in den Ausstellungsräumen eines bekannten Möbelschreiners, den Winkler energisch herausgeklingelt hatte, und er kaufte einen dunkel gebeizten Esstisch und zwei dazu passende Stühle. Renata war inzwischen anderweitig entzückt, denn sie hatte ein kleines Rokokosofa entdeckt. Melangefarbene Bezüge, eine gleichfarbige gepolsterte Rückenstütze, geschwungene Armauflagen und eine schmale Sitzfläche. Die Holzarbeiten waren so kunstvoll wie die fein gesetzten Nägel, die den Stoff hielten. Da es nicht sehr breit war, würde es exakt unter Winklers kleines Fenster passen.

»Das habe ich für ein Hotel angefertigt, aber sie haben es nicht abgeholt. Eine Schande ist das, wie man heutzutage behandelt wird.« Der Mann strich sich über seine unrasierte Wange und ließ seine kleinen Augen aufblitzen. »Gute Arbeit hat eben ihren Preis.«

Winkler schnaufte, denn er wusste, wer hier letzten Endes die Entscheidung fällen würde. Als der Kunstschreiner den Preis nannte, trat sie dann doch einige Schritte zurück.

»Das brauchen wir doch nicht wirklich«, reagierte Winkler, aber sie begann zu feilschen. Das kannte er zu genau, um nicht zu wissen, dass der gute Mann nachgeben würde. Eine gute Stunde später trug der Schreiner, der sie an den alten Jean Gabin erinnerte, das Sofa mit Winkler die Treppen hinauf. Dann folgten der Tisch und die Stühle. Natürlich musste der Mann noch die Tischbeine an der Platte befestigen, bevor er wieder gehen durfte. Nun stand das alte Bauernbett an der hinteren Wand, der wacklige Schrank daneben, während der neue Esstisch die Mitte des Raumes schmückte und das Sofa unter dem Fenster aussah, als habe es sich in der Adresse geirrt. Die restlichen Möbel wurden von Renata di Nardo passend arrangiert, und Winkler saß bequem am Tisch und beschaute die Papiere. Es war gut so, aber er wollte es nicht zugeben. Deshalb griff er sich wieder die Akte Höfele und las darin. Der Mann hatte seine Frau und sich mit einem Bolzenschussgerät getötet, wie sie auf Schlachthöfen verwendet werden. Die Fotos sah er sich nicht an. Sie saß entspannt auf dem neuen Sofa und überflog ihre Notizen.

»Wieso wurde nie danach gefragt, woher das Gammelfleisch stammte? Italien oder die Schweiz, mehr wusste man nicht? Die Subventionen der EU wurden doch auch unterschlagen. Das verstehe ich nicht, dass da niemand nachgebohrt hat. Der Höfele war sicher nicht der einzige Gauner in der Angelegenheit.« Winkler schloss die Akte wieder.

»Falls du an den Hegenau denkst, dann vergiss ihn gleich wieder. Der ist Persona gratissima. Aspelkamp sprach davon, dass er zusammen mit dem Waldlass eine Fabrik für modernste Photovoltaikanlagen mitfinanziert. Wer Arbeitsplätze schafft, der ist fast heilig.« Sie sortierte die Notizblätter und legte sie in einem Ordner ab.

Winkler sah ihr dabei zu. Sie hatte das Sofa bezahlt und gesagt, es sei quasi eine Leihgabe, damit er Ruhe gab. Sie wusste, dass er wusste, dass es wegen seiner hohen Ausgaben für das Pflegeheim des Sohnes war, dass sie die Bezahlung übernommen hatte. Darüber sprachen sie nicht. Er würde sich aufregen, und sie hätte einen miesen Tag. Wem sollte das nutzen?

»Ich habe Kollegen der Schutzpolizei und unsere Kriminaler in Kempten nach unseren drei feinen Herren befragt. Den Detlev Waldlass konnten sie mir beschreiben, aber nicht den Siegfried Hegenau und den Joseph Hornbach. Jeder kannte die Namen, aber niemand hat sie gesehen.« Winkler legte die Akte zur Seite.

»Wir fahren jetzt etwas essen«, sagte sie, und Winkler war einverstanden.

An diesem Abend kam ihm Oberstdorf klein vor. So wie ein Ort auf einer Modelleisenbahnanlage. Er erinnerte sich an seine Märklin. Der Bahnhof mit vier Bahnsteigen und ein paar Häusern drumherum hatte Schönblick geheißen. Die Häuser hier sahen nicht anders aus. Ihn kniff die Stoffhose, die sie ihm herausgelegt hatte, und das Hemd roch nach ihrem Parfüm. Sie war eben die Chefin, so war das. Dass sie dann auf den Parkplatz vom *Bayerischen Schlosshof* einbog, überraschte ihn nicht. An diesem Abend würde er genauso viel ausgeben wie für den Lebensmitteleinkauf einer ganzen Woche, aber er hielt brav den Mund.

Sie bestellte sich Illerflusskrebse im Strudelteig, Saibling in Butter mit Schnecken im Teigfleckerl und Brombeersorbet.

Das ging zügig, während Winkler wie immer die Preise vergleichen wollte, die aber nicht in der Karte standen. Das heißt, auf der Rückseite fand er dann die Menüpreise, weil der Kellner pikiert geschaut und eine entsprechende Geste gemacht hatte. Er entschied sich für Gänseleber in Walnusscreme, Rehrücken im Krustenbrot mit Pfifferlingen und Selleriepüree, dazu als Nachtisch flambierte Walderdbeeren. Er schätzte, dass sie mit dem Wein bereits über zweihundert Euro einkalkulieren mussten, und sah zur Decke. Während Renata di Nardo auf einer Bank an einer holzvertäfelten Wand unter einem Kruzifix saß, hockte Winkler in einem Ledersessel, der bei jeder Bewegung verdächtige Geräusche machte.

»Wenn du dich nicht mehr entspannen kannst, dann solltest du besser den Beruf wechseln«, sagte sie. »Du musst leben, Winkler, sonst ist doch alles nutzlos.«

Sie hatte recht, dachte er, als er dem herrlichen Gericht nachschmeckte und der Wein ihn sanftmütig gestimmt hatte. Sie war eine prima Frau.

Draußen schien noch immer die Herbstsonne, nur ein leichter, erdiger Duft lag noch in der Luft, und Winkler hob bei geöffnetem Fenster die Nase in den Wind. Oberstdorf hatte ein ganz eigenes Aroma. Er schaute hinüber bis zur Straße mit den Bäumen, wo verwelkte Blätter auf dem Gehweg lagen und den Tod der Natur meldeten. Es wurde Winter. Irgendwo schlug eine Turmuhr an und Winkler beschlich eine herbstgestimmte Melancholie. Von den Leuten, die unten auf der Straße spazieren gingen, kannte er niemanden. Eigentlich kannte er überhaupt keine Leute, außer den Kolleginnen und Kollegen der Abteilung.

Renata di Nardo saß auf dem neuen Sofa und hatte ihre Füße in einem Bad aus milden Kräutern stecken. Es geschah ihr nur selten, dass sie zu einem Spaziergang die falschen Schuhe anzog, doch ihrem Vorschlag, sich ein wenig an der Bergluft zu bewegen, hatte Winkler so schnell zugestimmt, dass sie die Gelegenheit beim Schopf packte und ihn mit hinauszog, ohne dabei auf ihr Schuhwerk zu achten. Zehn Minuten später hatte er schon wieder ein Gesicht, als müsste er über Glasscherben gehen.

»Wie kann denn eine Akte verschwinden?«, schimpfte Winkler. Sie hatte ihm quasi nebenbei davon erzählt, weil er sich aufregen würde. Das tat er nun.

»Du hast ja recht.« Sie kam auf ein anderes Thema. »Es ist auffällig, dass diese Toten mit dem Stich ins Genick sozusagen an der Kokainstraße gefunden wurden. Wenn wir Massimo Ragi dazuzählen, dann wird ein Bild eines reisenden Mörders daraus.« Sie sprach, und er hörte zu, ohne sich umzuwenden.

Als das Telefon klingelte, ahnten sie beide, dass der friedvolle Abend vorbei war.

Winkler hörte sich an, was der Oberstaatsanwalt Heller zu berichten hatte. Kurz nach diesem sehr einseitigen Gespräch meldete sich das Telefon in Renata di Nardos Handtasche. Winkler reichte ihr die Tasche, nachdem er das Fenster geschlossen und seinen Hörer aufgelegt hatte. Aspelkamp teilte mit, dass die kommende Freitagssitzung auf acht Uhr vorgezogen worden war. Das BKA war dem Verlangen von Waldlass gefolgt und hatte sein Haus untersucht, wobei ein winziges Abhörgerät gefunden worden war. Also wurde die Abteilung von Renata di Nardo quasi zum Rapport vorgeladen.

»Der Waldlass hat das BKA in sein Haus gelassen. Kannst du dir vorstellen, dass einer von uns in der Villa war?« Renata di Nardo fragte Winkler, aber das war mehr rhetorisch gemeint, denn wer von ihnen sollte das gewesen sein? »Da ist doch wieder etwas faul. Und was wollte Heller von dir?«

Winkler bedauerte nun, dass er sich nicht vollständig den Genüssen hingegeben hatte und längst fest schlief. Jetzt hielt ihn der Alltag wieder am Kragen fest.

»Sie haben den Toten vom Baum so gut wie identifiziert. Weitere Stunden Arbeit der Technik ohne Unterbrechung wurden leider nicht genehmigt. Auch die Pathologie muss aufhören. Zu teuer. Das Institut hatte mit Streik gedroht.«

Sie trocknete sich die Füße ab und cremte sie ein.

»Mach es nicht so spannend.«

»Donato Pelusino. Die linke Hand unseres Freundes Gigi Borgini. Gesucht seit fast zehn Jahren, und Heller sagte, die italienischen Kollegen waren sehr erfreut von seinem Ableben zu hören.« Renata di Nardo schlüpfte in Winklers ausgetretene Hauslatschen und schlurfte zu ihm an den neuen Esstisch.

»Wieso die linke Hand?« Winkler schaute in seine Unterlagen.

»Weil seine beiden Söhnen die rechte sind. Alessandro und Pietro. Der erste sitzt in Italien wegen Polizistenmordes, und daher dürfte Pietro ganz in unserer Nähe sein, falls sein Vater sich im Allgäu aufhält.« Sie setzte sich auf das Bett und klappte ihren Rechner auf. »Ragi war ein Laufbursche, aber Pelusino stand ziemlich oben in der Hierarchie.«

Winkler notierte sich den Namen in seine Liste der Getöteten.

»Haben wir es mit einem Bandenkampf zu tun? Das würde unseren Oberen aber gar nicht behagen.« Winkler lachte böse.

Sie schaute auf einen Lichtfleck auf der Bettdecke, der durch die Fensterscheibe hereinkam. Renata di Nardo öffnete das Internet.

»Einen Krieg würde ich das noch nicht nennen, wenn von einer Bande zwei Leute umgebracht wurden. Sie vernichten ihren Ruheraum Allgäu, das ist nicht sehr intelligent. Würde meiner Meinung nach bedeuten, dass es um einen Machtkampf geht und die zweite Bande sich noch nicht hierher zurückgezogen hat. Die Art der Tötung von Ragi passt allerdings nicht. Die anderen Morde auf diese Art wurden in Nord- und Westeuropa durchgeführt. Und was halten wir von den roten Pumps der Richterin in der Nähe des Sees?«

Winkler starrte auf die giftgrünen Äpfel, die in einem Korb vor ihm auf dem Tisch standen und von denen er bestimmt keinen essen würde.

»Eine Sache beunruhigt mich sehr. Wenn der Inninger sich innerhalb der Bewegungsräume dieser Verbrecher aufhält, dann ist der Ausdruck, er spielt mit seinem Leben, nicht bloß eine Plattitüde. Von der Richterin Zeiser will ich erst gar nicht anfangen. Unvorstellbar, dass sie etwas mit diesem Pelusino in Verbindung bringen könnte.« Winkler biss in einen trockenen Keks und holte sich ein Glas Leitungswasser.

Renata di Nardo blätterte wiederholt in der Akte Höfele, schaute auf ihren Monitor, dann wieder in ihr Notizheft und sah Winkler an.

»Der Hegenau hatte bei seiner Befragung zum Tod des Ehepaars Höfele, ein Verhör kann man das nicht nennen, gesagt, was dem Land nutzt ist das, was der Industrie hilft. Er ist ein eitler Tropf, der sich früher gerne in den Zeitungen sah. Ich habe ihn hier im Internet gefunden. Vor drei Wochen war er im Kongo. Angeblich hat er eine Schule bauen lassen. Dort fördern sie Bodenschätze, die Niob und Tantal genannt werden.«

Winkler schaute sie an.

»Ich denke, wir dürfen diesen großen Herren nicht nachspionieren. Herr Spengler mag das nicht«, sagte er spöttisch. »Was ist das für Zeug?«

»Niob wird unter anderem im Raketenbau und bei Kernbrennstäben gebraucht. Tantal ist ein Hartmetall und gehört zu den wichtigen Metallen für die Raketentechnik, und auch in der Medizintechnik wird es verwendet. Du kannst es selbst nachlesen. Der Kongo ist mit seinen Bodenschätzen ein bevorzugtes Zielgebiet für solche Typen wie Hegenau.« Renata di Nardo schaute zum Fenster. »Wenn es auch noch um Waffenhandel geht, dann verlange ich mehr Leute.«

Winkler hielt die seine Notizen hoch und wedelte damit herum. Auf keinen Fall wollte er sich an die Weisung von

Aspelkamp halten und die Herren Hornbach und Hegenau weiterhin übersehen. Es ging auch noch nicht um Ermittlungen. Winkler wollte lediglich neugierig sein, doch darüber sprach er besser nicht mit Renata. Sie redete weiter.

»Erst der Fleischbetrug und dann das. Mein Gott, ist das alles ekelhaft. Ich frage mich nur gerade, wie sich das miteinander verbinden ließe? Wir sollten den Inninger dringend einvernehmen, egal, ob der fantasiert oder tatsächlich Fäden zusammenbringen kann. Wir brauchen neue Ideen, sonst treten wir weiter auf der Stelle. Vielleicht sollte ich die Abteilung Wirtschaftskriminalität im Bezug auf das entdeckte Abhörgerät bei Waldlass nach dem Hegenau und dem Hornbach befragen? Was Hegenau über den Tod von den Höfeles gesagt hat, kotzt mich an.«

Winkler wollte Tee kochen und verbrannte sich die Finger an der Herdplatte, als sie Siegfried Hegenau und Joseph Hornbach erwähnte.

»Waldlass ist ein Investor, und ich fürchte, bei einer Befragung der Arbeiter und Angestellten in den Firmen, die er mit Geld am Leben hält, müssen wir feststellen, dass die Moral nur eine sehr untergeordnete Rolle spielt. Die haben Autos, Wohnungen und ihre Häusle zu bezahlen und eine Scheißangst vor der Arbeitslosigkeit. Außerdem spuckt dir der Aspelkamp in die Suppe, wenn du ihm mit dem Hegenau, Hornbach und dem Waldlass kommst. Wir haben mit der Bittner, dem Ragi und jetzt dem Pelusino genug am Hals. Ich darf mir dann wieder die Predigt über unsere geliebte Richterin anhören, die ich nicht zu finden im Stande bin. Natürlich mit dem Zusatz, dass die Abteilung Wirtschaftskriminalität beim LKA angesiedelt ist.« Renata strich sich über die Haare und legte sich die Decke über die Füße.

»Aber es bleibt die Frage, woher Waldlass, Hornbach und Hegenau das viele Geld haben.« Winkler knurrte und hielt seine Finger unter fließendes, kaltes Wasser.

»Riecht es nach Pizza?«, fragte sie scheinheilig.

Winkler drehte den Kopf in Richtung Renata di Nardo.

»Es duftet nach Menschenfleisch. Ich habe mir die Pfote am Ofen verbrannt.«

»Notarzt oder letzte Ölung.« Sie sprach es aus und begann unverschämt laut zu lachen. Für diesen Ausbund an Fröhlichkeit fehlte Winkler jedes Verständnis, denn sein Finger schmerzte wirklich. Doch wenn er an den kommenden Montag dachte, dann war ihm seine jetzige Situation allemal lieber. Er betrachtete sein Zimmer, das nun kaum noch Bewegungsfreiheit ließ. Aber es gefiel ihm. Selbst das neue Sofa unter dem Fenster gehörte inzwischen dazu. Der Esstisch sowieso. Außerdem gab es nun eine Garantie, dass keine neuen Möbel dazu kamen. Die Bude war vollgestellt.

»Gier ist eine Schwäche. Wenn dieser Hegenau so eine gierige Hyäne ist, dann wird er sich selbst verraten.« Genug damit, dachte Winkler. Für den Rest des Abends wollte er das Thema nicht mehr berühren. Wieso machte er nicht etwas Musik an? Er legte mit der linken Hand eine CD ein. Renata wollte Mozart. Warum nicht?

10

Joe schlenderte am Ufer der Iller entlang. Sie hatten zu viel Zeit vergeudet, und er musste sich dennoch der Muße hingeben, weil Lohbach sich die letzten Tage nicht gerührt hatte. Nicht, dass er ihn vermisste, aber er wollte Kempten unbedingt verlassen und hatte das Apartment bereits gesäubert. Seine Reisetasche stand bereit. Jetzt wollte er warten, bis die Dunkelheit über die Berge kam, und erst dann zurückgehen. Leute spielten mit ihren Hunden. Drüben auf den Straßen floss der Sonntagsverkehr. Aus welchem Grund die Menschen an Sonntagen zu irgendwelchen Ausflügen aufbrachen, war ihm ein Rätsel. Gefielen ihnen ihre Wohnungen nicht? Sie vertrieben sich die Zeit, hatte ihm einmal jemand seine Frage beantwortet. Die vertreiben sich nicht die Zeit, hatte er gedacht, die vertreiben ihr Leben, weil sie damit nichts anzufangen wissen. Das blieb ihm ebenso fremd wie die Angewohnheit der Engländer, an Wochenenden zuzusehen, wie sich schwitzende Männer um Bälle stritten. Sie nannten das Sport. In seiner Heimat gab es das auch, ihn hatte es immer gelangweilt. Vorgestern hatte er von einem öffentlichen Telefon aus in Dungeness angerufen und seinen Nachbarn Slim Woolshild gefragt, ob sein kleiner Container angekommen sei. Das wurde ihm bestätigt, und Mister Woolshild teilte ihm einerseits mit, dass mit seinem Haus alles in Ordnung sei, andererseits erwähnte er, die Polizei habe nach ihm gefragt. Joe störte das nicht weiter, aber er wusste, dass die Nachbarn sich darüber einen Kopf machten. Er dachte an sein Haus an der südenglischen Küste. Er würde es ungern aufgeben. Jetzt war er bald fünfzig Jahre alt und besaß etwas mehr als eine Million Pfund.

Es war genug und an der Zeit aufzuhören. Nach Inninger würde er endgültig Abschied nehmen und sich nur noch seinen Bildern widmen. Das Wasser der Iller floss dahin und störte sich nicht weiter an den Menschen. Ob es ihnen gut oder schlecht ging, das interessierte den Fluss nicht. Wenn jemand in ihr ertrinken wollte, nahm die Iller ihn einfach mit. Joe schaute noch einmal auf das Wasser und drehte sich nicht um. Im Radio hatte er von dem Toten in der Nähe von Oberstdorf gehört. So etwas interessierte ihn. Niemand starb einfach so. Schon gar nicht zurzeit hier in Kempten und Umgebung.

Sie beobachtete ihn, da war er sich absolut sicher. Noch hatte er keine Ahnung, was sie wollte, aber er würde es herausfinden. Joe war überzeugt, dass er sich nicht auffällig verhielt. Mehr als ein regelmäßiger Spaziergänger war an ihm nicht zu entdecken. Der Spitzel war vom Fach, davon war er überzeugt, denn sonst hätte er ihn längst entdeckt. Es war von Anfang an falsch gewesen, sich dermaßen lang an einem Ort aufzuhalten, wo es Tote gab wie den kleinen Italiener am See. Das war vollkommen unprofessionell. Nun war es nicht mehr zu ändern, und er musste sich auf diese ungewohnte Situation einstellen.

In der Nähe der Sankt-Mang-Kirche blieb er oberhalb der Iller stehen und schaute auf den Fluss hinab. Auf der Mauer standen fünf Tauben und sahen ihn an. Joe ging auf sie zu, doch das berührte sie nicht, sie blieben. Nur ihre Augen bewegten sich. Er dachte an die Zahl fünf. Joe erinnerte sich an einen Satz, den ihm während einer Flugreise eine Dame ins Ohr geflüstert hatte, weil er, aus unerfindlichen Gründen, die Zahl fünf auf seine Zeitung geschrieben hatte. Sie hatte gesagt, es sei die erste Zahl aus gerade und ungerade, zwei und drei, so wie der Mensch aus Gut und Böse gemischt ist. Warum musste er jetzt daran denken? Eine der Tauben fiel ihm besonders auf, weil sie sehr rote Füße hatte und direkt oberhalb des Schnabels einen weißen Fleck. Ihr Hals glänzte wie mit Fett eingerieben, und die Federn changierten im Licht zwischen blau und lilagrün.

Bevor er den Weg zum Apartment nahm, lief er davor die zweite Querstraße entlang und nahm sein Auto ins Blickfeld.

An ihm schien sich nichts verändert zu haben. Dann bog er ab und erreichte, ohne besondere Eile zu zeigen, das Haus und stieg die Stufen hinauf. Lohbach war es nicht, der ihn beobachtete. Der arbeitete mit winzigen Sendern, die er anpeilen konnte, dann brauchte er sich nicht die Füße platt zu laufen. Waldlass könnte ihm einen Detektiv geschickt haben, aber der müsste schon fast perfekt sein, damit er ihn nicht enttarnte. Joe war überzeugt davon, dass er sich nicht verdächtig verhalten hatte. Er war ruhig spazieren gegangen, hatte sich nicht im Zickzackkurs bewegt oder sich anderweitig auffällig verhalten.

Ein Schluck Leitungswasser befeuchtete seinen trockenen Mund. Er nahm zwei DIN A 5-Blocks zur Hand, dazu sein Bleistiftset, eine Wolldecke fiel aus seiner Hand zu Boden, und dann setzte er sich, um die betrachteten Tauben zu zeichnen. Joe dachte an sein Haus in Dungeness. Vor dem letzten Herbst hatte er den Wintergarten wetterfest machen und den gesamten Dachboden dämmen lassen, damit seine Farben die Feuchtigkeit der See nicht zu spüren bekamen. In den letzten Jahren hatte er nur eine kleine Ausstellung in Dover gehabt und auch dort keines seiner Bilder verkaufen können. Trotzdem lebte er gerne an der Küste. Wenn es sich einrichten ließ, würde er gerne dort bleiben. Nach Inninger musste er aber zunächst nach Florida. Falls die Geschichte mit dem Boot als Prämie stimmte, noch glaubte er Lohbach das nicht, würde er es gleich wieder verkaufen. Vielleicht sollte er seine Heimatstadt wieder einmal besuchen, solange er abgetaucht leben musste? Man würde sehen. Sein erstes Bild zeigte die Taube mit dem stolz erhobenen Kopf und dem leuchtenden Auge.

Plötzlich spitzte er unwillkürlich die Ohren. Da war ja nichts. Aber wenn nichts war, warum spitzte er dann die Ohren? Die Vorsicht verlangte, präzise zu hören, was angeblich nicht zu hören war. Joe hörte genau. Wenn hier jemand eine Haustür öffnete, dann geschah es stets auf eine Weise, als müssten alle Bewohner wissen, dass er das Haus betrat, und grundsätzlich knallte sie laut ins Schloss. Er hörte aber, wie jemand die Tür vorsichtig zuschob. Ein leichtes Geräusch, mehr war es nicht, was ihn in seiner Arbeit innehalten ließ. Er legte sich der Länge nach in den Flur und lauschte. Wenn jemand bemüht war, besonders leise zu sein, hörte Joe die verursachten Geräusche besonders deutlich. Die Kleidung blieb bei den Körperbewegungen nie still und die Schuhe auch nicht, besonders dann, wenn Treppen zu steigen waren. Bis zu seinem Apartment waren es exakt vierzig Stufen. Er zählte sie immer, wenn er hinaufstieg. Auch mit der Zahl vierzig hatte er sich beschäftigt, so wie er sich mit allen Zahlen beschäftigte, die ihm auffielen. Die Vierzig ist eine Schicksalszahl. Vierzig Tage verbrachte Jesus in der Wüste, vierzig Tage wurde vor Ostern gefastet, das Alter von vierzig Jahren bedeutet einen tiefen Einschnitt in jedes Leben, und die Zahl hat eine Verbindung zum Mond und den Plejaden. Lohbach hielt das alles für Aberglauben, aber der betete lediglich Geld an. Es war kein Aberglaube, nur etwas, das der Mensch nicht weiß, lediglich ahnen kann. Joe hielt sich in der Regel auch nur an Fakten, aber was hatte es dann mit seiner Intuition auf sich, die ihn schon häufig vor schlimmen Erfahrungen bewahrt hatte? Für ihn gab es im Zusammenspiel der Zahlen Zusammenhänge, aber er wusste sie nicht genau zu deuten. Die Menschen verhielten sich dazu irrational, wie in den meisten Lebenssituationen. Einerseits zweifelten sie, und dann spielten sie wiederum wie verrückt das Zahlenlotto. Aber so paradox dachte das Volk. Einerseits wollten sie Autobahnen, andererseits durften die Autobahnen keinesfalls am eigenen Wohnhaus vorbei führen. So lebten sie und fanden das auch völlig normal. Er war anders, schon immer gewesen. Als zwischen Schule und Studium die Jungen auf ihr erstes Auto hinsparten, arbeitete er auch, aber er fuhr mit dem verdienten Geld nach Patagonien. Sie mieden ihn in seiner Stadt, weil er anders war, deshalb verließ er den Ort und zog herum. Joe hatte sich nie gefragt, was aus den Leuten in seiner Schule geworden war, denn er wusste es. Sie würden ihn schrecklich langweilen mit ihren Lebensgeschichten, sollte er ihnen noch einmal begegnen müssen.

Jemand huschte die Stufen hinauf. Dann blieb die Person stehen und verharrte. Kurz darauf schlich sie weiter. Auf dem Treppenabsatz vor den letzten acht Stufen zu seiner Tür blieb dieser Mensch stehen. Jedenfalls vermutete Joe, dass es so war. Für ihn gab es keine Zweifel daran, dass diese unbekannte Person etwas im Schilde führte, nämlich gegen ihn. Viele Möglichkeiten der Abwehr gab es nicht, denn er konnte hier kein Blutbad anrichten. Jede Auffälligkeit würde ihn mit sehr großer Wahrscheinlichkeit enttarnen und für die Firma absolut entbehrlich machen, was sein Ende bedeuten könnte. Es gab keine Diskussionen, wenn sich jemand falsch verhielt. Also musste er den vermeintlichen Angreifer so abwehren, dass der nach einiger Zeit, die Joe zur Abreise nutzen musste, zu sich kam und auf seinen eigenen Beinen das Haus verlassen konnte. Ein minimierter Schlag gegen die Halsschlagader wäre ein probates Mittel. Joe strengte sich an, aber da war nichts mehr. Hatte die Person ihre Schuhe ausgezogen? Es gab noch eine weitere Möglichkeit, nämlich auf den Knien und auf den Händen die Stufen hinaufzurutschen. Joe hörte nur noch die Stille. Dann war jemand außen an der Tür. Den Atem vernahm er. Er musste sofort eine Entscheidung treffen. Im Kampf siegte immer jener, der das Überraschungsmoment auf seiner Seite hatte. Im Wohnungsflur war es eng. Dazu kam die Tür, die sich nur nach innen öffnen ließ. Wenn er im Türrahmen der Küche blieb, war er mit einem halben Schritt am Eingang, falls sich die Tür öffnete. Aber dann musste er stehen und würde dadurch eine große Zielfläche anbieten. Er wusste nicht, wie befähigt die Person im Nahkampf war. Das Individuum hatte mit Sicherheit gesehen, wie er in das Haus ging und wusste, dass er in der Wohnung war. Das Türblatt war nicht viel mehr als dünnes Sperrholz mit Verstärkungen.

Ein Fußtritt allein würde die Tür allerdings nicht öffnen, und jeder gewaltsame Versuch würde Lärm machen. Oder dachte der Angreifer, er würde in der Ecke kauern und sich nur noch fürchten? Der Schlüssel steckte von innen im Schloss. Joe rutschte auf dem Bauch über die Fliesen zu Tür und drückte sein Ohr auf den Boden. Er hörte wieder den Atem. Die Person stand direkt an der Tür. Vielleicht hatte sie auch ein Ohr angelegt und lauschte? Dann wären kaum fünf Zentimeter Holz zwischen ihnen. Im Flur war kein Licht. Joe hätte es sonst unter der Tür durchschimmern sehen. Er musste sich entscheiden. Wenn die Person ihn beobachtet hatte, gab es dazu einen Auftrag. Er würde herausfinden, wer etwas über ihn wissen wollte, dazu waren allerdings Methoden notwendig, die er nicht sehr schätzte. Er quälte Menschen nicht gerne. Meist genügten einige Tropfen kochendheißes Wasser auf die nackten Füße und Hände, um die gewünschten Auskünfte zu bekommen. Er war am Zug, musste den Überraschungseffekt nutzen, um die Oberhand zu behalten. In Gedanken spielte er die Szenerie durch. Um seine Verwundbarkeit zu reduzieren, durfte er nur wenig Fläche bieten, denn in diesem Moment hörte er, wie eine Pistole entsichert wurde. Joe rutschte näher an die rechte Wand heran, hob langsam die Hand in Richtung Klinke, um dann den Kopf nach hinten zu drücken, damit ihm die aufschwingende Tür nicht an den Kopf schlug. Er probierte es noch einmal durch, nahm sich vor, dem Gegner seinen Kopf in den Unterleib zu rammen und ihn dann mit beiden Armen an den Beinen zu umfassen und umzureißen. Die linke Hand lag auf der Klinke, als es klingelte. Joe riss die Tür auf, fuhr mit dem Kopf nach vorne, traf zwar nur einen Oberschenkel, bekam aber beide Beine zu fassen und riss die Person herum. Aber die war trainiert, und so spürte er den Schmerz eines Schlags mit dem Ellenbogen gegen seine rechte Gesichtshälfte. Seine Nase blutete. Er spürte den Geschmack auf den Lippen. Zum Nachdenken hatte er keine Zeit. Im Dunkeln versuchte er über den Gegner zu kommen und ihm mit dem rechten Unterarm die Kehle abzudrücken. Die Person stöhnte, hielt aber weiter die Pistole in der Hand und versuchte damit zuzuschlagen. Wenn sie nicht nachgab, würde er sie töten müssen. Joe traf ein Arm im Gesicht und er drückte fest die Kehle zu, als er mit dem Knie einen Schlag in den Unterleib bekam. Plötzlich hielt er Haare in der Hand wusste, dass er es mit einer Frau zu tun hatte.

»Bist du wahnsinnig?«, schrie sie. »Was ist denn los mit dir? Ich wollte dir nur einen kleinen Schreck versetzen.«

Joe schlug die Wohnungstür zu und machte das Licht an. Sie war es. Die Frau, die er vor einigen Tagen im Auto an der Kreuzung stehen gesehen hatte.

Ich vergesse nie ein Gesicht.

Er schaute sie an. Sie hatten einmal eine sehr kurze Begegnung gehabt, nach seiner Ausstellung in Ulm. Ihre Augenbraue war aufgeplatzt und das Blut lief über ihre Wange zum Kinn und tropfte von dort auf die Jacke. Joe nahm sie in den Arm. Etwas anderes fiel ihm nicht ein, denn er war erleichtert. Sie wollte ihn von sich stoßen, doch er ließ nicht los.

»Du mieser Typ. Sich einfach davonzuschleichen, ohne ein Wort und ohne eine Telefonnummer. Man muss schon sehr blöd sein, um sich auf einen Typen wie dich einzulassen. Ich habe dich in Kempten gesehen, du stinkende Ratte, und beobachte dich.«

Er küsste sie auf den Mund, damit sie schwieg. Sie schlug nach ihm, aber das änderte nichts. Langsam schob er sie in das Bad, und sie gab nach. Dass sie ihm dort in purer Absicht das Hemd zerriss, nahm er hin. Sie fielen übereinander her, aber diesmal in anderer Absicht als zuvor. Joe spürte ihre Fingernägel in der Haut seines Rückens. Das machte ihm nichts aus. Trotz aller Lüste versuchte er die Kontrolle zu behalten. Dabei half es ihm, über ihren Namen nachzudenken, der ihm partout nicht einfallen wollte. Isolde, Irene, Isis? Es blieb ein

Fragezeichen. Seine Erinnerung an ihre erste Begegnung blieb schemenhaft. Vielleicht hatten sie sich zu einem Spaziergang an der Donau verabredet und er war nicht gekommen. Natürlich nicht. Nach einer Nacht im Hotel wird er abgereist sein, ohne weiter an sie zu denken. Er würde auch nach dieser Nacht nicht mehr an sie denken. Ihre Leidenschaft imponierte ihm, aber die Vorstellung, dass er sie am Morgen, jeden Morgen, am Tisch sitzen sehen musste, erschreckte ihn. In seinem Haus in Dungeness mit einer Frau leben zu müssen, das war unvorstellbar. Sie begann heftiger zu atmen, während er in das Zimmer ging und auf ihre Pistole schaute, die auf dem Sessel lag. Er kannte diesen Pistolentyp. Wenn sie schlief, würde er in ihrer Jacke nachsehen, aber er war sicher, dass er ihren Beruf nicht mehr erraten musste. Er musste mit Lohbach über sie sprechen, und man würde überlegen, ob sie nützlich sein könnte. Sie zerkratzte ihm den Rücken, und es war an der Zeit, dass sie damit aufhörte. Er zog sie mit sich und legte sich auf den Rücken. Küssen wollte er sie nicht mehr. Irgendwo hatte er einmal gelesen, wie viele Keime bei einem einzigen Kuss ausgetauscht wurden. Wenn man jemanden küsste, der einen vereiterten Zahn hatte, konnte das Ergebnis verheerend sein. Joe schaute auf den Lichtstrahl an der Decke. Lange würde es nun nicht mehr dauern. Woher hatte sie das Kondom so schnell hervorgezaubert? In seinem Gehirn summte sein Unterbewusstsein *Greensleeves*. Was hatte das zu bedeuten und wer hatte es gesungen? Sie presste sich noch fester an ihn, und ihm fiel der Liedhintergrund ein. *Greensleeves* war ein uraltes Lied, komponiert für Anne Boleyn, die zweite Frau von Heinrich VIII., und auf seinen Befehl hin wurde sie geköpft. Wieso kam ihm das ausgerechnet in dieser Situation in den Kopf? Vielleicht deshalb, weil sie ihm gefährlich werden konnte? Er schaute wieder auf die Pistole. Als sie sich endlich auf die Seite rollte, blickten sie sich in die Augen. Joe wollte sie nur noch loswerden.

»Wie war es für dich?«, fragte sie.

Was sollte er denn darauf antworten? Er sah Hugh Grant und Julia Roberts in der Buchhandlung. Eine Szene aus dem Film *Notting Hill*. Sie hatte etwas gefragt, und Grant antwortete.

»Irgendwie surreal«, sagte Joe.

Sie sah ihn misstrauisch an.

»Surreal? Ich habe dich beobachtet. Was tust du in Kempten?«

Jetzt geht die Fragerei los, dachte er. Er musste lügen, was sonst?

»Ich habe ein Bild von mir verkauft und reise über Land auf der Suche nach alten Rahmen. Auf manchen Bauernhöfen kann man prächtige Stücke finden, das ist ein gutes Geschäft.«

Es dauerte ewig, bis sie tief und fest schlief. Joe zwang sich, wach zu bleiben. Ihre Kleider lagen auf dem Boden verstreut. Licht wollte er nicht anmachen. Also was sollte diese Aktion bringen? Er tastete über ihre Jacke und dann fand er ihren Schal, der sich sehr weich und geschmeidig anfasste. Joe legte sich wieder neben sie und begann an Zahlen zu denken, um nicht einzuschlafen. Ihm kam die Zahl dreizehn in den Sinn. Seine Mutter verließ an einem Freitag den 13. nie das Haus. Als er ihr sagte, dass es zwölf Jünger gegeben habe und Jesus also der Dreizehnte gewesen war, hatte sie nur den Kopf geschüttelt. Für sie war der Verräter unter den Jüngern der Dreizehnte, dessen Namen sie nie in den Mund nahm. Gab es irgendwo eine Mutter, die ihren Sohn Judas taufen ließ? Wahrscheinlich würde jeder Pfarrer sich weigern, dies zu tun. Einmal hatte er in einem Gespräch gehört, es handele sich bei dieser Furcht um die Angst vor der dreizehnten Stunde. Joe hatte das nicht verstanden, denn es gab doch die dreizehnte Stunde und das jeden Tag. Jedenfalls hier in Europa, wo nach der 12. die 13. Stunde folgte. Er musste diese Frau loswerden.

Als sie kurz vor sechs Uhr aufstand, tat Joe so, als würde er tief schlafen. Ihr Aufenthalt im Bad war nur von kurzer Dauer, und als sie angezogen war, verließ sie gleich darauf die Wohnung. Sofort sprang er aus dem Bett. Von seinem Fenster aus konnte er nicht sehen, ob sie wirklich verschwand. In der Küche lag ein Zettel auf der Spüle.

»Glaub nur nicht, dass du einfach wieder verschwinden kannst.«

Das klang wie eine Drohung. Nach einer halben Stunde Wartezeit machte er Licht an und erschrak vor der exorbitanten Sauerei. Am Boden, neben dem Bett und natürlich auf den Decken sah er überall Blut. Er lief ins Bad und betrachtete sein Gesicht. Neben der Nase hatte er eine Schwellung. Er spülte die Nase aus und wusch sich ab. Dann sah er sich erneut an. Die Schwellung war noch da und ein kleiner Riss an der linken Nasenwand auch. Es blieb ihm nichts anderes übrig, als das ganze Apartment wieder mehrfach zu wischen. Die blutigen Wolldecken vom Bett drehte er zusammen und legte sie in den Flur. Auf keinen Fall wollte er die Frau wiedersehen. Sie hieß Irene. Nein, doch nicht. Egal. Er hatte sich mit einer Polizistin eingelassen. Joe legte sich im Flur alles Nötige für die Abreise zurecht, als Lohbach plötzlich in der Tür stand. Der sah schrecklich übernächtigt aus und starrte in Joes lädiertes Gesicht, sagte aber nichts.

»Es gab ein Erdbeben, und wir haben eine neue Sachlage. Der Inninger ist nach München gereist. In der Agnesstraße soll er bei einem seiner früheren Kollegen untergetaucht sein. Das ist nun dein Part.« Er steckte sich einen Kaugummistreifen in den Mund. »Das Erdbeben wurde übrigens durch die verschwundene Ladung Kokain ausgelöst. Es ist auf dem Weg von der Küste ins Allgäu spurlos verschollen. Der Auried tobt.« Er hob die Hände. »Was ist denn hier passiert?«

Joe nahm seinen Mantel vom Haken. Er musste Lohbach ablenken.

»Habe ich mich verhört? »Wie viel ist denn verschwunden?«

»Eine Tonne.« Lohbach schnaufte.

»Ihr habt auf der Reise von der Küste ins Allgäu eine Tonne Stoff verloren? Das ist nicht wahr.«

»Es gibt nur einen, der diese Geschichte organisieren, in den Griff kriegen und erledigen kann, das ist Arturo Latonini. Jeder hat sich darüber gewundert, dass er New York verlassen hat, aber keiner dachte daran, dass er von unserer Lieferung erfahren haben könnte. Jetzt sind wir zwei die Idioten, die ihn erledigen sollen.«

Joe hatte keine Lust, darüber zu debattieren. Das war nicht sein Geschäft. Er sollte nach München. »Fällt Inninger vom Baum?«

Lohbach zuckte mit den Schultern. »Mach es, wie du denkst. Du hast freie Hand. Es ist aber so, dass du von Augsburg mit dem Intercity nach München fahren sollst. Fahr mit meinem VW nach Memmingen und von dort mit deinem Passat weiter und komm auf dem gleichen Weg zurück.«

Joe nickte und klebte sich ein Pflaster an die Nase. » Nach Inninger bin ich raus aus der Geschichte. Wie geht es dann weiter?«

Lohbach schaute auf seine Fußspitzen. »Ich fürchte, daraus wird nichts. Wir werden das Apartment hier aufgeben und haben dafür als Ersatz ein kleines Haus am Stadtrand. Ohne das verschwundene Zeug brauchen wir uns nicht mehr zu melden, auch wenn es nicht unmittelbar unsere Schuld war.«

Joe verließ Lohbach und spazierte zu dessen VW. Die blutigen Decken warf er in den Kofferraum, seine Reisetasche kam auf den Beifahrersitz. Lohbach schaute aus dem Fenster. Was für Idioten, dachte Joe, bevor er losfuhr. Die haben glatte dreißig Millionen Dollar verloren. Wenn er ohne Probleme nach Augsburg käme, dann wäre er gegen dreizehn Uhr in München. Für ihn gäbe es danach keinen Grund mehr, nicht endgültig abzureisen. Mit dem verlorenen Stoff wollte er auf keinen Fall etwas zu tun haben. Jede weitere Verzögerung der Abreise würde ihn nur unnötig gefährden. In einem Vorort von Augsburg entsorgte er die Decken vorschriftsmäßig in einen Müllcontainer.

Was war es, das die Menschen an Bahnhöfen faszinierte? Joe ging am Gebäude entlang und mied die Masse Mensch, was nicht einfach war. Er sehnte sich nach Stille und einem nächtlichen Sternenhimmel am Meer von Dungeness. Er erinnerte sich an die alte Majorie Evens, die jeden Tag an ihrer Staffelei am Fenster saß und auf das Meer schaute, dabei die schottischen Highlands malte, lächelte, wenn er vorbeiging und so starb, wie er sie immer dort gesehen hatte. Direkt an der Staffelei. Die gleichmäßigen Wellen des Meeres waren der Puls der Erde.

Joe folgte einer Frau mit Hut, holte sich seine Fahrkarte und nahm gleichmütig hin, dass der Zug zu spät kam. In München würde er dann mit der U-Bahn zum Josephsplatz fahren und von dort zur Agnesstraße spazieren. Von da würde er den Gastgeber des Inninger anrufen und sich als Kollege aus dem Allgäu ausgeben. Natürlich wäre ihnen sofort klar, dass das nicht stimmte, und Inninger würde das Haus verlassen. Menschen sind Fluchttiere. Er war ganz gelassen und versteckte sich während der Zugfahrt hinter einer Tageszeitung. Auf keinen Fall wollte er die Sache in München erledigen. In einer Großstadt konnte man eine Leiche nur sehr schwer entsorgen. Er kannte sich nicht aus in München, daher kam das nicht in Betracht. Joe wollte Inninger quasi begleiten und abwarten. In solchen Fällen war Geduld der beste Ratgeber. Er hatte sich gefragt, was einen alten Mann dazu veranlassen konnte, sich in Dinge einzumischen, die jeder einigermaßen intelligente Mensch als lebensgefährlich einschätzen würde? Was trieb ihn an? Die Suche nach Gerechtigkeit? Joe musste grinsen. In seinem ersten Semester seines später abgebrochenen Jurastudiums hatte der Professor den Studenten ins

Stammbuch geschrieben, dass sie Begriffe wie Wahrheit, Gerechtigkeit und Fairness gleich vergessen sollten, denn die haben in der Rechtswissenschaft keinerlei Relevanz. Warum machte er sich über Inninger Gedanken? Der ging ihn nichts an. Vielleicht war der mit seiner pubertären Fotografiersucht schuld daran, dass sie die Lieferung verloren hatten? Das war einerlei. Inninger war ihnen viel zu nahe gekommen und hatte den Bogen überspannt, denn er gefährdete die gesamte Aktion. Menschen schreiben sich ihre Urteile immer selbst, davon war er überzeugt.

In München angekommen, ließ Joe sich vom Strom der Menschen am Hauptbahnhof mitreißen. Er stapfte die Treppen zur Untergrundbahn hinab und musste sich neu orientieren. Direkt ihm gegenüber lehnte ein betrunkener Mann an einer Wand und fuchtelte mit einer eingeschalteten Taschenlampe herum. Plötzlich sah er Inninger. Der kam aus der Bahnhofsbuchhandlung und lief eilig davon. Er schien völlig in Gedanken zu sein, denn er schaute sich nicht einmal um. Joe erkannte ihn, weil er sich den Mann eingeprägt hatte, als nach seinem Unfall ein Bericht in der Zeitung veröffentlicht worden war.

Ich vergesse nie ein Gesicht.

Joe kam nicht voran. Die Menschen schoben und drückten, sie liefen kreuz und quer, während er sich mühte, den Blick nicht von Inningers albernem Gamsbarthut zu lassen. Der alte Mann war wirklich armselig gekleidet. Joe stieß sich nun mit den Ellenbogen vorwärts und erreichte den Bahnsteig. Der Zug um 13.19 Uhr nach Kempten fuhr soeben ab, und Inninger war zugestiegen, das hatte er noch sehen können. Dann war er verschwunden.

Wenn Inninger bis Kempten fuhr, was Joe annahm, dann würde er dort um 14.47 Uhr ankommen. Der nächste ICE nach Augsburg fuhr in vier Minuten, also galt es zu galoppieren. Er würde in einer halben Stunde in Augsburg sein und von dort zurück nach Kempten fahren. Die ganze Operation hatte sich nicht gelohnt, aber das kam vor. Dass seine Pläne plötzlich nicht mehr aktuell sein könnten, damit hatte er immer zu leben. Inninger begann ihn zu ärgern. Er rief Lohbach an.

»Ich habe den Zug nach Kempten, der um 14.47 Uhr ankommt, leider verpasst, aber du solltest trotzdem dort sein.« Mehr musste er nicht sagen.

Joe stieg in den ICE und fuhr nach Augsburg zurück. Er lehnte sich in den Sitz und dachte an seine erste Zeit in England. Damals hatte er häufig an einem Fluss gesessen und gefischt. Jetzt fiel ihm der Name des Wassers nicht gleich ein. Doch, da war er wieder, River Eden. Ungeübt wie er war, hatte er sich völlig überschätzt und auch nach Tagen noch nichts aus der Strömung gezogen. Nicht weit von ihm entfernt stand ein Mann bis zu den Hüften im Wasser und schleuderte eine mächtige Rute. Joe war am Ufer entlang gelaufen, bis er begriff, dass es ihm gar nicht um die Fische ging. Er wollte das Wasser beobachten und die Stille genießen. Also war er wieder zu seinem Platz zurückgekehrt und hatte dort gesessen und nichts getan. Einmal war er bis zum Morgengrauen dort geblieben und hatte beim ersten Tageslicht einen Lachs am Haken. Er hatte ihn dem Fluss zurückgegeben. Joe mochte es, einfach nichts zu tun.

Sein gemütliches Schwelgen in Erinnerungen wurde heftig unterbrochen durch das Gekeife eines Bahnschaffners, der eine alte Frau anschimpfte. Joe bekam nicht gleich mit, worum es ging, begriff aber dann, dass sie die falsche Fahrkarte hatte und nicht im ICE fahren durfte. Die alte Frau saß mit hochrotem Kopf wie ein Häufchen Elend auf ihrem Sitz. So in den Mittelpunkt des Interesses gerückt zu werden, war ihr hochnotpeinlich. Wehrlos ließ sie das Geschimpfe dieses Kretins über sich ergehen. Ein Mensch hat immer die Pflicht, sich schützend vor Kinder und alte Leute zu stellen, dachte Joe, aber niemand im Waggon tat es.

Der Mann schrie nun fast. Joe hatte den Satz gehört. »Wenn Sie zu dumm sind, sich eine Fahrkarte zu kaufen, bleiben Sie besser zu Hause!« Gleich war es für ihn genug. »Sie stehen jetzt auf der Stelle von diesem Platz auf und steigen in Augsburg aus!« Der Schaffner schwitzte, und Joe bekam den Eindruck, dass er die Macht seiner Uniform regelrecht genoss. Während seiner Zeit des Erlernens asiatischer Kampfsportarten hatte man ihn gelehrt, dass man alte Menschen mehr als zu respektieren hatte und niemals zulassen durfte, dass sie in der Öffentlichkeit ihr Gesicht verloren. Jetzt war es genug, denn der Mann fasste die alte Dame am Arm an.

»Mäßigen Sie sich, oder fehlt Ihnen der nötige Respekt vor älteren Menschen?« Joe sprach sehr leise.

Der uniformierte Mann drehte sich um und starrte ihn wutentbrannt an.

»Sie halten sich besser heraus, sonst können Sie auch gleich aussteigen. Sie sind nur Gast in unserem Land.« Fast triumphierend blickte er in die Runde, weil er Joes leichten Akzent aufgespürt hatte. Der blieb gelassen, nahm seine Brieftasche und reichte dem Mann einen Geldschein.

»Nehmen Sie das, was die Dame aus Unkenntnis nicht bezahlt hat, und geben Sie Ruhe.« Joe schaute auf die Frau. »Setzen Sie sich wieder, es ist nichts passiert.«

Der Zug würde gleich Augsburg erreichen, und Joe nahm seine kleine Tasche, die Zeitung und seinen Mantel, um zum Ausgang zu gehen. Dort erreichte ihn der Schaffner, der sich von ihm offenbar gedemütigt fühlte.

»Sie glauben wohl, weil Sie aus England oder Amerika kommen, da können Sie sich über unsere Gepflogenheiten hinwegsetzen. Noch sind wir die Herren in unserem Land, merken Sie sich das.«

Er klopfte an eine Toilette.

»Verlassen Sie das WC. Wir erreichen gleich Augsburg Hauptbahnhof.«

Ein junger Mann sprang heraus und eilte in das Abteil. Joe wusste, er würde nun einen großen Fehler machen, doch es war bereits in ihm und musste gelöst werden, denn seine Wut über diesen Kretin war nicht mehr zu bremsen. Mit einem Stoß von hinten flog der Schaffner in die Zugtoilette, im nächsten Augenblick war Joe dicht hinter ihm und stieß ihm den Dorn in den Nacken. Der Mann war sofort tot. Joe setzte ihn auf die Kloschüssel, lehnte den Körper an die Wand und ging hinaus an die Tür. Wenige Minuten später verließ er den ICE, stieg die Treppe hinab und ging zu seinem Auto, das im Parkhaus an der Halderstraße stand. Von dort fuhr er zur Autobahn und schüttelte den Kopf über sich. Er hatte die Kontrolle verloren. Wie konntest du nur? Aber ein solcher Wicht hatte sein Recht zu leben verwirkt, basta.

Der Himmel zeigte sich grau in grau. Ihm fehlte die Sonne, und er dachte an Florida. Er würde Lohbach von dem Mann im Zug berichten und ihm erzählen, der Typ wäre ein Drogenkurier gewesen. Das Gegenteil könnte er ihm nicht nachweisen, und so bliebe das tote Arschloch nicht einmal ein Salzkorn im Ozean. Fertig, aus, abhaken. Der Wagen hatte genug Pferdestärken unter der Haube, um ihn rasant vorwärts zu bringen. Er musste an Inninger denken, wie der über den Bahnsteig gehetzt war. Panik? Wenn das so war, dann würde der versuchen, seine Unterlagen irgendwo in Kempten zu sichern. Natürlich musste auch er nach Kempten zurück, daran gab es keinen Zweifel. Leider drohte ihm dort die Gefahr, dass sie ihn sah. Wie hieß sie noch gleich? Ingrid? Isabel? Er kam nicht auf ihren Namen. Lohbach ging jeden Tag in die Sankt Lorenz Basilika, so war es vereinbart. Um siebzehn Uhr würde er ihn dort treffen und von der Reise berichten. Er musste mit diesem Geschäft aufhören, weil er sich nicht mehr unter Kontrolle hatte. Es war vorbei, und er wusste es. Inninger, diese Frau, dann der Zugbegleiter, allesamt Zeugen. Nach einer halben Stunde verließ Joe die Autobahn Richtung Ulm und fuhr auf die Bundesstraße zurück. In

Kaufbeuren hielt er an und kleidete sich bei einem Herrenausstatter ein. Er lief in seinen neuen Sachen durch die Fußgängerzone und suchte eine Post. Nun trug er eine dunkelbraune Stoffhose, ein kariertes Holzfällerhemd und einen dunkelroten Pullover, dazu eine braune Steppjacke mit vielen Taschen. Natürlich mussten die alten Sachen verschwinden. Der größte Fehler wäre, sie im Umland zu entsorgen, denn dort könnten sie gefunden werden. Den alten Anzug und das Hemd trug er in der Plastiktüte, die er mit einem Paket an Slim Woolshild nach Dungeness senden würde mit der Bitte, die Kleidung reinigen zu lassen. Er selbst füllte die Anschrift nicht aus, behielt seinen rechten Arm wie behindert in der Jacke und ließ das junge Fräulein schreiben. Joe diktierte die Adresse mit einem schrecklichen Akzent und lächelte dazu. Zwar war er der festen Überzeugung, dass er kaum körperlichen Kontakt zu dem Bahnmenschen gehabt hatte, doch die Wissenschaft überführte Täter heute bereits mittels einer winzigen Hautschuppe. Oder es gelangte doch ein minimaler Blutfleck auf die Kleidung, und schon brach jegliche Verteidigung zusammen. So fuhr er auf jeden Fall beruhigter nach Kempten zurück.

Lohbach hatte sich an diesem Mittwoch bereits wieder mit den hohen Herren beschäftigt, die fleißig unterwegs gewesen waren. Er ahnte, dass sie sich an der Holzfabrik beteiligen wollten, in der es einen Geschäftsführer mit dem Namen Georg Bittner gab. Natürlich konnte das ein Zufall sein. Davon war er aber nicht ausgegangen. Es war nicht die einzige Firma, für die sich Waldlass und Hegenau interessierten. Sie legten Geld an, und das in nicht gerade geringer Höhe. Er hatte sie mit einem kleinen Richtmikrofon belauscht. Inzwischen waren Dagmar und Reinhart Auried auch auf ihrer Spur, und er konnte sich etwas zurücklehnen. Wenn Inninger nun endgültig von der Bildfläche verschwunden war, dann gab es von dieser Seite auch keine möglichen Aussagen zu seinen Aktivitäten in Kempten. Sie hatten allerdings nicht mehr viel Zeit.

Bis Ende des Monats musste die Aktion abgeschlossen sein, so lautete die Vorgabe von Auried. Leider hatte er keine Spur von dem verschwundenen Kokain aufnehmen können, auch wenn er felsenfest davon überzeugt war, dass die Familie von Arturo Latonini dahintersteckte, was allerdings bedeuten würde, dass es einen oder mehrere Informanten geben musste.

Endlich stand er vor dem verdammten Haus, in dem sich Inninger versteckt hatte. Lohbach war noch einmal in das Altenheim gegangen, dabei hatte er eine Nachtschwester davon überzeugt, dass er einer von den Guten war. Warum sollten nicht alte Kollegen von Inninger gesammelt haben, um dem armen Kerl zu helfen, seinen Unfall besser zu überstehen? Sie hatte ihm von der ehemaligen Pension erzählt, die Inninger immer aufgesucht hatte, als er noch als Berichterstatter von Prozessen fungierte. Er hatte mit einem Fall von Vergiftung eines Ehemannes begonnen, und seitdem war er häufig in Kempten gewesen. Lohbach lud die Nachtschwester zum Essen ein, aber natürlich würde daraus nichts werden.

Er klingelte und klopfte an die Tür, aber im Haus rührte sich nichts. Dann schaute eine alte Frau aus einem kleinen Fenster im Erdgeschoss, und als Lohbach ihr sagte, Inninger habe ihn eingeladen, öffnete sie. Denn woher sollte er diese Adresse kennen, wenn nicht von Inninger persönlich? Das Haus wirkte abgewirtschaftet und hatte schon lange keine Pensionsgäste mehr gesehen. Lohbach plauderte und sprach von Inningers schrecklichem Unfall, redete und schwatzte, was der alten Frau sichtbar angenehme Unterhaltung bot, denn sie servierte Tee. Darauf hatte Lohbach nur gewartet, bat um etwas Süßes wegen seiner angeblichen Unterzuckerung, worauf die alte Dame sich hinausbewegte, und gab ihr etwas Flunitrazepam in ihr Getränk, was sie schnell schläfrig machen würde. Nicht zu viel davon, denn er wollte sie nicht umbringen. Im Unterschied zu den abgewohnten Möbeln und den lange nicht renovierten Wänden war sie selbst recht gut gekleidet. Sie war nicht sehr groß, wog um die fünfzig Kilogramm und trug eine große Haarspange wie eine spanische Tänzerin. Lohbach dosierte die Tropfen und wartete mit einem Stück Streuselkuchen in der Hand, bis sie eingeschlafen war. Endlich konnte er die Treppe hinuntergehen und den Keller betreten, lauschte in die Stille, erkundete rasch den gesamten Bereich und fand einen Haufen Kleidung in einer Ecke, neben Zeitungen und alten Reisekoffern. Vom Keller aus stieg er in den ersten Stock, wo er vier Zimmer und ein Bad vorfand. Nur ein Raum war verschlossen, offenbar derjenige von Inninger. Für Lohbach bedeutete das kein Problem. Sofort nahm er sich das Bett vor und fand nichts. Auch in dem schmalen Schrank, dem kleinen Regal und dem Nachtkasten war nichts Relevantes zu entdecken. Was ihn die Aktion abbrechen ließ, war die Tatsache, dass er nirgendwo einen Fotoapparat sah. Lohbach schloss die Tür, lief den gesamten ersten Stock ab und wollte gerade wieder nach unten gehen, als er an der hinteren Etagenwand eine rustikale Truhe entdeckte. Sie war aus sehr dunklem Holz, mit fein gearbeiteten Intarsien und einem gewölbten Aufsatz, der sehr schwer war und ihm fast herabgefallen wäre, weil die Scharniere nicht mehr hielten. In der Truhe lagen Bettdecken und in eine Wolldecke eingerollt die gesuchten Kameras. In aller Ruhe suchte er die Bilder durch, schaute sie ein zweites Mal an und nahm eine Kamera älteren Baujahrs an sich, weil in ihr noch ein Film lag. Zurück im Wohnraum tauschte er die Tassen aus, goss ihren Tee in den Küchenausguss und wusch die Tasse gründlich. Er gab der Frau einen Gedichtband Rilke in die Hand, den er auf der Anrichte liegen gesehen hatte, und verschwand aus dem Haus. Wenn sie wieder erwachte, würde sie sich wundern, aber sich nicht mehr genau erinnern, ob da ein Mann im Haus gewesen war oder sie es geträumt hatte.

Lohbach fuhr in die Stadt zurück und gab den Film in einem Fachgeschäft ab, nicht ohne zu betonen, dass er Tourist sei und kurz vor der Abreise stehe. Danach hatte er Appetit auf eine Fischsemmel und wurde nicht weit von der Bahnhofstraße fündig. Später kaufte er sich ein neues Paar Handschuhe. Die Kälte war ihm recht, denn dadurch fielen seine behandschuhten Hände nicht weiter auf. Immer ging es darum, perfekt zu sein und keine Spuren entstehen zu lassen. So hatte er das gelernt. Im Auto sah er, dass es gerade einmal sieben Grad warm war, und im Radio hieß es, dass der Schnee bereits bis auf tausend Meter fiel. Unentschlossen fuhr er herum. Seine Gedanken kreisten um die nächsten Tage. Entscheidungen wurden fällig, schließlich war er kein kleiner Gauner mit Drogenproblemen. Sein Streben nach Besitz und Anerkennung waren die Gründe, dass er diesen Weg gewählt hatte, den er nun zu Ende gehen musste. Letzten Endes bestehen alle Leben und Existenzen aus kleinen oder größeren Erpressungen, und niemanden wunderte es heutzutage, dass man ohne Bestechung zu nichts mehr kam und nichts erreichen konnte. Das war eine klare und einfache Wahrheit.

Er parkte, holte sich die Tageszeitung aus dem Auto und las im Gehen noch einmal den Artikel über die verschwundene Richterin. Ihm blieb deshalb vor Mitleid nicht das Herz stehen, doch es bedeutete mit Sicherheit, dass die Behörden eine größere öffentliche Aufmerksamkeit entwickeln würden und es für ihn besser wäre, wenn er nun nichts Größeres mehr zu erledigen hätte. Die Richterin Zeiser sollte aus privaten Gründen verschwunden sein und bereits länger unter einem Burnout gelitten haben, las er. Man sprach öffentlich auch über den aufgehängten Mann, der am Berg bei Oberstdorf gefunden wurde. Lohbach hatte das im Café und im Zeitungsladen gehört. Mit der Bittner-Ahrens und dem kleinen Italiener war das bereits der dritte Tote innerhalb sehr kurzer Zeit. Das verkrafteten Menschen in ruhigen Gefilden nicht so einfach wie Großstädter, die gleich wieder zur Tagesordnung übergingen.

Es war eine Viertelstunde vor siebzehn Uhr, als Lohbach die Fotos abholte. Der Mann an der Ausgabe verzog keine Miene, obwohl nur drei Bilder in der Tüte waren. Lohbach blieb an der Königstraße stehen und betrachtete die etwas verwackelten Schnappschüsse. Hatten dem Inninger die Hände gezittert? Zunächst entdeckte er nicht viel, doch auf einem Bild meinte er, Latonini zu erkennen, und dicht bei ihm stand Hegenau. Der war deutlicher zu sehen. Das Foto musste in Kempten entstanden sein. Er kannte den Hintergrund, kam aber im Moment nicht auf den konkreten Ort der Aufnahme. Eigentlich wunderte ihn die Zusammenkunft zwischen Latonini und Hegenau nicht. Die Mafia brachte Geld in normalen Geschäften unter, und dazu brauchte sie alltägliche Personen, die keinen Verdacht erregten oder über exzellente Beziehungen verfügten. Lohbach vermutete, dass einer dieser Betriebe die Holzfabrik war, deren Geschäfte Bittner führte. Er zerriss die beiden unscharfen Fotos und behielt lediglich das mit den beiden Männern. Den Hegenau würde er gerne einmal in die Finger bekommen. Solche Typen hielten eine Spezialbehandlung keine halbe Stunde aus.

Lohbach kam von der Salzstraße zum Stiftsplatz und blieb an einer Laterne stehen, die in Armhöhe einen Papierkorb trug. Dort hinein warf er die Schnipsel der Fotos. Er nahm die Seitenfront der Basilika Sankt Lorenz in sein Blickfeld und ging langsam auf das Gebäude zu. Die Architektur wirkte verspielt, mit vielen Rundungen und großen Fensteraugen, die von kleineren verglasten Öffnungen ergänzt wurden. Die Kirche strahlte auf ihn etwas Mütterliches aus, ähnlich einer Glucke, unter deren Federkleid man gerne Schutz suchte. Er spürte, dass Joe in der Nähe war und blieb deshalb in der Nähe des seitlichen Treppenaufgangs stehen. Er würde ihn fragen können, denn Joe war, im Gegensatz zu ihm, historisch gebildet. Kurz darauf war der schon neben ihm.

»Wer hat das Gebäude geplant?«, fragte Lohbach, ohne Joe zu begrüßen.

»Ein gewisser Michael Beer, ein Österreicher. Der Namenspatron Laurentius wurde von Kaiser Valerian gegrillt. So sagt es die Legende.« Joe drehte sich zur Straße um. »Neben der Statur und der baulichen Vergangenheit ist der barocke Innenraum Grund dafür, die Basilika für eine der schönsten Kirchen Europas zu halten. Als Ausgangspunkt für die Entstehung spricht man vom Jahr 725.« Nach einer weiteren Drehung sah Joe Lohbach an. »Ich will deine touristische Neugier nicht unterbinden, aber mir sind hier zu viele Polizeiwagen unterwegs.«

Die Kirchturmuhr schlug fünf, und sie gingen die kleine Anhöhe hinauf zu den beiden Türmen.

»Der Inninger ist am Münchner Hauptbahnhof direkt vor meiner Nase in den Zug nach Kempten gesprungen. Und was hast du so unternommen?«

Lohbach zeigte Joe das Foto, und sie blieben vor der Kirche stehen.

»Nur eine Frage noch zu Sankt Lorenz. Was ist eine Basilika?« Lohbach betrachtete Joes neue Kleider.

»Das waren in den alten Mittelmeerkulturen die königlichen Hallen.« Joe wollte in Richtung Rathaus gehen.

Lohbach hielt die Zeitung so, dass Joe ein Bild mit der verschwundenen Richterin sehen musste.

»Zeiser. Der Name sagt mir nichts«, reagierte Joe. »Warum pflücken wir uns nicht den Hegenau und machen dem ganzen Theater endlich ein Ende?«

Lohbach sprang darauf nicht an, weil er den gleichen Gedanken auch bereits gehabt hatte. Joe sah ihn an.

»Wenn der Fall Inninger abgeschlossen ist, werde ich dich verlassen.« Joe sah ihn an.

Jetzt musste Lohbach einen Moment nachdenken.

»Wir müssen wissen, was der Inninger für Material hat. Außerdem ist momentan zu viel Polizei unterwegs. Dagmar Auried stellt Material über Joseph Hornbach und Siegfried Hegenau zusammen. Du darfst dich also noch im Hotel ausruhen.«

II

Am frühen Mittwoch erlebte Winkler eine Überraschung, als er zum Briefkasten ging, während Renata di Nardo ihren Privatwagen aus der Tiefgarage fuhr. In einem Briefumschlag lag ein Zettel, und auf dem Stand der Name einer Pension. »Inninger« stand darunter. Winkler stieg in den Audi TT und zeigte ihr das Blatt.

»Ich werde ihn unter Polizeischutz stellen lassen«, reagierte Renata di Nardo.

Die außerordentliche Mittwochbesprechung hielten alle für eine wenig erfreuliche Zeitverschwendung, doch Aspelkamp bestand darauf. Die Stimmung im Raum war bereits am Tiefpunkt angelangt, bevor auch nur einer der Anwesenden das Wort ergriffen hatte. An der Tafel hingen die Fotos der drei Toten. Separiert davon ein Bild der Richterin Adelheid Zeiser. Unter jedes Bild hatte Aspelkamp ein großes Fragezeichen gemalt, was die allgemein miese Stimmung verursacht hatte, denn dadurch empfand sich jeder im Raum gewissermaßen als Verlierer. Man wartete auf Dr. Silke Feilhorn und Oberstaatsanwalt Heller. Kriminalrat Aspelkamp saß mit Amadeus Spengler am Tisch und sie flüsterten, während Renata di Nardo den Bericht über Donato Pelusino las. Winkler las auch, allerdings hatte sein Papier nichts mit den Fällen zu tun. Sein Münchner Rechtsanwalt hatte mit einer einstweiligen Verfügung die Rückführung seines Sohnes in das Pflegeheim durchgesetzt, und das Gericht hatte seiner Ex-Frau für diesen Ort ein Hausverbot erteilt. Daher war Winkler der einzige im Raum, der einigermaßen gute Laune hatte. Reto Gloger war wegen der Untersuchung am Berg völlig übermüdet, und Rasim Osman hatte den Inninger immer noch nicht gefunden. Wenigstens das hatte sich erledigt, Winkler zeigte ihm den Brief. Am miesesten ging es Antonia Mandl, deren blaues Auge und die geschwollene Lippe zu Blicken geführt hatten, die sie besser nicht in Worte kleiden wollte. Warum sie so aussah, hatte sie niemandem erzählt. Sie dachte an Joe und fragte sich gleichzeitig, was in aller Welt sie an dem Kerl nur so verrückt machte, aber es war nicht zu ändern. Wieder hatte Joe ihr bewiesen, dass es wie damals in Ulm nicht mehr war als eine Affäre ohne Perspektive. Auf die vorliegenden Fälle konnte sie sich momentan überhaupt nicht konzentrieren, und das exaltierte Gesicht von Aspelkamp hätte sie gerne ignoriert. Sie fuhr sich mit der Zunge über die dicke Lippe und beschloss, nach dieser Sitzung bei Joe vorbeizuschauen. Sie wollte ein Bild von ihm haben. Vielleicht eines mit einer Taube, so wie sie es auf einem Blatt Papier auf seinem Tisch liegend gesehen hatte.

Nach einer halben Stunde vergeblichen Wartens erhob sich Spengler und zitierte aus dem vorläufigen Obduktionsbericht über Pelusino. Auf Grundlage des Datenaustauschs mit Italien stand fest, dass es tatsächlich Donato Pelusino war, den sie vom Baum abgeschnitten hatten.

»Wir wissen noch nicht mit Sicherheit, ob er unter dem Baum gestorben ist oder bereits vorher. Nach Ragi haben wir also den zweiten Toten aus der Borgini-Familie. Aufgrund der unbestätigten Meldung, dass Leute von Arturo Latonini, möglicherweise auch er selbst, sich im Allgäu verkrochen haben sollen, können wir einen Zusammenhang nicht mehr ausschließen.« Spengler schaute auf Renata di Nardo, die nicht extra aufstand. »Frau Kollegin, bitte.«

»Zu dem betreffenden Umfeld beim Oytalhaus können wir nichts Ergiebiges vermelden. Leider war auch die Witterung entsprechend negativ. Die Kleidung, der Strick und die Bodenproben werden noch untersucht. Näheres dazu kommt nicht vor Ablauf einer Woche zu uns. Ich habe mit Georg Bittner über die Operationen an seiner Frau telefoniert. Er will davon nichts gewusst haben, sagte aber, dass Frau Bittner früher mehrfach zu Kuren gereist sei. Wie sie die bezahlt hatte, konnte er nicht sagen. Kollege Winkler.« Sie ordnete ihre Akte.

Winkler war von der Anrede überrascht worden und verzögerte deshalb seine Reaktion durch langsames Aufstehen.

»Augsburg hat die Presse in der Sache Adelheid Zeiser informiert, aber noch sind keinerlei Reaktionen aus der Öffentlichkeit gekommen. Inwieweit die roten Schuhe am Seealpsee und der Tod Pelusinos eventuell zusammenpassen, können wir bisher nicht beantworten. Es gibt also keine Erkenntnisse über den Verbleib der Richterin.« Winkler straffte sich. »Warum erweitern wir nicht den Kreis möglicher Beteiligter? Wenn der Ahrens seine Frau umbringen lassen wollte, könnte man das nachvollziehen. Borgini kann daran wohl kaum Interesse gehabt haben, denn er gefährdet sich damit nur selbst. Also muss es noch weitere Varianten geben, die wir bisher nicht gesehen haben.«

»Na, bravo. Aus Gründen der Hilflosigkeit schießen Spekulationen ins Kraut«, rief Aspelkamp enttäuscht und geriet in eine peinliche Lage, weil genau in diesem Moment die Tür geöffnet wurde und Frau Dr. Silke Feilhorn mit Oberstaatsanwalt Heller eintrat. Sie sah Aspelkamp an, als hätte der ein Schimpfwort gegen sie geschleudert. Eine Entschuldigung wegen der Verspätung erfolgte nicht.

»Meine Damen und Herren, wir müssen es kurz machen. Die Lage ist schwierig, und ich muss gleich wieder abreisen. Gestern Abend haben uns die amerikanischen Behörden mitgeteilt, dass eine Kokainlieferung ins Allgäu in einem Volumen von dreißig Millionen Dollar verschwunden sein dürfte. Noch einmal kam der Hinweis auf Arturo Latonini. Leider blieb unsere Anfrage wegen der hiesigen Aktivitäten der Drug Task Force weiter unbeantwortet. Allerdings gab man uns die erstaunliche Mitteilung, dass dem Ahrens in New York die Einreise verweigert und er nach Kanada abgeschoben wurde. Das war genau einen Tag nach dem Mord an seiner Ex-Frau Hannelore Bittner.«

Ins allgemeine Staunen rumpelte Winkler mit seinem Stuhl.

»Ist doch nett, dass wir das auch schon wissen dürfen.«

»Lassen Sie das, Kollege Winkler«, sagte Aspelkamp scharf.

Spengler reichte der Feilhorn eine Akte.

»Leider haben wir auch zu dem Kokainlastwagen keine guten Nachrichten. Offenbar wurde der nur verraten, um die größere Lieferung zu tarnen. Das Zeug kam aus der afghanisch-iranischen Grenzregion. Wahrscheinlich ist da eine türkische oder russische Mafia am Werk, die mit dem Verrat am Eindringen nach Europa gehindert werden soll.« Damit war Frau Dr. Feilhorn am Ende und sie eilte hinaus, nicht ohne Heller an ihre Seite zu winken.

»Kollege Winkler und Kollege Osman, Sie werden gemeinsam den Bereich Oberstdorf kontrollieren, und vielleicht findet sich doch noch etwas im Gebiet des Oytalhauses. Ein zweites Paar Pumps oder so etwas.« Aspelkamp wollte witzig sein und verfehlte sein Ziel völlig. »Kollege Gloger, Sie versuchen, den Inninger ausfindig zu machen. Der Kerl hat mir einen unverschämten Brief geschrieben. Frau Kollegin Mandl, Sie fahren nach Augsburg und schauen sich noch einmal das Haus von Frau Zeiser an. Ihr Mann erwartet Sie dort, er ist extra aus Hamburg angereist.«

»Wie gnädig von ihm«, sagte Winkler leise, aber jeder hatte es gehört. Dass er wusste, wo Inninger war, behielt er für sich. Aspelkamp erzählte ja auch nicht, was in dem unverschämten Brief von Inninger stand.

»Um auch das noch einmal klarzustellen. Jeder Kontakt zu den Herren Detlev Waldlass und Siegfried Hegenau führt nur über meinen Schreibtisch. Und irgendwelche Kommentare zu der Person des Herrn Zeiser sind ebenfalls zu unterlassen. Mit Vorurteilen lässt sich nichts ermitteln.«

Mit Unterwürfigkeit auch nicht, dachte Winkler und ging auf den Flur hinaus. Dort wartete er auf Renata di Nardo, um sich zu verabschieden. Mit dem Telefon in der Hand kam sie auf ihn zu.

»Wir haben etwas. An der rechten Hosentasche von Pelusino hat die Technik ein Frauenhaar gefunden. Aber das Beste ist ein kompletter Handabdruck am Hemd des Toten. Jemand hat ihn angefasst. Die präzise Bestimmung dauert allerdings seine Zeit.« Sie umarmte Winkler kurz. »Dann bis morgen.«

*

Winkler schmerzten sein Rücken und sein Knie, weil sie zwei Tage fast nur im Auto gesessen waren. Immer wieder hatten sie die Strecke Oberstdorf, Sonthofen, Pfronten, Füssen und zurück abgefahren, aber es gab nichts zu entdecken. Während Winkler sich von jedem dritten vorbeifahrenden Auto das Kennzeichen notiert hatte, stand Rasim Osman an der Motorhaube und fotografierte. Dann fuhren sie einige Kilometer und wiederholten das Szenario.

»Auf ein Neues«, sagte Winkler, und sie fuhren wieder los.

Kurz hinter Kempten hielten sie an einem Rastplatz und machten ihren Job. Sie hätten auch jedes vierte oder sechste Nummernschild notieren können, aber so hatte es sich übersichtlich eingespielt. Winkler wartete, bis Osman die notierten Buchstaben und Zahlen in seinen kleinen Rechner eingegeben hatte. Dann zog er seinen Gurt stramm und machte sich wieder fahrbereit.

»Wir haben einmal bei Sonthofen und einmal bei Nesselwang genau dieselben hintereinander fahrenden Fahrzeuge notiert. Bei Sonthofen gleich zweimal. Vorneweg fuhr ein Alfa Romeo und dahinter ein Fiat. Beide dunkelblau und beide mit Garmischer Kennzeichen. Das ist merkwürdig.«

Winkler schaute auf den Monitor.

»Haben wir sie überprüft?«

»Die Fahrzeuge gehören der Firma Gap-Solar in Murnau.« Osman schaute genauer hin. »Offenbar werden die Autos von ihren Monteuren benutzt. Wir haben mehrere Einträge wegen Geschwindigkeitsüberschreitungen. Mehr ist nicht.«

Kurz darauf kam die Mitteilung eines gestohlenen Fahrzeugs, und Winkler hatte sich die Nummer tatsächlich während der Aufzeichnung als Stichprobe notiert. Also fuhren sie schneller. Ihm wurde mulmig, weil Osman wieder einmal völig die Straßenverkehrsordnung ignorierte. Zusammen mit einem Streifenwagen erwischten sie den Wagen bei Sonthofen. Wie sich herausstellte, hatte der Filius das Auto seines Vaters »geliehen«, ohne diesen von seiner geplanten Spritztour zu informieren. Winkler amüsierte das. Sie machten in Sonthofen eine Pause, um danach ihre Kontrollfahrt in Richtung Immenstadt fortzusetzen. Es war Osman, der den Maybach von Hegenau entdeckte. Er sah Winkler an. Der nickte nur, und sie folgten dem Wagen in einigem Abstand. Hegenau fuhr nach Norden, raste in Richtung Wertach, bog dort ab auf die Straße nach Hindelang und drehte, um plötzlich sehr eilig in Richtung Pfronten und Füssen davonzufahren.

»Er hat im Auto telefoniert«, sagte Osman.

Winkler starrte aus dem Fenster. Die Italiener hatten die Telefonüberwachung so ausgeweitet, dass sie einige krumme Geschäfte verhindern und die Beteiligten verhaften konnten. Daran war hier im Land nicht zu denken. Dabei hätte er selbstverständlich gerne gewusst, mit wem der Hegenau telefoniert hatte. Winkler war davon überzeugt, dass einer, der sich an Gammelfleisch bereichert, auch andere Dinger drehen konnte. Aber da war natürlich Aspelkamp vor, der keinen Ärger haben wollte, denn diese Herrschaften verfügten über beste Verbindungen und forsche Anwälte. Schließlich mussten sie die Verfolgung abbrechen, denn der Mann überquerte die Grenze nach Österreich.

»Was machen wir nun?« Osman fuhr nach Pfronten zurück.

»Theoretisch müssten wir mit unserem Schleppnetzsystem die dicken Fische fangen können. Wenn die das Kokain im Allgäu aufteilen, dann geht das nur mit Kurieren, und einige davon werden wir fangen. Die Borgini-Familie oder die Seite von Arturo Latonini, die müssen das Zeug transportieren, anders funktioniert das System nicht. Die Frage ist, warum wir keinen fangen, nicht einmal einen dieser miesen Typen, wie der Ragi einer war.« Winkler lehnte sich zurück. Irgendetwas stimmte nicht, und da er nicht wusste, was es sein könnte, wurde er grüblerisch. Sie machten etwas falsch, aber was? »Die werden nicht aufhören, Kokain ins Land zu bringen.«

Rasim Osman fuhr vorsichtig an eine Kolonne heran, die von Polizisten kontrolliert wurde.

»Wieso habe ich ständig das Gefühl, die Feilhorn und das BKA sagen uns nicht alles, was sie wissen?« Osman bremste ab, und Winkler zeigte dem bereitstehenden Uniformierten seinen Ausweis.

Winkler wollte Osman nicht an seinen tiefsten Zweifeln teilhaben lassen und versuchte, sich deshalb diplomatisch zu äußern.

»Da mag es einige unglückliche Umstände geben. Jedenfalls werden wir die Bosse nicht hier auf der Landstraße fassen. Oder wir verstehen die Sprache der Mafia nicht. Ich will aber noch etwas hinzufügen. Unsere Straßenkontrollen werden von denen nicht unbeobachtet bleiben, also wird die andere Seite sich überlegen, ob sie ihre Köpfe hoch aus dem Graben strecken. Es mag banal klingen, aber auf Dauer werden die Dealer das nicht durchhalten. Die Gier nach immer mehr Geld wird sie Fehler machen lassen.« Winkler hörte sich beim Reden nicht zu. Osman verzog keine Miene. Winkler dachte an die Richterin. Er war davon überzeugt, dass sie nicht mehr unter ihnen weilte, aber auch das sagte er nicht laut. Im nächsten Leben würde er dafür immer brav und aufrichtig sein. Die Ergebnisse ihrer bisherigen Arbeit waren mit dem Begriff »mager« noch schmeichelhaft umschrieben.

Am Abend wollte Winkler endlich Inninger besuchen, doch er wurde von Aspelkamp nach Oberstdorf geschickt, um am Freitag noch einmal zum Tatort zu fahren und zu versuchen, in seinem Bericht die beiden Vorfälle nicht in einen Zusammenhang zu stellen. Aspelkamp wollte unbedingt, dass die roten Pumps und der Mord nichts miteinander zu tun hatten. Winkler hockte an seinem neuen Esstisch und öffnete einen Brief des Pflegeheims, in dem sein Sohn seine Sprache wieder finden sollte. Er wurde gebeten, am kommenden Wochenende noch nicht wieder anzureisen. Einen Brief des Anwalts seiner Ex-Frau fand er auch. Sie verlangte ein Gutachten, und das mit dem Ziel, ihm die Schuld am Zustand seines Sohnes in die Schuhe zu schieben. Jedenfalls glaubte er, das aus den Zeilen herauslesen zu können. Er schnappte sich seinen Mantel und ließ die Tür krachend ins Schloss fallen, lief durch das kalte Oberstdorf und landete schließlich in einem italienischen Lokal bei Fungipizza und Weißbier. Er wollte über diesen Teil seines Lebens nicht nachdenken, weil das nirgendwohin führte. Zurück in seinem Apartment zog er Mantel, Schuhe und Sakko aus, legte sich den Bademantel um und kroch in sein Bett, als sein Telefon anschlug. Missmutig meldete er sich.

»Wo warst du?« Renata di Nardo klang trotz der fortgeschrittenen Zeit recht munter.

»Osman hat mich abgesetzt, ist nach Kempten zurück und ich habe mir eine Pizza gegönnt.« Mehr wollte Winkler nicht erzählen. »Bist du zuhause?«

»Ja. Die Sache ist die. Antonia Mandl hat in Augsburg eine Information erhalten, die uns betreffen dürfte. In Ulm wurde ein Bahnbediensteter in der Toilette eines ICEs gefunden. Seine Todesursache entspricht exakt der des Massimo Ragi. Ich muss mich morgen mit den Kollegen in Württemberg in

Verbindung setzen. Sie sollen das Umfeld des Toten überprüfen. Vielleicht hatte der sich als Drogenkurier etwas dazuverdient und nicht sauber abgerechnet. Sein Tod kann kein Zufall sein.«

Winkler schwieg. Er war noch zu sehr mit den erhaltenen Briefen beschäftigt.

»Was ist los?« Sie nippte an ihrem Wein.

»Mir geht es herrlich.« Winkler zog die Decke bis an sein Kinn.

Dazu musste sie nichts mehr sagen, denn das kannte sie doch zur Genüge. Wenn es um seinen Sohn und seine Ex-Frau ging, dann war Winkler kaum wiederzuerkennen. Sie hatte noch etwas zu berichten.

»Gloger hat übrigens bei Isny zwei Kleindealer gestellt. Du hättest mal das freudige Gesicht von Aspelkamp sehen sollen. Welche Strecke macht ihr morgen?«

»Oberstdorf, Sonthofen, Immenstadt, Oberstaufen und zurück.« Winkler stöhnte. »Aspelkamp will von mir einen Bericht.«

»Es geht ihm darum, dass Frau Zeiser vor Verdächtigungen geschützt wird. Er hat panische Angst davor, dass die Justiz in die Nähe der Mafia gerückt wird.« Renata di Nardo gähnte leise.

»Die Justiz? Blödsinn.«

Renata di Nardo beendete das Gespräch, weil sie sich den Abend nicht vermiesen lassen wollte, und schlecht träumen wollte sie auch nicht. Sie blieb wach und dachte an die kleinen Gauner mit Drogenproblemen und die reichen Hintermänner mit ihren gediegenen Leben. Dass es Leute gab, die für sie Geld wuschen, wusste sie, aber eigentlich konnte das Geschäft nicht ohne eine Bank laufen. Aber wie sollte sie das beweisen? Die Kanäle, durch die das Geld zirkulierte, waren unbekannt. Jeder noch so kleine Fahndungsschritt wurde von Aspelkamp mit Argusaugen überwacht, und an die großen

Adressen durfte sie sowieso nur dann denken, wenn sie diese Herrschaften in flagranti erwischen würde. Sie musste an einen ihrer frühesten Fälle denken, als sie am Bahnhof einen Taschendieb gestellt hatte und der Stein und Bein schwor, das Portemonnaie sei dem Mann aus der Hosentasche und ihm direkt in die Hand gefallen. Täter dürfen zu ihrer Verteidigung lügen, das schließt das Rechtssystem mit ein.

Als sie am Freitagmorgen erwachte, blickte sie auf einen großen Rotweinfleck auf ihrem Plumeau. Das Weinglas lag unbeschädigt auf dem Bettvorleger. Bevor sie duschte, stellte sie die Espressokanne auf den Herd. Als sie ein wenig Make-up auftrug, musste sie an das Gesicht von Antonia Mandl denken. Sie würden reden müssen, denn eventuelle private Tätlichkeiten durfte sich in ihrer Abteilung niemand erlauben, nicht einmal Winkler. Sie wollte keine Problemfälle dulden. Würde sie keine brauchbare Erklärung haben, musste Antonia Mandl die Abteilung vorläufig verlassen. Da sie am Abend zu Winkler fahren würde, zog sie einen strapazierfähigen Hosenanzug an und wählte eine dazu passende Bluse aus. Der dicke Mantel wurde im Auto sofort auf den Rücksitz gelegt, weil er sie beim Fahren behinderte. Obwohl Renata di Nardo eine halbe Stunde vor Dienstbeginn im Büro war, hatte sich der Konferenzraum bereits gefüllt. Neben Oberstaatsanwalt Heller, der es nicht lassen konnte, sich künstlich zu bräunen, hatten sich Aspelkamp, Amadeus Spengler vom LKA und Frau Dr. Silke Feilhorn vom BKA eingefunden. Das bedeutete, es gab Neuigkeiten. Frau Dr. Feilhorn ließ sich auch nicht lange bitten und nahm das Wort.

»Im Fall des Donato Pelusino haben wir nicht nur die Identität zweifelsfrei geklärt, sondern können auch den gefundenen Fingernagel als nicht relevant ausschließen. Was uns einen wesentlichen Schritt weiterbringen wird, ist die Tatsache, dass der fast vollständige Handabdruck auf dem Hemd des Pelusino vom Sohn des Gigi Borgini stammen dürfte. Letzte Untersuchungen werden noch durchgeführt. Paolo

Borgini, es war von uns bereits vermutet worden, hält sich also im Oberallgäu auf, falls er nicht inzwischen das Weite gesucht hat. Was die gesamte Angelegenheit noch heikler macht, ist der Umstand, dass das Frauenhaar an der Hose von Pelusino eindeutig von der Richterin Adelheid Zeiser stammt. Wir müssen die Familie Borgini stoppen und ihrer habhaft werden. Etwas anderes ist nicht akzeptabel. Aus Gründen, die ich hier nicht näher erläutern kann, haben wir weitere Leute vom BKA erst ab Dienstag zur Verfügung.« Sie schaute nicht sehr freundlich in die Runde, während sich Spengler erhob.

»Zunächst wünsche ich einen guten Morgen«, sagte Spengler als Hinweis auf die Tatsache, dass Frau Dr. Feilhorn wie immer grußlos zu reden begonnen hatte. »Wie Sie alle bereits gehört haben, wurde ein Bahnbediensteter in einem ICE getötet. Es dürfte sich um den gleichen Täter wie im Fall Massimo Ragi handeln. Auszugehen ist davon, dass die Tat zwischen München und Ulm geschah. Ohne zu viel Spekulationen zuzulassen, gehen unsere Vermutungen in die Richtung, dass es hier einen Kampf zwischen der Borgini-Familie und der Familie des New Yorker Arturo Latonini gibt. Auch ein Eingreifen südosteuropäischer Banden kann nicht mehr ausgeschlossen werden. Sie dürften nicht sehr erfreut darüber gewesen sein, dass wir ihren LKW gestoppt und einige Leute verhaftet haben. Besonders deshalb, weil wir einen Tipp aus dem Milieu bekamen. Für uns gilt es jetzt, den Ring um die Borgini-Familie immer enger zu ziehen, denn dass sie hier sind, können wir mit Ragi, Pelusino und Paolo Borgini belegen. Es ist daher unabänderlich, dass das kommende Wochenende der gezielten Fahndung dienen muss. Soweit es unsere Erkenntnisse erlauben, wird besonders die Region rund um Hindelang zu beobachten sein.«

Aspelkamp hüstelte wie immer, bevor er sprach. Renata di Nardo schaute in sein hochrotes Gesicht. Er nahm die Vorkommnisse fast zu persönlich, und es traf ihn besonders, dass es so wenig Fortschritte gab. Vor allem die ungeklärte Situation der Richterin Zeiser ging ihm nahe, da er sie persönlich kannte.

»Um die Situation für die andere Seite zuzuspitzen, müssen wir folgende Maßnahmen ergreifen. Gegen zwanzig Uhr werden Einsatzkräfte der Bundespolizei nach Schwarzarbeitern suchen, und die Lebensmittelkontrolle wird in anderen Lokalen die Hygiene überprüfen. Wir haben neun Restaurants der gehobenen Kategorie ausgewählt, da es sich bei Kokain um eine Droge handelt, die bevorzugt in diesen Kreisen umgeht. Offiziell werden wir nicht nach Kokain suchen, doch die betreffenden Herrschaften werden wissen, worum es geht. Mit den Hunden werden wir die Fahrzeuge auf den Parkplätzen bestreifen. Die Aufteilung wird wie folgt angeordnet. Die Kollegen Winkler und Osman haben drei Restaurants zwischen Oberstdorf und Sonthofen im Auge zu behalten, ohne sich dabei zu zeigen. Insgesamt gilt es nur einzugreifen, wenn wir ganz konkret fündig werden. Frau Kollegin Mandl und Kollege Gloger sind im Bereich Isny und Immenstadt in Bereitschaft. Kollegin di Nardo und ich leiten die Einsätze von hier, aus der Zentrale. In Kempten selbst halten wir zwei Restaurants für verdächtig. In erster Linie geht es um die Feststellung des Aufenthaltes der Borgini-Familie und erst in zweiter Linie um den Kokainhandel. Das bedeutet natürlich, dass wir die Konsumenten nicht vor Ort belangen, sondern ihre Fahrzeuge beobachten und sie bei Bedarf bis zu ihren Wohnadressen verfolgen. Für die eventuell nötigen Hausdurchsuchungen sind die Herren Oberstaatsanwalt Heller und Richter Schröter zuständig.« Aspelkamp wirkte erschöpft, als er sich wieder hinsetzte.

»Wir werden alle verfügbaren Streifenwagen einsetzen, und das LKA wird besonders die Zufahrtstraßen und Autobahnen im Auge behalten. Ich will aber auch offenlegen, dass bei den Durchsuchungen der Lokale Beamte aus meinem Haus dabei sein werden.« Amadeus Spengler schaute wie ein Feldherr in die Runde, was eigentlich so gar nicht seiner sonst sehr zurückhaltenden Art entsprach.

Nach der Besprechung rief Renata di Nardo Osman an und ließ sich Winkler geben. Sie nannte ihm die drei betroffenen Restaurants und betonte noch einmal in aller Deutlichkeit, dass es um dezente Zurückhaltung für ihn ging.

»Der Bub wird brav sein, Mama«, antwortete Winkler.

Wahrscheinlich wird er nie erwachsen, dachte Renata di Nardo, und beendete das Gespräch abrupt. Danach fuhr sie mit Aspelkamp und Heller in die Hirnbeinstraße, um sich in der dortigen Polizeiinspektion mit den Kräften der anderen Abteilungen zu besprechen und die Einsätze zu koordinieren.

Rasim Osman lenkte den Wagen nach Fischen hinein, wie man es ihm vorher per Funk gesagt hatte. Vor einem der langgestreckten Gebäude des Bahnhofs wartete ein Kollege, der ihm ein neues Fahrzeug übergab. Winkler nickte zustimmend mit dem Kopf, denn es gab Satellitenempfang, ein Nachtsichtgerät, Videokameras nach vorne und nach hinten sowie einige andere Neuerungen, mit denen sie noch vertraut machen mussten. Der Kollege nahm ihren alten Wagen in Empfang und fuhr davon. Besonders beeindruckte Osman ein Handschuh, bei dem ein Händedruck genügte, um an seiner Verfärbung zu sehen, ob der Kontrollierte Drogen konsumiert hatte.

»Wenn an jedem dritten Geldschein Kokain zu finden ist, dann nutzt der Handschuh auch nicht viel«, sagte Osman.

Winkler begann zu frösteln und setzte sich auf den Beifahrersitz. Der Wagen roch neu. Gegen Mittag waren sie eingekehrt, hatten etwas gegessen und waren dann den ganzen Tag unterwegs gewesen. Die Wärmebildkamera war ein hübsches Spielzeug, womit sie jede Bewegung von Menschen und noch warme Motorhauben erkennen konnten. Entdeckt hatten sie allerdings nichts. Als erstes Restaurant sollte das *Alpenglühn* kontrolliert werden. Kurz nach zwanzig Uhr erschien ein Mann der Bundespolizei und winkte ab. Hier war alles in Ordnung, hieß das. Eine Viertelstunde später parkten sie vor dem *Sushi-Bel.* Wenn schwere Limousinen ein Ausdruck von Qualität des Etablissements waren, dann musste hier ein Gourmettempel sein. Winkler hätten keine zehn Pferde dazu gebracht, sich von rohem Fisch zu ernähren. Osman öffnete den Monitor, aber es gab noch nichts zu sehen. Die Mannschaft der Abteilung Hygiene saß noch in den Fahrzeugen. Der Vollmond gab eine glänzende Vorstellung. Irgendwo hatte Winkler gelesen, dass der wandernde Geselle dort oben sich ganz allmählich von der Erde entfernte. Er nahm sich einen Apfel von Osman und griff nach der großen Tageszeitung aus Bayerns Hauptstadt, die er wie immer den ganzen Tag mit sich trug. Zum Lesen benutzte er eine bleistiftgroße Lampe. Das heißt, eigentlich blätterte er nur eilig durch die Seiten und wollte sie schon auf den Rücksitz werfen, als er sich an ein Wort aus dem Feuilleton erinnerte. Dieses Wort hieß »Wichtigtuer«. Er las den recht kurzen Artikel und sah Osman an.

»Der Inninger war in München bei einem Verlag. Er hat ein Buch geschrieben, und sie veröffentlichen es nicht, weil es einstweilige Verfügungen hagelte und ein Gericht angewiesen hatte, Stellen zu schwärzen. Inningers Einspruch dagegen wurde vom Gericht nun endgültig abgewiesen. Besonders der Teil, in dem er behauptet, Fleisch aus Italien sei mit Kokain aufgefüllt worden und diese Tatsache sei in dem Prozess gegen die Gammelfleischmafia unter den Tisch gefallen, hatte auch bei Gericht für Empörung gesorgt.« Winkler riss die Seite heraus, faltete sie zusammen und steckte sie in die Jacke.

»Wenn er Pech hat, dann nehmen ihm die Herrschaften das aber sehr übel. Der Mann gefährdet seine Gesundheit.« Es klang witzig, aber so hatte Osman das gar nicht gemeint.

»Wollen wir raten, wer von den Herrschaften besonders erbost war?« Winkler starrte auf den Monitor, denn die Mannschaft hatte inzwischen das Lokal betreten, und einer der eingeschleusten Leute vom LKA trug eine winzige Kamera an seiner Kappe und lief im Lokal hin und her. »Da sitzt er ja.«

»Wer?« Osman beobachtete hochkonzentriert die Technik, weil er keine Fehler machen wollte.

»Na, der Hegenau.« Winkler bekam sein kriminalistisches Kribbeln in den Fingern. »Und den, der da mit ihm am Tisch sitzt, den kenne ich.«

»Direktor Gansmayr. Euro-Centro-Bank. Der hat seine bescheidene Hütte auch in Kempten-Steufzgen. Wir haben mit ihm gesprochen, weil es seine Bank war, in der die Bittner starb.« Osman klang absolut geschäftsmäßig, und Winkler dachte an die Worte von Aspelkamp. *Sie mögen wohlhabende Leute nicht, und das macht Sie befangen, Kollege Winkler.*

Ihre nächste Station sollte das *Bella Bianco Alpi* in der Nähe von Oberstdorf sein. Winkler rief Renata di Nardo an. Er sprach über Inninger und dessen Buch *Die Macht der Alpenmafia*. Richtig ärgerlich wurde er, weil sie das Buch kannte und es ihm nicht erzählt hatte.

»Inninger hat sich völlig vergaloppiert. Er beschuldigt alle und jeden, mit den Kokainfamilien unter einer Decke zu stecken. Das Gericht hat ihn in die Schranken gewiesen, und damit haben wir in dieser Angelegenheit keinerlei Befugnisse. Inninger ist ein Verschwörungsparanoiker, und wenn der so weitermacht, dann werden sie ihn in die Psychiatrie einliefern.«

Durch ihren letzten Satz wurde Winkler klar, dass sie mit Aspelkamp im gleichen Raum war und nicht frei sprechen konnte. Wahrscheinlich beobachteten sie die Bewegungen der Fahrzeuge im Einsatz auf ihrem Satellitenbildschirm.

»Warum suchen wir eigentlich nicht in erster Linie nach dem Drogengeld? Ich wollte es nur erwähnt haben«, sagte Winkler und beendete das Gespräch. Er schaute auf Osman. »Es gibt Wahrheiten, die es nicht geben darf, Herr Kollege.«

Jemand kam aus einer Kellertür des Gebäudes und verschwand hinter dem Haus. Da sie nicht eingreifen durften, blieben sie, wo sie waren. Sie hörten ein Telefon klingeln, aber eine diesbezügliche Überwachung war im Vorfeld der Aktion von einem Richter abgelehnt worden.

Einen Augenblick später wurde die Maßnahme erfolglos beendet. Winkler ließ sich von Osman nach Oberstdorf zu seiner Wohnung fahren. Kurz vor Mitternacht erschien Renata di Nardo. Winkler saß am Fenster und schaute auf den Vollmond. Sie setzte sich zu ihm und aß eine Banane, die sie sich selber mitgebracht hatte. Obst einzukaufen vergaß Winkler so gut wie immer. Da sie das wusste, sorgte sie selbst dafür. In diesem Augenblick war es entspannend, nicht zu reden. Der Mond bot einen wohltuenden Grund, um zu schweigen. Menschenleer wie der Himmel war, so wünschte er sich manchmal die Erde, nur beleuchtete dünne Wolken und der großartige Spaziergänger, der über allem strahlt. Winkler gefiel das Bild. Der Mond passte besser zu ihm als die Sonne. Nicht nur deshalb, weil er ihn ansehen konnte, ohne eine Brille zu benutzen. Das Klingeln seines Telefons machte der Idylle ein Ende. Osman gab ihm telefonisch die Kennzeichen durch, die ihm auf den Parkplätzen aufgefallen waren. Winkler stutzte, weil der Alfa Romeo und der Fiat aus Murnau schon wieder dabei waren. Den Maybach von Hegenau und den Mercedes von Direktor Gansmayr hatte er noch selbst fotografiert.

»Eine Streife hat den Restaurantparkplatz gerade abgefahren. Es scheint, als würden die Fahrzeuge heute Nacht nicht mehr bewegt.«

»Sie sollen die Autos im Auge behalten und wenn jemand erscheint, eine Personenkontrolle durchführen.« Während Winkler sprach, reichte er Renata di Nardo seinen Zettel. »Fahren wir morgen nach Murnau?«

Sie nickte nur kurz und legte sich auf das Bett.

*

Am nächsten Morgen erkannte Winkler an der ausgewählten Kleidung von Renata di Nardo, dass sie mit ihm in erster Linie zu einem schönen Essen ausfahren wollte und erst an zweiter Stelle ihre Neugier auf diese Firma rangierte, deren Autos bereits so häufig aufgefallen waren. Wie er nach einem kurzen Informationsanruf erfuhr, standen der Alfa Romeo und der Fiat noch immer unberührt auf dem Parkplatz. Für eine Inaugenscheinnahme der Fahrzeuge gab es zwar Gründe, aber es durfte noch nichts in diese Richtung geschehen. Vom Lokal aus gab es keine Abschleppaufforderung, und es waren polizeilich keine Voraussetzungen für ein Eingreifen gegeben. Winkler sah das natürlich völlig anders.

Er durfte keine Cordhose anziehen. Es mussten eine Stoffhose und ein gutes Sakko sein, sie bestand darauf.

»Die Firma gehört einem Tomislav Panovic. Firmensitz und Privatadresse sind identisch. Vor einiger Zeit sollte die Firma Insolvenz anmelden, die wurde aber kurzfristig abgewendet. Mehr haben wir nicht.« Renata di Nardo steckte die Papiere in ihre kleine Ledertasche.

Winkler hätte sich auch gewundert, wenn sie unvorbereitet gewesen wäre. Das hätte ganz und gar nicht zu ihr gepasst. Allerdings fuhr sie nicht direkt nach Murnau, sondern lenkte das Auto zunächst nach Füssen, um zu frühstücken. Weil ihn sein operiertes Knie schmerzte, war es Winkler egal, zudem musste er dauernd an Inninger denken und war davon so abgelenkt, dass er ihr Vorhaben gar nicht bemerkt hatte. Auch der Blick hinüber zum Schloss Neuschwanstein ließ Winkler mehr an Mord als an Romantisches denken, und deshalb bestellte er sich Tiroler Speck, da war auch eine Leiche beteiligt, und noch den kräftigen Allgäuer Käse dazu, was zu einem leicht vorwurfsvollen Augenaufschlag ihrerseits führte, denn sie nahm ihr obligatorisches Biomüsli und erklärte den Raum des Etablissements wegen des Interieurs zu einem Wiener Caféhaus.

»Wenn ich in Rente gehe, werde ich mich um den Mord an König Ludwig II. kümmern«, sagte Winkler, und er meinte das auch.

»Da gibt es Königshäuser mit prickelnderen Morden«, antwortete Renata di Nardo. »Apropos. Aspelkamp stöhnt über Inninger. Der beschuldigt immer mehr Angehörige höherer Kreise der Geldwäsche und behauptet, einen Mord aufklären zu können. Welchen, schrieb er allerdings nicht. Aspelkamp spricht bereits von Inningers Testament.«

Winkler dachte an die Richterin und glaubte, in Renata di Nardos Gesicht zu erkennen, dass sie sich auch mit Adelheid Zeiser beschäftigte. Bis sie in Murnau ankamen, musste Winkler die schwere Kost verdauen, denn zu aller vorherigen Magenbelastung hatte er sich dummerweise auch noch zwei Mokka gegönnt, nur damit sie den Kopf schüttelte und er frech grinsen konnte.

Sie fanden das Haus der Firma Gap-Solar auf Anhieb. Es war nichts Spektakuläres, eher bescheiden, und der Hof wirkte unaufgeräumt wie die Werkstatt, deren Tür nicht geschlossen war. Ein Hund kläffte hinter der Haustür, deshalb brauchten sie auch nicht zu klingeln; ein Vorhang bewegte sich und eine Frau schaute sie durch die Scheibe an. Winkler hielt ihr seinen Ausweis entgegen. Als sich die Haustür öffnete, schob sich Renata di Nardo vor Winkler, weil sie die Reaktion und die Mimik der Frau genau beobachten wollte.

Frau Panovic war fast so groß wie Winkler, und ihre Körper ähnelten sich. Wie er beugte sie die Schultern vor und bekam dadurch einen schleppenden Gang. Während der Hund hinter einer versperrten Tür nur noch missmutig wuffte, ging man zusammen in eine Küche, die voller rustikaler Möbel stand.

»Ist etwas mit meinem Mann?« Das war die erschrockene Reaktion der Frau gewesen.

»Wie kommen Sie darauf?«

»Er hatte einen Herzinfarkt und liegt noch in der Klinik.« Frau Panovic zerdrückte ein Papiertaschentuch in der rechten Hand.

»Es ist nichts derartiges. Wir wollen nur wissen, was mit Ihren zwei Autos ist. Die fielen im Straßenverkehr immer wieder auf, und nun stehen sie auf einem Parkplatz, so, als hätten sie keine Besitzer.« Renata di Nardo sprach und versuchte dabei, die Frau einzuschätzen. Sie reichte ihr ein Foto.

Winkler schaute sich um und bekam den Eindruck, dass das Geschäft hier keine große Zukunft besaß. Er ließ Renata di Nardo machen und versuchte, ein freundliches Gesicht aufzusetzen.

»Das sind nicht unsere Autos.«

»Aber sie sind auf Ihre Firma angemeldet«. Renata di Nardo setzte sich auf einen Stuhl an den Esstisch, während Winkler an der Tür lehnte und Frau Panovic nicht recht wusste, wohin sie sollte.

»Angemeldet schon, aber sie gehören uns nicht. Wir hatten große Probleme, deshalb ist mein Mann auch so krank geworden. Dann hat uns der Herr Hornbach über die Euro-Centro-Bank Geld verschafft, und der Herr Waldlass hat uns geraten, den Technikern diese Autos zur Verfügung zu stellen. Mein Mann musste die Techniker beschäftigen, das war eine Bedingung für den Kredit. Wir bauen inzwischen überall Anlagen auf den Hausdächern, und die Burschen brauchen dazu die Fahrzeuge.«

Winkler ließ diese Auskunft auf sich wirken. Jetzt war, neben den Namen Siegfried Hegenau und Detlev Waldlass, noch der Name Joseph Hornbach dazugekommen. Bankdirektor Gansmayr stand bereits in seinem Notizbuch. Nun hätte er gerne etwas gefragt, aber Renata di Nardo tippte nur einmal kurz mit dem Zeigefinger auf ihre Nasenspitze. Das war ihr Zeichen, dass er nichts sagen sollte.

»Ihr Mann ist der Tomislav Panovic.«

»Ja. Ich heiße Janja. Janja Panovic.«

»Sie haben Kinder?«.

Frau Panovic zögerte. Es gab in dieser Küche ein eindeutiges Foto an der Wand, zu dem Renata di Nardo hinsah.

»Mein Sohn lebt zurzeit in Belgrad. Meine Tochter ist in München verheiratet.«

Renata di Nardo nickte nur kurz. »Die Leute, die für Sie auf Montage sind und die beiden Autos benutzen, wie heißen die?«

Frau Panovic machte ein erstauntes Gesicht.

»Das weiß ich nicht. Die arbeiten auf eigene Rechnung. Wir kaufen lediglich die Materialien, die dann abgeholt und verbaut werden. So wird das auch abgerechnet. Es ist kein großes Geschäft, aber es lässt uns überleben. Ich weiß nur, dass der eine Paco und der andere Hannes gerufen wird. Manchmal kam noch einer mit, der Bibo heißt.«

Renata di Nardo erhob sich und reichte der Frau ihre Hand.

»Ich hoffe, Ihrem Mann geht es bald wieder besser.« Sie schaute Frau Panovic in die Augen. »War Ihr Sohn nie in der Firma?«

Janja Panovic tupfte sich mit dem Tuch die Augen.

»Mein Sohn? Er ist nach Belgrad, weil er das Geschäft nicht übernehmen will. Nein, mein Sohn ist kein Techniker.«

Sie blieben in Murnau, am Haus gab es aber keine Bewegungen. Frau Panovic konnte telefonieren, das schon, aber ihrem Wohnhaus näherte sich niemand. Erst gegen Mittag tauchte ein Taxi auf, und sie waren sich beide einig, dass sie ihren Mann im Krankenhaus besuchen würde. Das über die Taxileitstelle herauszufinden, wäre kein Problem. Winkler wollte nicht spazieren gehen. Sie parkte dennoch direkt vor dem Bahnhof und zog ihn mit sich fort. Es waren keine zwei Kilometer bis an den Staffelsee, wo sie hin wollte. Jetzt kam sie zu dem, was an diesem Samstag ihr Ziel gewesen war, nämlich ein Lokal, um mit Winkler zum Mittagessen zu gehen. Winkler ließ es sich schmecken. Er war über sich selbst erstaunt und genoss sein Hirschragout in Hagebutten mit Schwammerl sowie Dörrobströsti und Blaukraut. Ihre Rehmedaillons in Rahmschwammerlsoße aß sie, ließ aber den Speckrosenkohl und die Kartoffeln auf dem Teller. Dazu hatte er einen Badener Spätburgunder bestellt, Jahrgang 2007, und den Rotwein etwas zu angeberisch über die Zunge perlen lassen. Sie lachte ihn aus, aber ihm war das egal. Winkler hatte eine Idee, über die er nicht sprach, aber deswegen ging es ihm gut. Da sie am Montag erst um elf Uhr ihre Konferenz hatten, blieben sie einfach im angegliederten Hotel. Kurz nach dreizehn Uhr liefen sie zum Seeufer, und Winklers Einsilbigkeit verführte Renata di Nardo nicht dazu, ihn zu fragen, was denn mit ihm sei. Das Herumspazieren war es nicht, denn dann wäre er längst stehen geblieben wie ein eigensinniger Esel. Es waren die Auskünfte von Frau Panovic, die in ihm arbeiteten, und vor allem waren es die Namen, die sie genannt und auch wiederum nicht genannt hatte. Aber Renata würde mit ihm darüber kein Gespräch führen. Soll doch der Aspelkamp seine Meinung dazu sagen, denn der war der Herr des Verfahrens. Ein Gespräch zwischen ihr und Winkler würde letztlich nur zu Unstimmigkeiten führen. Warum sollte sie sich den schönen Samstag verderben?

Winkler legte sich entspannt auf das Bett, während sie das Auto holen ging. Er blinzelte müde, als sie zurückkam und ihren schmalen Rechner an den Stromkreis anschloss. Er hätte den zweiten Obstler nicht mehr trinken sollen, aber im Glauben an die bessere Verdauung hatte er ihn hinuntergekippt. Nun waren die Kopfschmerzen da. Dem Magen ging es allerdings gut. Manchmal griffen die Kopfschmerzen in sein Gehirn und zerrten daran. Die Helligkeit machte ihm nichts aus, weil er die Augen schließen konnte, aber sein Blut pulsierte, und die Trockenheit im Mund schnürte ihm die Kehle zu.

Renata di Nardo trat zwei Schritte auf ihn zu und legte ihren Rechner auf das Bett. Eigentlich hatte sie sich nur ein paar Notizen zu dem Gespräch mit Frau Panovic machen wollen, dann aber doch ihr geheimes Portal geöffnet und eine lange Nachricht von Antonia Mandl gefunden. Die hatte ihr die Namen der letzten siebenundsechzig Fälle der Richterin Zeiser namentlich eingestellt, und sie hätte beinahe schon das Gerät zusammengeklappt, als ihr ein Name in einer Verkehrssache quasi in die Augen gesprungen war.

»Panovic, Dragan.« Weil Winkler sich die Schläfen rieb, sprach sie leise. »Verkehrsdelikt. In geschlossener Ortschaft war er mit 111 Stundenkilometern unterwegs. Leider ist das Bild unscharf, aber ein Gesicht ist zu erkennen. Ende August war das, in Augsburg. Zur Verhandlung ist er nicht erschienen. Kann es sein, dass er deshalb in Belgrad ist?« Renata di Nardo öffnete ihre Reisetasche, die sie immer mit sich im Auto dabei hatte, denn man konnte ja nie wissen. So wie jetzt, weil sie sich etwas Bequemeres anziehen wollte.

»Wunderbar«, reagierte Winkler ironisch. »Mich prügeln gerade Tod und Teufel, also schweig still, du unermüdliche Polizistin.«

Sie ignorierte seine Hypochondrie und warf ihm schnell ein feuchtes Handtuch zu, weil Schweißperlen auf seiner Stirn auftraten.

»Aber wegen einer Verkehrssache wird der sich nicht eine Rückkehr verbauen. Wir werden Frau Panovic fragen.«

»Liebend gerne, dann kann ich mich endlich für das anstehende Dinner umkleiden.« Winkler stichelte ein wenig, doch sie reagierte nicht darauf.

»Wie wäre es mit einem Spaziergang zum Münter-Haus? Du weißt, von wem die Rede ist? Gabriele Münter? Wassili Kandinsky? Der Blaue Reiter?«

Diese Art mochte Winkler überhaupt nicht an ihr. Sie interessierte sich, er weniger. Es ärgerte Winkler, wenn sie etwas wusste und er nicht. Ihn wurmte seine Unwissenheit, das musste er sich eingestehen. Sie liefen zum Münter-Haus hinüber und natürlich gab Winkler nicht zu, dass er unterwegs seine Kopfschmerzen verlor. Alibihaft jammerte er ein wenig vor sich hin. Das hörte sofort auf, als das Haus in sein Blickfeld kam und er von der Straße aus hinaufsah.

»Es ist geöffnet«, sagte Renata di Nardo.

»Ich kann da nicht hinein«, antwortete Winkler.

Sie schaute ihn an und verstand seine Reaktion nicht.

»Das ist ein Haus für uns«, er nickte heftig. »Wenn wir da hinein gehen, werde ich dort wohnen müssen und es niemals mehr verlassen können.«

»Sei nicht albern.« Er meinte, was er sagte, da war sich Renata di Nardo sicher. In einem solchen Haus leben zu dürfen, das wäre wirklich ein Traum. Sie spazierten zum Haus der Familie Panovic. Renata di Nardo trug ihren Klapprechner in ihrer großen Handtasche und zeigte Janja Panovic das Foto der Augsburger Polizei. Die reagierte zornig und zeigte auf ein gerahmtes Foto.

»Das ist Dragan. Der auf Ihrem Foto ist es nicht. Bitte gehen Sie, es geht mir nicht gut.«

Winkler war im Auto vor dem Haus sitzen geblieben und wartete. Renata di Nardo berichtete ihm von der Reaktion.

»Also ist das eindeutig nicht Dragan Panovic? Nennen wir die Begebenheit mysteriös?«, antwortete Winkler. »Vielleicht hat sich jemand seine Papiere angeeignet.« Sie öffnete den Bildschirm.

»Setz das Fahndungsfoto von Paolo Borgini daneben«, reagierte Winkler spontan. Damit hatten sie die Antwort.

Sie gingen zum Hotel zurück, ohne weiter über die Angelegenheit zu sprechen. Bis zum Sonntagabend gab es aus Kempten keine weiteren Bescheide. So wurde es eines ihrer wenigen angenehmen Wochenenden. Einzig Winklers Schusseligkeit beim Frühstück am Montag mitsamt dem Eidotterfleck auf seiner guten Hose hemmte ein bisschen den Frieden, weil der Klecks sie störte und ihn nicht.

12

Kurz bevor die Iller den Innenstadtbereich von Kempten erreichte, wich sie aus und schlug einen Bogen, bevor ihr Wasser einmal mehr gestaut wurde. Sie mochte es nicht, eingefangen zu werden. Die Menschen nahmen darauf keine Rücksicht. Die Kelten hatten sie einst »Die Eilige« genannt. Davon war der Fluss heute weit entfernt. Franz Inninger stand oberhalb des Illerlaufs und sinnierte. Er hatte genügend Gründe, nachzudenken. Wurde er verfolgt? Ständig hatte er Furcht, dass sie dicht hinter ihm waren. Doch sie würden seine Schätze nicht finden, und das Versteck würde er auch unter Qualen auf keinen Fall verraten. Damals, als er den Prozess gegen den Ahrens verfolgt hatte, war er davon überzeugt gewesen, dass nicht alles auf den Richtertisch gekommen war. Deshalb hatte er Ahrens' Spur aufgenommen, Material gesammelt und war auf die Borgini-Familie gestoßen. Beginnend mit seinen ersten Publikationen über Spuren der Geldwäsche hatten die Angriffe auf ihn begonnen. Spannende Artikel über die Mafia und ihre geschlossene Gesellschaft wurden gedruckt, doch als er die Verbindung zu Geldleuten im eigenen Land offenlegen wollte, bekam er Drohungen von Anwälten und die Kündigung. Sein Verleger hatte bereits die Segel gestrichen. Dem war die Sache zu brenzlig geworden. Von da an musste er zusehen, wie er sich durchs Leben brachte. Inninger schnaufte zornig. Wenn du die Wahrheit sagst, dann brauchst du ein schnelles Pferd, sagte ein altes russisches Sprichwort. Er wollte die Wahrheit sagen, aber sie erlaubten es nicht.

Inninger ging zum Fahrrad, das er auf ein Stück Wiese gelegt hatte. Er schaute sich um und konnte nichts Verdächtiges entdecken. Warum tat er sich das noch an? Ein Mann von fast fünfundsiebzig Jahren sollte entspannt und ohne Belastungen durchs Leben gehen dürfen. Aber das gelang ihm nicht, er war einfach nicht der Typ für den Ruhestand. Der

Herbst und seine Feuchtigkeit schmerzten in seinen Gelenken. Er war wieder mit Benedikte Hochreuther verabredet. In ihrer kleinen Pension am Stadtrand wollte er sich nicht mehr aufhalten, nachdem dort jemand eingedrungen war und ihn bestohlen hatte. Leider fehlte ihr vollständig die Erinnerung an die Person. Ein Mann mittleren Alters, an mehr konnte sie sich nicht erinnern. Viele Möglichkeiten, sich zu verstecken, gab es nicht mehr. Inninger griff nach dem Rad, das Frau Hochreuther gehörte, und trat in die Pedale. Er versuchte, ausschließlich Wege zu benutzen, bei denen die Gefahr einer Kollision mit einem Auto sehr gering war. Würde er bei einem Unfall sterben, dann würde kein Hahn mehr nach ihm krähen. Inninger nahm einen Weg, der ihn an Feldern vorbei zu einem kleinen Wäldchen führte. Das Geräusch der fließenden Iller war nur mehr peripher wahrzunehmen, was ihn störte. Aus unerfindlichen Gründen empfand er eine gewisse Sicherheit, wenn er den Fluss hörte oder ihn riechen konnte. Er stellte das Rad an einen Baum und ging zwischen den Bäumen hindurch, um von einer kleinen Anhöhe aus über das Land zu blicken. Es gab nichts Bedrohliches zu entdecken, aber irgendwie ließ ihn der Gedanke nicht los, dass er beobachtet wurde. Einmal von der Polizei abgesehen, die regelmäßig an der Pension vorbeifuhren. Er strich sich eine Haarsträhne aus der Stirn und spürte den kalten Schweiß, der sich auf der Haut gebildet hatte. Warum wurde sein Körper plötzlich immer schwerer, so, als sollte er sich nicht mehr fortbewegen? Seine Hand lag auf dem unrasierten Kinn. Er könnte so lange nachdenken wie er wollte, es gab keine Alternative, er musste hinüber zu den kleinen Gärten, wo Frau Hochreuther auf ihn wartete. Ein wenig mehr Körperpflege könnte auch nicht schaden, dachte er. Er raffte sich auf und radelte hinüber zum Kleingarten, wo Frau Hochreuther ihm den alten Wohnwagen ihres verstorbenen Mannes als Unterschlupf gewährte. Als er sie unweit der Gärten traf, war sie bereits auf dem Rückweg. Er war zu spät.

»Jemand von der Polizei war bei mir. Ein Ausländer. Der hat nach Ihnen gefragt. Er hat aber betont, dass Sie nichts angestellt haben. Sie sollen sich melden, es sei dringend. Der Mann hat mir seine Karte gegeben.« Sie reichte ihm die Visitenkarte. »Rasim Osman heißt der. Mein Mann hat immer gesagt, wenn die Polizei Frauen in Uniformen steckt, dann sind wir bald am Ende. Jetzt haben sie schon Muselmänner.«

Franz Inninger nickte, aber er hörte nicht zu. Den Winkler hatte er schon früher häufiger in der Stadt gesehen und auch gesprochen. Zu ihm hatte er ein wenig Vertrauen. Sonst zu niemandem.

»Sie sehen furchtbar aus, Herr Inninger«, sagte Frau Hochreuther nach seiner Rückkehr.

»Wünsche ich Ihnen auch«, antwortete Inninger geistesabwesend.

Eigentlich hätte er ihr noch sagen müssen, dass er aus der Werkstatt ihres verstorbenen Mannes eine flache Metallkiste an sich genommen hatte. Sie war etwa zwölf Zentimeter hoch und etwas größer als ein DIN A 4-Blatt. Dort hinein hatte er das gelegt, was er für sich »seine Lebensversicherung« genannt hatte. Es waren Dokumente und Fotos, die er nicht für sein Buch hatte verwenden können, weil sie ihn zu stark gefährdet hätten. In Ölpapier eingeschlagen und mit mehreren Plastikfolien umwickelt, hatte er das Paket neben der Mauer einer kleinen Kapelle vergraben. Den Schlüssel trug er bei sich, weil ihm noch kein sicherer Ort als Versteck eingefallen war. Es musste auch ein Platz sein, den er sich merken konnte. In der letzten Zeit hatte er feststellen müssen, dass er vergesslich wurde. Natürlich besaß er Kopien, die er in der Nähe des Wohnwagens in einem alten Benzinkanister verbarg. Sein größter Schatz war ein Foto mit Siegfried Hegenau, Detlev Waldlass, Joseph Hornbach und Gigi Borgini auf einem Feldweg, wo heute die Erweiterung des Gebäudes eines holzverarbeitenden Betriebs stand, dessen Geschäftsführer Herr

Bittner war. Auch ein Foto mit Waldlass und dem Mafiaboss Latonini besaß er. Das war geradezu eine Kostbarkeit. Dazu kamen weitere Aufnahmen mit Personen, die er noch nicht identifiziert hatte. Die hatten die Leiche des Bankmörders am See abgelegt. Leider hatte er keinen Blitz benutzen können. Allesamt bewegten sie sich in Kempten, als gehöre ihnen die Stadt bereits.

Inninger hockte sich an das kleine Tischchen im Wohnwagen und aß eine wunderbare Leberknödelsuppe und ein Nudelgulasch, von Frau Hochreuther gekocht. Sie kümmerte sich um ihn, so wie sie sich um ihren verstorbenen Mann gekümmert hatte. Jedenfalls erklärte Inninger sich ihr Verhalten so. Jeder brauchte seine Aufgabe. Für ihn bestand sie in der Verfolgung menschlichen Abschaums. Welchen Grund sollte er sonst haben? Auf keinen Fall wollte er sich Notizen machen. Behutsam ging er alle beteiligten Personen in seinem Kopf nacheinander durch. Die Möglichkeit, dass sie sich durch Zufälle begegnet waren, war nicht sehr wahrscheinlich. Auf seiner Liste im Kopf gab es mindestens neun Firmen, die mit Geldern von Waldlass und Hegenau überlebt hatten und denen Verträge mit der Euro-Centro-Bank von Gansmayr und dem Finanzmakler Hornbach wie ein Strick im Genick saßen. Den letzten Beweis, dass sie Gelder der Borgini-Familie aus dem Kokaingeschäft unter die Leute brachten, musste er noch schuldig bleiben. Trotzdem war er davon überzeugt, dass es so war. Für ihn war es Beweis genug, dass man ihm ans Leder wollte. Einen Mordanschlag hatte er bereits überlebt. Oder war der provozierte Autounfall nur eine Warnung gewesen? Aber das war gar nicht mehr ihre Art, sich Probleme vom Hals zu schaffen. In ihrem Ruhegebiet Allgäu versuchten sie lediglich, Geschäfte zu machen. Das Töten gehörte eigentlich nicht dazu. Es war so einfach, jemanden für alle Zeiten ruhigzustellen. Häufig genügte bereits die Drohung mit dem wirtschaftlichen Ruin. Aber er glaubte inzwischen fest, dass da noch andere Leute im Spiel waren. Inninger ist ein Paranoiker hieß es. Nun hatten sie ihm seinen Überziehungskredit bei der Bank gestrichen, weil er kein Einkommen besaß. Waldlass hatte ihn dazu passend zivilrechtlich verklagt. Wegen Verleumdung und übler Nachrede. Einen Anwalt konnte er sich nicht leisten, also würde er diesen Prozess verlieren. Das belastende Foto mit Waldlass, würde er es vorzeigen, käme unter ungeklärten Umständen samt der Gerichtsakte abhanden, da war er sich auch sicher. Nein, es gab niemanden, dem er trauen durfte. Er war allein, so wie er sein ganzes Leben lang allein gewesen war. Inninger stellte das Geschirr zusammen und schaute aus dem kleinen Guckloch in die Berge. Schnee war zu sehen.

Als die Tür krachend aufflog, war Inninger so überrascht, dass er vor dem Schlag gegen seine Schläfe nicht einmal den Arm zur Abwehr heben konnte. Er fiel vornüber von der Bank und lag benommen am Boden. Den ganzen Tag über hatte er das Gefühl gehabt, beobachtet zu werden, nun bekam er die Bestätigung. Der Mann über ihm trug Handschuhe und eine Mütze mit Schirm. Seine Kleidung war die eines mittleren Angestellten. Unauffällig und formell. Inninger wollte etwas sagen, aber die Wörter kamen ihm einfach nicht über die Zunge. Der Mann durchsuchte mit flinken Fingern den Wohnwagen, fand aber nichts. Inninger befürchtete, dass ihn das wütend machen würde und raffte sich auf, stützte sich auf den Tisch und wackelte hin und her. Er hatte seine Augen weit geöffnet und stellte fest, dass sein Kopf wie festgeschraubt im Nacken saß. Er konnte nur nach oben an die Decke sehen. Inninger zitterte, bebte fast, und versuchte, einen Ton von sich zu geben. Dann war er draußen. Der Mann stieß ihn vor sich her. Alles verlief sehr schnell. Sie gingen über den feuchten Weg, an den kleinen Gärten vorbei bis zur Zufahrtsstraße. Inninger hatte das Gefühl, ständig bergauf gehen zu müssen.

»Wissen Sie, wer ich bin?«

Inninger wagte einen Blick mit steifem Hals und bekam Schmerzen. Er schüttelte den Kopf.

»Lügen Sie mich nicht an, alter Mann.«

Inninger hörte das Geräusch ihrer Schuhe beim Gehen. Er versuchte, sich zu konzentrieren. Es blitzte, und er hörte eine Violine. Ihn fror. Seine dicke Jacke lag im Wohnwagen.

»Keinen Namen.« Mehr brachte er nicht heraus. Es schien ihm, als wäre seine Zunge angeschwollen.

»Sondern? Vorwärts, ich will eine Antwort.«

»Frankfurt. Prozess Ahrens«, stieß Inninger hervor. »Ich muss nachdenken.« Unter Schmerzen wankte er vorwärts.

»Denken Sie nicht mehr, Franz Inninger. Das führt doch zu nichts.«

Inninger erinnerte sich, wie dieser Mann sich nach dem Urteil gegen den Ahrens vor fast zehn Jahren im Pulk der Pressleute bewegt hatte. Er war ihm aufgefallen, weil er nicht dazugehörte.

Joe faltete die Zeitung sorgfältig zusammen, als er Lohbach mit Franz Inninger auf das Auto zukommen sah. Er hatte Lohbach zwei Tage gegeben, dann wäre er fort. Diese prügelnde Frau, deren Name ihm einfach nicht mehr einfallen wollte, suchte nach ihm. Er erspähte sie zu Fuß, als sie im Auto langsam an seinem ehemaligen Apartment vorbeifuhr. Ihr Gesicht sah er deutlich vor sich, mit aufgeschrammter Haut. Er schlug keine Frauen, es war ein Reflex auf ihre Aggression gewesen. Joe sah hinüber und dachte, der Inninger geht wie ein angeschlagener Boxer. Lohbach hatte sich beim Seniorenheim und vor der ehemaligen Pension auf die Lauer gelegt und ihn entdeckt. Manche Leute glauben offenbar, wenn sie mehrfach die Straßenseite wechselten, dann könnten sie einen Verfolger abschütteln. Wenn der Inninger den Lohbach tatsächlich enttarnen könnte, wie Lohbach glaubte, dann musste der allerdings mit bösen Konsequenzen rechnen. In ihrem Gewerbe gab es keine öffentlich bekannten Gesichter. Joe stieg nicht aus. Er ließ Lohbach die Beifahrertür öffnen und Inninger hineinschieben. Wortlos legte Lohbach den Gang ein und fuhr los.

*

Benedikte Hochreuther hatte zwei Tage gewartet, bis sie zur Polizei gegangen war, um eine Vermisstenmeldung abzugeben. Dort hatte sie eine Stunde warten müssen, bevor man sie in einen Streifenwagen packte und mit ihr nach Kempten hineinfuhr. Nun saß sie in einem kalten Büro und wartete abermals.

Renata di Nardo bekam jede Polizeimeldung sofort auf ihren Schreibtisch und war bei dem Namen Inninger hellhörig geworden. Es brauchte noch einige Zeit, bis Winkler im Haus war. Er brachte die Fotos mit, die sie Frau Panovic gezeigt hatten und die von der Technik fabelhaft deutlich gemacht worden waren. Aspelkamp hatte Heller angesehen, der Renata di Nardo, und Winkler erlebte einen kleinen Triumph, denn die Arbeit an den Bildern hatte, wegen der Kosten zunächst unterbleiben sollen.

»Die Technik wird die Physiognomie noch einmal mit der neuen Computertechnik überprüfen, aber nach allem, was wir bisher herausgefunden haben, saßen in dem geblitzten Wagen Paolo Borgini und der Pelusino, nicht Dragan Panovic. Das lässt uns im Falle der Richterin Zeiser zu neuen Vermutungen kommen. Bei der Polizeikontrolle in Augsburg hat Borgini sich augenscheinlich mit Papieren des Panovic ausgewiesen. Wenn wir die Fotos aus Italien mit denen hier auf dem Tisch vergleichen, dann muss der Paolo Borgini heute mindestens zwanzig Kilo leichter sein. Er hat seine Haare abgeschnitten, und seine scharf rasierten Koteletten sind denen des Panovic präzise nachgeahmt. Die Papiere waren echt, das Fahrzeug gehörte zum Fuhrpark der Gap-Solar, also können wir der Polizei keinen Vorwurf machen. Frau Richterin Zeiser wollte einen Prozess, die Borgini-Familie wollte ihn nicht.« Winkler schaute in die Runde.

Aspelkamps Blutdruck stieg, und er bekam einen roten Kopf. Eine solche Entwicklung in diesem Vermisstenfall hatte ihm gerade noch gefehlt. Er musste sich setzen.

Oberstaatsanwalt Heller jedoch war in seinem Element.

»Wenn das stimmt und die Borginis unsere Justiz herausfordern, dann werden sie ihr blaues Wunder erleben. Ich bin mir sicher, dass wir alle Mittel zur Verfügung bekommen, die wir benötigen. Jetzt können wir endlich mit geballter Macht zuschlagen. Ich werde sofort den Minister informieren. Kollege Winkler, kommen Sie doch in einer Stunde in mein Büro. Ich werde alle Hebel in Bewegung setzen.«

Renata di Nardo dachte nach. Sie hatte ein ganz anderes Problem. Antonia Mandl hatte aus Augsburg gemeldet, dass die Akte in dieser Verkehrssache verschwunden war und ihr außerdem gesagt, Herr Zeiser habe sich sehr merkwürdig benommen, als sie ihn gebeten hatte, das Arbeitszimmer der Richterin aufzuschließen. Als er seinen Wagen aus der Garage vor das Haus gefahren hatte, war sie schnell in das Schlafzimmer geschlüpft und hatte entdeckt, dass es in den Schränken keinerlei Kleidungsstücke von ihm gab. Sie wollte das auf keinen Fall außer acht lassen und erzählte es Winkler.

»Frau Hochreuther wartet in deinem Büro. Sie hat den Inninger als vermisst gemeldet. Der hatte sich in ihrem Kleingarten versteckt und ist seit zwei Tagen abgängig.« Renata di Nardo nahm ihre Akten und ging hinaus.

»Das sagst du mir erst jetzt.«

Winkler ließ sich von Frau Hochreuther die Adresse aufschreiben und schickte Osman hinüber zur Kleingartenanlage.

»Wenn Sie nichts finden, erschieß ich Sie. Graben Sie das Gelände um, wenn es sein muss.« Osman schmunzelte, und Winkler telefonierte, um die Kriminaltechnik in Bewegung zu setzen. »Wir bekommen keinen Hund, also benutzen Sie Ihre Nase und Ihren Verstand.«

Frau Benedikte Hochreuther saß neben Winklers Schreibtisch auf einem Stuhl und sah kurz hoch, als er wieder eintrat. Sie trug ein Tuch um den Kopf, das ihre Haare verdeckte, und hatte darauf einen dunkelbraunen Hut gesetzt, was ihr ein ungewöhnliches Aussehen gab. Dazu trug sie einen mausgrauen Mantel und derbe Stiefel, als warte im Innenhof ein Pferd auf sie. Sie wird im Alter von Inninger sein, also über siebzig, dachte Winkler.

»Es ist bald Allerheiligen«, sagte sie und schaute ihn aus dunklen Igelaugen an.

Winkler verstand nicht gleich.

»Ich will noch zu meinem Mann«, ergänzte sie.

Es war die Zeit, in der man auf die Friedhöfe ging. Winkler nickte und setzte sich auf die Schreibtischkante.

»Erklären Sie mir, weshalb Sie Inninger in Ihrem Garten wohnen ließen?«

Die alte Frau faltete ihre Hände.

»Wo sollte er denn hin? Früher hat er immer mal wieder in unserer Pension gewohnt, wenn er in Kempten war. Später hatte er sich eine kleine Wohnung genommen, und im Alter ist er dann in das Altenheim gegangen. Besucht hat er mich jede Woche. Er hatte doch keine Familie.«

Das war ein Grund, dem Winkler nichts entgegenhalten konnte.

»Weshalb ist er nicht in dem Seniorenheim geblieben?«

Sie sah ihn an, als hätte Winkler wirklich von nichts eine Ahnung und sie müsste ihm nun das ABC beibringen.

»Da hatten sie ihm gekündigt, weil er nicht mehr zahlen konnte. Wissen Sie das denn nicht? Außerdem war ein Mann bei mir im Haus und hat ihm seine Kameras gestohlen. Er ist doch wirklich ein armer Kerl und hat es nicht verdient, wie man mit ihm in seinem Alter umgeht.«

Wegen der Altersarmut sollte sich dieses Land zutiefst schämen. Winkler hatte sich nie der Meinung von Aspelkamp angeschlossen, der Inninger für einen Menschen hielt, den sein Verfolgungswahn irre machte. Winkler fühlte sich unwohl.

»In meinem Garten hatte er es sich in dem alten Campingwagen gemütlich gemacht, weil er doch in aller Ruhe sein Testament aufsetzen wollte.« Sie betonte es, als hätte Inninger eine Doktorarbeit schreiben wollen.

»Worüber haben Sie denn miteinander gesprochen? Was hat er erzählt?« Winkler ahnte bereits, dass es da nichts zu berichten geben würde.

»Herr Inninger hat viel fotografiert. Wir haben uns seine Naturfotos angesehen. Schöne Bilder.«

»Wer hatte ihn bestohlen? Soweit ich es weiß, hat Herr Inninger keine Anzeige erstattet.« Winkler rutschte von der Schreibtischplatte und setzte sich auf seinen Arbeitsstuhl.

»Das war ein anständig aussehender Herr.« Mehr sagte sie nicht.

Winkler überlegte, ob er sich das Zimmer von Inninger in der ehemaligen Pension noch einmal ansehen sollte, doch er fürchtete, dass Frau Hochreuther bereits gründlich geputzt und aufgeräumt hatte. Also ließ er sie gehen. Er könnte hinausfahren und Osman unterstützen, aber das sähe so aus, als traute er ihm nichts zu. Auch einen weiteren Besuch im Altenheim zog er in Erwägung. Die Frage war, ob Inninger tatsächlich ein notarielles Testament hinterlegt hatte, oder ob sich Frau Hochreuther das nur eingebildet hatte. Er wollte zwischen seine Gedanken und dem Geschehenen eine Distanz bekommen und fuhr deshalb hinaus zu Georg Bittner, um ihm einige Fotos zu zeigen.

Das Holzlager verströmte einen Geruch, den Winkler mochte. Bis zum Verwaltungsgebäude kam er gar nicht, denn man ließ ihn nicht vor. Er musste beim Pförtner warten und betrachtete den Kran, der ganze Baumstämme durch die Luft davontrug. Als Bittner ihn begrüßte, merkte Winkler sofort, dass der nicht mit ihm reden wollte.

»Wissen Sie, wer das ist?« Winkler hielt ihm Fotos vor die Augen. Als es keine Reaktion gab, schaute Winkler zu dem Holzbetrieb hinüber. »Offenbar gehen die Geschäfte wieder. Man hörte davon, dass Sie einen Investor gefunden haben. Mit wem haben Sie denn verhandelt? War es Waldlass oder der Hegenau? Der große Macher soll ja ein gewisser Joseph Hornbach sein.« Bei jedem der genannten Namen zuckte Bittner kurz. »Na ja, vielleicht war dieser Betrieb hier für diese Herren auch eine Nummer zu klein. Die beiden hier auf dem Foto, der Pelusino und der Paolo Borgini, die überreden Leute auf ihre ganz spezielle Art, Gelder anzunehmen. Es war wohl immer Geld aus Kokaingeschäften. Damit bekommt man Einfluss und kann gleichzeitig die Waschmaschine anwerfen, um das schmutzige Geld sauber zu bekommen. Aber davon werden Sie noch nie etwas gehört haben.« Winkler musste aufpassen, dass er sich nicht in Rage redete. »Wer hat in Wahrheit Ihre Frau ermordet, Herr Bittner? Der Ragi hat doch bloß abgedrückt.«

Bittner ging einige Schritte weg vom Pförtnerhaus, weil der Mann dort drinnen die Ohren spitzte.

»Wir arbeiten mit einer der solidesten Banken im Allgäu zusammen. Falls Sie mir etwas unterstellen wollen, werde ich mich bei der entsprechenden Person beschweren, Herr Winkler. Einmal davon abgesehen, dass es meinen Arbeitern egal ist, woher ich das Geld bekommen habe, die wollen nur ihre Arbeit nicht verlieren.«

Warum ärgerte er sich über diese Aussage?

»Die Bank heißt nicht zufällig Euro-Centro und Ihr Partner Direktor Gansmayr?« Winkler lächelte wie eine Hyäne.

»Hören Sie, ich kenne diese Männer auf dem Foto nicht. Schlimm genug, dass meine Frau sich früher mit einem

Verbrecher eingelassen hatte. Was glauben Sie denn, wie es einem damit geht?«

Also hast du von dem Ahrens doch gewusst, vermutete Winkler und steckte die Foto wieder ein.

»Meine Frau lebte ständig in einer Welt, die es gar nicht gab. Sie hatte ihre Vorstellungen, und wenn die nicht zur Realität passten, dann hat sie die Realität abgelehnt, weil sie ihre Träume nicht aufgeben wollte. Letztlich ist sie daran gestorben, wenn Sie verstehen, was ich meine. Sie war eine Schwindlerin, weil sie die Wahrheit nicht sehen wollte. Nein, eigentlich war sie keine Schwindlerin, sie hat das ja wirklich geglaubt, was sie da gelebt hat.« Bittner wollte das Gespräch beenden. Winkler nicht.

»Meine Informationen sagen, dass Ihre Frau nur deshalb nicht ins Gefängnis gekommen ist, weil sie damals ein umfassendes Geständnis abgelegt hat, mit dem sie ihren damaligen Mann schwer belastete. Ich denke, der Herr Ahrens war nachtragend und die Borgini-Familie war es auch, weil Ihre Frau denen die Geschäfte im Rhein-Main-Gebiet verdorben hatte. Nun bewegen sich die Borginis hier in dieser Gegend, und warum sollte es ihnen nicht einfallen, zu prüfen, ob in Ihrem Haus vielleicht belastendes Material zu finden sein könnte?« Winkler unterbrach seine Rede und sah Bittner an. »Können Sie ausschließen, dass Ihre Frau vor ihrem Tod Kontakt zu Ahrens oder den Borginis hatte?«

Bittner wurde die Sache langsam zu viel.

»Meine Frau ist tot, und ich hatte noch nicht die Zeit, mich damit abzufinden. Ich führe einen Betrieb und ein anständiges Leben, also lassen Sie mich endlich in Frieden.«

Aber ja. Alle wollen sie nur in Frieden gelassen werden. Haltet uns die Verbrecher vom Leib, aber lasst uns zufrieden, das war das allgemeine Credo. Doch so lief das nicht.

»Können Sie ausschließen, dass Ihr Betrieb Kokaingeld wäscht? Können Sie das?« Winkler hob seine Stimme.

Bittner drehte sich einfach um und ging davon.

»Sie hören noch von mir«, schrie er und eilte über den Betriebshof.

Winkler saß im Auto und trommelte auf das Lenkrad. Er wusste, dass er den Bogen überspannt hatte. Falls Bittner den Bankdirektor Gansmayr anrief, durfte er sich auf einen wütenden Aspelkamp freuen. Da sein Knie schmerzte, fuhr er zu seinem Hausarzt und ließ sich eine schmerzstillende Spritze geben. Von dort lenkte er den Wagen zu Renata di Nardos Wohnung und legte sich auf die Couch. Wenn der Ahrens seine Ex-Frau tatsächlich entdeckt hatte und Paolo Borgini um Hilfe bat, könnte der den gedungenen Mörder Massimo Ragi nach Kempten beordert haben, dann wäre die Sache klar. Aber weshalb starben der Ragi und dann auch noch dieser Donato Pelusino? Das passte nicht zusammen. Nun kam noch der juristische Kontakt dieser Leute zur Richterin Zeiser hinzu. Wo lag die Lösung? Winkler dachte an Franz Inninger. Wenn der die diversen Teile zusammenfügen konnte, dann war er jetzt bereits tot, davon war Winkler überzeugt. Also gab es nur noch eine Möglichkeit. Er musste das Testament Inningers finden. Winkler wollte sich eine Stunde Schlaf gönnen, um die Spritze zu verdauen, aber er schlief nicht ein. Stattdessen kochte er sich einen Espresso und legte sich dann auf sein Bett. Er nahm sich ein Taschenbuch vom Regal und schlug es auf. Es war *Haben oder Sein* von Erich Fromm. Winkler hielt es nicht für einen Zufall, nun ausgerechnet dieses Buch in den Händen zu halten. Er las:

»Es geht niemanden etwas an, wo und wie mein Eigentum erworben wurde oder was ich damit tue. Mein Recht ist uneingeschränkt und absolut – solange ich nicht gegen die Gesetze verstoße.«

Winkler ließ das Buch sinken. Aber er musste dem Gelesenen noch etwas anfügen. Wenn man die Gesetzgebung beeinflussen kann, dann wird es für diese Leute noch besser.

Konnte das schmutzige Geld die Justiz beeinflussen? Oder was wäre, wenn die Richterin Zeiser wegen ihrer Ermittlungen gegen Paolo Borgini massiv bedroht wurde und sie sich deshalb abgesetzt hatte? Das ist eine Möglichkeit, denn sonst hätte die Polizei ihr Wohnmobil längst finden müssen. Es sei denn, es war in einer Garage oder einem Schuppen abgestellt worden. Das nahe Ausland kam auch noch in Frage. Die roten Pumps am See waren ein Signal. Aber für wen? Welche Bedeutung hatten die Farbe Rot und ein Paar Schuhe, die mit ihren Spitzen nach Westen zeigten? Über diesen Gedanken schlief Winkler ein. Nach zwanzig Minuten war er wieder hellwach, eilte zum Schreibtisch von Renata di Nardo, legte sich eine Straßenkarte zurecht und rief Frau Panovic an, um sich die Adressen der Montagen der letzten vierzehn Tage durchgeben zu lassen, aber die hatte die gewünschten Informationen nicht. Von Kempten bis hinüber nach Immenstadt und Isny fand Winkler nur zwei Konkurrenzfirmen für Gap-Solar im Telefonbuch. Bereits sein erster Anruf war erfolgreich. Man war auf die Gap-Solar nicht gut zu sprechen, weil diese zwei Techniker abgeworben hatte. Winkler erfuhr, dass die Monteure im Gebiet Füssen, Marktoberdorf und Kaufbeuren tätig gewesen waren und vermutlich für die nächsten Tage Aufträge in Nesselwang und Pfronten zu erledigen hatten.

Winkler rief im Büro an und erfuhr von Gloger, dass Oberstaatsanwalt Heller die beiden abgestellten Autos der Gap-Solar bereits zur Untersuchung hatte abschleppen lassen. Das war auch sein Gedanke gewesen, denn sie besaßen den genetischen Fingerabdruck von Paolo Borgini. Die Möglichkeit, dass sie in einem der Autos etwas von der Richterin Zeiser fanden, war ebenfalls nicht von der Hand zu weisen.

Winkler wollte auch den Inhaber der zweiten Solarfirma sprechen. Als er bei der Firma Kreuzpeter anklopfte, fand er nur ein leeres Büro vor. Der Nachbar gab ihm die Adresse des Inhabers, und Winkler fuhr nach Göhlenbach hinüber.

Kreuzpeter war ein massiger Mann Mitte vierzig, der zunächst schweigend auf den Ausweis starrte und erst in Bewegung geriet, als Winkler ihm das Foto zeigte.

»Den am Steuer kenne ich, den anderen nicht. Der ist zu meinen Auftraggebern gefahren und hat ihnen günstigere Angebote gemacht. Plötzlich haben fünf meiner Kunden nicht bezahlt, weil es angeblich Schäden an den Anlagen gegeben hätte. Wissen Sie, was das für einen kleinen Betrieb bedeutet, wenn Kunden nicht zahlen? Drei meiner Mitarbeiter wurden verprügelt, und an einigen Neubauten stahl man die Anlagen vom Dach. Mir hat die Bank den Hahn zugedreht, und ich konnte die Segel streichen. Feine Methoden sind das.«

»Ich brauche Ihre Aussage schriftlich«, sagte Winkler.

»Das können Sie vergessen. Ich habe Familie«, antwortete Kreuzpeter.

Bevor er sich in einen Wutanfall steigerte, verließ Winkler das Haus und fühlte, dass er einen entscheidenden Schritt vorangekommen war. Kreuzpeter hatte Paolo Borgini erkannt. Borgini sorgte offenbar dafür, dass es genügend Aufträge für Gap-Solar gab, und dort ließ er das Kokaingeld kräftig rotieren. Wahrscheinlich hatte das Ehepaar Panovic keine Ahnung, worauf es sich da eingelassen hatte. Winkler schnaufte, denn diese Theorie konnte er nicht belegen, und dass Paolo Borgini involviert war, bedeutete noch längst nicht, einen gerichtsverwertbaren Beweis in Händen zu halten. Aber zumindest kannte er das Einsatzgebiet von Gap-Solar und somit vermutlich auch den Aufenthaltsbereich von Borgini. Was Winkler wunderte, war, dass der Kerl sich um diese doch relativ kleine Geldinvestition selbst kümmerte. Er fuhr in sein Büro und rief auch noch die zweite Firma an, die in Schongau saß. Dort war man nicht gesprächsbereit und wimmelte ihn ab. Thomas Wolkenreich hieß der Inhaber, und Winkler machte ein Ausrufezeichen hinter den Namen. Dann ging er zu seinem Wagen und fuhr zur Kleingartenanlage beim Adenauerring, um zu sehen, was es bei Inninger gab. Auf dem Hof traf er Renata di Nardo, die vom Gericht kam, wo sie in einer alten Sache als Zeugin aufgetreten war. Winkler informierte sie kurz, und sie sah ihn streng an.

»Du hinkst ja.«

»Ich hinke nicht, ich ziehe mein Bein etwas nach. Das regelt sich wieder. Sonst etwas Neues, das ich wissen sollte?« Winkler mochte es nicht, wenn sie ihn wegen seines Knies ansprach.

»Mein Vater will mit seiner Freundin nach Italien ziehen. Das ärgert mich ganz narrisch, weil ich daran schuld bin. Er denkt, ich kümmere mich zu wenig um ihn.«

Winkler sagte dazu nichts, denn sonst wäre es wieder um die Freundin des Vaters gegangen, die sie nicht mochte, was jeder sehen konnte, wenn die beiden sich begegneten. Es war schon merkwürdig. Renata di Nardo war fast zehn Jahre jünger als er, der Vater di Nardo zehn Jahre älter als Winkler, und die Freundin des Vaters wieder fünf Jahre jünger als die Tochter. Das machte die Sache so ausweglos kompliziert. Doch Winkler wollte sich über das Thema »Familie« keinen Kopf machen, denn er hatte mit seiner Ex-Frau selbst genug Schwierigkeiten am Hals. Die meisten Gewalttaten fanden im privaten Umfeld statt, das war Fakt.

»Ich habe die Bestätigung, dass das auf dem Foto der junge Borgini ist. Leider bekomme ich keine schriftliche Aussage. Man hat Angst.«

»Heller hat einen Anpfiff bekommen. Von wem hat er mir nicht gesagt. Vielleicht war er in der Sache Zeiser ein wenig zu aktiv«, erzählte Renata di Nardo und umarmte Winkler kurz. »Ich muss wieder.«

Winkler dachte an Herrn Zeiser. Er musste unbedingt von Antonia Mandl ihre Meinung zu dem Mann der Richterin hören. Möglich war noch immer, dass das Verschwinden doch mit einer privaten Konfliktsituation zu tun hatte und nichts mit dem Borgini. Winkler parkte beim katholischen Friedhof und ging zu Fuß weiter. Zu Osman wollte er nicht gehen, weil er ihn in Ruhe arbeiten lassen wollte, aber die Gegend interessierte ihn. Bisher hatte sich niemand gemeldet, der etwas gesehen hatte. Das war auch nicht überraschend. Oft gab es keine Zeugen, wenn Kinder am helllichten Tag verschwanden, dabei standen Kinder doch eigentlich unter besonderer Beobachtung von Erwachsenen. Ein alter Mann wie Inninger interessierte niemanden. Winkler lief zurück, fuhr über den Ring zur Stephanstraße und von dort bis zur Autobahnauffahrt. Wer jemanden aus der Stadt verschwinden lassen wollte, hatte einen kurzen Weg. Die A 7 bot dann alle möglichen Richtungen an. Auf dem Rückweg sah er den roten BMW ein weiteres Mal langsam die Rottachstraße entlang fahren. Winkler nahm denselben Weg, kam von der Memminger Straße wieder auf den Adenauerring, und als er auf der Höhe des städtischen Friedhofs war, sah er den langsam fahrenden Wagen erneut. Eine Frau saß am Steuer und neben ihr ein Mann mit einem Fotoapparat. Winkler schrieb sich das Kennzeichen auf und fuhr ins Büro zurück. Auf seinem Schreibtisch fand er einen Zettel. Zunächst gab er das Kennzeichen in den Rechner ein. Da die Antwort auf sich warten ließ, las er die Nachricht auf dem Zettel. »Ein Herr Wolkenreich rief an. Er will mit dir reden. R.« Winkler hielt den Zettel in der Hand, ohne sich weiter mit der Nachricht zu beschäftigen. Plötzlich schaltete sich der Rechner ab und Winkler hatte keine Ahnung, weshalb das geschah. Kurz darauf stand Kriminalrat Aspelkamp in der Tür.

»Herr Kollege Winkler, Sie haben nach einem Autokennzeichen gefragt. Haben Sie die Nummer notiert? Ich bitte darum.« Aspelkamp streckte die Hand aus, und Winkler reichte ihm seinen Zettel. »Das Kennzeichen ist gesperrt. Das Auto gibt es nicht. Vergessen Sie das.« Ohne weitere Erklärungen abzugeben, verschwand er wieder. Was war das? Winkler starrte auf den leeren Monitor und dann zur Tür. Das hatte er ja noch nie erlebt. Wenn das so ist, dann kann ich gleich in die Wohnung fahren, dachte er, und das tat er dann.

Er zog die Vorhänge zu und warf sich in der Dunkelheit auf die Couch, nachdem er den Fernseher eingeschaltet hatte. Das Gequatsche regte ihn noch mehr auf, also drückte er auf den Knopf und knüllte das Sofakissen, um es sich unter seinem Kopf zurechtzulegen. Es gab das LKA und das BKA, da kam man sich schon einmal in die Quere, aber eine solche Art der Behandlung wollte er sich nicht bieten lassen. Eine Erklärung dieser Ablehnung wäre doch das mindeste gewesen, was ihm Aspelkamp hätte anbieten müssen. Es ging um ein Kennzeichen, nicht um die Kronjuwelen. Er zwang sich, langsamer zu denken und seine Emotionen wieder unter Kontrolle zu bekommen. Wenn er zu sich selbst ehrlich war, musste er sich eingestehen, dass er in letzter Zeit immer empfindlicher wurde. Manchmal hatte er schon geglaubt, seine Arbeit und seine Meinung würden nichts mehr gelten. Oder lag ihm das Verschwinden Inningers im Magen? Zwei Stunden später kam Renata di Nardo nach Hause. Sie schaute ihn an. Während sie ihn ansah, wurde ihm bewusst, dass er sie einfach fragen könnte, wenn er etwas wissen wollte. Warum fragte er sie nicht? Sie legte Mozart auf und kochte sich einen Tee.

»Du hast über die Suche in dem Kleingarten und Inningers Aufenthalt dort noch keinen Bericht geschrieben«, sagte sie.

Winkler setzte sich auf und sah sie forschend an. »Hast du mit Aspelkamp gesprochen?«

»Nein. Ich war mit Spengler bei der Staatsanwaltschaft.« Sie nippte an ihrem Teeglas und sah müde aus.

»Osman war mit ein paar Leuten von der Kriminaltechnik im Kleingarten. Ich habe von ihm noch nichts erfahren.« Winkler rieb sich das operierte Knie, und sie sah ihm dabei zu. »Wenn irgendjemand den Inninger verschleppt hat, dann war der von dieser Kolonie aus ganz schnell auf der Autobahn.« Er wechselte das Thema. »Der Wolkenreich will mich also sprechen. Ich werde morgen früh hinüberfahren.«

Renata di Nardo ging hinaus und zog sich einen Hausanzug an. Mozarts sanfte Musik ließ sie beide schweigen. Sie setzte sich in den Sessel, zog die Beine an und faltete die Hände. Es war wie während einer Andacht. Winkler verstand nicht viel von klassischer Musik, weil ihm dazu das Gehör fehlte, aber klassische Musik gab ihm so etwas wie den Glauben an das Menschsein zurück. Erklären konnte er das nicht. Um wirklich verstehen zu können, muss man der Kunst Zeit widmen, und die besaß er nicht. Winkler versuchte sich dennoch mit den Tonsetzern auseinanderzusetzen, die als besonders schwierig galten. Nicht wie Mozart, der den Fürsten gefallen wollte und vielleicht auch musste, um zu überleben. Es war bei ihm immer die Herausforderung nötig, um sich mit Kunst zu beschäftigen. Aristoteles hatte er auch einmal ausprobiert und sich etwas gemerkt. »Die große Menge ist sklavenartig und zieht das Leben als Vieh vor. Die gebildeten und energischen Menschen wählen die Ehre.« Daran hatte er lange zu kauen gehabt. Übernommen hatte er diese Aristotelische Ethikthese nicht, obwohl sie ihm eigentlich sein Denken bestätigte, denn sie passte auf die kriminelle Gesellschaft, in der er lebte. Auch gebildete Menschen wurden Verbrecher.

Er misstraute den Menschen. In der Regel waren sie dumm, billig, ordinär und glaubten, sie wüssten, was das Leben ist und wie man es zu bestehen hatte. Eingebildete Schwätzer waren das, mehr nicht.

»Du kannst morgen nicht dorthin fahren. Schick den Osman. Gegen die Borgini-Familie läuft eine Großfahndung an. Wir haben gleich in der Früh eine wichtige Besprechung.« Sie trank ihren Tee aus und schloss die Augen, als die Musik endete.

Winkler packte sich wieder in eine Decke und legte sein Bein hoch.

»Wer ist wir?«

»Frau Doktor Feilhorn hat die Sitzung angeordnet. Neben Spengler und mir sind Aspelkamp und Heller dabei. Du natürlich auch. Ein bekannter Rechtsanwalt aus Straßburg hat Frau Feilhorn kontaktiert. Gigi Borgini will sich stellen, wenn bestimmte Bedingungen erfüllt werden. Er bietet an, die Leute zu nennen, die ihm Informationen aus der Bürokratie gegeben haben. Dafür will er offenbar erreichen, dass er nicht nach Italien ausgeliefert wird.« Sie erzählte das mit ruhiger Stimme, fast lakonisch, als wäre es nichts Besonderes. Winkler sprang hoch, schaltete den Deckenleuchter ein und lief aufgeregt hin und her. Er wirkte verstört, als hätte er sich im Weg geirrt und wüsste nun nicht mehr weiter.

»Ein Gangster kann uns ein Angebot machen?«, rief er zornig. »Ich leide darunter, dass wir der Kriminellen nicht Herr werden, weil ich an ein humanes Menschenbild glaube. Das ist meine Schwäche. Ich bin nicht wie andere Menschen, die alles abnicken, wenn sich damit nur Geld machen lässt.«

Renata di Nardo klatschte in die Hände, damit er aufhörte.

»Die Amerikaner von der US Drug Task Force haben sich ganz oben über dich beschwert, weil du einen ihrer Wagen verfolgt hast. Wir haben Rücksicht zu nehmen, und außerdem werden wir von Borgini nichts erfahren, wenn wir ihn in eine Zelle stecken und den Schlüssel wegwerfen. Die Frühauf hat angedeutet, dass ein Informant von Tonnen Kokain im Allgäu berichtet hat, die wir nicht finden. Was glaubst du, wer uns darüber etwas erzählen kann? Also beruhige dich.« Sie betrachtete ihre Fingernägel. »Übrigens bekamen wir aus Belgrad die Mitteilung, dass Dragan Panovic ein braver Student mit korrekten serbischen Papieren ist.«

Winkler blieb stehen und drehte sich um. Er schaute zu, wie sie ihr Etui öffnete und eine Nagelfeile herauszog. Entweder hatte der junge Panovic dem Paolo Borgini seinen Personalausweis verkauft, oder er war ihm gestohlen worden. Es gab eine Verbindung zwischen Borgini, dem getöteten Massimo Ragi und dem ermordeten Donato Pelusino.

»Irgendwie spüre ich, dass uns der Gigi Borgini als Ablenkungsmanöver geliefert werden sollte. Wir sollten uns endlich diesen Paolo Borgini schnappen.«

»Fang ihn, wenn du kannst«, sagte Renata di Nardo lächelnd. »Ich habe nichts dagegen.«

Solche Reaktionen mochte er überhaupt nicht. Wenn es dem Inninger an den Kragen gegangen war, dann wahrscheinlich doch von dieser Seite. Er schaute sie an, aber sie sagte nichts mehr.

»Wollen wir die ganze Nacht wach bleiben?«, sagte Winkler und ging in seinem Zimmer zu Bett.

Renata di Nardo nahm eine Serviette vom Tisch, legte sie sich auf den Schoß und feilte ihre Nägel. Immer wieder wanderte ihr Blick zum Schreibtisch, doch sie wollte auf keinen Fall in Aktion treten. Da sie noch nicht müde war, nahm sie sich ein Glas von dem köstlichen Barolo, den ihr der Vater aus den Beständen seines verkauften Restaurants geschenkt hatte. Vielleicht würde der Rotwein sie schläfrig machen? Oder sollte sie nicht doch noch einen Blick in die Akten werfen und sich auf den morgigen Tag vorbereiten? Unsinn, denn sie hatte die Papiere bereits so häufig gelesen, dass ihr schon die Buchstaben vor den Augen getanzt waren. Sie ging davon aus, dass Winkler gespürt hatte, wie sie einige der neuesten Informationen für sich behielt. Er wusste doch, es war nicht anders möglich, denn innerhalb der Hierarchie stand sie über ihm und wenn es hieß, diese oder jene wichtige Information bleibt innerhalb der Führungsriege, dann hielt sie sich daran. Gigi Borgini war angeblich ein kranker Mann. Wie krank er war, würden sie morgen erfahren. Als sie in ihr Schlafzimmer kam, war das Bett neben ihr leer. Winkler schlief also in seinem Zimmer. Diese Trennung vollzogen sie nur, wenn sie zu unterschiedlichen Zeiten aufstehen mussten oder sich gestritten hatten. Sie ahnte, dass er doch zum Wolkenreich fahren würde. Wenn er nicht pünktlich um zehn Uhr zur Konferenz erschien, dann musste er das eben alleine ausbaden.

*

Als der Wecker klingelte, hockte Winkler auf der Bettkante und wartete. Er hatte sich bereits vollständig angezogen und hielt seine dicke Jacke in der Hand. Immer wieder blickte er zu seinem Wecker, als könne er die Geschwindigkeit des Sekundenzeigers vorantreiben. Genau um 6 Uhr 30 rief er Rasim Osman an.

»Falls ich Sie geweckt habe, es ist Mittwoch, sechs Uhr und einunddreißig Minuten.«

Osman amüsierte sich überhaupt nicht über Winklers kleinen Scherz, aber er stand nach wenigen Minuten vor der Haustür. Sie sprachen über die Suche im Kleingarten.

»Die Tür wurde gewaltsam geöffnet. Sonst wirkte der Innenraum auf merkwürdige Weise aufgeräumt. Ordentlich ist ja gut, aber das war einfach zu gepflegt. Das ist mir aufgefallen, weil der Garten das genaue Gegenteil davon war. Die Kollegen setzen ihre Arbeit heute fort«, erzählte Osman.

Winkler dachte an eine Bemerkung der Gartenbesitzerin.

»Wenn ich mich recht erinnere, sprach Frau Hochreuther davon, dass sie wegen ihrer Bandscheiben die Gartenarbeit nicht mehr erledigen kann. Der Inninger ist auch kein Ordnungsfanatiker. Da wird jemand etwas gesucht und danach zu perfekt aufgeräumt haben. Ich würde gerne wissen, warum die den Inninger nicht an Ort und Stelle umgebracht haben?«

Osman musste sich dem Verkehr anpassen und langsam fahren, was nicht seiner üblichen Fahrweise entsprach. Sie kamen über die B 472 nach Schongau und mussten bei der Marktoberdorfer Straße abbiegen. Haus und Betrieb von Thomas Wolkenreich waren leicht zu finden, weil es ein großes

Schild an der Straße gab. Osman hatte noch nicht gefrühstückt, und sein Magen knurrte laut.

»Frühstück machen wir später«, sagte Winkler. »Machen Sie nicht so ein Gesicht. Seien Sie froh, dass ich nicht Aspelkamp bin, der würde ihr unrasiertes Antlitz und den nicht vorhandenen Anzug mit wenig Amüsement zur Kenntnis nehmen.«

Thomas Wolkenreich wirkt wie ein geübter Bergsteiger, dachte Winkler. Seine dunkle Haut und der Pferdeschwanz gaben ihm etwas Anarchisches. Er kniete neben einem kleinen Lieferwagen, dessen rechtes Hinterrad er soeben gewechselt hatte. Winkler sah, dass der alte Reifen mit einem Messer traktiert worden war. Osman bestätigte ihm seine Ansicht zunickend, weil Winkler ihm ein Zeichen mit einer Kopfbewegung gegeben hatte. Nach der knappen Begrüßung nahm Winkler das Wort.

»Worüber reden wir, Herr Wolkenreich?«

Weil Osman auf den ausgewechselten Reifen schaute, schüttelte Wolkenreich heftig den Kopf.

»Der Reifen gehört zu einem Nachbarschaftsstreit. Man will, dass ich meine Firmenwagen nicht mehr in der Straße parke.« Er erhob sich und wischte seine Hände in einem Tuch ab. »Nein, das ist es nicht. Meine Frau ist ziemlich nervös, weil ein Kerl immer wieder vor dem Kindergarten des Kleinen und bei der Schule meiner Tochter auftauchte. Hier in der Straße war er auch schon und hat uns beobachtet.«

Wenn es keine klaren Fakten gab, dann war nicht viel zu holen. Auf Fakten konnte man sich verlassen, bei Gefühlen funktionierte das nicht. Eine Frau, die ihre Kinder bedroht sieht, reagiert nicht rational.

»Seit wann machen Sie diese Beobachtungen?«

Wolkenreich ging zu seiner Garage.

»Sprechen wir lieber hier«, sagte er, »in der Straße hat auch die Luft große Ohren.«

Osman lachte kurz auf.

»Es amüsiert Sie vielleicht, aber der Nachbar gegenüber benutzt ein Abhörgerät, da bin ich mir sicher.«

Oje, dachte Winkler, jetzt läuft es in Richtung Paranoia. Überall gibt es Feinde.

»Mir steht geschäftlich das Wasser bis zum Hals«, erzählte Wolkenreich. »Doch vor gut zwei Wochen habe ich ein Angebot bekommen. Es geht um einen Kredit. Die Bank würde mir eine solche Summe niemals zugestehen. Einmal davon abgesehen, dass es sehr verwunderlich ist, wie gut diese Leute über meine Situation informiert waren, war die Offerte überaus verlockend. Aber ich hatte erst einmal um Bedenkzeit gebeten. Abhängigkeiten mag ich nicht. Am nächsten Tag hat meine Frau diesen Kerl im Auto zum ersten Mal gesehen.«

Osman musste etwas fragen.

»Werden Sie das mit der Reifenstecherei anzeigen? Und noch etwas. Haben Sie oder Ihre Frau das Autokennzeichen notiert? Ich meine, das wäre doch ein Weg, die Sache aus der Welt zu schaffen.«

Winkler fand die Fragen berechtigt und wartete auf Antwort.

»Ich werde drei Kameras an meinem Haus anbringen und die Straße Tag und Nacht kontrollieren. Das hat mir die Polizei beim letzten Reifenstecher empfohlen. Das Autokennzeichen war dreckverschmiert und unleserlich. Außerdem hat der Kerl sofort reagiert, als meine Frau ihn bemerkt hat, und ist davongefahren.«

Eigentlich war es egal, was Winkler darüber dachte, denn es war offensichtlich, dass diese Sache Wolkenreich zu schaffen machte. Das schlimmste für einen Menschen ist die nicht identifizierbare Bedrohung.

»Wenn die Bank Ihnen kein Geld mehr gibt, wer dann?« Winkler wollte das nun genau wissen.

»Oh. Da war ein Herr Hegenau, der mich anrief. Er sagte, er könne mir die Firma Cambo Consulting aus Kempten vermitteln. Die investieren bevorzugt in neue Technologien. Außerdem sei der Markt ja überhaupt noch nicht ausgeschöpft und jeden Tag gebe es neue Entwicklungen und Erfindungen.«

Sieh mal einer an. Winkler zupfte sich am Ohrläppchen, und Osman trat näher an den Redner heran.

»Wie lange gibt Ihnen denn Ihre Bank noch Luft, wenn ich fragen darf? Wird es sehr eng für Sie, wenn Sie sich gegen das Angebot entscheiden?«

Wolkenreich hob und senkte die Arme.

»Mit Frau und zwei Kindern kann ich nicht einfach in die Insolvenz schlittern. Ich habe der Bank davon erzählt, und die hat mir einen Finanzberater empfohlen. Solange die Consulting prüft, werden sie still halten. Der Herr Hornbach war auch schon bei mir. Für seine Beratung verlangt er einen Haufen Geld, aber sonst gibt es wahrscheinlich keinen Weg mehr für mich.«

Siegfried Hegenau, Detlev Waldlass und Joseph Hornbach. Fehlt nur noch Direktor Gansmayr. Lauter geschmeidige Herren. Winkler kam auf Wolkenreichs eigentliches Thema zurück.

»Ihre Frau sollte ihre Kinder natürlich im Auge behalten, aber vielleicht kann sie mit einem simplen Überraschungsangriff diesen Mann im Auto vertreiben. Beim nächsten Auftauchen sollte sie ihn einfach fotografieren.«

Wolkenreich winkte ab.

»Das haben wir schon gemacht. Das hat den Kerl nicht beeindruckt.«

Osman schaute perplex.

»Haben Sie das Foto noch? Ja? Dann bitte ich darum.«

Sie gingen alle drei zum Wohnhaus hinüber. Auf dem Küchentisch lagen DIN A 4-große Blätter mit dem abgedruckten

Foto des Mannes, um den es ging. Im dazugehörigen Text wurde vor ihm gewarnt.

»Wollen Sie die Blätter zur Fahndung aushängen? Wenn ja, sollten Sie das tunlichst mit der Polizei absprechen. Zivilrechtlich könnten Sie Ärger bekommen, wenn der Mann sich als harmlos herausstellen sollte.« Osman hob etwas zu lehrerhaft seinen Zeigefinger.

»Das ist mir wurscht«, antwortete Wolkenreich.

Das Foto war nicht perfekt, weil das Blitzlicht sich in der Windschutzscheibe spiegelte. Winkler nahm ein Blatt und hielt es Osman vor die Augen. Der sagte natürlich nichts, als er den Mann erkannte. Mit sehr hoher Wahrscheinlichkeit war das Paolo Borgini. Das machte die Angelegenheit nun heiß. Damit hatten sie einen Trumpf in der Hand.

»Ich denke, wir werden uns einmal schlau machen und die Chefin anrufen. Wir wollen doch nicht, dass Sie Schwierigkeiten wegen ein paar Plakaten bekommen«, sagte Winkler jovial, und Osman verstand die Anspielung. Er ging in den Hof hinaus und rief Renata di Nardo an. Winkler wollte noch etwas wissen.

»Sie kennen doch bestimmt die Firma Gap-Solar?«

Wolkenreich trank Wasser aus dem Hahn über dem Spülbecken. Auch eine Art von Gottvertrauen, dachte Winkler.

»Ich kümmere mich nicht um andere. Meine Leute erzählen, dass bei denen ständig die Monteure wechseln. Nur noch Ausländer. Die von früher sind alle weg, seit der Panovic im Krankenhaus ist. Sollen sie machen. Mehr kann ich nicht sagen. Geht mich nichts an.«

Vom Küchenfenster sah Winkler, wie Osman ihm Zeichen gab und zuwinkte.

»Lassen Sie das mit den Plakaten zunächst sein. Wir behalten Sie im Auge, versprochen«, sagte Winkler. Mehr konnte er für die Familie nicht tun.

Kaum saß Winkler im Auto, brauste Osman schon los.

»Ich habe die Chefin angerufen. Sie sagte, dass Gloger von Kaufbeuren in südliche Richtung fahrend einen Mietwagen verfolgt, in dem der Borgini sitzen soll. Jetzt ist er bei Biessenhofen in Richtung Marktoberdorf unterwegs. Sie haben die Monteurtouren von Gap-Solar verglichen, und in diesem Gebiet sind die momentan unterwegs. Hier von Schongau aus ist das nicht weit.«

Wie immer fuhr Osman für Winklers Geschmack zu schnell. Andererseits konnte er es bei dem Tempo pünktlich zur Sitzung nach Kempten schaffen.

»Darf ich etwas fragen? Warum haben wir Wolkenreich nicht gefragt, um wie viel Geld es geht?«

»Weil er uns die Frage nicht beantwortet hätte. Das ist kein Plauderer. Haben Sie gesehen, wie gelassen der den zerstochenen Reifen geflickt hat? Andere Typen wären da längst im Sechseck gesprungen und hätten das SEK verlangt.«

Osman überholte einen LKW, und Winkler hielt die Luft an. Er schaute zu den Bergen hinüber, die im weichen Sonnenlicht wie hingezaubert auf ihn wirkten. Für ihn gab es keinen schöneren Blick auf die Welt als dieses Panorama.

»Wo haben Sie Ihre Waffe?«, fragte Osman plötzlich.

»Ich habe eine Plastikdose Zahnseide in der Tasche, damit kann ich werfen«, reagierte Winkler abweisend. Er trug die Pistole nicht gerne bei sich und wollte darüber auch nicht reden.

Ein Polizeihubschrauber war in der Luft, als sie Marktoberdorf erreichten. Osman parkte in der Nähe des Bahnhofs, weil er unbedingt eine Bäckerei aufsuchen musste. Winkler wollte nichts essen. Osman hatte sein Telefon auf dem Fahrersitz liegen lassen. Warum er ausgerechnet *Im Frühtau zu Berge* als Klingelton gewählt hatte, wusste Winkler nicht, aber es ging ihm auf die Nerven. Also meldete er sich. Es war Gloger, der seinen Standort durchgab und um Unterstützung bat.

»Ich weiß nicht, ob das genehmigt ist. Haben Sie denn sonst keine Unterstützung?« Winkler war skeptisch, was den

Erfolg der Aktion betraf, denn von Marktoberdorf zweigten mehrere Straßen ab. Schongau, Füssen, Nesselwang, Kempten. Diese Auswahl gab es, und da reichte ein Hubschrauber nicht aus und Gloger nebst Osman und ihm selbst auch nicht.

»Wir haben die Zufahrten nach Marktoberdorf gesperrt. Der Borgini fährt einen dunkelroten Alfa. Kennzeichen unbekannt. Er muss jetzt direkt im Ort sein.« Gloger atmete schwer.

»Sind Sie denn sicher, dass er es ist?«

»Nein«, antwortete Gloger und schnaufte wieder.

»Ich rufe die Chefin an«, entgegnete Winkler und tat es.

Er benutzte dazu wie immer das Telefon von Osman. Mit kurzen Worten schilderte Winkler die Lage.

»Wo seid ihr jetzt?«

»Beim Künstlerhaus an der Kemptener Straße. Übrigens ein ganz erstaunliches Gebäude. In dieser Umgebung eine geradezu waghalsige Architektur. Es erinnert mich an eine alte römische Villa. Warum waren wir noch nie hier? Der Eintritt ist mit fünf Euro moderat.« Winkler plauderte, als sei er auf einer Entdeckungstour.

»Was ist los mit dir?«, herrschte sie ihn an.

»Nichts Besonderes. Falls du etwas über Paolo Borgini erfahren willst, damit kann ich nicht dienen. Wenn sie ihn an den Stadtausfahrten nicht gestoppt haben, muss er in Marktoberdorf ein Schlupfloch haben. Gloger sagte, er ist sich nicht einmal sicher, ob es überhaupt der Borgini war, den er verfolgt hat.«

Renata di Nardo reagierte.

»Aspelkamp hat die Aktion bereits abgebrochen. Du nimmst das Auto und kommst ins Büro. Osman soll mit Gloger noch zwei bis drei Stunden die Straßen überwachen. Die Kollegen haben alle kontrollierten Wagen an den Ausfallstraßen mit der Kamera aufgenommen. Gloger sammelt das Material gerade ein und wird es an dich übergeben.«

Das Gespräch endete und Winkler wusste, dass sie schlechte Laune hatte. Ob es daran lag, dass er ohne sie zu informieren nach Schongau gefahren war, oder ob andere Gründe eine Rolle spielten, interessierte ihn nicht. Er fand sie unattraktiv, wenn sie Launen zeigte. Lieber war ihm da ein richtiger italienischer Wutausbrauch. Nach einem solchen Gewitter war die Luft rein, und er konnte einen Scherz anbringen, damit sie wieder lächelte.

*

Im Büro von Renata di Nardo saßen auch Oberstaatsanwalt Heller und Kriminalrat Aspelkamp. Renata di Nardo beendete eben ein Telefonat, als Winkler eintrat.

»Kollege Spengler muss im Ministerium in München bleiben. Die Italiener wollen die sofortige Auslieferung von Gigi Borgini. Frau Dr. Feilhorn kommt deshalb erst in einer halben Stunde.« Renata di Nardo schob die Akten über ihren Schreibtisch.

»Ich möchte wirklich wissen, wer aus München die Sache mit dem Borgini an die Presse gegeben hat? Dabei haben wir den noch nicht einmal gesehen. Jetzt kommen auch noch die Italiener daher. Die haben der Borgini-Familie Geld, Häuser, Autos und Ländereien beschlagnahmt und dem Staat übergeben. Bei uns wird er von erstklassigen Verteidigern betreut und kann sich in einer Privatklinik einquartieren. Wo hat er das Geld dazu gebunkert?«

Während Heller sprach, spitzte Winkler die Ohren.

»Wir haben ihn nicht?« fragte er staunend. »Dafür der ganze Aufwand?«

»Pankreas«, antwortete Heller. »Der Mann muss operiert werden. Kempten hat gute Chirurgen. Danach wird man weitersehen.« Dabei wackelte er mit dem Kopf hin und her.

Winkler verstand.

»Die foppen uns doch. Geben uns einen todkranken Mann und denken, damit ist es gut und wir lassen sie in Frieden weitermachen.«

Aspelkamp bekam einen hochroten Kopf und wollte sich durchsetzen.

»Herr Winkler, lassen Sie das. Zunächst ist es ein Erfolg, dass wir einen der großen Bosse aus dem Verkehr ziehen konnten, egal wie. Kollegin di Nardo wird ihn vernehmen, und ich denke, danach werden wir mehr wissen. Herr Bankdirektor Gansmayr informierte mich persönlich über die Klagen einiger mittelständischer Unternehmer, die sich ausgespäht und kriminalisiert fühlen. In Zukunft gehen solche Aktionen über meinen Schreibtisch. Wir müssen doch nun wirklich keinen unnötigen Wirbel machen.« Er wischte sich mit dem Handrücken über den Mund. »Wir werden die Angelegenheit personell neu ordnen. Es kann doch nicht sein, dass wir weder von Frau Richterin Zeiser noch von diesem Inninger irgendeine Spur haben. Stattdessen werden ordentliche Unternehmer bedrängt. So geht das nicht. Mir sitzt bereits die halbe Anwaltskammer im Genick. Die vermögenden Herrschaften können mit ihrem Geld schließlich machen was sie wollen. Und wenn sie es an marode Unternehmen verleihen, ist das nicht unser Problem. Direktor Gansmayr sagte mir, jeder von ihnen stünde inzwischen unter Generalverdacht wegen der Bankenkrise weltweit. Mag sein, dass Herr Waldlass und andere mit dem Borgini fotografiert wurden. Aber das beweist uns doch nichts. «

Winkler fühlte sich angegriffen, aber er entgegnete nichts darauf. Niemand im Raum reagierte. Jeder las in seinen Papieren oder machte Notizen. Dadurch entstand eine angespannte Stille, die sich erst wieder löste, als Frau Dr. Feilhorn den Raum betrat.

Wie immer, wenn sie in Kempten auftrat, trug sie neue Kleidung. Winkler fragte sich, was sie damit zu kompensieren versuchte. Garderobe hatte immer etwas mit Camouflage zu tun. Jedenfalls bei den Leuten, die davon ein Aufhebens machen.

»Es ist, wie es ist«, begann die Frau vom BKA ihren Vortrag. »Die Ärzte lassen Gigi Borgini auf keinen Fall aus ihren Händen. Wie viel Zeit der Mann noch hat, können sie allerdings nicht sagen. Das kann mit ihm sehr schnell gehen. Wir haben eine schriftliche Aussage, die uns sein Anwalt übergeben hat. Darin nennt Borgini den Massimo Ragi eine Hure, die jeder kaufen konnte. Außerdem behauptet er, sein Sohn habe Donato Pelusino vom Baum holen wollen. Da sei der aber bereits tot gewesen. Niemals hätte ein Borgini den Donato töten können. Er sei wie ein Sohn für ihn gewesen. Seinen Aufenthalt im Allgäu begründet Borgini mit seiner Krankheit und seinem großen Vertrauen in die hiesige Ärztekunst. Dann folgt eine endlose Klage darüber, dass der Latonini es auf seine Familie abgesehen habe. Am Ende behauptet er, Latonini verfüge über Tonnen von Kokain, die erst in den letzten Wochen eingeschleppt worden seien.« Sie machte eine kleine Pause. »Ob das so ist, wissen wir nicht. Kollegin di Nardo wird mit Borgini sprechen. Wir müssen erfahren, wer Borgini die Anwesenheit in diesem Land ermöglicht hat und wer die Gelder verwaltet, die der Mann mitgebracht hat. Wir müssen auch davon ausgehen, dass der Latonini tatsächlich im Allgäu ist. Die US-Behörden haben uns das mitgeteilt.«

Winkler schaltete ab. Jetzt kamen die üblichen Parolen. Erst als Aspelkamp die neuen Gruppierungen an die Tafel zeichnete, regte er sich wieder.

»Wir werden, mit Unterstützung der Kräfte vor Ort, das Land intensiv nach den von den Amerikanern vermuteten zehn Tonnen Kokain absuchen. Augsburg Süd übernimmt die Kollegin Mandl. Kollege Osman Leutkirch, Isny, Oberstaufen. Kollege Winkler Oberstdorf, Sonthofen, Immenstadt. Kollege Gloger Pfronten, Kaufbeuren, Schongau. Wir wissen, dass das für alle Beteiligten eine starke Belastung sein wird, aber anders werden wir der angespannten Lage nicht Herr werden. Die Akte Hannelore Bittner wird geschlossen, da der Täter Massimo Ragi tot ist. In der Sache Zeiser gibt es keine neuen Erkenntnisse. Der Fall Inninger wird zurzeit noch von der Kriminaltechnik gründlich untersucht.«

Was sollte er in Oberstdorf tun? Als die Besprechung vorbei war, ging Winkler einen Kaffee trinken. Das war doch naiv zu glauben, eine solche kriminelle Vereinigung wie die des Latonini würde das Kokain spazieren fahren, falls die Information über diese Leute überhaupt korrekt war. Er fand Antonia Mandl vor, die geistesabwesend in ihre leere Tasse starrte. Sie war sehr blass und wirkte fahrig. Sie hatte den Auftrag bekommen, sich die Videobänder der kontrollierten Fahrzeuge von Marktoberdorf anzusehen. Als sich Winkler neben sie setzte, schob sie ihm ein Foto hin, das von einem der Bänder übernommen worden war.

»Was ist mit ihm?« Winkler drehte das Bild um und las die genaue Personenbeschreibung. »Joe Summer. Ausgewiesen hatte er sich mit einem Ausweis der US-Streitkräfte. Mitglied des Militärgeheimdienstes. Wohnhaft in ...«

Weiter kam Winkler nicht, weil sie ihn unterbrach.

»Er war hier in Kempten. Unseren Beobachtungen nach war er vor einigen Tagen in der Villa Waldlass. Joe Summer gibt sich als Kunstmaler aus. Er war es, der mir das blaue Auge verpasst hat. Ich kannte ihn von früher und habe ihn hier wieder getroffen. Wir hatten eine Affäre.« Antonia Mandl sprach stockend und mit zittriger Stimme.

Winkler versuchte sie zu beruhigen.

»Sie hatten etwas mit einem Amerikaner, der sie angeschwindelt hat. Das ist ein Problem? Was für eins? Männer lügen gerne, wenn sie eine Frau haben wollen.«

Antonia Mandl schob ein kleineres Foto über den Tisch.

»Was ist das?« Winkler nahm es in die Hand.

»Die Kollegen haben in der Wandverkleidung des Campingwagens eine Plastikhülle mit vier Fotos gefunden. Inninger muss die gemacht haben.«

Winkler versuchte, die Personen auf dem Bild zu identifizieren. Den See im Hintergrund kannte er, das war der Bachtelweiher. Die Person, die am Boden lag, konnte er nicht genau genug erkennen, um sie zu identifizieren. Ein Mann, der sich zu dem am Boden liegenden hinunterbeugte, war völlig unkenntlich, aber der Typ seitlich bei dem Auto war dieser Joe.

»Der Tote am Boden ist für mich Massimo Ragi. Die Szenerie passt zu den Bildern, die von den Kollegen am Auffundsort der Leiche gemacht wurden. Es sieht so aus, als hätten sie ihn gerade umgebracht.«

Winkler hatte wegen seiner Magenprobleme momentan keinen Appetit, aber wenn sich Situationen zuspitzten, dann bekam er manchmal einen regelrechten Heißhunger. Der überkam ihn jetzt, und deshalb schickte er einen jungen Polizisten zu seinem Lieblingsmetzger an der nächsten Ecke, denn er brauchte nun unbedingt zwei Leberkässemmeln. Der Fall Inninger wurde durch die Bilder nun noch dramatischer, als er das sowieso schon vermutet hatte. Für ihn waren die Fotos ein Teil von Inningers Testament. Winkler setzte sich dicht neben Antonia Mandl.

»Ich fürchte, Sie dürfen das nicht für sich behalten«, sagte er so leise und ruhig, dass sie nur nicken konnte. »Natürlich muss ich Sie fragen: Haben Sie diesem Joe irgendetwas erzählt, was wie ein Geheimnisverrat wirken könnte? Sie müssen genau nachdenken, sonst machen die Sie fertig, wenn sie später etwas in der Art finden sollten.«

Sie wusste es nicht. In dieser bewussten Nacht im Apartment war es drunter und drüber gegangen, da konnte sie sich nicht an jedes Wort erinnern.

»Ich weiß es nicht«, sagte sie.

Da es keine Alternative gab, gingen sie zunächst in das Büro von Renata di Nardo und mit ihr anschließend zu Kriminalrat Aspelkamp. Der zögerte sehr lange mit einer Äußerung.

»Gehen wir davon aus, dass dieser Joe Summer ein Agent eines US-Geheimdienstes ist, dann könnte das Foto unter anderem auch zeigen, dass diese Leute vor uns am Tatort waren. Mehr sagt uns dieses Bild nicht. Ich könnte die Amerikaner nach ihrem Mann fragen, aber die geben zu Personen grundsätzlich keine Kommentare ab.«

Das war alles. Erleichtert verließ Antonia Mandl mit Renata di Nardo das Büro. Aspelkamp wollte, dass Winkler blieb.

»Sie sollte bei der Wahl ihrer Partner ihren Beruf nicht vergessen, sagen Sie ihr das«, verlangte Aspelkamp und sah Winkler mit Verärgerung an. »Es ist nicht so, dass ich Ihre Art besonders schätze, das wissen Sie. An Ihrer Arbeit gibt es nichts auszusetzen, das wissen Sie auch. Momentan sind unsere Ergebnisse nicht befriedigend, da haben wir alle dran zu knabbern. Aber darum geht es nicht.« Aspelkamp schlug eine Mappe auf und schaute auf die Kopie eines Briefes. Von seiner Position aus konnte Winkler nichts Genaues sehen. »Wo befindet sich Ihr Sohn momentan?«

Wohin ging die Reise? Winkler wunderte sich, denn Aspelkamp hatte ihn nie nach seinem Sohn gefragt. Nicht einmal in den ersten Wochen nach dem Unfall.

»Er ist in der Nähe des Alpsees bei Immenstadt in einer Pflegeeinrichtung«, antwortete Winkler korrekt.

»Seit wann?«

Langsam bekam Winkler einen flauen Magen. Wenn es um seinen Sohn ging, reagierte er äußerst empfindlich.

»Zirka zwei Wochen.«

»Ich werde nicht lange um den heißen Brei herumreden«, meinte Aspelkamp. »Es geht um den Brief, den Sie Ihrer ehemaligen Frau schrieben. Sie drohen ihr darin mit körperlicher Gewalt und äußern sich sehr beleidigend. Wenn eine Anzeige erfolgt, dann bleibt mir nichts anderes übrig, als Sie vorläufig zu suspendieren. Der Anwalt Ihrer Ex-Frau schreibt, Sie hätten das gemeinsame Kind entgegen der Anordnung des Jugendgerichts in ein anderes Heim verbracht, um die Besuche der Mutter zu verhindern.«

Winkler kam sich vor, als hätte ihm jemand ein Bein gestellt und er wäre direkt auf sein Gesicht gefallen. Er war innerlich empört und kochte vor Wut.

»Ich habe dieser Person keinen Brief geschrieben. Mir ist nämlich völlig unbekannt, wo diese Frau wohnt.« Winkler musste sich bremsen, um nicht ausfallend zu werden. »Eine besonders gute Einrichtung ist schwer zu finden, und als es die Möglichkeit gab, da habe ich meinen Sohn dorthin bringen lassen. Das Ganze ist eine Intrige.«

Aspelkamp nahm die Kopie.

»Ich kenne Ihre Unterschrift, und die hier ist ihr mehr als ähnlich. Selbst wenn ich Ihnen glaube, kann ich nicht anders handeln, falls es zu Gericht gehen sollte.«

Winkler stand auf. Er hatte genug von dieser Schmierenkomödie.

»Sie werden auf dem Papierbogen und dem Umschlag keinerlei Spuren von mir finden«, rief er.

»Aber Herr Winkler, Sie sind vom Fach, also was soll das? Fahren Sie nach Hause, ich bitte darum.« Aspelkamp faltete die Hände über dem Bauch. »Sie machen mir arge Kopfschmerzen. Jetzt muss ich die Mannschaft noch einmal neu ordnen.«

Winkler lief in sein Büro und aß die kalten Leberkässemmeln. Er wollte einfach nicht glauben, was er da soeben gehört hatte. Zornig verließ er das Gebäude und fuhr nach Oberstdorf, ohne mit Renata di Nardo noch ein Wort zu wechseln. Er ging davon aus, dass Aspelkamp ihr bereits berichtet hatte.

*

Joe zog seinen Hut tiefer in die Stirn. Er war den ganzen Mittwoch lang unterwegs gewesen und hatte auch noch eine Polizeikontrolle überstehen müssen. Nach einem ausgiebigen Spaziergang durch einen Park lief er nun über die Salzstraße wieder zum Künstlerhaus zurück, wo er hineingeflüchtet war, als er den Polizisten erkannt hatte. Das war der Mann, den er für sich »Don Quichotte« nannte, weil der so dünn und lang war, nach vorne gebeugt lief, und überhaupt eine verschrobene Person zu sein schien. Winkler hieß er, das hatte ihm Lohbach am Anfang ihrer Zeit in Kempten bereits mitgeteilt. Nach der Polizeikontrolle hatte er Lohbachs Auto abgestellt und wollte es auch nicht mehr benutzen. Deshalb musste er warten.

Marktoberdorf gefiel ihm. Er hatte an der Georg-Fischer-Straße in einem Restaurant ein gutes Steak gegessen, danach einen günstigen Mantel erworben, war noch einmal zu der Tiefgarage gegangen, in die Paolo Borgini mit seinem Auto verschwunden war, und hatte das Haus beobachtet, bis er entdeckte, dass sich im zweiten Stock links immer wieder die Gardine bewegt hatte. Auf dem Klingelschild las er »Hüls, Annelore«.

Nicht nur dem Borgini wurde der Boden zu heiß. Sie hatten Joes Papiere registriert und ihn wieder fahren lassen. Das war positiv. Andererseits gab es überall auf den Straßen Polizei, und mit dem Hauptkommissar aus Kempten war für ihn der Beweis da, dass die ernst machten mit ihren sogenannten Ringfahndungen. Er musste weg von hier. Es war nicht nur die Kontrolle, hinzu kam das Geständnis des Inninger. Es gab also Fotos von ihm und Lohbach, die sie nicht gefunden hatten.

Auried hatte ihm gesagt, er solle den Borgini verfolgen, und dabei wäre er nun beinahe in seine persönliche Katastrophe geraten. Auried glaubte, dass die Leute vom Latonini den Paolo Borgini nicht mehr lange spazierenfahren lassen würden. Das sollte er herausfinden, aber bisher gab es in dieser

Richtung nichts Verdächtiges. Allerdings hatte er sich der Meinung Aurieds angeschlossen. Es war einfach logisch. Die Borginis hatten endgültig verspielt.

Joe wartete am Dammweg. Ein Abschleppwagen stand neben dem Passat von Lohbach, der inzwischen eine Plane trug und keine Nummernschilder mehr hatte. Lohbach hatte gut reagiert. Die Firma würde das Auto verschwinden lassen. Es wurde hochgehoben und festgezurrt. Dann fuhr der Lastwagen davon. Lohbach hatte Wort gehalten. Am angegebenen Ort stand ein Mercedes. Joe lief hinüber, öffnete die Tür und nahm den Schlüssel, der auf dem Fahrersitz lag, an sich. Die Menschen beim Supermarkt achteten nicht auf ihn. Joe fuhr in die Bahnhofstraße und dann zum Haus der Hüls. Diesmal erkannte er den Van, der schräg gegenüber dem Haus stand, an der Art, wie er geparkt war und wie sich die beiden Männer bewegten, die in der Nähe herumspazierten. Latoninis Leute waren immer ausnehmend gut gekleidet, hatte Lohbach gesagt. Joe kannte diese New Yorker Typen. Sie hatten irgendwie alle die gleichen Körperbewegungen an sich. Der junge Borgini hatte noch Zeit, denn hier in der Stadt würden sie es bestimmt nicht erledigen. Die herrliche Landschaft bot überall Möglichkeiten, sich von einer Person endgültig zu trennen. Er dachte an Inninger.

Joe fuhr über die Füssener Straße auf die B 16. Im Handschuhfach lagen neue Papiere, denn die alten waren im abgeschleppten Wagen geblieben. Nun hieß er Joe Winter. Wie prosaisch. Am Ende dürften sich alle die nun angewandten Vorsichtsmaßnahmen als überflüssig herausstellen, das wäre die angenehmste Lösung. Das Gegenteil davon würde nämlich bedeuten, dass man ihm an die Wäsche gehen würde. Inzwischen wussten einfach viel zu viele Menschen, dass er in Kempten und Umgebung war. Unwiderlegbare Beweise gegen ihn gab es nicht. Er wollte sich vor niemandem rechtfertigen müssen.

Joe sah Winkler am Museum stehen. Ich vergesse nie ein Gesicht. Er wollte in Füssen übernachten und warten. Dort angekommen, entschied er sich um und fuhr nach Sonthofen weiter. Warum er das tat, wusste er nicht. Das Auto trug ihn, er musste gar nicht viel tun. Gegenüber dem Bahnhof hielt er an und schloss seine Augen. Was spielte sich in seinem Kopf ab? Er sah Figuren wie aus einer Schattenwelt an ihm vorbeiparadieren. Es waren ausschließlich Männer. Als er die Augen wieder öffnete, dachte er an Lohbach. Er musste ihm ein Signal geben, unterließ es aber. Wie gerne wäre er jetzt über die Berge gefahren und auf der anderen Seite hinunter bis zum Meer gebraust. Vielleicht starb Paolo Borgini gerade? Seinen Vater bewachten sie in einer Klinik, hatte ein Radiosprecher berichtet. Irgendeinen Grund musste es haben, dass er sich genau in diesem Moment nicht wohl fühlte in seiner Haut. Objektiv gab es dazu keinen Grund, denn alles war bestens geregelt. Von dem alten Querulanten Inninger einmal abgesehen. Subjektiv hatte er nicht das gute Gefühl absoluter Sicherheit. Lohbach trug die Schuld daran, der den Auftrag endlos in die Länge gezogen hatte. Als ein Blitzlicht den Vorplatz erhellte, weil jemand den Bahnhof fotografierte, zuckte er kurz zusammen. Zeigte er Nerven? Er dachte kurz an die Polizistin. Wie hieß sie gleich wieder?

Joe! Antonia Mandl hatte den Namen auf einen winzigen Zettel geschrieben. Als der Kurier eintrat, gab sie ihm den Umschlag für das Labor. Das blutige Taschentuch ihrer gemeinsamen Nacht hatte sie mit hineingelegt.

13

Blätter wurden vom Boden hochgewirbelt und fielen lautlos wieder zu Boden. Der Herbstwind durchquerte die Stadt und erinnerte die Menschen daran, dass es bald Winter sein würde. Aus den Bergen, die frische Schneehauben auf den Gipfeln trugen, grüßte er bereits herüber. Noch schien die Sonne, aber sie hatte auf ihrem langen Weg bis zu diesem Flecken Erde ihre wärmende Kraft verloren. Dennoch gab es Menschen, die ihr ihre Gesichter entgegenstreckten und fröhlicher wirkten als jene, die mit gesenktem Kopf über die Gehsteige huschten. Die meisten Menschen erleben den Herbst zwiegespalten. Einerseits gibt es zu keiner anderen Jahreszeit solch prächtige Farbenspiele in der Natur, andererseits beginnt die tote Zeit. Der November war der Monat der Toten.

Der Mann schritt aus und achtete nicht weiter auf die anderen Fußgänger. Er zog eben negative Schlussfolgerungen aus den Ereignissen der letzten Wochen und machte ein entsprechendes Gesicht. Bald war er fünfundfünfzig Jahre alt und sein Entschluss, sich, wenn alles vorbei war, zur Ruhe zu setzen, schien ihm noch nicht umsetzbar zu sein. Wobei die Frage war, ab welchem Zeitpunkt er das tun konnte, ohne im Laufe der weiteren Jahre seine Wohlhabenheit zu verlieren. Je mehr Geld er angehäuft hatte, desto häufiger waren ihm Zweifel gekommen, dass es für den Rest seines Lebens reichen würde. Er hatte einmal klein angefangen und für andere Leute Schwarzgeld über die Grenze geschafft. Erwischt hatten sie ihn nie. Die vielen Reisen hatten ihn geformt und ihm gezeigt, wie man richtig Geld machen konnte. Um was sollte es denn sonst gehen? Niemals im Leben war ihm in den Sinn gekommen, sich als abhängiges Gehaltswürstchen durchzubringen. Selbst ein paar Jahre Knast hätte er in Kauf genommen. Aber er besaß eine weiße Weste, und das war gut so. Am Brunnen auf dem August-Fischer-Platz blieb er stehen und sah sich um.

Seine Verabredung war noch nicht da. Er war immer zu früh, daran ließ sich nichts ändern, weil er ständig das Gefühl hatte, zu spät zu kommen. Nun drehte er sich mit dem Gesicht zum Brunnen und ließ das *Forum Allgäu* in seinem Rücken.

Hornbach kam wie ein Müßiggänger daher. Wie verabredet trug er einen kleinen Diplomatenkoffer in der einen und eine braune Reisetasche in der anderen Hand. Eine Begrüßung fand nicht statt, weil man eiligst zu einem Elektrohandel im ersten Stock des Gebäudes lief und hinter Kühlschränken die Taschen austauschte.

»Dreihundert und fünfzigtausend Euro und einhundert und zwanzigtausend Dollar in großen Scheinen«, sagte Hegenau zu Hornbach. »Der Herr sei Ihrer Seele gnädig, wenn Sie das verlieren.«

Hornbach lachte in sich hinein und war gleich darauf verschwunden, während Hegenau das Gebäude verließ und zur Mozartstraße ging. Hornbach machte sich auf den Weg in die Schweiz. Er hatte sich ein Haus in Nyon am Genfer See gekauft und stand kurz vor der Eheschließung mit einer Schweizerin. Gestern hatte er Kopien von Briefen über Geldtransfers mit den Unterschriften von Siegfried Hegenau und Detlev Waldlass an die Behörden geschickt. Morgen würde er in Genf einen Anwalt eines smarten New Yorker Investors treffen, dessen Namen er sich mit Sicherheit nicht merken würde. Besser absichern konnte man sich nicht. Waldlass hatte sich eine Villa in Florida gekauft und seine Familie dort untergebracht. Der hatte wohl geglaubt, dass er das ungesehen machen konnte. Für Hornbach war das allein schon Grund genug gewesen, die bessere Firma zu wählen und zu wechseln.

Hegenau war mit Waldlass zum Essen verabredet. Vorher musste er sich allerdings einen neuen Anzug vom Schneider abholen, der auch seine handgenähten Schuhe aus England für ihn in Empfang genommen hatte. Er mochte es nicht, wenn Lieferanten zu seinem Haus kamen. Gute Schuhe waren ihm besonders wichtig, denn immerhin lastete das gesamte Körpergewicht auf den Füßen. Mit diesen billigen Latschen vom Fließband musste das Gehen auf Dauer zu Haltungsschäden führen, wie ihm ein Orthopäde erläutert hatte. Wenn er den Fußgängern auf die Schuhe schaute, überkam ihn das kalte Grausen. Hegenau trug Schuhe des Oxfordtyps. Natürlich bevorzugte er auch bei seinen Anzügen englisches Tuch und legte dazu liebend gern französische Krawatten an. Immer musste die Lilie der Bourbonen eingestickt sein. Der Vorzug bei diesen Kleidungsstücken war, dass er nie anprobieren musste. Alles passte immer wie angegossen. Hegenau lief so, dass er nicht mit anderen Fußgängern kollidieren konnte. Er hielt genug Abstand oder wich vorzeitig aus, so dass es auf keinen Fall zu Berührungen kam. Von anderen berührt zu werden, hasste er. Bittner kam ihm in den Kopf. Über den musste er unbedingt mit Waldlass reden. Es war wichtig, dass die Holzfirma eine weitere Geldspritze von einhundertundfünfzigtausend Euro übernahm. Aber bisher hatte sich Bittner geweigert. Offensichtlich befürchtete er einen zu starken Einfluss der Cambo Consulting. Waldlass musste mehr Druck ausüben. Der Bittner war seit der Sache mit seiner Frau sowieso ein verschrecktes Häschen. Er selbst hatte sich immer darüber gewundert, wie eine solche Schönheit sich diesen Holzwurm angeln konnte. Nachdem er dann das mit ihrer Vergangenheit als Frau Ahrens erfuhr, da hatte es ihn nicht mehr verblüfft. Wobei es ihn schon erstaunt hatte, dass er sie arbeiten gehen ließ. Wer seine Frau zur Arbeit schickt, der will sie tagsüber nicht um sich haben, dachte Hegenau. Er hatte keine Frau. Wozu auch? Für ihn gab es kein einziges Argument, das dafür sprach. Bei dem Ahrens hatte doch jeder sehen können, wohin es führt, wenn man seiner Frau traut. Die Bittner hatte ihren ersten Mann vor Gericht denunziert, und dafür war der Kerl dann ziemlich lange abwesend gewesen. Das ist doch nicht schön. Sicherheit hast du nur, wenn du anderen misstraust, das war sein Dogma. Hornbach hatte die Vermutung geäußert, dass der Ahrens hinter dem Mord stünde. Das wäre logisch und auch verständlich, sagte sich Hegenau. Aber es ging ihn nichts an. Was ihn etwas anging, das waren seine Geschäfte. In dieser Woche sollten fünfhunderttausend Euro angelegt werden. Das war nicht so einfach. Außerdem gab es momentan zu viel Wirbel wegen der Borgini-Familie. Hier ein Toter, da ein Toter, das war immer schlecht für die Geschäfte. Von seinem Informanten im Ministerium hatte er gehört, dass sie sich dort Gedanken machten, wo der alte Borgini sein Geld gebunkert hatte. Es war nie gut, wenn Behörden die Geldflüsse störten. Jemand musste ihnen sagen, dass das zu nichts führen wird. Sie würden den Geldmarkt verunsichern und Investitionen behindern. Für die Arbeitsplätze wäre das fatal. Während der Bankenkrise 2010 hatten sie doch alle laut geschrien. Aber niemand hatte nachgefragt, wohin die Milliarden verschwunden waren. Geld löst sich nicht einfach auf, immer wird es Leute geben, die es besitzen. Danach fragte niemand, und das war richtig so. Dann laufen die Geschäfte wieder wie geschmiert. Bei dem Wort »geschmiert« musste er innerlich lachen.

Hegenau ging langsam auf eine Ampel zu und überquerte den Fußweg dann vorschriftsmäßig bei Grün. Da war er äußerst penibel. Leute, die sich freiwillig in Gefahr brachten, waren entweder Vollidioten, oder sie hatten nichts zu verlieren. Er hatte eine Menge zu verlieren. Nun musste er sich sputen, denn in zwei Stunden war er mit Gansmayr und Aspelkamp zum Golf verabredet. Waldlass würde auch da sein. Wie immer würde er nicht viel reden, aber ganz genau zuhören, was gesagt wurde, darin war er besonders gut. Heute wollte er Aspelkamp gewinnen lassen.

Hegenau betrat das Lokal nicht sofort, sondern betrachtete die Speisekarte in der Außenvitrine. Er hatte keinen Hunger, wollte aber aus Höflichkeit etwas zu sich nehmen. Nicht, dass ihm die vielen Gerüchte auf den Magen schlugen, aber völlig gleichgültig lassen durften sie ihn auch nicht, das wäre fahrlässig. Immerhin hatte die Polizei das Haus von Waldlass bereits beobachtet. Er hatte nie verstanden, weshalb der Waldlass sich eine dermaßen exponierte Villa angeschafft hatte. Dann noch diese hysterische Ehefrau, die ständig zu Kuren fuhr, und eine Tochter, die im Stall ihres Pferdes lebte.

Hegenau hatte sich mit der Unterstützung von Gansmayr ein solides Reihenhaus gekauft. Die Häuser rechts und links von ihm noch dazu, damit er alles unter Kontrolle behielt. Kontrolle war ihm wichtig. So hatte er sich eine ordentliche Adresse zugelegt, ohne dabei besonders aufzufallen. Anders als Hornbach, von dem niemand wusste, wo er eigentlich lebte. Der war ein ewiger Geheimniskrämer. Inzwischen hatte Hegenau fast alles bezahlt, weil er gut verdient hatte, seit er in Miami von einem New Yorker Anwalt angesprochen worden war. Der hatte ihm auch gleich ein Foto mit ihm und Borgini unter die Nase gehalten. Doch letzten Endes war er nun in einer gewissen Bredouille, weil dieser Franz Inninger Fotos von ihm und Latonini gemacht hatte. Fotos, auf denen sie zusammen in Neuschwanstein zu sehen waren. Inninger hatte tatsächlich die Frechheit besessen, dieses Foto an seinem Maybach zu befestigen. Fast hätte er ihn dabei erwischt. Nun war der Borgini freiwillig zur Polizei gegangen, und er musste damit rechnen, dass man auch ihm Fragen stellen würde. Es war eine Tatsache, dass er sich nie näher mit Borgini befasst hatte. Natürlich wird man sagen, er habe doch wissen müssen, wer das war, aber da war er eben völlig anderer Ansicht. Bei Geschäften hatte ihn das noch nie interessiert. Das war nur anders gewesen, als der Borgini ihn wegen dieser leidigen Geschichte mit der Richterin Zeiser angesprochen und er einen Detektiv beauftragt hatte. Eines seiner Prinzipien bestand darin, sich selbst nie in die Nähe von gewissen Fragwürdigkeiten zu bringen. Er hatte Bittner angelogen und ihm gesagt, er würde von der Zeiser unauffällig beobachtet. So hatte er den Detektiv in Bittners Namen beauftragt. Die Richterin war nicht sehr ergiebig gewesen, dafür aber ihr Mann in Hamburg. Aber nur er wusste von dessen Affäre. Der Borgini würde schon deswegen den Mund halten, weil die Richterin spurlos verschwunden war. Das ging ihn auch nichts an. Als er in das Restaurant hineinging, wartete Waldlass bereits auf ihn und hielt sich nicht lange mit einer Vorrede auf.

»Joseph, es sind nur drei Millionen. Das Gelände mit den Gebäuden, dazu die Nähe der Autobahn, aber wir haben dennoch nur drei Millionen dafür bekommen.« Waldlass war betrübt und nahm einen Schluck vom Riesling.

Hegenau kannte Waldlass nur zu gut und sah ihm an, dass da noch etwas anderes war. Sein Gesicht verriet ihm psychische Bauchschmerzen.

»Für deine Provision bedeutet das eine gewisse Minimierung. Na ja, aber besser den Spatz in der Hand, als die Taube auf dem Dach.« Waldlass blätterte abwesend in der Speisekarte.

»Immerhin ein fetter Spatz«, scherzte Hegenau. »Ich hatte das Grundstück nur unter großen Schwierigkeiten kaufen können. Wo ist mein Geld?«

Waldlass sah ihn nicht an. So konnte man Bestechung natürlich auch nennen.

»In Hongkong. Es ging nicht anders.« Waldlass bestellte sich Rehmedaillons mit Spätzle. »Hatten wir jemals Geschäftsbeziehungen zu dem Borgini?«

Waldlass sprach so leise, dass Hegenau ihn kaum verstand.

»Nicht dass ich wüsste.« Im Normalfall hätte er auf eine solche Frage mit Empörung reagiert, aber es ging offenbar um etwas Heikles. »Was soll diese Frage?«

Waldlass beugte sich über den Tisch, um näher an Hegenau heranzukommen. Sein rundes Gesicht war gerötet, und seine Haut glänzte. Hegenau, der so großen Wert auf seine schlanke Figur und einen feinen Teint legte, hielt sich die Hand vor die Nase, als hätte Waldlass Mundgeruch.

»Aspelkamp hat sich über einen gewissen Inninger aufgeregt, der einige Geschäftsleute der Mafianähe bezichtigte. Fast etwas zu beiläufig ist dein Name gefallen.« Hegenau wollte dazu etwas sagen, aber Waldlass ließ ihn nicht zu Wort kommen. »Die Borgini-Familie ist passé. Bei mir hat sich ein Mann gemeldet, der keinen Zweifel daran lässt, wie er sich zukünftige Investitionen vorstellt. Sie haben, sagte er, den Borgini systematisch in die Enge getrieben, so dass er sich den Behörden stellen musste. Die wollen in den nächsten Monaten zwanzig Millionen Dollar investieren.«

Das war ein Volumen, bei dem ein Mann wie Detlev Waldlass freudig erregt wurde, dachte Hegenau, aber das zeigte man doch nicht so öffentlich.

»Und?«

Waldlass biss sich kurz auf die Unterlippe.

»Ich bin nur ein kleiner Buchhalter, der Geld verwaltet. Zu requirieren und gute Objekte zu finden, das ist nicht meine Profession. Aber die wollen mich unbedingt dabeihaben.« Er unterbrach seine Rede, weil ein Paar das Lokal betrat und an ihrem Tisch vorbei ging. »Sie wissen, von wem ich rede?«

»Nein.« Hegenau log. Es gab nur eine Investorengruppe, die sich in letzter Zeit im Allgäu bewegt hatte, und die gehörte Latonini. »Warum lehnst du nicht ab?«

»Falls ich diese Ablehnung überleben sollte, müsste ich ein Zelt an der Iller aufschlagen und den Rest meines Lebens als Clochard verbringen.« Waldlass' Stimme zitterte. »Ich habe keine Wahl, und du auch nicht.«

Hegenau reagierte darauf nicht.

»Joseph, wenn du etwas weißt, dann musst du mich informieren. Diese gewisse Person ist angeblich zurück nach New York. Aber sie hat einen Statthalter installiert, den ich nicht kenne. Jetzt fühle ich mich ständig beobachtet.« Waldlass tupfte sich seine Lippen mit der Serviette ab, obwohl er noch nichts gegessen hatte. »Für mich sind die Hintermänner Russen. Haben die den Pelusino erledigt, von dem in der Presse die Rede war? Und die Bittner auch?«

Hegenau schüttelte sich innerlich und ließ sich weiter nichts anmerken. Der Waldlass war ein weinerliches Weib.

»Aspelkamp spricht nicht darüber, aber ausschließen würde ich das nicht. Deshalb ist mir ja auch so unwohl. Man hat quasi ständig die Pistole an der Schläfe.« Waldlass trank sein Glas leer und sah sich im Lokal um. »Du wurdest auch mehrfach mit dem Borgini gesehen, Joseph.«

Hegenau verkniff sich eine böse Bemerkung.

»Tatsächlich? Und? Der Borgini war hier zur Kur und blieb. Ich habe den Oberstaatsanwalt Heller gefragt, und der hat mir bestätigt, dass es zwar eine Anfrage aus Italien gab, aber dass die nicht konkret genug war, um den Mann zu verhaften. Später ist er dann abgetaucht. Ich war nicht häufiger in seiner Umgebung als viele andere Männer unserer Klasse auch. Mehr ist dazu nicht zu sagen.« Hegenau bestellte sich die Tagessuppe und noch ein Mineralwasser.

Detlev Waldlass bekam Schweißperlen auf der Stirn.

»Was machen wir?«

»Wir? Nichts. Wir bieten weiter Projekte an und warten darauf, dass es Käufer geben wird. Alles bleibt wie gehabt.« Hegenau überlegte, ob er mit Waldlass weiter Geschäfte betreiben wollte. Keiner seiner Geldanleger würde gerne mit einem Mann zusammenarbeiten, der vor Furcht schwitzte. »Es ist doch nichts geschehen.«

Dann redete Waldlass, aber er hörte nicht mehr zu. Nach dem Essen eilte Waldlass nach Hause, um sich für das Golfspiel umzuziehen. Hegenau blieb sitzen. Würde Waldlass seine Substanz gefährden, dann musste er ihn denunzieren, so leid es ihm auch tun würde. Wenn Borgini der Polizei erzählen würde, dass er ein paar Millionen investiert hat, dann müsste

Waldlass dafür grade stehen, nicht er. Ein Ehepaar schaute vom seitlichen Nachbartisch aus zu ihm hin. Man lächelte einander zu. Hegenau bezahlte und sah sein Spiegelbild in der Glastür. Er war ein eleganter Mann mit silbergrauem Haar, der es zu etwas gebracht hatte. Hegenau schmunzelte, als er auf den Gehweg trat.

*

Aspelkamp war zu spät. Das LKA gab ihm die Schuld daran, dass sie Paolo Borgini nicht gefasst hatten. Auch die Sache mit Winkler setzte ihm zu. Dass Renata di Nardo meinte, diese private Geschichte passe überhaupt nicht zu Winkler, war verständlich. Heller hatte seinen Donnerstagstermin mit Aspelkamp abgesagt. Der hatte am Telefon das Wort »Schwachsinn« benutzt, das war nun wirklich zu viel. Zu allem Überfluss bekam er noch die Forderungen von Gigi Borgini präsentiert, nachdem Renata di Nardo das erste Mal am Morgen mit ihm im Krankenhaus gesprochen hatte. Der wollte es schriftlich haben, dass man ihn nicht an Italien ausliefern würde, wenn er dafür seine Kontaktleute preisgab. Überhaupt hatte ihn dessen Märchenstunde wütend gemacht, weil Borgini sich darüber empört hatte, als Kokainhändler verdächtigt zu werden und behauptete, nur wegen seiner Krankheit ins Allgäu gekommen zu sein. Zugeben würde er nicht einmal, dass er mit illegalem Geld gehandelt hatte. Der Handabdruck seines Sohnes am Hemd des toten Donato Pelusino sei dadurch entstanden, dass sein Sohn den Ermordeten entdeckt hätte und ihm von dem Ast abheben wollte, was ihm aber nicht gelungen sei, erzählte Borgini. Mit dem Mord an der Bittner habe er absolut nichts zu schaffen. Das hatte ihm Renata di Nardo per Telefon berichtet. Er wollte Winkler sprechen und rief ihn an.

»Steigen Sie ein, ich will Ihnen etwas zeigen«, sagte der Oberstaatsanwalt und öffnete Winkler die Tür seines BMW.

Aspelkamp parkte ein und schaute über den Golfplatz. Für einen Moment versöhnte ihn das prächtige Panorama der Alpen mit der Situation, in der er sich befand. Er schob die unangenehmen Überlegungen beiseite, als er bemerkte, dass ihn seine drei Mitspieler beobachteten. Sie standen noch in der Nähe des Clubgebäudes und warteten. Das Los entschied, dass er mit Direktor Gansmayr spielte.

Waldlass beobachtete die Szenerie distanziert. Gerne hätte er Hegenau mit dem Namen Arturo Latonini konfrontiert, aber er war sich sicher, dass der diesen Namen einfach überhören würde. Für einen kleinen Augenblick hatte er das Gefühl, dass Aspelkamp ihn beobachtete. Er sah zu, wie Gansmayr präzise abschlug und Aspelkamp seinen Schlag versaute, da ihm sein Hüftschwung misslang. Hegenau konzentrierte sich, weil er nicht gerne verlor. Heute wollte er mindestens auf den zweiten Platz kommen, falls Aspelkamp gut spielte. Doch er musste telefonieren. Das war zwar gegen die Spielregeln, aber die Zeit drängte. Er verschlug seinen Ball und ging ihn suchen. Sein Partner in Hongkong wartete bereits. Er musste an die sieben Stunden Zeitunterschied denken, also war es dort jetzt spät am Abend. Hegenau mochte die Wortkargheit des Friesen, mit dem er mehrere Devisenspekulationen gewinnbringend durchgeführt hatte. Erst einmal war dabei etwas schiefgegangen. Sein Gesprächspartner packte das Wort »Regenschirm« in einen beiläufigen Satz, und damit war gesagt, dass sein Geld in Hongkong angekommen war. Mehr wollte er nicht wissen. Das gegenteilige Wort wäre »Sonnenschein« gewesen. Er schlug den Ball zurück ins Spiel.

»Der Wolkenreich aus Schongau hat mich kontaktiert und sich über die neuerdings rüde Art seiner Behandlung beschwert.« Detlev Waldlass sprach es wie beiläufig aus, aber Hegenau spürte, wie es in ihm arbeitete.

»Wolkenreich? Muss ich den kennen?« Er log, aber darin war er geübt.

Aspelkamp und Gansmayr spielten bereits das dritte Loch. Der Bankdirektor trug englische Knickerbocker, was Aspelkamp missfiel. Er mochte ausgefallene Kleidung nicht. Deshalb war ihm der Hegenau auch nicht sehr sympathisch. Aber man konnte sich nicht alle Mitglieder im Club aussuchen. Inzwischen hatte er im Spiel Tritt gefasst und spielte bisher eine ordentliche Runde.

»Der Borgini hat Geld bei dir liegen«, sagte Aspelkamp.

»Das stimmt so nicht. Das LKA hat bereits angefragt, aber sie hatten keine richterliche Verfügung. Du weißt, dass ich unter diesen Umständen nichts sagen kann. Sein Münchner Anwalt teilte mir mit, dass er momentan nur als Zeuge gesehen werden darf. Was soll ich dir antworten? Da sind mir die Hände gebunden«. Gansmayr legte sich den Ball für seinen nächsten Schlag zurecht.

»Wir brauchen Gesetze, um von diesen Verbrechern das Geld beschlagnahmen zu können. Mit den Millionen wäre es gut möglich, die Drogenabhängigen zu behandeln und von dem Dreckzeug wegzubringen.« Aspelkamp sprach ins Leere, denn Gansmayr war seinem abgeschlagenen Ball gefolgt und lief einen leichten Abhang hinab. Dafür hatten Hegenau und Waldlass seine Worte gehört.

»Der Mann kann einfach nicht abschalten«, sagte Hegenau, als sich Aspelkamp entfernt hatte. »Wo ist denn der verdammte Ball nun wieder gelandet?«

Waldlass folgte ihm, legte seinen Putter über die Schulter und sah Hegenau an.

»Ich hatte mich bei einem Empfang beiläufig nach passablen Goldpreisen erkundigt. Gestern sprach mich auf dem Parkplatz von Feinkost Kreuzer ein Mann an, der sich Pastor nannte. Er hat mir das Doppelte von dem geboten, was ich vor sechs Jahren dafür bezahlt hatte.«

Hegenau hob seinen Ball auf und legte ihn einen Meter vor sich auf das Grün.

»Sie wissen nicht, wer dieser ›Hirte‹ war, Herr Waldlass?« Er lachte kurz auf. »Wenn du das machst, Siegfried, dann hast du quasi den Strick um den Hals, den der Arturo Latonini in den Händen hält. Wir verstehen uns?«

Waldlass verschob den Ball. Statt ihn in direkter Linie zu spielen, verzog er ihn und verfehlte das Loch.

»Pastor« nannte sich einer der zwei Statthalter der New Yorker Familie hier. Siegfried Hegenau traf mit seinem Schlag ins Loch. Er musste verhindern, dass auch Waldlass mit Latonini ins Geschäft kam.

»Verkaufe das Gold nicht.«

»Zu spät«, antwortete Waldlass.

»Warum musstest du denn verkaufen?«

»Wir haben ein Haus in Florida erworben.«

»Dann vergiss ganz schnell, was ich gesagt habe«, reagierte Hegenau.

Waldlass schaute Gansmayr und Aspelkamp nach, die bereits weit voraus waren. Ein Blick auf die hohe Alpenwand, die aus dieser Distanz unüberwindlich schien, brachte ihn zu einer anderen Frage.

»Wenn die Borginis erledigt sind und die New Yorker nun angeblich das Sagen haben, werden sich Fragen an uns ergeben. Die Polizei hat mein Haus schon beobachtet. Es wäre erfreulich, wenn sich ein Weg auftun würde, um einigen Gelder und Papieren über die Berge zu helfen.«

Hegenau musste herzlich lachen. Umständlicher hätte auch er das nicht formulieren können.

»Ich hatte damit nichts zu tun. Bedenke, dass du momentan deinen Kurier am besten über Oberstdorf nach Österreich schicken kannst. Aspelkamp hat Winkler beurlaubt. Ein unangenehmer Mensch, dieser Polizist.«

Waldlass schwitzte.

»Da gibt es einen Bus mit Touristen, der nach Imst fahren wird. Leider ist der beste Kurier, den wir bisher hatten, ja tot. Aber ich denke, dass das Risiko kalkulierbar ist. Von Österreich geht das Geld in die Schweiz. Wenn wir es danach auf den Philippinen überwintern ließen, wären später Malaysia oder Thailand ruhige Plätze.« Hegenau verschlug seinen Ball.

Waldlass war sofort einverstanden.

»Ich muss sehen, dass die Cambo Consulting im nächsten Quartal Verluste macht. Sonst denken die noch, ich sei ein reicher Mann.«

Hegenau lief sehr langsam den geschlagenen Bällen hinterher. Er musste nachdenken. Tatsächlich war es so, dass die New Yorker rüder waren als alle Partner, die sie zuvor gehabt hatten. Das brachte eine höhere Gefährdung mit sich. Bisher hatte er im Jahr zwei bis drei Millionen Euro hin und her geschoben. Die neuen Leute verlangten, dass er die doppelte Summe unterbrachte. Irgendwann würde das Geschäft platzen, und daher brauchte er Material, um es den Behörden zuspielen zu können, damit er aus der Schusslinie blieb. Es waren bereits zu viele Fehler gemacht worden.

»Bravo«, rief Hegenau, weil Waldlass ein passabler Abschlag gelungen war. Nun war er selbst an der Reihe. Bisher würde er mit seiner Runde nicht berühmt werden. Ihm fehlte letztlich doch die absolute Konzentration. Hegenau versuchte, eine mittlere Linie für seinen Schlag zu finden, und setzte danach seinen Gang fort. Mit einem Rundblick stellte er fest, dass er fast in der Mitte des Platzes gelandet war und sein Hang zur Präzision arg in Schieflage geriet. Eigentlich war er gut, Waldlass hingegen war kein passabler Golfer. Dazu fehlte ihm der Ehrgeiz. Seine schweren Schritte über den feuchten Untergrund, sein irritierter Blick zu den Kuppeln der Berge, diese nervöse Art, wie er ein Taschentuch aus der Jacke zog und sich das Gesicht abwischte, führten Hegenau zu dem Eindruck, er habe es mit einem Insekt zu tun, das sich vor den vielen Jägern fürchtete.

Waldlass haute seinen nächsten Schlag zwischen Kiesel und Grashalme. Hegenau gelang ein eleganter Schlag, und auch an seiner Haltung hatte er nichts auszusetzen, während der Waldlass immer mehr zu einer leicht entzifferbaren Handschrift wurde, nervös wie der war. Jedenfalls schien es ihm so zu sein. Immerhin hatte der dann nach zwei weiteren Schlägen seine Linie gefunden und kam langsam voran. Leider nicht an die Qualität, die Hegenau zu spielen gewöhnt war. Zu gerne würde er hören, worüber Aspelkamp und Gansmayr redeten. Während Waldlass sich hinter den Ball in Position brachte, in diesem Moment des Stillstandes, sah er aus den Augenwinkeln auf dem Clubparkplatz einen schwarzen BMW, neben dem Heller und Winkler standen.

Nun trieb ihn die Neugierde an. In einer so überschaubaren Stadt wie Kempten kannte man sich. Waldlass konnte Hegenaus Schlagtempo kaum noch folgen, aber das war ihm gleichgültig. Er hatte zeit seines Lebens nach der Devise gehandelt, wenn das Schiff untergeht, rette dich zuerst, denn die größten Helden sind tote Helden. Den nächsten Putt schaffte er nach zwei Schlägen. Immerhin ging es auch um eine Flasche vierzigjährigen Blended Scotch Whisky für gute einhundertfünfzig Euro.

Einige Minuten vergingen, während sich Waldlass langsam heranarbeitete und Hegenau Aspelkamp beobachtete, der seine Runde ruhig zu Ende spielte. Zu seiner Überraschung wirkte Waldlass nun gefasst und fast gelassen. Der alte Gauner weiß, wie auffällig es wäre, wenn er zu stark schwitzte, dachte Hegenau und grinste. Waldlass brachte seinen Ball in die Nähe des Lochs. Das sah für sein Spiel gut aus, änderte aber nichts daran, dass Aspelkamp als Gewinner hervorging, weil Hegenau seine beiden letzten Spiele absichtlich verbockte. Der hatte noch nie etwas gewonnen, dachte Waldlass und ärgerte sich. Knapp verloren ist eben auch verloren. Direktor Gansmayr wurde Dritter, und Waldlass war letzter geworden. Gansmayr übergab die Flasche Whisky an den strahlenden Aspelkamp. Heller stand neben dem Auto und verzog keine Miene. Das hat etwas zu bedeuten, wenn der hiesige Oberstaatsanwalt den Herrn Kriminalrat persönlich abholte, dachte Hegenau und zupfte sich kurz am Ohr, damit Waldlass die Situation verstand.

»Reden wir noch über meine Investition?«, fragte Waldlass Direktor Gansmayr. Er hatte die Geste also verstanden. Hegenau war zufrieden.

Während sich die anderen Herren zu ihren Fahrzeugen begaben, bat Heller Kriminalrat Aspelkamp in seinen BMW.

»Wir brauchen Winkler in dieser prekären Situation. Ein klarer Analytiker ist gefragt. Ich soll mich nur um mein Kerngeschäft kümmern, sagte mir der Generalstaatsanawalt«, erzählte Heller, als sie einstiegen. Aspelkamp war davon nicht begeistert.

»Ich habe Kollegen Winkler nicht suspendiert, wie es kolportiert wurde, sondern ihn wegen dieser Briefaffäre einen überfälligen Urlaub abfeiern lassen. Er soll die Sache ins Reine bringen.« Dann kam er zu seinem eigentlichen Thema. »Wo ist Frau Mandl jetzt?«

Heller sah hinüber zu den Spielpartnern von Aspelkamp, die noch zusammenstanden. Er würde nicht sagen, dass er Golfspieler mochte, denn für ihn war das kein Sport, sondern eine ziemlich alberne Angelegenheit. In seinen Kreisen spielte man Boule.

»Bei der Kollegin di Nardo. Sie rückt so richtig immer noch nicht mit der Sprache heraus. Es ist insgesamt eine mehr als peinliche Angelegenheit.«

Aspelkamp las die Papiere, die Heller ihm gereicht hatte.

»Haben wir verwertbare Spuren in dem Kleingarten gefunden?«

Heller schüttelte den Kopf. »Nur die von Inninger. Die Tür des Wohnwagens ist mit Gewalt geöffnet worden. Mehr haben wir nicht.«

»Dieser Inninger ist eine penetrante Person. Haben Sie die Namensliste gelesen, die er mir geschickt hat? Es ist unglaublich, wen der alles verdächtigt. Ein typischer Paranoiker.« Aspelkamp las weiter. »Spengler sagte mir, die Liste liegt nun beim LKA im Giftschrank. Man will nicht, dass sich die Bevölkerung beunruhigt. Die müssen das Gefühl behalten, dass alles für ihre Sicherheit getan wird.« Aspelkamp atmete durch.

Heller verzog sein Gesicht und Aspelkamp hatte es gesehen.

»Das ist Politik, Herr Oberstaatsanwalt.« Er wedelte mit den Papieren. »Nach Auskunft des Labors wurden an der Mütze und in den Haaren des getöteten Bahnbeamten Speichelspuren gefunden. Wer hat das Taschentuch mit Blutspuren eingereicht?«

Heller schaute Aspelkamp an.

»Kollegin di Nardo spricht noch mit Frau Mandl darüber.«

War Aspelkamp nur schwer von Begriff, oder wollte er der Tatsache nicht ins Auge sehen?

»Über was reden die?« Aspelkamp wurde ungeduldig.

»Die Mandl hat nicht gesagt, warum sie das getan hat. Inzwischen wissen wir, warum. Die Spuren sind identisch mit jenen aus dem ICE. Die Tatausführung wiederum ist dieselbe wie in mindestens fünf anderen Fällen. Auch der Massimo Ragi wurde auf diese Weise umgebracht. Wir haben ein Foto des Inninger vom Tatort. Fragen Sie mich nicht, wie der Mann das zustande gebracht hat. Einer der Männer darauf ist dieser ominöse Joe Summer, der sich bei einer Verkehrskontrolle mit einem Ausweis des US-Militärgeheimdienstes ausgewiesen hatte.«

Aspelkamp stieg aus.

»Und woher wissen wir das? Fotos kann man fälschen.«

»Kollegin di Nardo hat mit Winkler telefoniert. Sie hat es Winkler gesagt. Auch, dass sie den Summer bei der Villa Waldlass beobachtet hat.« Heller wartete auf eine Reaktion von Aspelkamp, die aber blieb aus. Er schaute durch die Frontscheibe auf die Golfspieler.

»Ich will die Mandl sprechen.« Aspelkamp winkte seinem Fahrer.

»Sie sitzt nur da«, sagte Winkler. »Es ist eine Frage der Zeit. Sie wird reden. Es ist doch klar, dass sie erschüttert ist. Immerhin hatte sie eine Affäre mit einem mutmaßlichen Mörder.«

»Wir haben uns übrigens bei den Amerikanern nach diesem Joe erkundigt.« Heller lockerte seine Krawatte um eine Nuance. Er band sie am Morgen immer zu fest.

»Und?« Aspelkamp gefiel ganz und gar nicht, was er da hörte. »Die Mandl wird selbstverständlich vom Dienst suspendiert.«

Heller wischte das mit einer Handbewegung fort. Die Frau war sowieso dienstunfähig. Aspelkamp zog seine Mütze in die Stirn.

»Die Amerikaner geben grundsätzlich zu Personen keine Auskünfte. Aber man hat mir mitgeteilt, dass morgen jemand zu einem Gespräch kommen wird. Mehr war nicht zu erreichen.«

Heller wartete einen Augenblick, bevor er noch etwas sagte. »Was ist nun mit Winkler?«

»Ja, ja, ja.« Aspelkamp wollte nun endlich fahren.

»Übrigens sitzt Spengler in Ihrem Büro.« Heller lächelte zum Abschied.

Winkler wollte noch reden.

»Gansmayr ist der Herr über die Kredite für die Wirtschaft. Wenn seine Bank kein Geld mehr gibt, dann tritt Detlev Waldlass auf und auch dieser Joseph Hornbach. Was macht dann der Siegfried Hegenau genau?«

Der Oberstaatsanwalt zögerte einen Moment.

»Na ja, wenn ich das wüsste, dann würde ich es sagen. Siegfried Hegenau und Joseph Hornbach haben zusammen in München studiert und sind mit Warentermingeschäften aufs

Maul gefallen, erzählte mir Aspelkamp einmal. Jugendsünden nannte er das. Wir hatten in der Staatsanwaltschaft immer wieder Anzeigen gegen sie, aber nie etwas unternehmen können. Die haben mit Grund und Boden spekuliert und manchen Bauern über den Tisch gezogen, hieß es. Irgendwann sind sie in die USA, und danach habe ich immer nur den Hegenau bei öffentlichen Anlässen gesehen. Hornbach sah ich einmal in der Oper in München. Das mit dem Fleischskandal wissen Sie ja.«

Heller fuhr los. Zum Büro der OKO war es nicht weit.

Heller klopfte und bat Renata di Nardo um ein Gespräch. Antonia Mandl würde noch einmal tief in sich gehen müssen, dachte er, als er sie sah.

»Sie hatte sich in diesen Joe verliebt«, sagte Renata di Nardo zu ihm auf dem Flur. »Und was sagte Aspelkamp dazu, dass er mit Waldlass Golf spielt?«

Heller sah sie an und wartete, bis sie ihre Bürotür fest geschlossen hatte.

»Das fragen Sie? Die sind Mitglieder in dem Golfclub Cambodunum. Aspelkamp hat eine Flasche Whisky gewonnen.«

Renata di Nardo nickte nur kurz.

»Dieser Joe hatte Bilder bei Waldlass ausgestellt, mehr wissen wir nicht. Er könnte Detlev Waldlass ausgespäht haben, um auch ihn umzubringen. Was weiß ich? Übrigens hat Spengler mir ausdrücklich gesagt, dass wir die Namensliste von Inninger nicht berücksichtigen dürfen.«

Heller faltete die Hände vor seinem Gesicht.

»Die oberste Behörde überlegt, ob sie den Mann wegen Verleumdung belangen soll. Man will wohl ein Gutachten erstellen und Inninger in die Geschlossene bringen lassen. Man hält sein Verschwinden für inszeniert.«

Renata di Nardo dachte an Aspelkamps Einschätzung von Inninger.

»So einfach ist das? Leider wissen wir nicht, wo sich der Inninger befindet. Wenn das Testament von Inninger nur einen Hauch Wahrheit enthält, dann verdienen eine ganze Menge hochgestellter Leute mit und an der Mafia. Und ich weiß nicht, ob es wirklich ein Erfolg war, die Borgini-Familie zu zerschlagen, wenn wir uns dafür Kraken aus New York und Russland eingehandelt haben. Der von uns beschlagnahmte LKW war mit Stoff beladen, der eindeutig seine Herkunft in Afghanistan hatte. Was sagt uns das? Da sind mehrere Banden im Spiel, oder wir sollten getäuscht werden, und wir arbeiten hier mit drei Leuten. Osman hat diesen Joe übrigens auch bei Waldlass gesehen. Gloger hat den Paolo Borgini ins Visier genommen und dabei ebenfalls Joe Summer entdeckt. Wie viele Leute und vor allem wie viel Geld hat die andere Seite? Wir lügen uns doch in die eigene Tasche, wenn wir melden, wir hätten die Lage im Griff. Das ist Augenwischerei, Herr Oberstaatsanwalt. Wir sind chronisch unterbesetzt, und wenn es einmal so etwas wie einen Zeugen gibt, dann wird der kurzerhand für verrückt erklärt.«

Heller verstand die Unzufriedenheit von Renata di Nardo. Aber es war ihre Abteilung, nicht seine.

»Wir müssen aufpassen, was wir sagen. Aspelkamp hat mit Waldlass Golf gespielt. Mehr nicht. Detlev Waldlass ist ein Geschäftsmann, gegen den bisher nichts vorliegt. Wieso nennen Sie die Unterlagen von Inninger eigentlich Testament?«

Renata di Nardo war unkonzentriert. Sie dachte über Antonia Mandl nach.

»Winkler hat das gesagt. Ich habe die Kollegin Mandl gefragt, ob es sein kann, dass sie Interna ausgeplaudert hat. Sie sagt, sie weiß es nicht. Nach ihrer Aussage gab es nur ein Treffen mit diesem Joe. Eine Nacht, das war alles. Sie kannte ihn aus früheren Zeiten und hatte ihn plötzlich in Kempten wieder gesehen.« Renata di Nardo hatte »Kollegin Mandl« besonders betont ausgesprochen, um zu zeigen, dass sich für sie nichts geändert hatte. Sie betrachtete den Oberstaatsanwalt, der ihr früher bedrohlich erschienen war, nun mit innerer Ruhe.

Heller lief vom Fenster weg in den Raum und gleich darauf wieder zurück, als hätte er draußen etwas entdeckt. Er legte den Kopf zur Seite und zupfte an seiner Krawatte.

»Winkler ist wieder im Boot, wenn er endlich das mit dem Drohbrief aus der Welt schaffen kann.« Heller sah sie an.

Renata di Nardo reagierte nicht darauf, sondern zog ein Dokument aus einer Hülle und reichte es an den Oberstaatsanwalt weiter.

»Wir wissen noch immer nicht, warum Hannelore Bittner so viel Geld besaß. Georg Bittner weiß es auch nicht. Frau Dr. Wallinger war so freundlich und hat die Sachen der Toten auf eigene Verantwortung an ein kriminaltechnisches Institut gegeben, um die noch einmal genauer ansehen zu lassen. Frau Dr. Wallinger schreibt, dass sowohl an den Geldscheinen als auch in der Handtasche Kokainspuren nachgewiesen wurden. Das wirft für mich ein völlig neues Licht auf den Mord, denn sie hatte in der Leiche keine Hinweise auf Rauschgift gefunden.«

Der Brief ließ Heller staunen, und er sah zu Renata di Nardo hinüber.

»Chapeau, Frau Kollegin. Haben Sie eine ›was wäre, wenn‹-Variante?«

Heller war nicht leicht zu beeindrucken. Sie hatte es diesmal geschafft und sah ihn forsch an.

»Ich vermute, dass ihr Ex-Mann Ahrens weiter für die Borginis gearbeitet hat. Vielleicht hat er ihr aufgelauert und sie gezwungen, Geld und Stoff für ihn zu bunkern. Eine bessere Adresse hätte er wohl kaum finden können. Leider können wir ihn nicht fragen, er ist ja in Kanada erfolgreich untergetaucht.«

Heller rieb sich staunend die Schläfen.

»Sie wollen mir doch nicht wirklich eine Geschichte verkaufen, in der die ermordete Bittner einem Gangster vorher Geld gestohlen hat? Dem folgte also quasi die Strafe auf dem Fuß? Ich bitte Sie, liebe Frau Kollegin, das ist doch Hollywood.«

Heller benetzte seine Lippen mit der Zunge, was er häufig tat, wenn er angestrengt nachdachte.

»Warum nicht?« Renata di Nardo lachte hell auf. »Herr Oberstaatsanwalt, Sie haben die Einschränkung von Frau Dr. Wallinger in dem Brief nicht gelesen. Es gibt in diesem Land kaum noch Geldscheine, die noch nicht mit Kokain in Berührung gekommen sind. Also geht es um die Handtasche. Da hat man mehr Kokain gefunden, nicht nur Anhaftungen.«

Heller blieb unbeeindruckt.

»Erpressung wäre möglich. Die Bittner musste doch wissen, dass der Ahrens mit ihr noch eine Rechnung offen hatte. Lassen wir das nicht aus den Augen. Ich würde mit Ihnen zusammen jetzt gerne das Gespräch mit Frau Mandl fortsetzen, wenn es recht ist.«

Auf dem Flur hörten sie Aspelkamp laut schreien.

»Ach du grüne Kuhscheiße. Das hat mir gerade noch gefehlt.«

Eine ungewöhnliche Wortwahl für einen Mann wie Aspelkamp, der immer viel Wert auf sprachliche Etikette legte. Renata di Nardo und Heller spähten in sein Zimmer, weil die Tür offen stand. Aspelkamp stand neben dem Telefon, und Spengler machte sich Notizen.

»Sie haben Inninger gefunden. Tot.« Aspelkamp schüttelte den Kopf.

Renata di Nardo schickte Gloger und Osman nach Stockach zum Fundort der Leiche. Heller wollte sie begleiten und eilte hinaus. Sie selbst holte ihren Mantel und wollte zu Georg Bittner hinüberfahren. Es konnte doch nicht sein, dass er tatsächlich so völlig ahnungslos war, wie er es bisher an den Tag gelegt hatte. Sie hatten in der Handtasche der Toten Beruhigungsmittel gefunden, und dass sie manchmal Schlafmittel genommen hatte, hatte Bittner bereits bei der ersten Befragung ausgesagt. Das sei ihm aber absolut nicht auffällig vorgekommen, seine Frau sei immer etwas nervös gewesen, so seine Aussage. Ohne

Grund? Er habe sie nie danach gefragt. Konnte es eine Art Ariadnefaden zwischen der Bittner und dem Inninger geben? War das möglich? Inninger hatte in einem Brief an Aspelkamp geschrieben, dass er an dem Prozess gegen Ahrens in Frankfurt teilgenommen hatte. Er kannte sie also. Aber wusste er auch, dass sie den Namen Christine Ahrens gegen Hannelore Bittner eingetauscht hatte? Ihr Äußeres war sehr verändert, und sie war mehr als schlank geworden, um nicht zu sagen dürr, seit sie in Kempten lebte. Renata di Nardo ging noch einmal in ihr Büro zurück und holte die Akte, um Bittner einige Fotos zu zeigen.

Aspelkamp stellte sich ihr in den Weg.

»Sie sind noch nicht hinausgefahren? Mir ist nicht wohl bei der Sache. Inninger hatte immer wieder versucht, mich zu einem Gespräch mit ihm zu bewegen, und ich habe nie geantwortet. Hoffentlich war das kein Fehler. Aber Sie müssen zugeben, dass der Mann nicht ganz dicht war. Spengler trifft sich mit der Dr. Feilhorn wegen dieser Amerikaner. Es ist doch alles zum Kotzen.« Aspelkamp schüttelte sich. »Verzeihung. Ist mir so rausgerutscht.« Er hatte einen dermaßen roten Kopf, dass Renata di Nardo sich ernsthaft Sorgen um seine Gesundheit machte.

»Ich will noch einmal mit Bittner sprechen. Sie wissen ja, dass Inninger Frau Bittner kannte. Beide sind ganz offenbar jemandem in die Quere gekommen. Man wird sehen.« Renata di Nardo sagte nichts dazu, dass Inninger nur mit Winkler sprechen wollte.

Nach diesen Worten wollte sie sich eigentlich auf den Weg machen, doch Aspelkamp wollte sie noch nicht gehen lassen.

»Spengler hat mit den Amerikanern telefoniert. Nach deren Meinung sind die Toten Donato Pelusino und Massimo Ragi Opfer des Bandenkriegs zwischen den Borginis und dem Latonini-Clan. Dass diese Kokainbanden sich auf unserem Terrain bekriegen, will ich mir gar nicht vorstellen. Man vermutet, es wird aufgerüstet, um den Kampf mit den Osteuropäern und den Kaukasiern zu überstehen. Wir leben nicht im Frieden, Frau Kollegin, auch wenn uns die Politiker das glauben machen wollen. Es herrscht Krieg, blutiger Krieg.«

Renata di Nardo führte Aspelkamp zu seinem Schreibtischstuhl, drückte ihn nieder und reichte ihm ein frisches Glas Mineralwasser aus seinem kleinen Kühlschrank.

»Sie regen sich zu sehr auf.«

Aspelkamp hätte lieber einen Cognac getrunken, aber diese Blöße wollte er sich vor der ersten Hauptkommissarin nicht geben.

»Was ist eigentlich mit ihrem Verhör des Borgini? Ich höre gar nichts mehr.«

Sie hatte tatsächlich vergessen, Aspelkamp zu informieren.

»Die Ärzte haben momentan jeden Kontakt verboten«, antwortete Renata di Nardo.

»Das wird ja immer schöner«, schimpfte Aspelkamp. »Ich wollte wissen, wie das Geld für den Herrn Privatpatienten in die Klinik kommt, aber das hat man mir auch nicht erlaubt, herauszufinden. Solange wir nur eine Untersuchung durchführen, gilt das Bankgeheimnis. Wir treten auf der Stelle.«

Das war nicht zu leugnen. Renata di Nardo nickte.

»Ich habe mit Winkler telefoniert. Er ist bei seinem Sohn an diesem See«, sagte Aspelkamp.

»Alpsee«, ergänzte Renata di Nardo.

»Richtig. Er klang ziemlich verärgert und will nun den bewilligten Urlaub abfeiern. Reden Sie doch einmal mit ihm. Sagen Sie ihm, dass wir ihn brauchen.« Aspelkamp goss das Wasser in sich hinein, als habe er Tage keine Flüssigkeit zu sich genommen.

Du machst mir Spaß, dachte Renata di Nardo. Erst soll Winkler gehen, und nun wird er wieder gebraucht. Aspelkamp schien ihr ziemlich überfordert zu sein.

»Wie haben Sie Winkler gefunden?« Renata di Nardo hatte mehrfach versucht, ihn zu erreichen.

»Ich bin die Polizei«, antwortete Aspelkamp.

Nach dieser Antwort war sie gegangen. Die Fahrbereitschaft gab ihr einen neuen Wagen. Der besaß sämtliche Finessen, nur lenken musste sie noch selbst. Kurz vor der Holzfabrik meldete sich Frau Dr. Wallinger telefonisch bei ihr.

»Viel kann ich nicht sagen. Keine gröberen äußeren Verletzungen. Hautabschürfungen an Hand- und Fußgelenken. Sieht aus, als sei er mit Einweghandfesseln aus Plastik gefesselt gewesen. Interessant, dass seine Kleidung vollständig sauber ist. Keine Fusseln, Staubkörner oder lose Fäden. Der Mann ist von oben bis unten gereinigt worden, bevor man ihn hier abgelegt hat. Der Bodenkontakt dauerte nur wenige Stunden. Er ist vermutlich nicht am Fundort gestorben. Augen und Hautfarbe deuten auf eine Herzgeschichte hin. Ein Mord war das wohl eher nicht. Mehr kann ich noch nicht sagen. Obduktionsbericht folgt.«

»Sie sind einfach großartig«, reagierte Renata di Nardo auf den Kurzbericht. »Sagen Sie meinen Leuten bitte, dass ich ihren Bericht auf dem Schreibtisch haben will, sobald sie den Fundort verlassen und an die Kriminaltechnik abgetreten haben.«

Glogers Berichte zeichneten sich in der Regel nicht durch Ausführlichkeit aus, während Osman gerne in bunte Beschreibungen entfleuchte. Beides passte ihr nicht, und deshalb schickte sie diesen Gruß an sie, damit sie sich Mühe gaben. Dann fuhr sie zu Bittner.

Sie staunte darüber, mit wie wenigen Arbeitern dieser Holzbetrieb auskam. Bis sie im Büro ankam, sah sie lediglich zwei Männer. Bittner war nicht da. Er liege mit einer Grippe zu Hause, erzählte die Bürokraft. Es war dieser Geruch von frisch abgeschälten Holzstämmen, der sie im Hof verweilen ließ.

Dann fuhr sie zur Wohnung von Bittner. Der wollte sie erst nicht hereinlassen, aber sie blieb energisch, und er gab nach. Die Wohnung sah unaufgeräumt aus. Auf dem Teppich im Wohnraum lag ein leerer Pizzakarton. Holzasche war vor dem Kamin verstreut worden, und auf dem Tisch standen drei geleerte Tassen mit eingetrockneten Teebeuteln. Er wollte, dass sie sich in einen der Sessel setzte, aber sie wollte dicht neben ihm sein, so dass sie seine Körperreaktionen deutlich spüren konnte. Über der Couch hing eine kleine Lampe, die er angeschaltet ließ. Offenbar hatte er gerade in der Zeitung gelesen. Renata di Nardo ließ ihren Blick über den Mann wandern, der etwas hilflos beiseite stand. Ihr kam er nicht krank, sondern erschüttert und psychisch geschwächt vor. Er trug einen Schal um den Hals, und seine Hemdknöpfe waren geöffnet. Sie gab ihm ein Zeichen, damit er sich neben sie setzte.

»Es dauert nicht lange«, sagte sie zur Einleitung, damit er ruhiger wurde. »Herr Bittner, wir haben noch immer die Frage des Geldes nicht geklärt, das wir bei Ihrer Frau gefunden haben. Sie sagten aus, dass sie nicht wüssten, woher sie das viele Geld hatte. Auf ihrem Konto lagen tausende Euro. Haben Sie hier in der Wohnung noch Geld gefunden, deren Herkunft Ihnen nicht bekannt ist? Sie hat in der Arztpraxis monatlich tausendeinhundert Euro bekommen. Wie erklären Sie sich diese Diskrepanz?«

Bittner schlug die Beine übereinander, und sein in der Luft hängender Fuß zitterte.

»Was stand denn überall in den Zeitungen? Meine Frau, die Gangsterbraut. Haben Sie sich nur einmal überlegt, wie ich mich gefühlt habe? Das wollte ich nicht hören, verstehen Sie das? Wir haben uns kennengelernt, und ich war froh darüber, denn in meinem Beruf hat man privat nur wenig Zeit. Wir haben uns über unsere Vergangenheit nie ausgetauscht. Anfang vierzig hat jeder so seine Biografie. Ich wollte davon nichts wissen.« Bittner krächzte und begann zu husten.

Renata di Nardo schaute auf einen Plastikwäschekorb, der neben der Couch stand und in dem sich Akten befanden, über die schnell eine Decke geworfen worden war. Jedenfalls dachte sie sich das.

»Sie müssen sich nicht entschuldigen. Wir denken über das Geld nach und über die Tatsache, dass der Ahrens einige Zeit nach seiner Haftentlassung hier in Kempten gesehen wurde. Haben Sie nie Veränderungen an Ihrer Frau festgestellt?«

Bittner suchte nach einem Taschentuch und kramte eins unter einem Kissen hervor. Sein Fuß zitterte weiter.

»Sie wollte eines Tages nicht mehr ausgehen. Das war alles. Ich bekomme häufig Einladungen, das hängt mit dem Geschäft zusammen, das war für sie immer eine Abwechslung, da sie hier niemanden kannte. Dann wollte sie das nicht mehr. Also ging ich alleine, und sie machte Ausflüge nach Tirol.«

Renata di Nardo betrachtete sein Kinn, das nur notdürftig rasiert worden war. Der Schal löste sich, und sie erkannte am Hals rote Flecken. Die bekamen Menschen, wenn sie besonders nervös waren und sich unbedingt beherrschen wollten.

»Wieso ausgerechnet Tirol?«

»Sie sprach einmal von der Geschichte des Vogelhändlers von Imst. Ich kenne mich mit sowas nicht aus. Es war auch nicht oft, dass sie hinüberfuhr.« Bittner nieste.

»Für was hat Ihre Frau Geld ausgegeben, außer für diese Operation?« Als er nicht reagierte, kam sie auf seine vorherige Aussage zurück. »Erinnern Sie sich, wo Sie an dem Abend gemeinsam waren, nach dem Ihre Frau dann nicht mehr ausgehen wollte?«

Bittner stand auf, griff an seine Hose und zog sie hoch, berührte eine Apfelsine und schob sie wieder zurück.

»Wie? Nicht. Sie ist auch manchmal nach Augsburg ins Theater gefahren. Selten, dass sie dort übernachtet hat. Für etwas anderes gab sie nie viel Geld aus. Häufig war ich es, der sie zu Einkäufen drängte. Mehr kann ich nicht sagen. Über den Ahrens haben wir nie gesprochen. Davon erfuhr ich erst, als sie tot war.«

Renata di Nardo wusste nicht, ob sie ihm das glauben sollte. Männer fragten Frauen nach ihren Vorleben, das war so. Sie fragte sich, weshalb er so nervös war?

»Kennen Sie einen Franz Inninger?« Sie spürte, wie er zusammenzuckte.

»Nein.«

Diese Reaktion kam eindeutig zu schnell, also log er. Inninger war bekannt für seine Fotoleidenschaft, und wenn er auch keine Artikel mehr verkaufen konnte, so wurden seine Stadt- und Landschaftsfotos doch gerne von den Zeitungen angenommen. Neben dem Esstisch am Fenster stapelten sich alte Tageszeitungen. Bittner kannte sich in Kempten gut aus. Warum sagte er nicht die Wahrheit?

»Sind Sie sicher?«

»Vielleicht? Ich weiß nicht? Warum fragen Sie?« Bittner stand abermals auf und lief zum Fenster.

Renata di Nardo erhob sich und ging zur Tür. Sie wollte im Flur warten und dann an der Eingangstür lauschen. Vielleicht würde Bittner nach ihrem Besuch dringend telefonieren müssen.

»Das war es schon, Herr Bittner. Entschuldigen Sie die Störung.«

Sie schlug die Tür zu, ging einige Schritte, trippelte auf Zehenspitzen zurück und versuchte zu lauschen. Doch in der Wohnung geschah nichts. Als sie auf der Straße stand und zu ihrem Audi wollte, reckte sich Bittner aus dem Fenster.

»Geben Sie mir noch ein paar Tage Zeit. Ich muss nachdenken, dann reden wir.«

Sie hob zum Abschied die Hand und dachte, so viel Zeit würde sie ihm nicht geben. Er wird eine Vorladung bekommen, und dann wird sie erfahren, was ihn so nervös machte. Eine der zu beantwortenden Fragen wird sein, wem die Holzfirma eigentlich gehörte. Bisher war es ihr nicht gelungen, das Geflecht der Besitzverhältnisse hinter dieser Firma zu entwirren. Bittner war nur eine kleine Leuchte. Aspelkamp hatte angedeutet, dass es personelle Verstärkung geben würde. Manchmal dachte sie, auch eine Armee würde gegen die weltweit operierenden Banden nichts ausrichten. Das viele Geld ist ein zu mächtiger Faktor, und viele Politiker nehmen gerne Spenden an, ohne viel darüber nachzudenken. Aber das war nicht ihr Thema. Der Mord an Hannelore Bittner war aufgeklärt, und war es auch wieder nicht. Die Hintergründe lagen weiter im Dunkeln. Über Pelusino wird mit Gigi Borgini noch einmal deutlich zu reden sein. Weiterhin war da dieser ominöse Joe Summer, der soeben dabei war, Antonia Mandl beruflich das Genick zu brechen. Mit Winkler fielen nun bereits zwei ihrer Leute aus. An Zufälle glaubte sie nicht. Inninger war Aspelkamps Problem. Er hatte den Journalisten nicht ernst genommen. Nein, das war nicht fair. Niemand im Büro hatte Inninger für eine seriöse Quelle gehalten. Sie fuhr in eine Parklücke und stieg aus. Mit ihren Gedanken war sie im fließenden Verkehr ein Sicherheitsrisiko. Ein Spaziergang würde ihr gut tun. Wann war sie eigentlich zuletzt in den Bergen gewesen? Sie wollte sich die niederschmetternde Antwort gar nicht geben. Ein Privatleben hatte in den letzten Wochen nämlich nicht mehr stattgefunden. Sie brauchten wirklich zu lange für die Fälle. Ihre Fähigkeiten reichten doch aus. Sie waren besser als diese letztlich nur mittelmäßigen Verbrecher. Aber diese Mittelmäßigen hatten etwas, das sie unterschied. Sie waren brutal bis zur Grausamkeit und nicht intelligent genug für menschliche Gefühle. Renata di Nardo spazierte durch Kemptens Innenstadt und stellte wieder einmal fest, dass sie sich in diesen Mauern immer besser aufgehoben fühlte. Bevor sie ihr Auto erreichte, versuchte sie, mit Winkler zu telefonieren.

14

»In Anbetracht der Umstände.«

Winkler ärgerte sich immer noch über diese Worte der Heimleiterin. Was war »Umstände« überhaupt für ein Wort? In anderen Umständen bin ich nicht, hatte er geantwortet. Sein Sohn saß, nein, er hing angeschnallt im Rollstuhl und sabberte. Regelmäßig wischte Winkler ihm den Mund sauber. Waren das Umstände? Diese Beschränkten hielten sich für normal, weil sie der allgemeinen Norm entsprachen. Abziehbilder waren sie, die sich allesamt für wichtig und unentbehrlich hielten. Er konnte gerne auf sie verzichten. Da hockte er schon lieber allein mit seinem Sohn am See und summte vor sich hin, weil er glauben wollte, dass seinem Sohn das gefiel. Ein begnadeter Interpret war er nicht, dafür besaß er ein beachtliches Repertoire und pendelte zwischen Klassik, Jazz und alten Chansons hin und her. Er summte Edith Piafs »Non, je ne regrette rien«. Das gehörte zu seinen Lieblingsliedern und passte auch zu seiner momentanen Situation.

Winkler hatte vorher im Pflegeheim nur kurz mit Renata di Nardo telefoniert und ihr mitgeteilt, dass er wegen des Briefes nichts unternommen hatte und auch nichts unternehmen werde. Sollte Aspelkamp den Brief doch überprüfen lassen. Er hatte gesagt, dass der nicht aus seiner Feder stammte, und wenn sie auf sein Wort nichts gaben, dann könnten sie ihn kreuzweise. Langsam schob er den Rolli am Alpsee entlang eine Anhöhe hinauf und stand wieder vor dem Haus der Richterin Zeiser, wie in den Tagen zuvor auch schon. Das war sein innerer Widerspruch. Einerseits war er wütend wegen der Unterstellung, er würde Drohbriefe verfassen, andererseits konnte er es nicht lassen, sich Gedanken zu den Fällen machen. Winkler zog seinem Sohn die Decke bis zum Kinn hoch und schob ihn in Richtung seines geparkten Wagens. Es war Zeit, sonst bekam er Ärger mit der Heimleitung. Die drehten durch, wenn die Patienten nicht pünktlich in ihre Zimmer zurückkamen. Winkler sah das Ehepaar Luchting auf Fahrrädern auf sich zukommen. Er staunte, dass die alten Leutchen noch so flott unterwegs waren. Auch sie erkannten ihn und sahen sich verwundert an. Wahrscheinlich konnten sie sich den behinderten Jungen im Zusammenhang mit Winkler nicht erklären. Die Nachbarn von Frau Zeiser zögerten, bevor sie dann doch neben ihm anhielten.

»Der Mann von der Zeitung, der war einige Male hier«, rief ihm Luchting zu.

»Bei ihr«, ergänzte Frau Luchting, und es klang irgendwie anzüglich.

Winkler wollte noch fragen, ob sie wirklich Inninger gesehen hatten, aber da waren sie bereits die Straße zu ihrem Haus hinuntergefahren. Er schnallte seinen Sohn auf dem Rücksitz fest, säuberte ihm wieder den Mund und packte den Rollstuhl in den Kofferraum. Wie sollte er damit leben, dass mit ihm niemals mehr wirklich ein Wort gesprochen würde? Er war zu lange unter Wasser gewesen, sagten die Ärzte, und ohne die Zufuhr von Sauerstoff wird das Gehirn geschädigt.

Winkler fuhr in den Ort und kaufte sich eine lokale Zeitung. Auf der vierten Seite fand er ein Foto, das zu dem Hinweis des Ehepaars Luchting passte. Inninger war darauf zu sehen. Sie suchten Zeugen rund um den Ablegeort seiner Leiche oder sonstige Hinweise. Der Text dazu klang nach Hilflosigkeit. Das war typisch für Aspelkamp, dachte Winkler. Immer aus der Defensive reagieren, nie offensiv an die Sachlage heran gehen. Aber der Hinweis des Ehepaares öffnete quasi eine neue Tür. Wenn sich der Inninger mit der Richterin Zeiser getroffen hatte, dann nicht, um hier über die schöne Landschaft zu plaudern.

Er fuhr die wenigen Kilometer bis zum Pflegeheim fast bedächtig und sah dabei immer wieder in den Rückspiegel, als erwarte er eine Reaktion. Nur eine kleine Reaktion auf seine

Bemühungen. Dann blieb er noch eine gute Stunde am Bett sitzen und las aus der *Kartause von Parma* vor, die er bei sich in einer alten Kiste gefunden hatte. Sein Sohn war inzwischen älter, als er selbst zur Zeit der ersten Lektüre dieses Romans gewesen war. Eine der Betreuerinnen führte ihn in eine kleine Cafeteria direkt beim Eingang. Winkler trank nichts und hörte zu, wie die Frau mit einem Schild am Revers und dem Namen Gudrun darauf erzählte, was sie mit dem Jungen in den nächsten anderthalb Tagen vorhatten. Wieder einmal sollte er getestet werden, und Winkler dachte, sie werden langsam ungeduldig, weil sich keinerlei Fortschritte durch die Therapien zeigten. Danach saß er im Fiat und war voller Kummer. Abschalten, das war auch so ein Begriff, den er nicht mochte. Menschen, die sich aus dem Leben abschalten wollten, hingen Illusionen nach oder begingen einfach Selbstbetrug. Zu denen zählte er sich nicht. Winkler wollte sich vom Elend seines Sohnes ablenken lassen, und dazu taugte sein Beruf hervorragend. Also fuhr er nicht nach Oberstdorf zurück, sondern nahm die Straße Richtung Augsburg. In zwei Tagen würde er ihn wieder besuchen können.

Die Straße mit dem Haus der Richterin Zeiser lag nicht in einem Villenvorort, aber die Gegend war gediegen und trug mit Stolz ihr großbürgerliches Flair. Winkler stand an der Einfahrt zur Garage, betrachtete das Gebäude intensiv und versuchte, das Alter zu schätzen. Während er so dastand, spürte er, dass ihn jemand aus einer Position hinter ihm beobachtete. Es standen Linden am Straßenrand, und neben einer von ihnen sah er einen Mann stehen. Er ging auf ihn zu. Der Mann war untersetzt, um die fünfzig Jahre alt und für die Jahreszeit zu leicht bekleidet. Sein Gesicht war gepflegt unrasiert und schmal, mit hohen Wangenknochen. Winkler zeigte seinen Ausweis.

»Rechtsanwalt Miltwald. Ich achte ein wenig auf das Haus in Abwesenheit des Ehepaars Zeiser. Die Leute von schräg gegenüber haben bei mir angerufen, weil ein Fremder das Haus anstarrt. Ich wohne gleich um die Ecke.«

Wieso war er nicht überrascht von dieser Auskunft? Natürlich wussten die Leute, dass die Richterin verschwunden war und ihr Ehemann in Hamburg lebte, davon ging Winkler aus. Man überwachte einander also.

»Sind Sie beruflich mit den Zeisers verbandelt?«

Der Mann rieb sich die kalten Hände und sah ihn freundlich an.

»Das ist schon länger her. Frau Zeiser hatte zur Zeit der Gammelfleischprozesse, Sie werden sich erinnern, einige Anzeigen von Betroffenen erleben müssen. Man warf ihr Dinge vor, die ihren Ruf ruinieren sollten. Damals habe ich geholfen.«

Winkler konnte sich an diese Schmutzkampagne der Fleischhändler erinnern.

»Kennen Sie einen Franz Inninger?«

Der Anwalt sah ihn kurz an und reagierte anders, als Winkler es erwartet hatte.

»Freilich. Der war damals in der erwähnten Sache tätig. Später hat die Zeitung ihn dann von dem Fall abgezogen, weil er angeblich zu einseitig berichtete und die Fleischindustrie mit dem Entzug der Werbeanzeigen gedroht hatte, wenn nicht ausgewogener berichtet würde.« Er reichte Winkler die Hand. »Darf ich Sie zu mir einladen? In der Wärme unterhält es sich besser.«

Kurz darauf saßen sie in einem Zimmer im Keller. Mit einem Blick erkannte Winkler, dass das ein abhörsicherer Raum war. Auf einem Schreibtisch lagen ordentlich gestapelte Papiere, daneben standen zwei Rechner und dahinter befand sich ein Wandregal mit Aktenordnern. Man saß sich in zwei Ledersesseln gegenüber, und Winkler sah auf den Holzboden, der ihn an ein altes Segelschiff denken ließ.

»Seit damals habe ich nie mehr einen Fleischbetrieb als Klienten bekommen«, der Mann lächelte. »Wenn man als Anwalt

Geld machen will, darf man nicht auf der falschen Seite stehen. Sie verstehen. Sherry oder Cognac?«

Winkler schüttelte den Kopf.

»Danke, nein. Immerhin haben Sie eine Richterin vertreten«, antwortete er.

»Aber Herr Hauptkommissar, tun Sie nicht so, als wären Sie naiv. Man hat die Richterin danach nicht mehr aus den Augen gelassen. Wer der Wirtschaft schadet, der schadet dem Land, so wird in den politischen Kreisen gedacht, die auch die Justiz kontrollieren. Machen wir uns doch nichts vor.«

Winkler reagierte darauf nicht.

»Was dachten Sie, als die Richterin Zeiser für vermisst erklärt wurde?«

»Ehrlich gesagt, gewundert hat es mich nicht.«

Winkler rückte im Sessel nach vorne und ließ den Anwalt weiterreden.

»Zeiser hatte mir dieses Haus verkauft. Damals machte er noch in Immobilien. Meine Frau hat ihre Wohnung im ersten Stock. Falls Sie das verwundert, dann gebe ich ein Beispiel für die Klugheit einer solchen Entscheidung. Sie hört von morgens bis abends Barockmusik. Ich bin ein Jazzman. Außerdem malt sie. Ich kann diesen Farbgeruch und den von Terpentin nicht ertragen. Ich mag englische Möbel, sie umgibt sich mit mediterranen Dingen. Demnächst sind wir fünfundzwanzig Jahre beisammen. Das ist ein Erfolg. Ich weiß, wovon ich spreche, denn ich bin im Familienrecht zu Hause.« Er machte eine Pause. »Kommen wir zu dem Ehepaar Zeiser zurück. Ich habe damals ihren Ehevertrag aufgesetzt. Damit auch gleich ein Verdachtsmoment ausgeräumt ist. Die Idee stammte von Herrn Zeiser. Er wollte bei einer Insolvenz seiner Firma, die immer möglich ist, seine Frau absichern.«

Er wartet auf eine Reaktion von mir, dachte Winkler und schwieg weiter. Der Raum besaß keinerlei Persönlichkeit. Er war funktionell eingerichtet, ohne etwas über seinen Besitzer zu verraten. Winkler ging davon aus, dass das mit Absicht so gestaltet war. Auch vom Hauseingang bis zu diesem Raum im Keller war nichts Persönliches zu entdecken gewesen. Von der Haustür gelangte man nicht direkt in die Wohnung im Erdgeschoss. Dort gab es eine weitere massive Eichentür mit zwei Sicherheitsschlössern. Entweder hatte Miltwald Angst, oder er wollte von sich absolut nichts preisgeben.

»Sie haben meine Frage nicht beantwortet«, sagte Winkler.

»Welche Frage?«

»Was Sie gedacht haben, als die Richterin vermisst gemeldet wurde. Sie sagten lediglich, es habe sie nicht verwundert.«

Miltwald schaute zur Seite, als suche er etwas auf dem Boden.

»Sie hatte damit angefangen, sich um Korruption und Geldwäsche zu kümmern. Der Inninger hatte ihr Material gegeben. Es ging dabei um marode Firmen, die für wenig Geld aufgekauft und abgewickelt wurden. Nach deren Insolvenz erschienen sie unter anderem Namen wieder auf der Bildfläche, und niemand fragte danach, woher das Geld dafür stammte. Die Arbeiter und Angestellten der Pleiteunternehmen saßen auf der Straße, bekamen keinerlei Abfindung, und die Sozialleistungen waren ebenfalls nicht entrichtet worden. Die Firmen in der Nachfolge störte das nicht, es ging sie nichts an. Inninger glaubte, dahinter ein System entdeckt zu haben, und er nannte auch Namen. Solche Dinge ohne Banken abzuwickeln, ist ja völlig unmöglich. Als sich Frau Zeiser mit der Staatsanwaltschaft ins Benehmen setzte, bekam sie erstmals richtig Ärger. Inninger war der Feind. Er konnte seine Theorien nicht beweisen. Die Richterin wurde versetzt und durfte sich fortan mit Verkehrsdelikten beschäftigen. Trotzdem ließ sie das Thema nicht los.«

Winkler faltete die Hände und versuchte bewegungslos zu wirken. Nur langsam begann sich der Nebel um das Verschwinden der Richterin zu lichten. Doch er wollte dem Anwalt gegenüber keine Emotionen zeigen.

»Ich habe ihr gleich gesagt, dass sie damit nur Ärger bekommt. Die andere Seite verfügt über beste Verbindungen, hochqualifizierte Buchhalter und Anwälte von Eliteuniversitäten. Wir sprechen von Investitionen von hunderten Millionen. Als der Inninger massiv zu stören begann, überzog man ihn mit so vielen Prozessen, dass der Mann nach drei Jahren pleite war.« Er trank sein Glas aus und schaute Winkler an. »Wenn Sie mich so direkt fragen, dann würde ich sagen, dass Frau Zeiser den Druck und ihre Ohnmacht nicht mehr aushielt und den Freitod gesucht hat.«

Das war es, was Winkler hören wollte. Kein Versteckspiel, sondern eine klare Aussage, die er allerdings noch zu beweisen hatte.

»Ob es Schuldige am Freitod von Menschen gibt, das wird nicht untersucht«, antwortete Winkler.

»Sie dürfen mich ruhig für einen Feigling halten, aber ich werde meine Rede weder vor der Polizei noch vor einem Gericht wiederholen. Ich habe mich an mein beschauliches Leben gewöhnt und würde nicht gerne meine Kanzlei oder noch mehr verlieren.« Miltwald erhob sich, weil Winkler aufgestanden war.

Danach saß Winkler noch eine Weile in seinem Auto und machte sich Notizen. Dann fuhr er in die Stadt und kaufte sich drei Paar Socken für 1,99. Seine eiskalten Füße verlangten nach Wärme. Er zog zwei Paar übereinander an, worauf ihm die Schuhe nicht mehr passten. Winkler stolzierte wie über Feuer, dabei lief er lediglich von der Fahrerseite zum Kofferraum und zurück. Ein Paar von diesen teuren Winterstiefeln zu kaufen, kam für ihn nicht in Betracht. Im Wagen zog er die Schuhe aus und fuhr in die Nacht hinein Richtung Oberstdorf. Er reiste in die Richtung des vollen Mondlichts. Ihm gefiel das Licht, das in den Bäumen saß oder auf den Feldern fast überall. Er war allein und im Einklang mit der Natur. Winkler wollte in dieser Situation nichts denken. Sein Kopf war leer, und in ihm war es merkwürdig ruhig. Das kannte er gar nicht. Es gelang ihm nicht oft, zu sich selbst in Distanz zu gehen. Kurz vor Oberstdorf entschloss er sich zu einer Pizza, die er mit nach Hause nahm. Nachdem er geduscht und die aufgewärmte Pizza gegessen hatte, rief ihn Renata di Nardo an. Es war nach Mitternacht.

»Was hattest du denn in Augsburg verloren? Eine Polizeistreife hat dein Kennzeichen notiert, weil sie das Haus der Zeiser beobachten. Die Augsburger Staatsanwaltschaft fühlte sich angesprochen und hat Aspelkamp informiert.«

Winkler war nicht besonders überrascht.

»Wenn die Vermisstensache Zeiser noch mein Fall ist, dann habe ich allen Grund dazu, mich in Augsburg aufzuhalten.«

Darauf gab sie ihm keine Antwort.

»Rühre dich nicht vom Fleck. Ich bin gleich bei dir.« Renata di Nardo beendete das Gespräch, griff nach zwei Akten und ihrer Tasche und nahm ihren Mantel über den Arm. So beladen eilte sie zu ihrem Auto, während Winkler die Blätter auf seinem Tisch sortierte und dann aufstand, um aus dem Fenster zu schauen. Natürlich gab es Gründe dafür, dass sie ihn persönlich sprechen wollte. Wenn das, was sie zu sagen hatte, nicht per Telefon möglich war, konnte es sich eigentlich nur um etwas handeln, was mit ihm persönlich zusammenhing. Winkler sah hinaus in die Dunkelheit. Begann es zu schneien? Eigentlich war es ihm egal, doch er dachte an sie und die nicht ungefährliche Fahrstrecke.

Winkler zog den Vorhang zu und beugte sich wieder über seine Notizen. Er dachte darüber nach, wohin es die Richterin Zeiser wohl getrieben haben mochte, als sie Augsburg verlassen hatte. Wieso wurde bisher dort eigentlich noch kein Gespräch mit den Mitarbeitern ihrer Abteilung geführt? Das wäre doch naheliegend. Einige Minuten blieb er bei diesem Gedanken und rückte die Zettel mit den Namen Borgini und Waldlass in ihre Nähe. Wenn er Waldlass in Bezug zu ihr setzte, dann füllte sich die Namensliste mit Hegenau und Hornbach wie von selbst auf. Warum nicht auch Bankdirektor Gansmayr? Wahrscheinlich gab es noch weitere Persönlichkeiten, von denen er nur noch keine Kenntnis besaß. Er hörte von der Straße eine Männerstimme rufen. Der Mann rief einen Frauennamen, den er nicht verstand. Winkler setzte sich in den Ohrensessel und legte die Beine hoch. Schatten krochen über die Decke seines Zimmers. Bei den krummen Geschäften handelte es sich keineswegs um Gespenster, dachte er. Sie würden einen langen Atem brauchen, oder es würde ihnen nie gelingen, die Hintermänner dingfest zu machen. Was war es wirklich gewesen, das der Richterin Zeiser so zugesetzt hatte, dass sie ihrem Leben ein Ende bereitete? Vorausgesetzt, der Miltwald hatte mit offenen Karten gespielt. Misstrauen war Winklers zweiter Familienname.

Als Renata di Nardo eintraf, lag Winkler quer im Sessel und war eingeschlafen. Weil sie beim Ausziehen des Mantels versehentlich gegen die Tür schlug, fuhr er hoch. Sie nahm ihn in den Arm.

»Bist du krank?«

»Aber ja doch«, knurrte er missbilligend, »ich bin krank, weil ich aus dem Fenster geschaut und das Wetter gesehen habe. Der Dummkopf Winkler hat sich Sorgen um dich gemacht. Weshalb fährst du bei solchem Wetter durch die Landschaft?«

Renata di Nardo stellte ihre Stiefeletten in den Flur und zog sich dicke Socken an. Dann kam sie zur Sache.

»Es geht um deinen Besuch in Augsburg. Aspelkamp hatte dich freigestellt. Heller sagte mir, du würdest ein paar Tage lang Überstunden abfeiern, und die Staatsanwaltschaft Augsburg beschwert sich darüber, dass du sie nicht vorher informiert hast.«

»Stimmt«, antwortete Winkler. »Aspelkamp hatte aber in Gegenwart von Heller ›Ja, ja, ja‹ gesagt.«

Sie nahm einen Aktenordner zur Hand und schlug ihn auf, nachdem sie sich auf die Couch gesetzt hatte.

»Du drehst dir die Sachen auch immer so wie es dir passt.«

»Quatsch. Lass uns über Inninger reden«, antwortete Winkler.

»Also, wenn der Inninger einen Herzinfarkt hatte, wird es keine aufwendige Sektion geben. Zu teuer. Aber worum es mir geht, ist die Angelegenheit Borgini. Er wird das Wochenende nicht überleben, sagten mir die Ärzte. Ich war noch einmal bei ihm. Seiner Aussage nach steckt hinter dem Mord an Donato Pelusino ein gewisser Lew Charkow. Der stammt aus Kasachstan und hat Firmen in Ungarn und Kroatien, die er mit geschickt gewaschenem Drogengeld aufgebaut hat. Da ist so gut wie nichts mehr zu beweisen. Aber er kann die Finger nicht vom Kokaingeschäft lassen. Gestern bekam ich direkt vom BKA ein Fax aus dem Fundus der Amis. Das besagt, der von uns aufgebrachte und beschlagnahmte LKW gehörte zum Kartell vom Charkow. Der glaubte deshalb, die Borginis hätten seinen Transport verpfiffen, und die Rache folgte auf dem Fuße. Jetzt sollen seine Vasallen hinter dem Paolo Borgini her sein.«

Winkler gähnte, weil er es einfach nicht unterdrücken konnte.

»Langweile ich dich?«

»Tut mir leid. Ich bin müde, und zum Inninger gibt es offenbar nicht viel zu melden.«

Renata di Nardo schüttelte den Kopf.

»Nach den Aufzeichnungen von Inninger wurden an die zweihundert Millionen Euro investiert. Wie konnte er das wissen? Und wer sind die Nachfolger vom Borgini? Der Latonini aus New York oder dieser dubiose Charkow? Borgini sprach so nebenbei von bis zu achthundert Millionen, natürlich nicht sein Geld, das man hierhergebracht hat. Der Mann stirbt, also warum soll ich ihm nicht glauben?«

Winkler schüttelte sich.

»Weil er ein notorischer Lügner ist. Fassen wir zusammen. Der Ragi hat die Bittner erledigt und dieser Charkow den feinen Herrn Pelusino. Kommen wir zu Inninger und der Richterin Zeiser. Nach Aussage vom Rechtsanwalt Miltwald hatte Inninger der Richterin Material überlassen. Wo ist das geblieben?«

Sie betrachtete ihre Hände und ging auf seine Worte nicht weiter ein.

»Borgini sagte, die Mörder lauern in einer Pension in Immenstadt auf seinen Sohn. Wir werden morgen früh dort das Haus umstellen. Wenn wir die Männer verhaften, dann hat Borgini nicht gelogen.«

Was spielte denn das für eine Rolle? Winkler dachte, eine Influenza gegen Pest und Cholera einzutauschen, war letztlich keine Alternative. Borgini war erledigt, aber es gab diesen Latonini, und nun kam noch Charkow dazu. Wenn die sich gegenseitig den mitteleuropäischen Markt streitig machen würden, dann konnte man sich im Allgäu auf etwas gefasst machen. Er sah sie an.

»Na, dann viel Glück.«

»Du findest das alles absurd? Aspelkamp hat Direktor Gansmayr direkt auf die Geldwäsche angesprochen. Die moderne Elektronik beschleunigt die Geldflüsse derart, dass man sie nicht mehr zurückverfolgen kann. Gansmayr sagte, keine Bank kann wegen vager Verdachtsmomente die Geldannahme verweigern. Das wäre ihr Ruin.« Renata di Nardo blickte von ihrer Akte hoch und fixierte Winkler. »Was schlägst du vor? Alle, die über hundert Millionen besitzen zu verhaften?«

Natürlich gab es kein Patentrezept, das wusste er auch.

»Was ist mit dem Mörder von Massimo Ragi? Ich gebe mir die Schuld, dass ich den Inninger nicht ernst genommen habe. Lass mich noch einmal mit Frau Hochreuther sprechen. Wenn es denn so etwas wie ein Testament von Inninger gibt, dann könnte sie eine Ahnung haben, wo es sich befindet.«

Renata di Nardo würde Winkler gleich sagen müssen, dass er bis auf weiteres Urlaub machen muss. Aspelkamp hatte ihr gesagt, dass er nicht den Eindruck habe, als würde sich Winkler um die Aufklärung des ominösen Briefes an seine Ex-Frau kümmern. Zwar war Heller vehement dagegen gewesen, doch Aspelkamp hatte das zu entscheiden. Jetzt war noch sein willkürlicher Ausflug nach Augsburg hinzugekommen, der die dortige Staatsanwaltschaft verärgert hatte, weil die den Rechtsanwalt Miltwald beobachten ließen. Man vermutete, der habe Kontakt zur abgängigen Richterin Zeiser. Bevor sie etwas sagen konnte, meldete sich ihr Telefon. Sie fasste in ihre Handtasche.

»Kollege Gloger, hallo. Wo sind Sie?«

Das Gespräch dauerte nicht lange.

»Gloger und Osman haben den Unterschlupf von Paolo Borgini in Marktoberdorf entdeckt. Er war nicht mehr dort, aber die Bewohnerin hat sie eingelassen. Außer neunundachtzigtausend Euro haben sie nichts Verwertbares gefunden.«

Winkler rieb sich das Knie und schwenkte sein Bein hin und her.

»Wenn ihn Killer in Immenstadt erwarten, dann wissen die doch, wo er steckt. Diese Leute von Charkow stochern bestimmt nicht im Nebel herum.«

Renata di Nardo legte ihre Akte zur Seite.

»Wir müssen uns entscheiden, in welche Richtung wir ermitteln. Mit unserer kleinen Abteilung können wir nicht alle Schauplätze bedienen. Immenstadt macht das LKA allein. Uns bleiben der Mord an Ragi, der Tod von Inninger und die Richterin Zeiser. Die Geldflüsse werden von einem Wirtschaftsfachmann des LKA überprüft. Latonini und Charkow übernimmt das BKA.«

Winkler war damit nicht einverstanden.

»Habe ich das gerade richtig verstanden? Den gesamten illegalen Geldfluss hier soll ein einziger Mann finden? Du machst doch Witze.«

»Wir haben nicht so viele Fachleute, die sich auf diesem Gebiet auskennen.«

Winkler lachte laut.

»Wir sollen anscheinend mit Pfeil und Bogen gegen eine bestens ausgerüstete Armee antreten. Kommt euch das nicht merkwürdig vor, dass in dieser angespannten Situation zuerst die Antonia Mandl aus dem Verkehr gezogen wurde und nun gegen mich ein Brief auftaucht, den ich niemals geschrieben habe? Besteht nicht die Möglichkeit, dass da jemand an der Schraube dreht?« Als sie ihm nicht antwortete, wusste Winkler, dass er weiterhin Urlaub machen musste, auch wenn er Aspelkamps Äußerung anders interpretierte. Aber sie konnten ihm nicht verbieten, sich bei Benedikte Hochreuther einzuquartieren, auch wenn sie offiziell keine Pension mehr betrieb. »Um was geht es hier eigentlich in Wahrheit?«

Nach einer Weile, Renata di Nardo wollte Winkler nicht provozieren, antwortete sie.

»So wie es aussieht, hat das BKA zumindest einen der Wege des Kokains von der Küste bis ins Allgäu enttarnt. Hier wird das Rauschgift verpackt und in Portionen von bis zu fünfzig Kilogramm an sogenannte Residenten verteilt, die es wiederum an Kleindealer weitergeben. In diese Wespennester können wir hineinstechen und Personen dingfest machen. Die Frage ist, wo bleibt das Geld, und wo geht es hin? Diese Frage können wir bisher nicht befriedigend beantworten. Den ersten Teil des Geschäfts erledigen Gangster und Kriminelle mit niedrigem Niveau. Das Geld gewinnbringend anlegen können nur exzellente Fachleute. Auch das wissen wir. Egal, was du denkst, die Zerschlagung des Borginiclans ist ein Erfolg. Bestimmte Finanzleute einfach zu verdächtigen ist es nicht. Bankdirektor Gansmayr sagte, wenn wir tatsächlich sämtliche verdächtigen Gelder beschlagnahmen würden, wird eine Reihe mittelständischer Unternehmen mangels Masse in Konkurs gehen. Kein Abgeordneter wird dafür seinen Wahlkreis aufs Spiel setzen, denn wie der Wähler reagiert, wenn die Jobs weg sind, ist doch leicht vorstellbar. Aspelkamp hatte Gansmayr nach Detlev Waldlass gefragt, wegen dessen Vergangenheit.«

Winkler wollte dieser Logik nicht folgen. Andererseits sah er auch, wie schwer sie sich mit diesen Vorgaben tat. Wirtschaftskriminelle konnten damit rechnen, dass ihre Verfahren anders behandelt wurden als jene von gewöhnlicher Krimineller, falls sie sich nicht sowieso aus laufenden Verfahren mit hohen Summen herauskaufen konnten. Er schaute sie an. Sie sah müde aus. Winkler stand auf, legte ihr die Heizdecke ins Bett und schaltete sie ein. Es war an der Zeit, dass er ihr etwas bewies, denn sie liefen Gefahr, dass der Beruf ihre Beziehung zu stark belastete. Renata di Nardo sah ihm zu. Sein Schweigen, das halbdunkle Zimmer, die von ihr ausgewählten Möbel, all das ließ sie einen Moment melancholisch werden. Sie wollte ihm ihre Anerkennung für seine Bemühungen zeigen, kleidete sich im Bad aus und machte sich bettfertig. Tatsächlich fühlte sie sich absolut wohl in dem angewärmten Bett, ohne allerdings wirklich schläfrig zu werden.

»Du hast einmal gesagt, die Justiz müsste absolut unabhängig von der Politik sein und selbst bestimmen dürfen, wo welche Richter eingesetzt werden. Das würde aber auch für Universitäten gelten, die dazu noch stärker vom Geld der Wirtschaft abhängig sind. Wes Brot ich ess, des Lied ich sing. Inzwischen gibt es keinen Bereich der Wirtschaft mehr, in dem Drogengelder keine Rolle spielen. Da blickt in Wahrheit niemand mehr durch, und jede Wirtschaftskrise nutzen die Gangster, um ihr Geld unterzubringen, was dann immer gerne genommen wird. Wir machen unsere Arbeit Winkler, mehr ist nicht drin.«

Winkler legte zum wiederholten Mal seine Zettel mit den Namen der Verdächtigen nebeneinander.

»Ich fürchte, genau deshalb wird sich die Richterin Zeiser das Leben genommen haben. Das geschriebene Recht ist das eine, die reale Welt etwas völlig anderes. Vermutlich gibt es bereits Staaten, die ohne das Geld der Mafiosi zusammenbrechen würden. Wahrscheinlich beeinflussen die bereits den Gesetzgebungsprozess, damit es nie eine Freigabe der Drogen geben wird. Vergessen wir nicht, dass durch Nikotin und Alkohol jährlich mehr Menschen sterben als durch das Dope.«

Sie hörte ihm zu, und die Art, wie er sprach, gefiel ihr nicht. Das klang nach einem nicht abgesprochenen Vorhaben seinerseits.

»Weshalb geht Aspelkamp nicht deutlicher auf Distanz zu Waldlass?« Winkler sammelte seine Zettel ein, legte sie ordentlich zusammen und verspürte ein plötzliches Gefühl von Hunger. Sein Kühlschrank bot nichts anderes an als die Erkenntnis, dass seine Funktion lediglich Energieverschwendung war. Also trank er ein Glas Wasser und ging auch zu Bett.

»Aspelkamp glaubt an das Gute im Menschen«, antwortete Renata di Nardo.

Winkler hustete, weil er gegen einen Lachanfall ankämpfte und sich am Wasser verschluckt hatte. Er stellte das Glas ab und legte sich nieder.

»Erinnere mich morgen daran, dass ich dir einen Wollschal mitgebracht habe. Er ist noch in meiner Tasche.« Sie reagierte nicht auf sein Lachen.

»Wollen wir schlafen, oder reden wir noch ein wenig?« Winkler tastete nach ihrer Hand. »Wann warst du zuletzt in den Bergen?«

Renata di Nardo fand das zauberhaft, weil er so gut wie nie danach fragte. Sie hatte ihre innere Entspannung eigentlich immer bei einem Spaziergang in der Bergwelt gefunden, aber es lag nicht nur am Beruf, dass es nicht mehr häufig dazu kam. Winkler wollte nie mitgehen.

»Hat das BKA V-Leute im Einsatz? Rund um den Borgini hat es reichlich schräge Figuren, finde ich. In dem gesamten Spektrum muss es doch Leute geben, die mit Drogengeldern umgehen.« Winkler klopfte auf sein Kopfkissen ein. »Ist dein Schlafanzug aus Seide?«

Sie nahm seine Hand in die ihre, drehte ihr Gesicht leicht zur Seite und schaute ihm ins Gesicht.

»Es gibt eine Person, die uns von den Amerikanern bestätigt wurde. Deshalb sind die vom BKA nicht näher in das Umfeld vorgestoßen. Eine falsche Reaktion, und das ganze Kartenhaus bricht zusammen. Es geht einfach um zu viel Geld. Heller ist ganz verrückt danach, die Geldwaschstrukturen zu entlarven und den großen Mafiastaatsanwalt zu geben. Ich kenne den Namen nicht, weil sie dem V-Mann einen perfekten Ausstieg vorbereiten müssen. Ich bin an dem Thomas Wolkenreich dran. Sie müssen das viele Kokaingeld in den Kreislauf von Banken bringen. Wolkenreich bekam Bargeld, zahlte damit seine Außenstände und überwies seine Rückzahlungen auf ein Konto. Damit war das Kokaingeld sauber. Wenn es denn tatsächlich so einfach ist. Das zu überprüfen macht Mühe und braucht Zeit.«

»Die wir aber nicht haben.« Winkler wurde langsam schläfrig. »Das Verwischen der Spuren ist so optimiert, dass ein Wolkenreich nicht ausreicht für eine Anklage. Außerdem wird er um seine Familie fürchten und nichts sagen. Denkst du nicht?«

Ja, das dachte sie auch, aber wie sollten sie sonst an die Hintermänner herankommen.

»Was machst du morgen?« Renata di Nardo war gespannt auf seine Antwort. Sie wusste, dass er sie nicht anlügen würde, aber ein kleiner Schwindel war immer drin. »Bring mich nicht in Schwierigkeiten.«

»Erst einmal werde ich mich freuen, dass ich wieder erwacht bin. Dann brauche ich ein neues Rezept für diese verdammten Schmerztabletten.« Winkler wollte noch etwas loswerden. »Ein Trupp Taucher im Alpsee könnte nützlich sein.«

Er hatte ihre Frage nicht beantwortet, wich ihr aus, doch sie wollte ihn nicht in den Schlaf entkommen lassen.

»Gehst du zu Dr. Neureuth? Wenn ja, dann bring mir diese Salbe mit. Ich habe wieder diesen allergischen Ausschlag zwischen den Fingern. Und mach bitte wirklich nichts Unüberlegtes.«

»Diese Salbe? Geht es nicht etwas präziser?« Winkler sprach leise, also würde er gleich einschlafen, wenn sie es zuließ.

»Danach. Was machst du dann?«

»Vertraue mir«, erwiderte Winkler und schlief ein.

Der Morgennebel löste sich nur schleppend auf, und Winkler schloss das Fenster gleich wieder. Sie war bereits sehr früh aufgebrochen. Er hatte die Dusche gehört und kurz auf die Uhr geblickt, bevor er weiterschlief. Dieses Prozedere kannte er von ihr. Renata hatte dermaßen klare Abläufe am Morgen, dass er immer wieder staunen musste. Niemals würde sie etwas essen oder trinken, ohne sich danach die Zähne zu putzen. Auch seifte sie sich zuerst unter der Dusche ein und wusch sich danach die Haare. Besonders die Anordnung ihrer Bekleidung verblüffte Winkler immer wieder, wenn sie bei ihm übernachtet hatte. Von links nach rechts geordnet lag von ihrer Unterwäsche bis zum Kleid alles in der notwendigen Reihenfolge auf dem Bett. In dieser Abfolge zog sie sich dann auch an. Natürlich kam es für sie nicht einmal bei zeitlichen Engpässen vor, dass sie ihr Bett nicht ordentlich machte. Im Unterschied zu ihm, der auch schon einmal alles stehen und liegen ließ.

In seinem Kopf waren andere Gedanken, und so war er offenbar wie ferngesteuert durch Oberstdorf gelaufen. Am Morgen saß er im Wartezimmer des Arztes und fragte sich, wie er dorthin gekommen war. Die Praxis lag zwar nicht weit von seiner Wohnung entfernt, aber er musste doch trotzdem diesen Weg erst einmal gehen. Er musste an Inninger denken, an die Richterin und seine Hilflosigkeit, die ihn wütend machte. Winkler atmete durch. Nachdem er das Rezept bekommen hatte, lief er wie blind zurück und stieg in den Fiat, um hinüber nach Kempten zu fahren. Erst nach einer Weile fiel ihm auf, dass er noch gar nicht in der Apotheke gewesen war. Schuld an seiner Zerstreutheit war wieder Inninger. Winkler machte sich immer wieder Vorwürfe, dass er den Mann nicht ernst genommen hatte. Auch an das nächtliche Gespräch mit Renata di Nardo musste er denken. Bei all seiner Unachtsamkeit war er schließlich froh, als er unbeschadet vor der Haustür der Pension stand. Er blieb noch eine Weile im Auto und beobachtete. Benedikte Hochreuther stand hinter der Fenstergardine ihrer Küche und schaute auf ihn. Während er dahockte, fuhr ein einziges Auto durch die Straße. Aus der Nachbarschaft hörte er einen Hund bellen. Der Grund dafür war offensichtlich eine Katze, die mit erhobenem Haupt den Gehweg entlangspazierte. An seinen Rändern hatte Kempten noch immer etwas Dörfliches. Winkler fand das durchaus charmant, weil man sich innerstädtisch etwas zu großspurig gab. Oder war es so, dass ihm alte Dorfstrukturen näher waren? Er mochte nicht, dass die Städte sich dermaßen von dem massiven Auftreten der Autolobby beeinflussen ließen und Straßen bauten, die ihre Orte in kleine Portionen zerschnitten. Wer nicht gerne im Stau stand, der sollte mit dem Radl fahren. Wenn er etwas zu sagen hätte, würde er nur noch Kleinwagen für den täglichen innerstädtischen Verkehr erlauben. Winkler stieg aus und klingelte. Frau Hochreuther öffnete ihm nicht.

»Ich weiß doch, dass Sie da sind«, rief er.

Die dunkelblauen Vorhänge wurden zugezogen. Deshalb kam ihm ein Gedanke in den Sinn. Inninger war erst wenige Tage tot. War es möglich, dass sie um ihn trauerte? Winkler griff kurz entschlossen nach der Klinke, und die Tür ließ sich tatsächlich problemlos öffnen. Frau Hochreuther saß hinter einer brennenden Kerze am Küchentisch. Sie trug ein schwarzes Kleid, eine dunkelgraue Kittelschürze und ihre Haare streng nach hinten gekämmt, in einem Knoten endend. Winkler hob die Hand zum Gruß, sagte aber nichts. Er sprach nicht, weil neben der Kerze ein gerahmtes Foto zu sehen war. Frau Hochreuther mit Inninger auf dem Marcusplatz in Venedig. Das überraschte ihn und regte zu einigen Überlegungen an. Winkler konnte sich nicht vorstellen, dass sie einmal ein Paar gewesen sein könnten. Außerdem war das Bild mindestens zehn Jahre alt. Inninger war kein Intellektueller, aber doch mit anderen Dingen beschäftigt gewesen, als es bei ihr der Fall sein mochte. Er würde ihr gerne etwas sagen, aber alles, was ihm einfiel, war ihm zu banal. Winkler las die Traueranzeigen in der Zeitung, weil er sich in schöner Regelmäßigkeit über die Texte ärgerte. Er hatte sich so seine Gedanken gemacht über seine eigene letzte Zeile auf seinem Grab. »War's das?« Oder. »Gut, euch nicht mehr zu sehen.«

»Er hatte mich nach dem Tod meines Mannes in sein Auto gepackt, und wir waren in Venedig. Niemand hatte sich Gedanken über mich gemacht, nur er. Und jetzt mache ich mir Gedanken über ihn.« Frau Hochreuther reichte Winkler einen Brief. »Wenn Sie mir versprechen, dass Sie sich darum kümmern, werde ich mit Ihnen reden. Sonst können Sie gleich wieder gehen.«

Es war die Abschlussabrechnung des Seniorenheimes, dem Inninger noch Geld schuldete.

»Wer bezahlt die Beerdigung?« Winkler nahm sich eine Tasse und füllte sie mit Wasser aus dem Hahn. »Hatte er denn eine Herzkrankheit? So wie es momentan aussieht, ist er an einem Herzschlag gestorben.«

Benedikte Hochreuther schaute auf die brennende Kerze.

»Er bekam Atemnot, wenn er sich zu sehr aufregte. Mehr weiß ich nicht. Geld hatte er keines. Vielleicht besaß er eine Sterbeversicherung. Aber da kenne ich mich auch nicht aus. Geredet haben wir nie über so etwas.«

Das ist eine gute Möglichkeit, in das Zimmer zu kommen, dachte Winkler. Er stand mit dem Rücken zum Spülbecken und trank das Wasser in kleinen Schlucken. Sein Benehmen musste ihr seltsam vorkommen. Er wollte etwas klarstellen.

»Ich bin privat hier, Frau Hochreuther, nicht als Polizist. Herr Inninger hat sich mit heiklen Themen beschäftigt, das interessiert mich. Kurz gesagt, Sie müssen nicht mit mir sprechen, wenn Sie es nicht wollen. Allerdings könnte ich mal nachsehen, ob etwas zu finden ist, damit Herr Inninger eine anständige Beerdigung bekommt. Wenn Sie es erlauben, würde ich gerne in sein Zimmer gehen und einmal nachsehen.«

»Ich kann jetzt nicht in das Zimmer gehen«, erwiderte sie.

»Machen Sie sich keine Sorgen, ich werde mich kümmern und bestimmt keine Unordnung machen.« Winkler bewegte sich langsam zur Tür.

»Ich hatte gehofft, dass er damit aufhört, aber die Richterin hat ihn noch darin bestärkt. Es ist doch aussichtslos, gegen die da oben anzugehen.«

Jetzt durfte er keinen Fehler machen, denn sonst würde sie kein Wort mehr sagen. Er hatte sich nicht verhört, sie sprach von einer Richterin. Da gab es nicht viele Möglichkeiten, mit wem Inninger umgegangen sein konnte.

»Ja, da haben Sie wohl nicht ganz unrecht. Herr Inninger glaubte eben an die Gerechtigkeit.«

Frau Hochreuther sah ihn an, als hätte er den Verstand verloren.

»Nicht Gerechtigkeit«, sagte sie. »Daran glaubte er nicht. Ein Journalist muss aufklären, das hat er immer gesagt. Vertraut hat er niemandem. Bei Ihnen hatte er eine Ausnahme gemacht.«

»Es tut mir leid, dass ich seine Bemühungen völlig falsch interpretiert habe«, antwortete Winkler.

Die alte Frau musste noch etwas loswerden.

»Seine Familie hatte viel Geld verloren bei einer Firma, die pleite gegangen war. Alles war auf Betrug aufgebaut, hatte er mir erzählt, und dass nie jemand zur Rechenschaft gezogen wurde. Deshalb war er wie wild hinter diesen Banditen her, die sich auf Kosten der kleinen Leute ein schönes Leben machten. Darüber gesprochen hat er nur mit der Richterin. Sie kam manchmal, blieb über Nacht, und sie redeten und redeten. Ich verstehe davon ja nichts.«

Das waren sehr interessante Neuigkeiten, die er da quasi en passant erfuhr.

»So weit ist es von Augsburg auch wieder nicht«, sagte Winkler und versuchte zu lächeln. Sie reagierte nicht. Ihre Augen richteten sich wieder auf das Kerzenlicht, und er öffnete die Tür, stieg die Treppen hinauf und ging in das Zimmer, in dem Inninger sich versteckt hatte. Anders konnte sein Verhalten nicht interpretiert werden. Der Mann musste schreckliche Angst gehabt haben. Winkler schaute unter das Bett, hob die Matratze hoch, klopfte Kissen und Zudecke ab und legte das alles dann wieder ordentlich zusammen. Es sah nicht perfekt aus, aber besser konnte er ein Bett nicht machen. Im Schrank hingen zwei Sakkos und zwei Hosen. Auf dem Schrank lagen drei Aktenordner, die er an sich nahm und auf dem Bett sitzend durchblätterte. Tatsächlich gab es eine Versicherung für den Sterbefall, aber auch einen Brief, aus dem hervorging, dass Inninger seit einiger Zeit keine Beiträge mehr gezahlt hatte. Ergiebig war die Suche nicht, also stieg er die Stufen wieder hinab und betrat die Küche. Sie saß da wie zuvor und starrte auf die Kerze.

»Hier ist etwas, das das Problem der Beerdigung lösen könnte. Ich werde mit der Versicherung telefonieren.« Winkler blieb wieder am Spülbecken stehen.

»Haben Sie die Schuhe gefunden?«

Neben dem Schrank standen zwei Paar ältere Sommerschuhe. Die meinte sie offenbar aber nicht.

Sie hob ihren Kopf und sah ihn an.

»Die roten Schuhe von der Richterin. Sie hatte sie hier vergessen, und er wollte sie ihr nach Augsburg bringen. Dann ist er aber nicht mehr hinübergefahren und wollte sie ihr mit einem Paket schicken. Aber sie ist ja dann verschwunden, und er war deshalb ganz grau im Gesicht.«

War es Inninger gewesen, der die roten Pumps am Seealpsee abgestellt hatte? Winkler erinnerte sich an die Stellung der Schuhe. Sie zeigten mit ihren Spitzen vom Seeufer weg. In der Flaggensprache des Seealphabets zeigten sie ein »A«. Er hatte sich als Jugendlicher stark für die Seefahrt interessiert, daher war ihm die Stellung der Schuhe aufgefallen. Es konnte auch gar nichts zu bedeuten haben. Wer kannte schon im Alpenvorland die internationale Flaggensprache? Aber weshalb hatte Inninger die Schuhe auf diese Art dort abgestellt? War es Zufall oder Absicht gewesen? Was sollte das »A« für eine Bewandtnis haben? Nein, dieser Gedanke war dann doch zu absurd. Dennoch war jedem von ihnen, der dort oben am See gewesen war, die seltsame Position der Schuhe aufgefallen. Dass die Pumps dann auch noch der Richterin Zeiser gehörten, hatte Fragen aufgeworfen, und nun kam Inninger als Verursacher hinzu. Klarer wurde die Sachlage dadurch nicht.

»Können Sie sich an Namen erinnern, über die geredet wurde? Nach unseren Erkenntnissen hatte er bestimmte Leute beobachtet und Fotos gemacht.« Winkler trat an den Küchentisch.

Frau Hochreuther zog an den Vorhängen und schaute auf das Jesuskreuz an der Küchenwand.

»Von einem Herrn Hornbach sprach er manchmal. Der hatte ihm Geld geboten. Wofür weiß ich aber nicht. Gesehen habe ich den Hornbach mit ihm nur einmal. Ein richtiges Mannsbild ist der, wie man so sagt. Groß und stattlich. Ich erinnere mich deshalb, weil eine Frau am Steuer saß. Als er in das Auto einstieg fiel sie mir auf. So ein Mann fährt doch immer selbst. Der Franz hat nur gelacht, als ich ihn danach fragte.«

Winkler hatte angespannt zugehört.

»Nur gelacht? Gesagt hat er nichts?«

»Daran kann ich mich wirklich nicht mehr erinnern.« Frau Hochreuther schüttelte den Kopf.

»Der Herr Hornbach ist ein sehr reicher Mann. Er lebt äußerst zurückgezogen, wie man so sagt. Erstaunlich, dass er direkt an Herrn Inninger herangetreten ist.«

Frau Hochreuther wischte mit der Hand über den Tisch.

»Alleinstehende Männer werden im Alter eigentümlich. Ich habe mich immer gefragt, weshalb der Franz ständig zu der kleinen Kapelle lief und sie nie betrat. Er stand immer nur davor und schaute in die Gegend. Eines Tages verlangte er von mir einen Baumsetzling, den er dort draußen eingepflanzt hat. Er hat auch immer Stückzucker verlangt und nie Streuzucker genommen.« Sie legte ihre Hände vor ihr Gesicht. »Ein Name fällt mir noch ein. Siegfried Hegenau. Den konnte der Franz überhaupt nicht leiden.«

Winkler sah es ihr an, dass sie die Richterin und Inninger nie belauscht hatte. So eine Frau war sie nicht.

»Was ist das für eine Kapelle?«, fragte er.

Auch auf diese Frage ging sie zunächst nicht ein. Frau Hochreuther drehte die Kerze, damit sie gleichmäßig abbrennen konnte.

»Wissen Sie, wo er gewesen ist, bevor Sie ihn tot fanden?« Sie schaute Winkler nicht an, erhob sich umständlich, ging an den Brotkasten, entnahm ihm ein Stück Kuchen, das auf einer Untertasse lag, setzte sich wieder und aß es aus der Hand.

»Nein«, brummte Winkler wahrheitsgemäß. Das klang hilflos, und in gewisser Weise war das auch so. Sie hatten bisher so verdammt wenig ermitteln können. »Wie heißt die Kapelle?«

Ihr Gesichtsausdruck änderte sich, und sie sah aus, als käme sie soeben aus einer tiefen Andacht zurück.

»Ich kann ihm nun nicht mehr helfen. Bitte gehen Sie jetzt.« Während sie sich erhob und dann den Teller in die Spüle stellte, ging Winkler zur Tür. »Dreifaltigkeit«. Mehr sagte sie nicht, und mehr würde sie auch nicht sagen, wenn er im Türrahmen stehen bliebe.

Bis zur Kapelle war es keine lange Fahrt. Winkler ließ den Fiat stehen und ging ein Stück des Weges zu Fuß. Er lief die leichte Steigung hinauf, ging um das Gebäude herum, betrachtete die umstehenden Bäume und Büsche. Den erwähnten Baum entdeckte er nicht. Was hatte dieses Kirchlein für Inninger für eine Bedeutung gehabt? In der Nähe standen einige Häuser. Als er den Weg zurücklief, stand ein Mann mit Hund am Zaun und schaute ihn misstrauisch an. Winkler reagierte nicht auf ihn.

Vielleicht sollte er die Akte von Inninger noch einmal durchlesen.

Winkler fuhr daher in sein Büro und erfuhr dort, dass Aspelkamp und Renata di Nardo zu Oberstaatsanwalt Heller gefahren waren. Nur die zwei Schreibkräfte saßen im Bürozimmer. Er schloss die Tür hinter sich und startete seinen Rechner. War es möglich, dass man Inninger in den finanziellen Ruin getrieben hatte, weil er als Journalist unbequem gewesen war, oder ging es nur um seine Berufsehre?

Natürlich konnte man einen politischen Journalisten, der unbequem war, ausschalten, indem man ihn nicht mehr beschäftigte. Warum sollte ein Zeitungsverleger eine Meinung zulassen, die nicht der seinen entsprach und darüber hinaus noch geschäftsschädigend war? Der Hinweis von Frau Hochreuther bezog sich auf Ereignisse, die bereits einige Jahre zurücklagen. Doch so viele Wirtschaftsdelikte gab es in der Region nicht, also wurde er schnell fündig. Die Anklage damals lautete auf Betrug und Unterschlagung. Hauptbeschuldigter war Joseph

Hornbach gewesen. Bankdirektor Gansmayr hatte ihn mit einer Aussage so entlastet, dass es gar nicht zu einer Anklage gekommen war. Die Firma ging sang- und klanglos pleite, Hornbach zahlte eine Geldstrafe, und der nächste Geschäftsführer der neu gegründeten Firma wurde Detlev Waldlass. Cambo Consulting verfuhr im Grunde nach demselben Prinzip wie die durch Hornbach ruinierte Firma. Dass er sie mit Absicht gegen die Wand gefahren hatte, konnte man nicht beweisen, also ging es nur noch um Steuerrückstände. Die Kleinanleger hatten ihr Geld verloren, unter ihnen war die Familie Inninger gewesen. Der Verdacht der Geldwäsche war in dem gesamten Verfahren nicht einmal zur Sprache gekommen. Winkler dachte, dass er sich noch weiter auf der Spur des Inninger bewegen musste, um die Richterin Zeiser finden zu können. Natürlich war es so, dass die Mafia für den Vertrieb des Kokains stand. Aber es gab immer auch noch eine zweite Abteilung, die das viele Geld in den normalen Geldumlauf einbrachte und dadurch erst verfügbar machte. Winkler schaltete sich bei Europol ein und las auf der entsprechenden Seite, dass der weltweite Rauschgiftumsatz bei geschätzten 1,5 Billionen Euro lag.

Wie viel davon hatte die Familie Borgini eingeschleppt? Das Thema war erledigt, doch die nächsten Banditen waren bereits im Land. Die Polizei fand regelmäßig Kokain in Kilomengen, doch hier ging es um Tonnen. Für eine Mittäterschaft von Waldlass, Hornbach oder Hegenau gab es keinerlei Beweise. Aber Inninger war tot, und die Richterin Zeiser verschwunden. Winkler schlug zornig mit der Hand auf den Schreibtisch. Die vollständige Telefonüberwachung wäre eine probate Möglichkeit, aber die war nicht erlaubt. Würde er die drei Herren unter Druck setzen, käme ihm Aspelkamp dazwischen, dessen war er sich sicher. Als er sein Büro verließ, kam ihm Renata di Nardo entgegen. Bevor sie ihn darauf aufmerksam machen konnte, dass er momentan nicht hier sein sollte, erzählte er seine Geschichte. Mit der Stellung der roten Pumps konnte er nicht bei ihr punkten, doch das Gespräch mit Benedikte Hochreuther nahm sie mit großem Interesse zur Kenntnis.

»Wenn der Inninger die Schuhe am See abgestellt hat, dann gibt es vielleicht sogar Fotos von ihm. Fahr du bitte nach Oberstdorf. Morgen kommen die Amerikaner zu Aspelkamp. Außer ihm dürfen an dem Gespräch nur die Feilhorn und der Spengler teilnehmen. Heller ist stinksauer. Ich komme in zwei Tagen nach, dann weiß ich mehr.« Renata di Nardo legte ihre Hand auf seinen Arm und lächelte ihn an.

Winkler ging hinaus und entschloss sich, mit Oberstaatsanwalt Heller zu sprechen. Nicht heute, in den nächsten Tagen. Die Informationen mussten sich erst einmal setzen, und es gab auch noch keinen Bericht über die genaue Todesursache von Inninger. Er hatte bereits die halbe Strecke nach Oberstdorf zurückgelegt, als er es sich anders überlegte und zurück nach Kempten fuhr. Als er bei Frau Hochreuther anklopfte, war die Reaktion entsprechend.

»Bitte, nein. Ich sagte Ihnen doch.« Winkler ließ sie nicht ausreden.

»Sie müssen mir helfen. Ich war bei der Kapelle, aber mir sagte der Ort dort nichts. Gehen Sie mit mir dorthin. Zeigen Sie mir den Baum. Helfen Sie mir, tun Sie es für ihn.«

Frau Hochreuther legte den Kopf schräg und schaute an ihm vorbei.

»Nur, wenn es danach keine Belästigungen mehr gibt.«

Was sollte er ihr darauf antworten? Das konnte er nicht versprechen. Also nickte er kurz und sagte nichts.

Während sie Gummistiefel anzog, wartete Winkler im Flur. Sie sprach mit ihm.

»Manchmal war er melancholisch. Jeder hat das mal, hat er gesagt. Doch bei ihm wurde es immer schlimmer. Das Altenheim hat ihn gequält, seine Krankheiten betrübten ihn, und dann war da noch seine immer bedrückendere Armut. Ich habe ihm gesagt, er könne doch bei mir wohnen, aber das wollte er nicht. Sich etwas schenken zu lassen ging gegen seine Ehre.« Frau Hochreuther ging um das Haus herum und winkte Winkler. »Nun kommen Sie schon.«

Winkler stand verwundert vor zwei Fahrrädern.

»Wir fahren mit den Radeln. Sie können seins nehmen.« Sie band sich ein Kopftuch um. »Im Grunde habe ich nie verstanden, weshalb er so unglücklich war. Die Gesellschaft interessierte sich nicht für ihn, und in seinem Beruf gab es keine Freundschaften. Als er wegen seiner wütenden Artikel gegen die Geldschneider die Zeitung verlassen musste, da hat ihn von denen keiner mehr angesehen. Der Verleger hatte gesagt, wenn es noch jemanden mit kommunistischen Ansichten gibt, kann er gleich mitgehen.« Sie stieg auf das Rad und drehte sich zu Winkler um. »Er wollte nicht begreifen, dass seine Anschuldigungen niemand hören wollte. Manchmal konnte er ein richtiges Kind sein.«

Winkler mühte sich auf dem alten Fahrrad ab. Viel Luft hatten die Reifen nicht mehr.

»Aber er war doch nicht ohne Lebensmut, sonst hätte er nicht so intensiv recherchiert und den Kontakt mit der Richterin gehalten.«

Aber das ließ sie nicht gelten.

»Er hätte andere interessante Dinge tun können. Er wollte ans Meer, um zu segeln. Getan hat er es nie. Gegen die Reichen kommt keiner an. Denken Sie mal darüber nach.«

Das interessierte Winkler näher.

»Konnte er segeln?«

»Früher hatte die Familie ein Boot am Alpsee. Von dort kannte er den Waldlass und auch die Richterin wohl näher. Davon hat er einmal erzählt. Genaues weiß ich nicht.« Die alte Dame stieg kräftig in die Pedale, und Winkler musste sich anstrengen, um mitzuhalten. Kaum waren sie bei der Kapelle, sahen sie drei ältere Herren am Weg. Einer von ihnen war jener mit dem Hund, den er vorher schon gesehen hatte.

»Was soll das werden?«, fragte einer.

Diesen Einfältigen hilft auch keine Dreifaltigkeit mehr, dachte Winkler.

Warum gab es nur so selten interessante Menschen zu sehen? Diese Plagegeister gingen ihm auf die Nerven.

»Schleicht's euch«, rief Winkler.

»Oho«, riefen sie, » wir können auch die Polizei rufen.« Das klang, als hätten sie es eingeübt und schon häufiger benutzt.

»Ich bin die Polizei«, rief Winkler hinüber und hielt seinen Ausweis hoch.

Winkler hörte, wie einer zum anderen sagte, jetzt haben sie schon Sandler bei der Polizei. Weil sie davontrotteten, schwieg er.

»Dieses Denunziantenpack mag ich einfach nicht«, sagte er in Richtung von Frau Hochreuther, die vor einem mehr als spärlichen Bäumchen stand.

»Er hat sich nicht gekümmert«, kommentierte sie bitter.

Aus seinen bisherigen Ermittlungen war nicht hervorgegangen, dass Inninger ein häufiger Kirchgänger war. Eher konnte man das Gegenteil behaupten. Winkler stapfte umher und sah keinen Sinn darin, sich an diesem Platz weiter zu bewegen. Er schaute auf die Kapelle mit ihrem kleinen Türmchen und empfand einen gewissen Charme, den dieses Gebäude ausstrahlte. Vielleicht durften Kirchen nicht elegant wirken, doch er nahm sie so wahr. Frau Hochreuther klopfte die Erde rund um das Bäumchen fest, und Winkler sah ihr dabei zu.

»Da hat schon ein Tier gegraben, um an die Wurzel zu kommen«, sagte sie und als Winkler nun genauer hinsah, entdeckte er den Zipfel eines schwarzen Müllbeutels, der aus der Erde ragte und zwischen den Gräsern hervorlugte. Fünf Minuten später hatte er mit Händen und Füßen ein Paket ausgegraben, das in zehn Zentimeter Tiefe vergraben lag.

»Jetzt haben Sie den Baum endgültig umgebracht«, sagte Frau Hochreuther, und Winkler starrte auf das Schloss der Metallkassette. Das würde er hier vor Ort nicht öffnen können.

»Ein Nachlass von Herrn Inninger«, antwortete er ein wenig zu salbungsvoll. Winkler hatte das Bäumchen nicht umbringen wollen.

»Sieht aus wie eine Schweißarbeit von meinem verstorbenen Mann.« Sie zeigte nun doch eine Spur von Neugier.

Auf dem Rückweg wäre Winkler beinahe zwei Mal vom Rad gestürzt, weil er die massive Kassette vor sich auf der Fahrradstange balancieren musste. Anders war sie nicht zu transportieren. Der Abschied von Frau Hochreuther fiel kurz und knapp aus, dann brauste Winkler hinüber zu Oberstaatsanwalt Heller. Bevor der auf die erdverschmierte Kassette schaute und Winkler den zerrissenen Müllbeutel entfernte, zog er ihn am Ärmel zur Seite.

»Haben Sie das mit diesem Brief klären können?«

»Ich habe dieses Pamphlet nicht verfasst«, reagierte Winkler gereizt.

Heller dachte nach und ließ Winkler nach einer Weile Platz nehmen.

»Falls sich einige Ermittlungen bestätigen, dann sieht es nicht gut aus für Herrn Waldlass. Die Amerikaner haben am Telefon offenbar einige Andeutungen gemacht. Der Paolo Borgini soll demnach für Waldlass diesen Massimo Ragi besorgt haben, weil Frau Bittner Geld von Waldlass unterschlagen haben soll und als Verräterin galt. Angeblich hat die Bittner für Waldlass Geld nach Österreich geschafft. Mir kommt das alles sehr spanisch vor, aber man weiß ja nie.«

Winkler schaute auf seine schmutzigen Schuhe und hätte gerne ein Papiertaschentuch benutzt, aber er hatte keines dabei. Winkler antwortete dem Oberstaatsanwalt.

»Soweit ich etwas dazu sagen kann, dürfte es Fakt sein, dass Detlev Waldlass die Richterin Zeiser kannte. Man segelte auf dem Alpsee. Zumindest Waldlass dürfte dort noch ein Boot liegen haben. Inninger mochte ein Spinner gewesen sein, aber seine Fotos sind erster Güte. Und seine ehemalige

Pensionswirtin ist eine absolut integere Frau. Sie erzählte mir einiges so beiläufig, dass es nicht erfunden sein kann. Besonders die roten Pumps der Richterin sind nun entdeckt.«

Heller öffnete eine Akte, las darin und sah dann Winkler an.

»Morgen gibt es eine Reihe von Entscheidungen. Die Amerikaner kommen am Nachmittag. Aspelkamp hat sich krankgemeldet. Dem sind die Ermittlungen gegen Waldlass und Konsorten auf den Magen geschlagen. Ich weiß ja, dass Sie in Sachen Zeiser und Inninger unterwegs sind. Jemand hatte die Polizei angerufen, weil Sie sich unterhalb der Dreifaltigkeitskapelle auffällig bewegt haben.« Er lachte laut. »Die hielten Sie für einen Penner.«

»Sind Sie denn nun doch bei dem Gespräch dabei?«

Heller schnaufte.

»Kollegin di Nardo übernimmt für Aspelkamp. Sie wird auch alle operativen Einsätze lenken. Und solange Sie nichts anstellen, will sie beide Augen zudrücken. Man hat Sie im Fokus, vergessen Sie das nicht.« Wieder lachte er laut auf.

Die Mitteilung über Aspelkamp überraschte Winkler. Er hatte verstanden und wollte seinen Dienst sofort wieder aufnehmen.

»Ich werde das Metallding öffnen lassen und Ihnen mitteilen, was uns Inninger hinterlassen hat. Wann sind Sie wieder in Oberstdorf?« Heller wechselte die Brille.

»Am Abend.« Winkler wäre gerne bei der Öffnung der Kassette anwesend gewesen, aber das war ganz offensichtlich nicht die Absicht des Oberstaatsanwalts.

Nachdem man sich die Hand gereicht hatte, war Winkler gegangen. Er fuhr ein wenig herum und stellte dann den Fiat nahe der Innenstadt ab, um sich ein wenig auszulaufen. Entgegen seiner sonstigen Gepflogenheiten spazierte er jetzt gerne durch Kempten. Seine schmutzigen Schuhe und die befleckte Hose hatte er bereits vergessen. Er entschied sich, morgen am

Nachmittag zu seinem Sohn zu fahren, egal, was die Therapeuten mit ihm veranstalteten. Es war ein typischer Herbsttag, die Innenstadt war mit Spaziergängern gut gefüllt. Die Leute stierten vor sich hin mit diesem typischen »Ich muss dringend was besorgen«-Blick. Später würden sie dann nach Hause kommen und sich darüber beschweren, wie beengt es in der Stadt war.

Winkler beschloss, die Stadt ein wenig zu erkunden, so wie es ein gewöhnlicher Tourist tun würde. Mit was für leeren Augen die Menschen herumliefen, dachte er. Winkler überquerte die Bahnhofstraße und bog in die Mozartstraße ein. Jetzt war er ein Müßiggänger. Er flanierte herum, schaute hierhin und dorthin, wechselte die Straßenseite und dachte an die Kelten und Römer, die einst hier gelebt hatten, und vielleicht war einer unter ihnen gewesen, der wie er spazieren gegangen war, ohne sich um die Welt zu kümmern. Winkler gelangte zum Residenzplatz und zum Hofgarten und verweilte kurz, weil drei kleine Kinder hintereinander herliefen und Fangen spielten. Das war die pure Freude an der Bewegung. Als er so dastand und die Kinder beobachtete, bemerkte er, dass er von einigen Leuten angestarrt wurde wie eine gefährliche Echse, die kleine Kinder fraß. Unter dem Schutz der mächtigen Mauern der Residenz standen junge Mädels und Burschen und rauchten. Wie schizophren ist eine Gesellschaft, die eine Sucht erlaubt und andere verbietet? Er wusste, was Drogen aus Menschen machen konnten. Häufig genug hatte er damit zu tun gehabt. Verbote brachten gar nichts. Die Prohibition in den USA hatte die Mafia reich und mächtig gemacht. Jetzt wurden Milliarden mit anderen Drogen verdient. Sie würden diesen Kampf niemals gewinnen, wenn sich am Verbot harter Drogen nichts ändern würde. Nur so würde man den Verbrechern den goldenen Boden entziehen. Inzwischen war er wie ein Roboter weitergegangen und erwischte sich nun dabei, wie er schon wieder mitten in seinem Beruf stand, statt einmal frei und ohne Gedankenballast herumzulaufen. Frauen, die sich schminken, sind auf Betrug aus. Männer, die Anzüge tragen, ebenso. Hinter diesen Masken will man jemand anderes sein. Der Betrug gehört zum Alltag wie der Schlips zum Bürolackl. War er ein Misanthrop? Oder sah er die Welt und die Menschen nur realistisch? Winkler bekam Appetit auf einen Cappuccino und sah sich nach einem Café um. Er war wieder in der Bahnhofstraße angekommen. Durch die Scheibe erblickte er Antonia Mandl an einem kleinen Tisch. Sie hatte sich äußerlich verändert. Winkler kannte sie nur in Hosen, jetzt trug sie ein Kleid. Ihre Frisur war auch irgendwie anders, aber an die erinnerte er sich nicht so genau. Als er sich zu ihr setzen wollte, spürte er ihre Ablehnung.

»Ich gehöre nicht mehr dazu«, sagte sie statt einer Begrüßung.

»Also bitte. Ich bin es, Winkler. Darf ich mich setzen?«

Als es keine Reaktion gab, nahm er sich einen Stuhl.

»Warum so ablehnend mir gegenüber? Mich hat Aspelkamp in den Urlaub geschickt. So weit sind wir doch gar nicht auseinander.«

Antonia Mandl steckte die kleine Gabel in den Kuchen und bohrte ein Loch hinein.

»Mit dem kleinen Unterschied, dass ich mich von den Händen eines Mörders berühren ließ. Das lässt sich nicht einfach abwaschen.«

Darüber hatte Winkler noch gar nicht nachgedacht. Was sollte er sagen? Sie hatten im Büro nur darüber gesprochen, ob sie Geheimnisverrat begangen haben könnte. Jetzt hockte sie da, von allen allein gelassen, und wurde nicht damit fertig, dass Hände sie berührt hatten, die Menschen getötet hatten.

»Dieser Joe steht ganz oben auf der Fahndungsliste.« Im Moment, als er es aussprach, wusste er, wie billig das in ihren Ohren klingen musste. »Den Waldlass hat Heller übrigens auch am Haken.«

Sie hob abwehrend die Hände hoch.

»Das will ich alles nicht hören. Vielleicht ist der Waldlass auch nur eine Figur, die von anderen Mächten hin- und hergeschoben wird. Mir ist das zuwider. Ich habe mich entschlossen, zu kündigen.«

Winkler beugte sich vor und schob seine Hände über den Tisch. Fast hätte er sie dabei berührt. Das war nicht seine Absicht und wäre auch völlig deplatziert gewesen. Sie nippte an ihrem Kaffee, und Winkler fiel auf, dass ihn die Bedienung bisher nicht beachtet hatte. Er versuchte, ihre Aufmerksamkeit zu erlangen, doch sie ignorierte ihn.

»Ich weiß nicht, was ich machen soll. Wenn Joe käme, ich würde mit ihm gehen. Verrückt, nicht wahr?«

Was sollte er dazu sagen? Es gab Frauen, die Mörder im Gefängnis heirateten. Winkler war abgelenkt. Er wollte seinen Cappuccino, und allmählich schwoll ihm der Kamm. Es gab vier Gruppen von Gästen. Junge Leute, unter denen die Burschen diese Deppenkappen verkehrt herum auf dem Kopf trugen. Die üblichen älteren Damen. Männer in Anzügen, die wichtigtuerisch mit dem Kopf wackelten. Und die vereinzelten Philosophen, die wussten, dass es eine Stadt Mokka gab und die tagelang darüber nachdenken konnten, ob die Königin von Saba wirklich existiert hatte. Gleichgültig ob es so war, sie alle hatten ihre Bestellungen bereits vor sich stehen.

»Trage ich eine Tarnkappe, oder übersehen Sie mich mit Absicht?« Winklers Stimme klang klar und sehr laut. Sofort drehten sich alle Köpfe in seine Richtung. »Ich hätte gerne einen Cappuccino und ein Glas Wasser.«

Statt der Kellnerin erschien ein älterer Herr mit einer Schürze auf der Bildfläche.

»Leider ist Ihre schmutzige Kleidung nicht das, was ich in meinem Haus wünsche«, sagte er und schaute Winkler herausfordernd an.

»Das haben Sie aber schön auswendig gelernt.« Winkler schwankte noch, ob er wütend oder ironisch reagieren sollte.

»Schauen Sie, ich könnte drohen, dass ich Ihnen die Behörden auf den Hals hetze. Dann könnte es sein, dass Sie Ihren Laden verlieren. Möchten Sie das?«

Der Mann wusste nicht, was er mit dieser Aussage anfangen sollte.

»Kriminalpolizei. Servieren Sie meinem Kollegen endlich den Cappuccino.« Antonia Mandl hatte genug von dieser Schmierenkomödie.

Winkler winkte ab.

»Der soll sich sein Gesöff sonst wohin schütten.«

Fünf Minuten später betraten zwei Streifenpolizisten das Café und erkannten die beiden Kriminalbeamten. Winkler reichte das Theater. Er verabschiedete sich von Antonia Mandl und betrat mit den beiden Beamten die Straße. »Überlegen Sie sich das mit der Kündigung noch einmal«, hatte er zum Abschied zu ihr gesagt. Allerdings ging er nicht davon aus, dass sie es tun würde. Der Mann aus dem Café kam hinter ihnen her.

»Das konnte ich doch nicht ahnen«, rief er ihnen nach.

Winkler ignorierte ihn und ging zu seinem Auto. Von dort fuhr er direkt nach Oberstdorf, wechselte in seiner Wohnung Hose und Schuhe, spazierte zur Reinigung hinüber, gab die beschmutzte Hose ab und bekam ein Paket mit Oberhemden zurück. Die schweren Wolken standen noch immer am Himmel. Auch noch, nachdem er sich eine Pizza gegönnt und einen kleinen Spaziergang zum Supermarkt hinter sich gebracht hatte. Zwischen den Wolken zeigten sich helle Lichtflecken. Sollte es schneien? In seinem Apartment zerriss er den grünen Salat und wusch ihn kräftig. Dann löste er das Fleisch einer Avocado aus, wobei ihm der harte Kern entkam und unter das Bett rollte. Winkler ließ es dabei bewenden. Dann hobelte er noch eine Karotte über das Grünzeug und erkannte, dass er kein Dressing gekauft hatte. Sollte er das wirklich so roh essen? Die Pizza lag ihm bereits schwer im Magen. Winkler ließ es stehen und wanderte in das Bad, ließ sich ein wenig Wasser in die Wanne und hockte sich auf den Wannenrand, um seine Füße im heißen Wasser zu entspannen. Genau in diesem Augenblick milder Erholung klingelte das Telefon. Er warf das Handtuch auf die Fliesen und stellte seine nassen Füße darauf, rutschte so über den Boden wie beim Bohnern alter Holzfußböden, griff nach dem Hörer und meldete sich.

»Ja?«

»Ich kann nicht kommen. Die Amerikaner haben uns Material über Waldlass zur Verfügung gestellt, und Heller will es mit mir sichten. Sie haben eine schriftliche Aussage und Dokumente, die Waldlass und Hegenau belasten. Die vorgelegten Fotos erinnerten mich übrigens an Inninger. Morgen früh wollen wir die beiden Kaukasier verhaften. Osman und Gloger sind bereits vor Ort. Anschließend kommen die Leute von dieser Drug Task Force zu Heller ins Büro. Es geht beim besten Willen nicht.« Renata di Nardo wartete auf eine Reaktion Winklers, der aber nicht antwortete. »Ist etwas?«

»Ich habe mir gerade die Füße gewaschen, und für den frischen Salat fehlt mir das Dressing. Sonst ist alles in Ordnung.«

»Du hast ein schönes Leben«, sagte sie und wollte sich verabschiedeten.

Was hatte sie damit gemeint? War es Ironie oder Spott? Immerhin hatte er sich nicht selbst auf das Abstellgleis gestellt.

»Ich würde gerne mit dir tauschen und mit den Amerikanern diskutieren«, sagte er, und es klang ziemlich gekränkt.

»Sie diskutieren nicht. Man hat uns informiert, beiläufig erwähnt, dass sie Tonnen Kokain verloren haben und um Verhaftung von Detlev Waldlass ersucht. Das war es.«

»Kannst du mir das erklären? Was ist mit Joseph Hornbach und Siegfried Hegenau?« Winkler wurde ungeduldig, weil Renata nicht gleich antwortete.

»Sie schicken immer wieder größere Mengen Rauschgift in der Welt umher, weil sie sich Erkenntnisse über die

Handelswege und Hintermänner davon versprechen. Tatsächlich wurden einige kleine Fische an der Küste verhaftet. Sie meinen übrigens zu wissen, dass unser LKW aus Österreich nur ein Ablenkungsmanöver war. Die haben ein paar Fußsoldaten geopfert, um den großen Deal durchziehen zu können. Ich muss Schluss machen.«

»Wer sind ›die‹?« rief Winkler noch, aber da war das Gespräch bereits zu Ende.

Er legte sich auf das Bett und öffnete die Seite von Erich Fromms *Haben oder Sein*, die er vor Tagen gelesen hatte. Den Zettel mit seiner Handschrift hatte er bereits vergessen. Nun rutschte er aus dem Buch auf die Zudecke. »Konsum ist die Flucht des Menschen vor sich selbst«, las er. Das hatte er resümiert und hingeschrieben. Es gibt Wahrheiten, die aber auch rein gar nichts an der nominativen Kraft des Faktischen ändern werden. Der Druck zur Anpassung und die offiziell propagierte Lebensart werden kritiklos übernommen. Die meisten Menschen bleiben sich ihr Leben lang fremd und wollen sich persönlich auch gar nicht kennenlernen. Wie oft schon hatte er Leute verhaftet, die ihm erzählten, sie hätten sich in der Tat nicht wiedererkennen können, das müsse jemand anderer gewesen sein. Hochkriminelle glauben zumeist wirklich, sie könnten sich mit geraubtem Vermögen ein neues Leben kaufen. Und dann gab es Menschen wie Inninger, die sich als Moralisten empfanden und glaubten, sie würden mit ihrem Tun irgendetwas ändern. Winkler gab das Grübeln auf und schlief ein. Sehr früh am Morgen erwachte er, zog sich aus und versuchte, wieder einzuschlafen. Er hatte seine Bettlampe brennen lassen. Deshalb konnte er sich den möblierten Raum ansehen und feststellen, dass er nie ein tauglicher Innenarchitekt sein würde. Vielleicht sollte er sich einen Teppich kaufen? Wäre auch wieder nur rausgeschmissenes Geld. Er konnte in seinem Apartment sitzen und liegen, was wollte er mehr? Winkler spürte, dass er schlechte Laune bekam. Ein Blick zu seinem kleinen Bücherregal brachte ihn auf den Gedanken, zu lesen. Schließlich erhob er sich, trank ein großes Glas Wasser und legte sich wieder hin.

Kurz nach sieben Uhr saß Winkler an seinem Schreibtisch im Büro der Polizei von Oberstdorf. Er wusste, dass man ihn aufmerksam beäugte, aber das war ihm egal. Die Kollegen aus Österreich hatten vor Tagen einen Bericht über zwei kontrollierte Lieferwagen geschickt, die allerdings ohne Ergebnis durchsucht worden waren. Winkler teilte die Ansicht, dass die Bande die Kontrollen testete. Aber um wen handelte es sich? Die Leute des Latonini spukten wie Gespenster in den Köpfen herum. Man redete über sie, doch konkret festgestellt, ob sie in der Region tätig waren, hatte noch niemand. Die Russen waren offensichtlich konkreter vorhanden. Eine Stunde später rief er Renata di Nardo an. Die Aktion in Immenstadt war bereits beendet.

»Sie besitzen nagelneue Pässe, an denen nichts auszusetzen ist, außer eben, dass sie nagelneu sind. Wenn wir darüber hinaus nichts finden, dann müssen wir sie wieder gehen lassen. Natürlich wollten sie nicht mit uns reden, aber wir haben einen Dolmetscher dabei. Treuherzig versuchten sie uns weiszumachen, dass sie harmlose Touristen sind. Die Kollegen nehmen sich gerade ihr Mietauto vor.« Renata di Nardo seufzte leise.

Was sollte er sagen? Ihm fiel auch nichts Gescheites ein.

»Kopf hoch«, rief er ihr zu.

Renata di Nardo lachte laut auf.

»Was redest du denn da? Mach dir einen ruhigen Tag und mir keinen Ärger«, sagte sie.

»Ja, Mama. Morgen fahre ich zu meinem Sohn.« Bevor sie das Gespräch beendeten, sagte er noch etwas. » Ich würde die DNA der beiden Typen von Frau Dr. Wallinger prüfen lassen. Man kann ja nie wissen.«

»Aber ja, das machen wir.« Renata di Nardo beendete das Gespräch und Winkler hockte am Schreibtisch und starrte auf das Telefon.

Da er im operativen Bereich nicht tätig sein durfte, ging er nach Hause. Aber abschalten konnte er nicht. Er saß am großen Tisch und legte seine Zettel mit den Namen der Beteiligten aufgereiht nebeneinander. Schließlich rief er Bittner an.

»Ich halte Sie nicht lange auf. Hat Ihre Frau einmal erwähnt, dass sie von einem Herrn Inninger angesprochen wurde?«

Bittner reagierte nicht gleich.

»Das muss Monate her sein. Ich weiß es nicht mehr genau. Es kann sein, dass sie den Namen erwähnte. Haben wir darüber nicht bereits gesprochen? Ich denke ja.«

Winkler schob den Zettel mit dem Namen Hannelore Bittner und den von Franz Inninger nebeneinander. Selbst in einer relativ kleinen Stadt wie Kempten läuft man sich nicht einfach so über den Weg. Möglich war, dass das Fluchtverhalten der Bittner durch Inninger ausgelöst wurde. Winkler wollte nicht spekulieren.

Am nächsten Vormittag stieg er in sein Auto und fuhr zu seinem Sohn. Er hatte kaum das Haus der Pflegeeinrichtung betreten, da spürte er eine gegen ihn gerichtete Distanziertheit. Man sprach nur das Notwendigste mit ihm und ging ihm ansonsten aus dem Weg. Winkler machte sich darüber keine weiteren Gedanken, schnallte seinen Sohn auf dem Rücksitz an und verstaute den Rollstuhl im Kofferraum. In Bühl angekommen, schob er seinen Sohn über die Seepromenade, kehrte dann noch einmal um, hüllte ihn in eine zweite Decke und lief an den See zurück. Er spazierte am Campingplatz vorbei und blickte über das stille Wasser. Mit leisen Worten erzählte er seinem Sohn von seiner beruflichen Situation, ohne dabei ein einziges Schimpfwort zu verwenden. Wurden sie beobachtet? Winkler blieb am See stehen und richtete den Rollstuhl so aus, dass sein Sohn über den See schauen konnte. Er ging in die Hocke, um aus dieser Position die Umgebung zu beobachten, konnte allerdings nichts Auffälliges feststellen. Im November war kaum jemand am Wasser. Für einen Moment reizte ihn der Gedanke, kurz entschlossen nach Immenstadt hinüberzufahren und sich nach dem Stand der Dinge zu erkundigen. Das war keine gute Idee, also ließ er es bleiben. Er würde Renata nur desavouieren. Stattdessen stand er nach einer Stunde Spaziergang wieder einmal vor dem Zeiser-Haus. Winkler konnte es einfach nicht lassen.

»Wir spielen Detektiv«, sagte er zu seinem Sohn.

Frau Luchting kehrte auf ihrem Grundstück Laub zusammen. Auch so eine Sisyphusarbeit, auf die er gerne verzichtete. Winkler hob grüßend seinen Arm. Dann kam auch Herr Luchting aus dem Haus und betrachtete seine arbeitende Frau.

»Du musst dich in die Knie beugen, sonst hast du den ganzen Abend wieder Rückenschmerzen.« Herr Luchting schüttelte den Kopf. »Sie tut es einfach nicht, dabei redet auch der Orthopäde auf sie ein wie auf eine krankes Pferd.« Luchting trat an den Zaun heran und betrachtete Winklers Sohn. »Was hat er?«

Winkler strich seinem Sohn über den Kopf.

»Er wäre beinahe in einer Klamm ertrunken.«

Luchting nickte verständnisvoll. Dann schwiegen die Männer und schauten Frau Luchting abermals bei der Arbeit zu.

»Gibt es etwas Neues von der Richterin? Man liest gar nichts mehr.« Luchting schob seinen Hut aus der Stirn und schaute wissbegierig.

»Kennen Sie einen Herrn Detlev Waldlass?«

Luchting schnäuzte sich laut in ein Taschentuch, bevor er antwortete.

»Persönlich nicht.« Er machte eine Pause, bevor er weiter redete. »Seine Frau hat das Regler-Haus. Die stammt aus der Familie Regler. Damals habe ich den Waldlass gesehen. Die haben ein feines Segelboot aus Teakholz. So etwas wird heute nicht mehr gebaut.«

Winkler interessierte etwas anderes.

»Wo ist denn das Regler-Haus?«

»Na, da müssen Sie den ganzen See abgehen bis hinten in Richtung Alpseewies. Aber da wohnt niemand. Die hocken bis zum nächsten Sommer in der Stadt.«

Es entstand wieder eine Pause, und Frau Luchting schob eine Schubkarre über die Wiese, um das Laub aufzuladen.

»Das ist doch alles viel zu anstrengend für dich«, rief Herr Luchting und verschränkte die Arme. »Wir haben früher nur bei dem alten Regler gekauft. Dann kam der Waldlass und hat sich die Kleine von denen geschnappt. Nach dem Fleischskandal war Schluss. Dann wollte keiner mehr bei Regler kaufen. Schuld daran war der Waldlass. Das ist ein ausgemachter Schurke, sage ich Ihnen.«

Frau Luchting stemmte die Hände in die Hüften.

»Rede nicht wie ein Waschweib«, schimpfte sie.

»Wenn's doch wahr ist«, konterte Luchting. »Was ist nun mit der Richterin?«

Winkler hob die Arme.

»Wenn ich das wüsste? Wir tappen im Dunkeln«, antwortete er.

»Dann machen Sie doch ein Licht an.« Luchting freute sich laut lachend über seinen Scherz.

Winkler verabschiedete sich überaus freundlich und kehrte auf den Weg zurück, den sie zuvor bereits gegangen waren. Er passte nach dem großen Campingplatz auf, den beschriebenen Häuserbereich nicht zu übersehen, fand das Haus aber dennoch nicht auf Anhieb. Es lag ein ungewöhnlich mattes Licht über dem See. Ohne Touristen lag das Land einsam und auch ein wenig traurig am Wasser. Als er das Regler-Haus fand, war er ein wenig enttäuscht. Nicht nur, weil es gar nicht am See lag, sondern weil es wie ein Knusperhäuschen auf ihn wirkte. Wilder Wein rankte, und neben dem Haus standen ein Apfel- und ein Birnbaum. Winkler nahm an, dass sie zur Geburt der Reglerkinder gepflanzt worden waren. Das Grundstück war von einer Mauer umgeben, und am Tor zur Garage hing eine Kette mit Schloss. Winkler stellte seinen Sohn neben den Eingang.

»Was meinst du, soll ich einmal kurz über die Mauer klettern? Du weißt ja, wir sind Detektive.« Winkler wischte seinem Sohn den Mund sauber.

Niemand schien in der Nähe zu sein, aber er war überzeugter noch als vorher, dass er beobachtet wurde. Die etwa 1,5 Meter hohe Mauer war gut zu überwinden, und schnell umlief er das Haus einmal. Alle Fenster waren doppelt gesichert. Aber es gab keine Kameras und keine Warnanlage. Er eilte zurück zu seinem Sohn, wollte bereits wieder über die Mauer, als sein Blick auf die Garage fiel. Die musste in den dreißiger Jahren des letzten Jahrhunderts gebaut worden sein, dachte er. Durch das verschmutzte Fenster konnte er nicht hineinsehen. An der Doppeltür hatte sich das Holz durch Nässe verzogen. Dicht an der Tür stand ein Wagen. Winkler riss eine Holzlatte hoch und blickte auf ein Augsburger Kennzeichen. In der alten Garage stand ein Wohnwagen. Schnell war er über die Mauer zurück und eilte mit seinem Sohn hinüber zum See. Luchting musste ihn telefonieren lassen. Aber so weit kam er nicht. Er konnte die Hand und den Mantelarm hinter dem Baum erkennen. Die Person hatte eine Waffe. Winkler schob seinen Sohn ein Stück zurück, trat dann bewusst einige Schritte seitlich vom Weg ab, um seinen Sohn zu schützen. Die Hand mit der Pistole hob sich, und als der Knall des Schusses von den Bergen über den See zurückgeworfen wurde, hörte Winkler das Geräusch nicht mehr. Er verlor den Halt und fiel zu Boden.

15

Der Friedhof von Kempten lag unter trübem Herbstlicht. Unerwartet sah es so aus, als würde der Himmel sich doch noch verändern. Für wenige Augenblicke öffnete die Sonne für einen Lichtblick die Wolken und schob sich dazwischen. Der Himmel wirkte dunkelblau bis lila, bevor er changierte und zum vorherigen Grau zurückkehrte. Eine Schar Krähen meldete sich und flog im Tiefflug über die Gräber. Der breite Weg führte an blattlosen Bäumen vorbei auf ein großes Jesuskreuz zu. Links und rechts vom Weg lagen die Gräber mit ihren Grabmälern. Jeder Friedhof hat seinen eigenen Geruch. Besonders dann, wenn ein frisches Grab ausgehoben wird. An diesem Tag gab es eine Beerdigung in ein Familiengrab, das von einem Erzengel bewacht wurde.

Joe hockte auf der Rückbank hinter dem Fahrersitz und wartete. Warten schien inzwischen zu seiner Hauptbeschäftigung geworden zu sein. Die Situation hatte sich wegen seiner Enttarnung in den letzten Tagen enorm zugespitzt. Wobei er sich seine angeblichen Spuren am Körper dieses Zugbegleiters noch immer nicht erklären konnte. Er war doch kein Spucker. Doch er besaß genug Respekt vor der Wissenschaft, dass er an dem Ergebnis keinen Zweifel haben konnte, zumal er ja den Täter kannte. Joe musste grinsen. Dann schaute er durch die abgedunkelten Scheiben, und als er draußen niemanden sah, wartete er weiter. Längst schon sollte er ausgeflogen und in Florida sein. Endlich kam Lohbach zurück, startete wortlos das Auto und fuhr los. Der Adenauerring war ihnen inzwischen vertraut, und an der Fahrweise erkannte Joe, dass sie einen Wagen verfolgten.

»Wer ist es, Smutty?« Joe wollte das Schweigen brechen, also stellte er eine Frage.

»Diese Kommissarin. Sie war am Grab, und ich habe den Auftrag, sie im Auge zu behalten.« Lohbach wäre Joe liebend gerne losgeworden, aber seine Direktive war eine andere, also fügte er sich. Sollten sie angehalten und kontrolliert werden, dann wäre auch er in einer prekären Situation, das war ihm bewusst. Immerhin wurde Joe öffentlich gesucht. Deshalb hatte er keine Lust, mit der Gefahrenquelle Joe zu reden.

Renata di Nardo parkte vor dem Gebäude der OKO ein und sah aus den Augenwinkeln, wie der schwarze Van mit den abgedunkelten Scheiben davonfuhr. Sie hatte sich das Kennzeichen gemerkt. Im zweiten Stock wurde sie bereits erwartet. Ein Polizist führte sie in einen fensterlosen Raum, in dem ein Kollege des LKA saß und ihr zunickte, ihr einen Stuhl hinschob und sich weiter auf das konzentrierte, was über die Lautsprecher in den Raum übertragen wurde. Man befand sich in einem anderen Zimmer mitten in einem Verhör. Der Mann war am vergangen Tag wegen versuchten Mordes an seiner Frau verhaftet worden. Offenbar war sie zu spät gekommen, denn sie hörte nur noch einen Satz, danach war es still.

»Wenn ich kein Himbeereis bekomme, dann unterschreibe ich hier gar nichts.«

Der Kollege vom LKA reichte Renata di Nardo einige handgeschriebene Notizen. Sie bedankte sich per Handschlag und verließ eilig das Gebäude. Winkler lag angeschossen im Krankenhaus. Bei der Fahrt zu ihm brauchte sie nur einen kurzen Blick in den Rückspiegel, um den schwarzen Van wieder im Straßenverkehr auszumachen. Sie parkte auf dem Krankenhausparkplatz, betrat das Gebäude und hörte auf dem Flur im zweiten Stock eine sehr laute und vertraute Stimme. Vor der Tür hielt sie ein Weißkittel auf.

»Ist das Ihr Mann?«

Fast hätte sie mit »ja« geantwortet, aber wenn er das hören würde, dann käme postwendend der Satz: Hast du mich auf dem Gebrauchtwagenmarkt gekauft? Renata di Nardo blieb im Türrahmen stehen.

»Musst du so laut sein?«

»Die wollen mich nicht gehen lassen.« Winklers rechter Arm war durchgehend bandagiert. »Ist mein Sohn wieder in dem Heim? Stimmt das?«

Renata di Nardo sah ihn an und setzte sich dann zu ihm auf die Bettkante.

»Ja, das stimmt. Warum machst du so einen Zirkus? Du könntest tot sein. Die Fleischwunde muss behandelt werden, und deshalb wirst du auch noch brav ein wenig hier bleiben.«

Winkler verzog den Mund.

»Was ist los mit dieser Person? Ist sie durchgedreht? Immerhin hat das der Junge mit ansehen müssen. Was sagt sie?«

Renata di Nardo nahm den Zettel zur Hand, den ihr der Mann vom LKA zugesteckt hatte.

»Es war keine Affekthandlung. Sie gibt dir die Schuld am Zustand eures Sohnes, weil du ihm damals den Schulausflug in die Klamm erlaubt hattest. Angeblich wollte sie dich nicht töten, sie wollte dich zum Krüppel machen. Sozusagen als Strafe für die Behinderung eures Sohnes. Übrigens, sie hatte den Brief mit den Beleidigungen selbst geschrieben. Ihr Anwalt hat sie inzwischen in die Psychiatrie bringen lassen. Der Haftrichter war damit einverstanden. Verminderte Schuldfähigkeit, das alte Lied. Hast du Schmerzen?«

»Ja. Ein wenig. Kaum.« Winkler stöhnte leise. »Die Frau hat doch einen massiven Dachschaden.«

Sie schaute ihm lange in die Augen, bevor sie weiter sprach.

»Du hast mich ganz furchtbar erschreckt, Winkler.«

Er hob die linke Hand, um abzuwinken, aber die Bewegung verursachte ihm Schmerzen.

»Erzähle mir, was danach passierte.«

Da sie wusste, er würde keine Ruhe geben, berichtete sie.

»Herr Luchting war dir nachgegangen, weil ihm zum Waldlass noch etwas eingefallen war. Er sah dich über die Mauer klettern und später dann auch sie, bis der Schuss fiel. Danach verständigte er die Rettung und die Polizei.«

Winkler schüttelte den Kopf.

»Wie hat der Junge das verkraftet?« Winkler gab sich die Antwort selbst. »Er hat es gar nicht erlebt.« Nach einer kurzen Pause wurde er wieder geschäftsmäßig. »Was ist mit dem Wohnmobil?«

»Wir haben Waldlass dazu befragt. Er sagte, er habe keine Ahnung. Den Winter über betreut eine Firma das Anwesen. Wir haben das überprüft, und es stimmt. Die gleiche Firma übrigens, die auch das Haus der Richterin übernommen und regelmäßig kontrolliert hat. Mehr wissen wir noch nicht.«

Winkler versuchte durchzuatmen.

»Warum sollte die Zeiser bei Waldlass einparken? Wenn du mich nicht auf dem Laufenden hältst, stehe ich morgen an deinem Bett.«

Sie lächelte nicht, denn das meinte er ernst.

»Ich muss fahren. Heute kommen die Amerikaner noch einmal. Heller sagte, mit dem, was wir haben, können wir Waldlass nicht einmal vorladen.«

Obwohl Winkler große Gesten hasste, legte sie ihre Hand auf seine Stirn und strich ihm über die Wange.

»Sag jetzt nichts Falsches, sonst gibt's eine Watschen.« Renata di Nardo meinte das keineswegs als Scherz. Sie drehte sich nicht mehr nach ihm um, als sie das Zimmer verließ. Bevor sie die Treppe nahm, schaute sie hinüber zu dem schwarzen Van, der auf sie wartete. Deshalb rief sie ihr Büro an und fragte nach, was das Autokennzeichen aussagte. Nichts. Das war die Antwort. Kein registriertes Kennzeichen? Renata di Nardo rief Heller an.

»Wo bleiben Sie denn?« Heller schien nervös zu sein.

»Ich habe einen schwarzen Van am Auspuff, den es aber gar nicht gibt, wenn ich der Meldestelle glauben darf.« Renata di Nardo musste noch etwas anfügen. »Danke der Nachfrage. Winkler geht es ganz gut.«

Der Oberstaatsanwalt reagierte sofort.

»Tut mir leid. Sie haben selbstverständlich recht. Winkler geht natürlich vor. Was für eine Geschichte. Aber dazu habe ich eine gute Nachricht. Wenn Winkler wieder dienstfähig ist, wird er herzlich willkommen sein. Das kam von ganz oben.« Er machte eine Pause. »Aspelkamp zieht sich übrigens zurück. Er konnte nicht ausschließen, dass er bei seinen Golffreunden zu viel geredet hat. Der Whisky, Sie verstehen.« Er machte eine Pause, aber Renata di Nardo sagte nichts. Für sie war das eine Selbstverständlichkeit, dass man Winkler rehabilitierte. »Ihr Büro hatte mich wegen dieses Autos bereits kontaktiert. Ich habe mich erkundigt. Absolute Informationssperre. Entweder einer unserer Geheimdienste oder ein Wagen der befreundeten ausländischen Dienste.«

Das war doch wirklich nicht zu fassen, dachte Renata di Nardo. Sie war empört.

»Wissen die nicht, wem die da hinterher fahren? Wer spielt hier bei uns eigentlich noch alles mit?«

»Keine unnötige Aufregung. Vielleicht meinen die, Sie werden von bestimmter Seite beobachtet. Ich weiß es nicht. Bitte beeilen Sie sich, Spengler wartet.« Damit war das Gespräch beendet.

Noch bevor sie in ihr Auto stieg, rief Winkler vom Krankenhausbett an.

»Du hast mir über die Beerdigung nichts erzählt.«

»Stimmt. Außer Frau Hochreuther und mir war niemand anwesend. Seine alte Zeitung hat Inninger ein Blumengebinde geschickt. Das war alles. Frau Hochreuther hatte bereits erfahren, weshalb du nicht teilnehmen konntest.« Renata di Nardo schaute sich um, aber der schwarze Van war verschwunden. »Ich glaube, da hört jemand mein Telefon ab.«

Winkler war in seinen Gedanken noch bei der Beerdigung.

»Was für ein Haufen Haderlumpen. Man hat im Leben keine wahren Freunde, merke dir das.« Er war richtig wütend. Eingraben und sofort vergessen, dachte er, so ist das heute.

»So ist das wirklich nicht.« Renata di Nardo sprach sehr prononciert, damit er spürte, dass sie mit seiner Aussage nicht einverstanden war. Dann fuhr sie hinüber zum Büro von Oberstaatsanwalt Heller. Sie musste an den Moment denken, als die Nachricht des Attentats auf Winkler durchgekommen war. Da war sie in ihrem Büro gesessen, und plötzlich war Osman in der Tür gestanden. An seinem Gesicht hatte sie sofort gesehen, dass es schlimme Nachrichten gab. Erst zwei Stunden später kam dann die Entwarnung mit dem Zettel, den ihr der Mann vom LKA gab. Ihr wurde kalt. Was wäre mit ihrem Leben geschehen, wenn diese Frau zwanzig Zentimeter weiter nach links gezielt hätte? Sie würde in die Leere schauen. Ihr Vater lebte wieder in Italien, sonst gab es nichts. Winkler hatte seinen Sohn als Mittelpunkt in seinem Leben.

Vielleicht hatte Winkler doch recht mit dem, was er über Freunde gesagt hatte. Winkler hatte keine Freunde, sie aber auch nicht. Lag das an ihren Berufen? Sie würde etwas ändern müssen, sich mehr Privatheit erlauben. Inninger wird es egal gewesen sein, wie er zu Grabe getragen wurde, aber ihr hatte es einen Stich gegeben, als sie Frau Hochreuther beobachtete. Allein zu sein, kann zur Erholung werden, aber einsam sein, das wäre schrecklich. Sie begann zu frieren und fuhr schneller.

Im kleinen Sitzungssaal der Oberstaatsanwaltschaft saß man am ovalen Tisch und tauschte Papiere aus, als Renata di Nardo den Raum betrat. Sie war vollständig schwarz gekleidet, was die Anwesenden zu fragenden Blicken veranlasste.

»Ich war auf der Beerdigung von Franz Inninger. Entschuldigen Sie meine Verspätung«, sagte sie.

Heller, der einen fast dandyhaften Anzug trug, nickte jovial. Neben ihm saß Amadeus Spengler. Wie immer als mausgrauer Buchhaltertyp verkleidet. Seine roten Augen und die ebenso gefärbte Nase wiesen auf einen exorbitanten Schnupfen hin. Frau Dr. Silke Feilhorn steckte in einem cognacfarbenen Hosenanzug. Sie ergriff das Wort.

»Wir haben heute Oberstaatsanwalt Heller dazugebeten, weil er in der Sache Detlev Waldlass zu entscheiden hat. Herr Oberstaatsanwalt, das sind Dagmar und Reinhart Auried von der US Drug Task Force. Neben der vorzubereitenden Aktion gegen Waldlass ist festzuhalten, dass die Kollegen bereits im September in den USA den Ahrens festnehmen und schließlich zur Zusammenarbeit bewegen konnten. Nach seiner Aussage wurde durch Paolo Borgini Druck auf Bittner ausgeübt, Geld zur Sanierung des Holzbetriebes anzunehmen. Bei dieser Aktion sah Ahrens seine Ex-Frau wieder und erzählte das Detlev Waldlass. Seit August dürfte Frau Bittner, vormals Ahrens, dann Drogengeld für Waldlass über die Grenze geschafft haben, und als sie begann, Schwierigkeiten zu machen, soll Paolo Borgini den Massimo Ragi angeheuert haben, um eine Strafaktion durchzuführen, als Warnung an die anderen Kuriere. Das alles muss Waldlass gewusst, wenn nicht sogar veranlasst haben. Inwieweit Waldlass Kenntnis von der Bekanntschaft der Richterin Zeiser mit Frau Bittner und dem Franz Inninger hatte, wissen wir nicht. Allerdings hat der Fahndungsdruck auf die Borgini-Familie auch das gesamte Umfeld nervös werden lassen. Dann kam die Mafiafamilie des Arturo Latonini ins Spiel.« Sie machte eine einladende Handbewegung. »Sie sind am Wort.«

Auried hielt drei Fotos in die Höhe.

»Auf diesen Bildern erkennen wir Detlev Waldlass und Paolo Borgini. Letzterer ist untergetaucht, was uns Kopfschmerzen bereitet. Wir müssen leider sagen, dass die Familie der Latonini wesentlich verdeckter arbeitet, als das die Borginis getan haben. Ihre weltweit verschachtelten Unternehmen sind nur schwer zu durchdringen und es ist durchaus möglich, dass ihnen inzwischen auch eine nach außen sauber erscheinende Bank gehört. Wir haben uns an diesem Tisch darauf verständigt, dass der Mord an Donato Pelusino ihre letzte Warnung an den alten Borgini war. Es ist die Methode des Latonini-Clans, ihre Opfer wie Jesus ans Kreuz zu hängen. Insoweit hat uns die Fundsituation Pelusinos nicht überrascht. Für Latonini ist das Allgäu wie ein Drehkreuz, von wo aus er in alle Himmelsrichtungen agieren kann. In New York würde ihm das so nicht mehr gelingen.« Er machte eine Pause und es schien, als wollte er seine Rede fortsetzen, aber dann setzte er sich.

Renata di Nardo starrte auf die Fotos, die man herumgereicht hatte, und war der festen Überzeugung, dass sie von Inninger stammten.

Dagmar Auried trug ein wadenlanges Strickkleid, was sie nicht schlank aussehen ließ. Sie hatte zu viel Rouge auf den Wangenknochen, stellte Renata di Nardo fest. Die Amerikanerin erhob sich.

»Beim Kampf gegen die Drogenkartelle verlangen ungewöhnliche Situationen auch ungewöhnliche Maßnahmen. Um die Wege von Südamerika über die USA nach Europa feststellen und kontrollieren zu können, versenden wir unter schärfster Beobachtung Kokain in Größenordnungen, die ich hier nicht nennen kann und darf. Die Erfolge bestehen darin, dass wir Kontaktleute und vor allem jene korrupten Personen feststellen können, die einen reibungslosen Durchlauf der Drogen zu verantworten haben.« Sie machte eine Pause und blickte in die Runde. »Leider passieren dabei auch immer wieder Fehler. Wir sind in diese Aktion in Europa eingetreten, nachdem eine Lieferung verschwunden war und wir gleichzeitig von Aktivitäten Arturo Latoninis im Allgäu erfahren hatten. Dabei gehen wir von einem Zusammenhang aus. Ob und wie weit Latonini das hier vorhandene Netz Borginis übernommen hat, können wir nicht sagen, aber wir haben hier von einem Insider eine Liste mit Firmen, die in den letzten Monaten größere Summen zur Sanierung bekommen haben. Bevor wir weiterreden, bitte ich darum, sich die Liste einmal anzusehen. Dazu kommt, dass die Bande von Charkow besonders brutal vorgeht. Das dürfen wir nicht übersehen. Latonini wird sich nicht auf einen Kampf mit den Russen einlassen, dazu ist er zu gutsituiert. Er sieht sich als Kaufmann, nicht als Gangsterboss. Daher vermuten wir, dass er sich mit Charkow verständigen will.«

Renata di Nardo überflog die Firmennamen. Was sie viel mehr interessierte, waren die angehefteten Seiten mit aufgezeichneten Telefongesprächen und verschickten E-Mails.

»Sie wissen, dass wir die Protokolle bei uns nicht verwenden dürfen«, sagte Heller sofort.

Die beiden US-Marshalls sahen sich an. Dagmar Auried presste die Lippen aufeinander und erhob sich. Sie sprach sehr laut, als sie Heller antwortete.

»Das sind Aufzeichnungen, die wir mit Satelliten und anderen Hilfsmitteln erstellt haben. Wir können Ihnen garantieren, dass die Listen nicht hier im Land erbracht wurden. Unsere Überwachungsanlagen stehen in den USA. In Europa weiß man, dass wir Telefongespräche und den Austausch über das Internet überwachen. Wir schützen unser Land. Nehmen Sie es als das, was Sie Amtshilfe nennen. Wir meinen, dass es an der Zeit ist, Detlev Waldlass zu verhaften. Doch das müssen Sie entscheiden.« Dagmar Auried hob den Zeigefinger, was Renata di Nardo überhaupt nicht mochte. »Wir erwarten, dass uns jeder Bürger im Kampf gegen das Verbrechen unterstützt. Wer das nicht tut, der steht auf der falschen Seite. In Europa versteht man nicht, dass wir die Mafia offensiv angreifen, also bereits vor unseren eigenen Grenzen. Wir gehen davon aus, dass wir auch in Bayern die nötige Unterstützung bekommen.« Dagmar Auried blieb stehen.

Während Dr. Feilhorn und Spengler stoisch blickten, verzog Heller das Gesicht. Die Auried hatte einen Ton gewählt, der wie eine Drohung klang. Natürlich würden die Amerikaner auch weitermachen, wenn man etwas dagegen hätte, dachte Renata di Nardo. Sie hatte noch eine Frage.

»Sagt Ihnen der Name Joe Summer etwas?«

Sie bekam keine Antwort.

»Ich denke, wir müssen intern etwas diskutieren«, fügte sie an, und Heller nickte.

»Treffen wir uns in einer Stunde wieder«, sagte der Oberstaatsanwalt.

Nachdem die beiden Aurieds den Raum verlassen hatten, schaute Frau Dr. Feilhorn auf Renata di Nardo.

»Wir haben unsere Anweisungen von ganz oben«, reagierte die Frau vom BKA missgelaunt. »Es darf keine Unstimmigkeiten zwischen den amerikanischen Diensten und uns geben.«

»Und wir machen es so, wie man es im Freistaat Bayern von der Justiz erwarten kann. Jedenfalls werde ich keinen Haftbefehl gegen Waldlass ausstellen. Ob er etwas mit den Morden an der Bittner und dem Verschwinden der Richterin Zeiser zu tun hat, ist längst nicht bewiesen«, entgegnete Heller.

Amadeus Spengler stand auf und hob die Arme.

»Meine Damen und Herren, bitte. Die Amerikaner haben uns gesagt, wenn wir Waldlass festnehmen, dann wird es von ihrer Seite einen Kronzeugen gegen ihn geben. Aber nur dann.«

Es entstand eine gereizte Pause, in der Spengler und Dr. Feilhorn flüsterten, Renata di Nardo die Fotos noch einmal betrachtete und Heller einen Anruf entgegennahm.

»Aufgrund der Hinweise und des vom Kollegen Winkler entdeckten Wohnmobils haben wir veranlasst, dass Taucher den Alpsee absuchen. Bisher haben sie im Alpsee nichts gefunden«, sagte er laut.

Renata di Nardo fragte sich, wie diese Fotos, die ihrer Meinung nach eindeutig von Inninger stammten, in die Hände der Amerikaner gekommen waren? Allerdings bestand die Aussage der Bilder lediglich darin, dass Waldlass den Gigi Borgini kannte. Ob Waldlass die Hannelore Bittner zur Mitarbeit erpresste und ob er etwas mit dem Verschwinden der Richterin zu tun hatte, blieb unklar. Aber da war noch etwas anderes.

»Nach den Berichten von der Kollegin Mandl und dem Kollegen Osman hat sich dieser Joe Summer in der Villa von Waldlass aufgehalten. Zumindest darüber muss er uns aufklären«, sagte sie. »Außerdem fände ich es hilfreich, wenn man uns den Namen des Informanten geben würde, den man als Kronzeugen aufbauen will.«

Dr. Feilhorn und Spengler sahen kurz zu ihr hinüber und flüsterten dann weiter. Eine Antwort gab es nicht.

»Dann lassen wir das Wohnmobil der Richterin in die Werkstatt bringen und nehmen es dort auseinander.« Heller beendete das Gespräch mit Frau Feilhorn und Herrn Spengler. »Was spräche dagegen, das Seehaus von Waldlass unter die Lupe zu nehmen?«, fragte er Renata di Nardo.

Dagegen sprach gar nichts, dachte Renata di Nardo.

»Momentan fehlen uns dafür die Leute, Herr Oberstaatsanwalt«, erwiderte Spengler. »Aber ich kann Ihnen mitteilen, dass uns weitere vier Mitarbeiter für die Abteilung hier zugesagt wurden.«

Das war neu. Renata di Nardo drehte sich zu Spengler um.

»Wie darf ich das interpretieren? Momentan habe ich mit den Kollegen Osman und Gloger zwei Leute im Einsatz. Wann wird uns denn die Verstärkung zugeteilt?« Es machte sie ungehalten, dass Frau Dr. Feilhorn so desinteressiert in ihren Akten blätterte. »Es wäre auch hilfreich, wenn uns die anderen Dienste regelmäßig über ihre Ermittlungen berichten würden.«

Nun war es Spengler, der verärgert reagierte.

»Ich muss doch bitten, Frau Kollegin. Das BKA und wir vom LKA arbeiten sehr eng zusammen. Leider ist die personelle Situation durch den Ausfall des Kollegen Winkler und die Freistellung von Frau Mandl arg zugespitzt, das wissen wir. Hellsehen können wir auch nicht.« Er rollte mit den Augen und kam zum Punkt. »Nun hat auch noch Herr Kollege Aspelkamp seinen vorzeitigen Ruhestand beantragt. Auch das müssen wir erst einmal kompensieren. Ich hatte zu erwähnen vergessen, dass uns vor einigen Tagen Dokumente über Geldschiebereien von Waldlass und Hegenau anonym zugingen. Sie werden beim BKA auf ihre Echtheit überprüft. Was schlicht bedeutet, dass wir uns weiterhin nur auf wichtige Punkte bei den Ermittlungen und unsere bewiesenen Fakten konzentrieren müssen. «

Oberstaatsanwalt Heller meldete sich zu Wort.

»Und die wären? Ich würde gerne erfahren, ob dieser Joe Summer der Mörder des Massimo Gigi und dieses Zugbegleiters ist und ob Waldlass etwas mit dem Tod der Frau Bittner und dem Verschwinden der Richterin Zeiser zu tun hat. Welche dieser Fragen und Probleme müssen wir denn nach Ihrer Ansicht zurückstellen?«

Jetzt wurde die Debatte immer markiger und nahm eine unerfreuliche Entwicklung. Deutlich wurde vor allem, dass die Ermittlungen der einzelnen Dienste nicht zu einem Ergebnis zusammengeführt werden konnten. Während Spengler Oberstaatsanwalt Heller einen bösen Blick zuwarf, sprang Frau Dr. Feilhorn auf.

»Mir scheint, dass hier der Blick auf das Wesentliche ein wenig verloren geht. Nach Information von Direktor Gansmayr von der Euro-Centro-Bank wurde das Geschäftsverhältnis mit Waldlass inzwischen beendet. Die Cambo Consulting hat Konkurs angemeldet. Die Ermittlungen wegen Bildung einer kriminellen Vereinigung und gewerbsmäßigem Bandenbetrug wurden aufgenommen. Federführend ist der Generalstaatsanwalt. Mit Vermutungen in Bezug auf Hannelore Bittner oder der Richterin Zeiser ist uns nicht gedient. Nach Aussage eines Herrn Wolkenreich gab es eine direkte Verbindung zwischen Waldlass und dem untergetauchten Paolo Borgini. Dadurch besteht zusätzlich der Verdacht der Geldwäsche. Es wird zunächst nur mit Herrn Waldlass zu reden sein. Mehr ist nicht.«

Renata di Nardo hob langsam den Kopf und legte ihren Kugelschreiber zur Seite. Hier ging es nicht mehr um ihre Ermittlungen in mehreren Mordfällen, sondern lediglich um Schadensbegrenzung, und Waldlass war der passende Popanz, der die Suppe auslöffeln sollte.

»Was ist mit den Herren Joseph Hornbach und Siegfried Hegenau? Auch Direktor Gansmayr sollte uns erklären, wie viel Geld von Herrn Waldlass er über seine Bank gewaschen hat. Und wenn es stimmt, dass Waldlass Frau Bittner erpresst hat, damit sie für ihn Drogengeld über die Grenze schafft, dann würde ich gerne seine diversen Wohnhäuser durchsuchen lassen.« Ihre Stimme klang zornig. Sie legte Fotos von Inninger neben jene, die Oberstaatsanwalt Heller aus dem Erdversteck von Winkler erhalten hatte, und neben die der Amerikaner. »Zudem wüsste ich gerne, wie die Kollegen von der Drug Task Force an Fotos von Inninger gekommen sind? Ihr Foto vom Alpsee zeigt Richterin Zeiser mit Waldlass bei einer verbalen Auseinandersetzung, oder gibt es für die gezeigten Gesten eine andere Interpretation?« Renata di Nardo erwartete eine Reaktion.

Amadeus Spengler lehnte sich zurück und fuchtelte mit dem Zeigefinger herum.

»Das reicht jetzt. Unsere Kapazitäten reichen nicht aus, um jeder Fata Morgana nachzugehen. Die Fakten gehen in Richtung Wirtschaftskriminalität, und in diesem Fall gibt es nur einen Verdächtigen. Es besteht kein Anlass, die gesamte Wirtschaft des Allgäus zu kriminalisieren, nur weil eine Person sich nicht korrekt verhalten hat. Die politische Seite will keinen Aufruhr in der Bevölkerung provozieren. Man reagiert dort sehr empfindlich, wenn unser Wirtschaftssystem in Frage gestellt werden soll. Außerdem müssen wir die Abteilung Wirtschaftskriminalität vom LKA hinzuziehen, denn die haben bereits eigene Ermittlungen vorliegen.«

Oberstaatsanwalt Heller verstand die Aufforderung an ihn, sich den allgemeinen Vorgaben und Zwängen zu beugen.

Weiter zu insistieren, könnte seiner Karriere abträglich sein. Renata di Nardo spürte, wie Heller sich zurückzog. Es gab nur noch eine Person, die sich bei diesen Schwierigkeiten auf ihre Seite stellen würde, und das war Winkler. Während der Auseinandersetzung hatte sie an ihn gedacht. Seine Wutanfälle würden an den Vorgaben auch nichts ändern können. Man verlangte von ihr, überhaupt nichts mehr zu unternehmen. Was wäre denn, wenn sie tatsächlich herausfände, dass Waldlass den Tod der Hannelore Bittner in Auftrag gegeben hatte? Und wieso sprach hier niemand über diesen Joe Summer? Sie hatte ihre Überzeugungen, und die wollte sie nicht auf dem Altar der politischen Kompromisse opfern.

»Ich würde mir gerne die Villa Waldlass genauer ansehen. Immerhin ist dort auch dieser Joe Summer gesehen worden.« Sie gab nicht nach.

Während Heller seinen Kopf zur Seite wegdrehte und aus dem Fenster sah, flüsterte Frau Dr. Feilhorn mit Spengler.

»Na schön, Frau Kollegin. Wenn nachher unser weiteres Gespräch mit den amerikanischen Kollegen in diese Richtung verläuft, bekommen Sie grünes Licht. Im Übrigen darf ich erwähnen, dass Sie als Nachfolger von Aspelkamp im Gespräch sind. Also lassen Sie uns nun die weiteren Punkte für die Aussprache mit der Task Force vorbereiten.«

Das kam unvorbereitet, und Renata di Nardo musste schlucken. War das der Versuch, sie auf die Seite von Spengler zu ziehen? Sollte sie der Esel sein, dem man die Karotte vor die Nase hielt, damit sie blind weiterlief?

»Kollege Winkler hat einiges zusammengetragen, das er ›Inningers Testament‹ nennt. Nach diesen Unterlagen wäre es möglich, zu prüfen, ob die erwähnten Firmen tatsächlich Geld von Waldlass erhielten. Übrigens war nicht Waldlass der Geldbote, sondern Hegenau. Wenn wir wegen Bandenbildung ermitteln, dann sollten wir die Mitglieder beim Namen nennen.« Genau in dem Moment, als sie den Satz beendete, wusste sie, dass sie ins Leere gesprochen hatte. Nicht einmal Oberstaatsanwalt Heller veränderte seinen Gesichtsausdruck.

Während Renata di Nardo referiert hatte, war Frau Dr. Feilhorn ans Fenster getreten und sah hinaus. Im Raum rührte sich nichts, bis auf die winzigen Geräusche, die Menschen verursachen, wenn sie sich auf einem lederbezogenen Stuhl leicht hin- und herbewegen. Für Renata di Nardo war es klar, dass das ganze Verfahren in tiefster Dunkelheit belassen werden sollte, bis auf Detlev Waldlass selbstverständlich. Eines musste sie allerdings einräumen. Den Organisationen der Drogenbarone hatten sie nicht viel entgegenzusetzen. Seit Jahren wurde gefordert, die Justizbehörden und die Polizei materiell und mit genügend Know-how auszustatten, um gegen das Verbrechen zumindest gleichwertig antreten zu können. Aber das geschah nicht. Bei Waldlass war damit zu rechnen, dass er die besten Anwälte Europas engagieren würde.

»Wir treten auf der Stelle, Frau Kollegin.« Frau Dr. Feilhorn drehte sich nicht vom Fenster weg, als sie sprach. »Wenn es uns gelingen soll, diese riesige Menge Kokain aufzuspüren, von der die Amerikaner sprachen, dann müssen wir Spuren finden können. Ich möchte niemanden ungerecht kritisieren, aber soweit ich weiß, ist es hier nicht einmal gelungen, den Paolo Borgini dingfest zu machen. Also, wovon reden wir? Bleiben Sie bitte auf dem Boden der Tatsachen. Ein Testament des Herrn Inninger gibt es nicht. Das sind nur Propagandaschriften eines gekränkten Mannes und verwirrten Anarchisten.«

Bevor Renata di Nardo sich laut aufregen konnte, hob Spengler beide Arme in die Höhe.

»Bitte. Fakt ist und bleibt, dass sich die Kollegin Antonia Mandl völlig unprofessionell verhalten hat und wir den Ausfall des Kollegen Winkler verkraften müssen, weil der Probleme mit seinem unordentlichen Privatleben hat. Das alles ist eigentlich nicht hinnehmbar, aber gehen wir darüber hinweg.

Lassen Sie uns das Gespräch mit den Amerikanern abwarten, bevor wir hier am Tisch Dinge sagen, die in zwei Stunden keinen Bestand mehr haben, weil man uns eines Besseren belehrt hat. Wir machen eine Pause und sehen uns in einer Stunde wieder. Danke.«

Renata di Nardo blieb wie erstarrt auf ihrem Stuhl sitzen. Das war eine eindeutige Kritik an ihrem Führungsstil, anders konnte sie die Worte von Spengler wohl kaum interpretieren. Für sie war es völlig absurd, dass nicht mehr über die Opfer gesprochen wurde, sondern die Abteilung Ziel der harschen Vorwürfe geworden war. Sie würde das so nicht hinnehmen. Jetzt wollte sie erst recht in den Nebel der Verschleierung hineinleuchten und über Waldlass hinaus ermitteln, und wenn sie das den Job kosten würde. Dieser Gedanke erinnerte sie an Spengler, der vor einigen Jahren in einem Interview über die Richter des Bundesgerichtshofs sagte, dort fehle es an klarer parteipolitischer Neutralität, und gefordert hatte, den Parteien dieses Feld nicht mehr zu überlassen, damit die Unabhängigkeit deutscher Richter nicht weiter gefährdet werde. Das hätte ihn fast den Job gekostet. Seine Karriere hatte einen heftigen Knick bekommen, und nun war er still und brav. Winkler sagte über ihn, dass Spengler bis zu den Schuhsohlen im Hintern seines Vorgesetzten stecke.

Leise, fast schwebend, traten Frauen eines Cateringservices ein und stellten silberne Tabletts mit Kanapees ab, die unter einer Folie lagen. Zwei Kannen Kaffee und zwei Kannen Tee wurden ebenfalls aufgestellt sowie Tassen, Zucker, Zitronenscheiben und Milchkännchen. Schon waren die Damen wieder verschwunden.

Renata di Nardo öffnete ein Fenster und atmete kräftig durch. Das Leben war so wenig selbstverständlich, wie es die Landschaft mit den Bergen war, die sie so liebte. Es brauchte eine Weile, bis sie sich innerlich wieder im Zaum hielt. Sie folgte mit den Augen einem Vogel, der in einiger Entfernung scheinbar nervös und ziellos umherflog. Sie schaute auf die Uhr. Kurz darauf wusste sie die Zeit nicht mehr, weil sie nur unkonzentriert auf das Ziffernblatt gesehen hatte. Für wen machte sie das alles eigentlich? Die Leute draußen waren doch einverstanden mit ihrer minimalen Welt und interessierten sich nicht für die Hintergründe kriminalistischer Arbeit. Sie wollten in Ruhe gelassen werden. Ihren Wohlstand sollten andere schützen. Sie würde es heute nicht mehr zu Winkler schaffen, dachte Renata di Nardo. Kürzlich hatte er in einem Restaurant kopfschüttelnd darüber doziert, dass Menschen nicht den Genuss auf ihren Tellern liegen sehen, sondern lediglich die Kalorien. Diese Feinde des Genießens sind doch allesamt Faschisten, hatte er dazu etwas zu laut gesagt. Wie immer bei seinen Urteilen über Menschen übertrieb er, aber sie hatte doch lächeln müssen. Jetzt lächelte sie wieder. Das erste Mal an diesem Tag. In der Einsamkeit seiner Mansarde in Oberstdorf wurde es ihr manchmal unheimlich, wenn sie daran dachte, dass Winkler einmal von einem Einsatz nicht mehr heimkehren könnte.

Heller kam als erster wieder zurück, griff sich ein Kanapee mit Lachs und setzte sich.

»Ich kann noch keinen Haftbefehl gegen Waldlass ausstellen. Aber Sie machen das schon. Lassen Sie den Kerl nicht mehr aus den Augen.« Er schaute sie an, bevor er nach einer Thermokanne griff. »Ist das Kaffee?«

Erst beim zweiten Hinsehen erkannte sie, dass Heller sich umgezogen hatte. Seine Eitelkeit war sprichwörtlich. Auch seine Marotte an der Havannazigarre nur noch zu riechen, seitdem er einen Bericht über Zungenkrebs gelesen hatte, war eine amtsbekannte Belustigung geworden.

»Erzählen Sie mir, was Sie vorhaben?« Heller stellte die Tasse Kaffee zurück und machte ein angewidertes Gesicht. »Diese Brühe ist ein Skandal.«

Renata di Nardo sah nicht mehr zu ihm hin.

»Wir lassen seine Villa bestreifen. Leider haben die Kollegen nicht genug Personal, um das intensiv durchzuführen. Morgen früh werde ich Osman und Gloger zu Waldlass schicken. Mehr als ein erstes Vorfühlen wird es leider nicht geben können.«

Der Oberstaatsanwalt tupfte sich den Mund mit einer Papierserviette ab.

»Natürlich nicht. Aber er kann Pluspunkte machen, wenn er kooperiert. Man wird mit dem Finanzamt und den Kollegen von der Wirtschaftskriminalität zusammenarbeiten müssen. Wir dürfen nur nicht den Elefanten im Porzellanladen spielen, das wäre kontraproduktiv.« Heller rückte seinen korrekt geknoteten Seidenschlips zurecht. »Probieren Sie diesen Lachs nicht. Die reine Chemie, sage ich Ihnen.« Er nahm sich ein Stück Melone mit Parmaschinken. »Lassen wir uns von den schriftlichen Aussagen des Direktor Gansmayr und dieses Joseph Hornbach überraschen. Sie haben ihre Unterstützung bereits zugesagt.«

Hornbach war also der Kronzeuge. Weil er damit aus dem Schneider sein wollte, verriet er die alten Spezi, dachte Renata di Nardo. Gansmayr war auch nicht besser. Spengler kam herein, nickte kurz und setzte sich.

»Die Aktion am Alpsee wurde abgebrochen. Leider mit negativem Ergebnis.« Als er das sagte, bemerkte er seinen Fauxpas. »Was rede ich denn da. Natürlich bleibt damit die Hoffnung, dass Frau Richterin Zeiser noch wohlbehalten gefunden werden kann.«

Er war froh, als sein Telefon klingelte. Renata di Nardo betrachtete ungeniert den hochroten Kopf von Spengler, während er telefonierte, ohne ein Wort zu sagen, und fragte sich, warum er so nervös war. Wahrscheinlich bekam er Anweisungen von ganz oben, dachte sie. Es verging eine weitere Viertelstunde, bis Dagmar und Reinhart Auried den Raum betraten. Sie kamen nicht allein. Ihr Begleiter trug einen wadenlangen dunklen Mantel mit hochgeschlagenem Kragen, den Schal bis über die Lippen hochgezogen, eine schwere Sonnenbrille und eine breitkrempigen Hut. Hinter ihnen kam Frau Dr. Feilhorn, die auch gleich das Wort ergriff.

»Endlich gibt es auch etwas Positives zu berichten. Frau Dr. Wallinger, die Kriminaltechnik und das Labor haben zwei winzige Fasern, Anhaftungen an der Leiche Pelusino, identifizieren und mit hoher Wahrscheinlichkeit einem Kleidungsstück eines der verhafteten Kaukasier zuordnen können. Man wird das noch mehrfach nachprüfen, aber das wäre ein Durchbruch.« Triumphierend blickte sie in die Runde. »Gratuliere, Kollegin di Nardo.«

Dagmar Auried stützte ihr Kinn auf eine Hand und sprach ohne abzuwarten, ob ihre Vorrednerin noch etwas zu sagen hatte.

»Unsere Spuren ergaben eine Linie Afghanistan, Turkmenistan, Türkei. Außerdem Aktivitäten unserer Gegner in Paraguay, Kolumbien, Florida und Kanada. Unserer Meinung nach könnte das bedeuten, Arturo Latonini hat sich zu einer Kooperation mit den Russen im Kaukasusgebiet und in Vorderasien entschlossen und gleichzeitig mit Ahrens einen Residenten in Kanada eingesetzt. Leider fanden wir hier im Allgäu bisher keinerlei Spuren der New Yorker Mafia. Wir reden für dieses Gebiet hier von zehn Tonnen Kokain. Die gesamte Kooperation der Banden dürfte im Moment einen Umfang von fast vierhundert Millionen Dollar haben.«

Ihr Kollege hielt eine schmale Akte hoch.

»Zwischen der Ostküste, Kanada und Europa wurden Drogen im Wert von achtzig Millionen Dollar sichergestellt. Dabei könnte es sich um Spielmaterial gehandelt haben, um uns von den tatsächlichen Lieferungen abzuhalten. Im Moment tauschen wir unsere Agenten in Europa aus, um dem Gegner keine bekannten Gesichter zu zeigen.« Er hielt ein Foto von Hannelore Bittner hoch. »Sie hat einen unserer Männer während einer Observation erkannt und das dem Waldlass erzählt. Unser Mann war damals bei dem Prozess gegen Ahrens dabei. Wir mussten damit rechnen, dass diese Information von Waldlass an die Borgini-Familie weitergegeben werden würde. Doch bevor wir handeln konnten, entdeckte Waldlass, dass seine schmutzige Erpressung die Bittner dazu geführt hatte, Gelder für sich zu bunkern, um sich damit absetzen zu können. Den Rest kennen Sie.« Auried zeigte mit dem Finger auf den getarnten Mann. »Wir werden unseren Zeugen mit in unsere Zentrale in die USA nehmen und ihn in vierzehn Tagen wieder hier platzieren. Bitte entschuldigen Sie die Maskierung, aber wir müssen hundertprozentig auf Sicherheit gehen. Ich denke, Sie werden auch nicht davon ausgehen, dass unsere Namen richtig sind. So ist das Geschäft.« Er lachte, aber niemand lachte mit. »Die Vorführung unseres Zeugen vor Ihnen soll belegen, dass Sie mit besten Informationen gegen Waldlass rechnen können. Doch soweit unsere Kenntnisse gediehen sind, ist der Waldlass ein schwacher Mensch, der in Bedrängnis Haus und Hof verraten wird.«

Damit war das Gespräch beendet, und die Amerikaner verließen mit ihrem Kronzeugen den Raum. Aber sie hatten die Rechnung ohne Renata di Nardo gemacht. Für einen winzigen Moment hatte sich der Schal am Hals des verkleideten Mannes verschoben, und sie hatte seinen Hemdkragen sehen können. Es gab nur einen Mann, den sie mit einem Hemd gesehen hatte, dessen Kragenspitzen von einer goldenen Nadel mit Brillanten zusammengehalten wurden, und der hieß Joseph Hornbach, stiller Partner von Waldlass' Consultingfirma. Das wollte sie auf jeden Fall überprüfen. War der Mann die nächsten vierzehn Tage unauffindbar, dann hätte sie recht mit ihrer Vermutung, dass er der Mafiageldbote gewesen war. Er hatte Waldlass mit Bargeld versorgt, das der dann über seine Cambo Consulting an klamme Firmen zu günstigen Zinsen vergeben hatte. Das war ihr bisheriger Kenntnisstand, aber die letzten

Beweise zu dieser Form der Geldwäsche fehlten noch. Hegenau hatte sich den Amerikanern angedient, um seinen Hals zu retten. Vielleicht hatte er den Tod der Bittner organisiert? Während die Feilhorn über die Euro-Pol in Den Haag schwadronierte und danach über das BKA salbaderte, hätte ihr Renata di Nardo gerne die mangelhafte Ausrüstung und den chronischen Personalmangel der Polizei vorgehalten. Die Antwort darauf kannte sie. Das sind politische Entscheidungen. Als Frau Dr. Feilhorn ging, sagte Renata di Nardo kein Wort des Abschieds. Den schäbigen Satz über Winkler würde sie ihr nie verzeihen.

*

Zwei Tage später lief Renata di Nardo durch Kemptens Innenstadt. Das abschließende Gespräch zwischen Heller und Spengler hatte sie sich wortlos angehört. Unergiebige Dampfplaudereien nannte sie so etwas. Der erste Juwelier, den sie ansteuerte, hatte sein Geschäft in der Nähe der Basilika. Der letzte, der von ihr besucht wurde, hatte seinen Laden hinter der Klostersteige. Nachdem sie die Kragennadel präzise beschrieb, bekam sie zur Auskunft, dass solche Nadeln in England oder Frankreich hergestellt wurden. Das würde zu Hegenau passen, dachte sie. Einen Augenblick danach war sie geneigt gewesen, ein nahes Café aufzusuchen, doch sie ließ es, weil sie nachdenken wollte. Das funktionierte bei ihr besser, wenn sie nicht in geschlossenen Räumen hockte. Bevor sie ihren Gedanken weiter nachging, rief sie im Krankenhaus an, um zu fragen, wann sie Winkler besuchen durfte. Man fertigte sie mit der kurzen Bemerkung ab, der Patient habe ein leichtes Schlafmittel bekommen und würde bis zum nächsten Morgen ruhig schlafen. Übersetzt hieß das für sie, Winkler hatte wieder einmal Ärger gemacht. Er konnte es einfach nicht lassen, sich unbeliebt zu machen. Das Krankenhauspersonal würde in der Kirche Kerzen spenden, wenn Winkler wieder entlassen wäre.

Zwei Dinge beschäftigten sie. Zum einen der offensichtliche Auftragsmord an Hannelore Bittner, zum anderen die beiden Kaukasier, die wohl den Pelusino umgebracht und an den Baum gehängt hatten. Liefen diese Morde quasi ineinander? In jedem Fall hatten sie mit Gigi Borgini zu tun. Den hatte sie nicht vergessen. Wieder nahm sie ihr Telefon zur Hand und rief im Krankenhaus an. Borginis Zustand war unverändert schlecht, erfuhr sie vom behandelnden Oberarzt. Von ihm würde es keine Antwort mehr geben. Renata di Nardo ging direkt zu Fuß hinüber zu ihrer Wohnung. Trotz der eingetretenen Dunkelheit bevorzugte sie den Weg durch den Landschaftspark Engelhalde. Die Brutalität der Männer war eine Last, die sie immer wieder plagte. Wie im Falle des Pelusino, den sie nicht einfach ermordet hatten, sie mussten seine Leiche auch noch ausstellen. Oder bei Hannelore Bittner, die in den Kopf geschossen worden war. Fast immer bei Mordfällen war es so, dass sie gleich sagen konnte, ob ein Mann oder eine Frau der Täter war. Wie viele Antworten würde sie noch brauchen, um den Sumpf trockenzulegen? Einmal von der Richterin Zeiser abgesehen. Auf jeden Fall sollte sie noch einmal mit Bittner reden. Vielleicht war er doch ein Zeuge gegen Waldlass?

Sie konnte sich einfach nicht vorstellen, dass der nicht gewusst haben sollte, mit welchem Geld er die Holzfirma sanieren wollte. Ähnliches galt für den Wolkenreich, der wohl lieber mit den Amerikanern sprach als mit ihr. Die zunehmende Dunkelheit machte sie müde. Aber es roch gut. Der Park atmete aus, und die Erde nahm die Feuchtigkeit aus der Luft auf. Es wurde ihr ein wenig unheimlich, weil sie ihre eigenen Schuhe hörte, wenn sie den Weg berührten. Sie ging vier Schritte vor und blieb dann stehen. Nun kam ihr der Landschaftsgarten vor wie ein dunkler, kühler Raum, aus dem es kein Entrinnen mehr gab. Sie atmete die Düfte der Bäume und des Bodens ein, bevor sie energischen Schrittes weiterging. Sie brauchte etwas zu trinken. Ein Glas Wasser oder eine große Tasse heißen Tee. Bald würde sie den Ausgang des Parks erreichen, und von dort war es nur noch ein Katzensprung zu ihrer Wohnung. Der Gurt ihrer Handtasche lag auf ihrer linken Schulter, also fuhr sie vorsichtig mit der rechten Hand dort hinein und entsicherte ihre Pistole in der Tasche, bevor sie die Waffe herauszog und sich vor die Brust hielt. Seit sie vorher stehen geblieben war, wusste sie, dass ihr jemand folgte.

Ihm war langweilig. Noch immer hockte er in diesem dunklen Wagen und wartete. Joe dachte willkürlich an eine Zahl. Vierundzwanzig. Das war die Zahl der Totalität. Diesmal hatte sich Lohbach auf die Fersen der Hauptkommissarin gesetzt, weil er glaubte, dass die etwas plante, was sie noch nicht durchschauten. Für ihn ging es nur noch darum, nun wirklich und endlich aus dem Land zu kommen. Sie hatten ihm gesagt, dass er nie mehr nach England reisen durfte. Es gab einen europäischen Haftbefehl. Als er den Schuss hörte, zuckte er kurz zusammen. Dann war es wieder still. Zu still, wie er fand.

16

Die Faust traf ihn mitten ins Gesicht. Er rutschte die Kellerwand hinab und kauerte benommen am Boden. Nun war er endgültig sicher, dass er sterben würde, es gab kein Entkommen. Detlev Waldlass brummte der Schädel, und in seinen Ohren summte es wie in einem Bienenschwarm. Noch immer quälte ihn dieser Hustenreiz, verursacht durch das Papier, das er in seinem Weinkeller hatte anzünden müssen. Waldlass versuchte, seine Augen zu öffnen, aber nur mit dem linken konnte er schemenhaft etwas erkennen. Hatte er von draußen etwas gehört? Sein Peiniger war noch da, saß auf der obersten Stufe der Kellertreppe und schien nun zu schlafen. Aber genau erkennen konnte er das nicht, dazu war es zu dunkel. Waldlass spürte die Kälte der Kellerwand an seinem Rücken. Da hockte er nun auf dem Boden mit dem Rücken zur Wand und hatte immer noch keine Ahnung, was dieser Kerl eigentlich von ihm wollte. Ich werde mir eine Lungenentzündung holen, dachte er. Was für ein lächerlicher Gedanke. Der Mann würde ihn erschießen, wozu sich Sorgen machen. Er war nur froh, dass seine Frau mit der Tochter in ihrem Haus in Florida war. Dort konnte ihnen nichts geschehen, und er hatte seiner Tochter die Villa bereits im letzten Jahr überschrieben. Sie mussten nur noch das Geld aus Barbados und von den Bahamas nach Fort Lauderdale transferieren. Allerdings musste er darauf hoffen, dass sein dortiger Anwalt ein anständiger Kerl war. Daran glauben konnte er nicht. Überall lauerten Gauner, um ihm sein Geld abzunehmen. Er wagte einen weiteren Blick zu dem Mann, der noch immer unbeweglich auf der Treppe saß. Warum hatte der ihn zuerst so brutal mit seiner Pistole geschlagen? Er hatte keine Antwort. Auch nicht dafür, wer da so heftig geklingelt hatte. Oder hatte er das Klingeln von dem Schlag mit dem Pistolenknauf im Kopf? Waldlass zitterte. Er fürchtete sich vor den bevorstehenden Schmerzen. Solche

Typen wie der auf der Treppe hatten Spaß daran, andere zu quälen. Der wird mir ins Knie schießen, dachte er, aber was soll ich ihm sagen? Ich weiß nichts. Der Mann kam wieder die Treppe herab und schlug ihm mit der flachen Hand ins Gesicht. Er musste irgendetwas reden.

»Die Richterin hat mich am Alpsee aufgesucht. Nicht oft. Vielleicht dreimal. Es war dieser ekelhafte Inninger, der sie aufgehetzt hatte. Meine Frau und die Zeiser hatten früher einmal zusammen das Segeln gelernt. Inninger war eine Zecke. Ich habe ihm wirklich nie etwas gesagt. Das kann ich schwören. Über Geschäfte wurde immer absolutes Stillschweigen bewahrt.« Wie ein hilfloses Kind schwankte er hin und her. Was sollte er denn noch tun? Es war doch völlig aussichtslos. »Das mit Ihrem Vater tut mir herzlich leid.«

Der Mann trat auf die Stufen, nahm sein Messer und warf es nach Waldlass.

»Steh auf und verbrenn deine restlichen Akten.« Der Mann nahm die Pistole in die Hand, weil oben plötzlich das Telefon zu klingeln anfing. »Wo ist das?«

Waldlass musste sich mit beiden Händen aufstützen, um aufstehen zu können. Seine Beine zitterten.

»Das kommt aus dem kleinen Büro. Gleich springt der Anrufbeantworter an.« Er schleppte sich in den Weinkeller. In der Mitte des Raumes befand sich eine quadratische Öffnung im Betonboden. Die hatte er beim Bau des Hauses anbringen lassen, damit sein Wein den reinen Atem des natürlichen Erdbodens aufnehmen konnte. Waldlass betrachtete seine fast zweitausend Flaschen in den Regalen und trat dann zu den herumliegenden Akten, die der Kerl in den Raum geworfen hatte. Neben den Papieren lagen die vollständig zertrümmerten Innereien seiner beiden Computer. Er hatte eine Ahnung, was der Kerl mit seiner vehementen Zerstörungswut beabsichtigte, und konnte nur hilflos zusehen. Er hörte, wie jemand auf seinen Anrufbeantworter sprach.

»Was ist los? Geh ran, Mensch. Es ist wichtig. Ruf zurück.« Der Mann stand mit der Pistole in der Hand in der Tür.

»Wer war das?«

»Siegfried Hegenau«, antwortete Waldlass brav.

»Auch eine lebende Leiche«, bekam er als Antwort.

»Hegenau hat das mit der Bittner organisiert, nicht ich«, denunzierte Waldlass.

»Ihr Vollidioten habt euch von einem Weib reinlegen lassen. Deshalb mussten der Ragi und der Donato sterben. Dafür gibt es keine Entschuldigung, du Sohn einer Hure.«

Wieder schlug er Waldlass mit seinem Handrücken ins Gesicht, dem lief das Blut aus dem Mund, aber er nahm es stoisch hin. Es wird noch schlimmer werden, dachte er.

»Leg die feuchte Decke über das Feuer. Sonst kann man von draußen die Flammen sehen.« Der Mann trat zurück und blieb im Kellerflur stehen.

Waldlass dachte, ich hatte ein schönes Leben, dann musste er husten. Der Kerl drückte Waldlass gegen die Wand und hielt ihm den Mund zu.

»Figlio di puttana.«

Er nennt mich einen Hurensohn. Ausgerechnet dieser Bastard. Waldlass schluckte Blut.

»Maledetto stronzo.« Weil er nicht wusste, ob Waldlass die Beleidigung verstand, wiederholte er sie. »Verfluchtes Arschloch. Du denkst wohl, du kannst auf dich aufmerksam machen. Meine Geduld mit dir ist am Ende.«

Jetzt bekam Waldlass es erst richtig mit der Angst zu tun.

»Nimm meine Kreditkarten. Ich sage dir die Nummern.« Schon hatte er wieder die Hand von dem Kerl im Gesicht.

»Du denkst wohl, ich bin so blöd und ziehe eine sichtbare Spur durch das Land.«

Waldlass stand noch immer direkt an der Kellerwand. Plötzlich rückte der Mann von ihm ab. Es entstand eine grausame Stille. Bitte, lass es vorbeigehen, sagte Waldlass leise. Er bewegte sich vorsichtig zum Weinkeller, und der Mann ließ es geschehen. Dort nahm er eine fünf Liter schwere Weinflasche aus dem Regal und zeigte sie.

»In der Metallröhre im Wein befinden sich hunderttausend Euro. Sie gehören dir.«

Der Mann reichte Waldlass einen Korkenzieher, der an einem der Regale hing. Nachdem die Flasche geöffnet worden war, nahm er sie in beide Hände und goss Waldlass den Wein über den Kopf. Mit dem Pistolengriff schlug er der Flasche den Hals ab und entnahm die Geldröhre.

»Du bist ein mieser Betrüger, Waldlass«, zischte der Mann.

Waldlass ließ den Kopf sinken. Das war sein Todesurteil. Zusammen mit den gestohlenen vierzigtausend Euro aus seinem Tresor hatte sich der Kerl nun reichlich versorgt. Mehr gab es bei ihm nicht zu holen. Waldlass begann heftig zu schwitzen, während der Kerl ihn in den Nebenraum schob, wo es früher einmal die schönsten Weinproben gegeben hatte. Waldlass versuchte, sich in angenehme Träume der Vergangenheit zu flüchten. Es gelang ihm nicht. Nur einen kleinen Trost gab es für ihn noch, während der Kerl ihn auf einen Stuhl drückte und seinen Körper mit Klebeband an das Holz fesselte. In der Röhre befanden sich auch acht Scheine Falschgeld. Das war eine seiner Vorsichtsmaßnahmen, falls ihn jemand ausrauben sollte.

Der Mann tastete sich durch das dunkle Haus und schaute auf die Monitore. Er sah die beiden Männer auf der Straße. Viel Zeit blieb ihm nicht mehr. Er griff sich aus dem Kleiderschrank einen langen Mantel von Waldlass. Einige weitere Kleidungsstücke nahm er an sich und schlich in den Keller zurück. In dem Probierstübchen legte er das Papier der restlichen Akten auf den Boden und fügte die Kleidung hinzu. Am Treppenabsatz zündete er eine gefundene Zeitung an und warf sie auf das Papier. Waldlass sollte im Qualm langsam ersticken. Im Erdgeschoss angekommen, lief er geduckt durch den Keller zum Seitenausgang hinter der Garage, nahm einige Stufen hinab in ein weiteres Kellerabteil, öffnete die Tür zum Swimmingpool und lief am Beckenrand entlang zu einem unterirdischen Gang, der hinüber zu einem Gartenpavillion führte, um dort hinaufzusteigen. Er schloss die Falltür und überlegte einen Moment, ob er seine Ersparnisse, wie er das eine Kilo Kokain in seiner Tasche nannte, opfern sollte. Den Stoff hatte er in eine leere Milchtüte gesteckt, die in seiner inneren Manteltasche steckte. Links im Mantel das Kokain, rechts die Waffe. Dann stopfte er das Kokain in eine Golftasche, die an der Wand lehnte. Er zögerte einen Moment, öffnete schnell die Tür, zog den Mantel von Waldlass noch über seinen und zwängte sich durch eine Hecke auf ein Nachbargrundstück, wo er über die Garageneinfahrt zu einer Seitenstraße gelangte. Noch war es dunkel, und er brauchte jetzt dringend ein Fahrzeug. Hinter ihm bellte ein Hund.

Wegen der Kälte waren Osman und Gloger ausgestiegen und die Straße auf und ab gegangen. Rasim Osman gähnte laut. Reto Gloger lief neben ihm her und schaute ihn vorwurfsvoll an.

»Was ist? Um sechs Uhr in der Früh darf doch ein kleines Gähnen erlaubt sein. Ich werde von den vornehmen Herrschaften hier schon niemanden wecken.« Osman sah seinen Kollegen nicht an, denn sonst hätte er lachen müssen. Gloger trug eine Bekleidung, die an eine Südpoolexpedition erinnerte. Er selbst hatte sogar fahren müssen, weil Gloger nicht hinter das Steuer passte.

»Was hat dir denn der Spengler gestern gesagt? Klingeln, und dann?« Osman überquerte die Straße und stand vor der Villa Waldlass.

Gloger schnaufte, weil er sich nicht adäquat bewegen konnte. Aber er wusste, was Observieren im Herbst bedeutete.

»Nichts ›und dann‹. Wenn der Waldlass nicht öffnet, müssen wir warten. Angeblich kommt ein Trupp vom LKA.«

Osman wurde sarkastisch.

»Na, dann können wir ja mit einem Dutzend Fingern auf die Klingel drücken. Mal sehen, ob sich der Sesam dann öffnet.«

Gloger hob drohend den Zeigefinger.

»Spring bloß nicht über den Zaun. Samthandschuhe sind angesagt bei solchen Leuten. Spengler hat immer wieder darauf hingewiesen, dass wir zu nichts befugt sind.«

Osman tippte sich an die Stirn.

»Was tun wir dann hier? Wo bleibt denn die Chefin? Klingel du, ich habe dazu keine Lust mehr.«

Reto Gloger, der auch nicht besonders erfreut über die Situation war, stemmte seinen Zeigefinger gegen den Klingelknopf, dass es nur so aus dem Haus herausschallte. Aber es rührte sich nichts. Die Villa blieb dunkel. Nach einer Minute wiederholte er die Aktion, aber es passierte weiterhin nichts. Aller guten Dinge sind drei. Er wollte es noch einmal probieren und sich dann wieder ins Auto setzen, um die Villa weiter zu beobachten.

»Ich werde mal einen Blick durch das Garagenfenster werfen«, sagte Osman.

»Das wirst du schön bleiben lassen«, reagierte Gloger sofort.

»Nur einen klitzekleinen Blick.«

»Nein«, rief Gloger.

»Es riecht nach verbranntem Papier. Gefahr im Verzug.« Osman rüttelte an der Tür.

»Lass das. Vielleicht benutzt irgendwo jemand seinen Kamin. Kalt genug ist es ja.« Gloger hielt Osman am Ärmel fest.

»Herr Waldlass!« Osman brüllte.

Ein Streifenwagen kam langsam die Straße hoch und hielt an der Fahrerseite der Zivilstreife an. Osman kannte die Polizistin.

»Die entzückende Ophelia«, rief er schmeichelnd, nachdem sie das Fenster geöffnet hatte. »Was kann ich für dich tun, schöne Frau?«

Die Begeisterung auf der anderen Seite hielt sich in Grenzen.

»Lass das, Rasim. Ich steh nicht auf deinen Schmarrn. Nachbarn haben angerufen und Einbrecher gemeldet.«

Da musste selbst Gloger lachen. »Aber ja. Zwei Diebe wie wir klingeln vorher.«

Osman grinste frech. »Wann gehen wir zwei Hübschen denn nun endlich einmal aus?«

Keine Antwort ist auch eine Antwort. Der Streifenwagen entfernte sich, und Osman zog die dicken Handschuhe wieder über seine Hände. Sie starrten beide auf die Villa und warteten. Nichts rührte sich und niemand rief sie an. Von den Leuten vom LKA war auch weit und breit nichts zu sehen. Es war kalt, und Gloger feixte schadenfroh, weil Osman fror und er nicht.

»Glaubst du, dass der Waldlass da drin ist?«, fragte Gloger aus reiner Langeweile.

»Lies doch in deinem eigenen Kaffeesatz«, antwortete Osman gereizt. Ihm ging die Warterei auf die Nerven. »Herr Waldlass«, schrie Osman wieder.

»Da hustet einer. Hörst du das nicht?« Osman war stehen geblieben, und Gloger nahm seine Wollmütze vom Kopf.

»Ich höre nichts.« Gloger trat an den Gartenzaun der Villa. Kurz entschlossen klingelte er wieder.

»Warum rufst du nicht ›huhu‹?«, höhnte Osman.

Gloger war es, der zuerst starken Rauch hinter der Villa aufsteigen sah. Noch bevor er etwas sagen konnte, war Osman bereits auf dem Grundstück und sprintete zur Gartenseite hin. Jetzt erst erkannte er die Ausmaße des Anwesens und stellte fest, dass sich für Waldlass bisher die Unehrlichkeit gelohnt zu haben schien. Das Kellerfenster, aus dem der Rauch aufstieg, war leicht geöffnet. Osman trat mit seinen schweren Schuhen dagegen, bis das Glas zerbarst. Er musste zur Seite treten, denn der beißende Qualm nahm ihm die Luft. Trotzdem rief er in das Haus hinein, bekam aber keine Antwort. Es dauerte nicht lange, und die Signalhörner der Feuerwehr waren zu hören. Also ging er zurück und fand Gloger, der mit beiden Fäusten gegen die schwere Eingangstür hämmerte.

»Das Haus ist mit einer sehr guten Alarmanlage gesichert. Warum sprang die nicht an?« Osman zeigte mit dem Zeigefinger auf die Kameras an der Außenwand. »Lass das Klopfen. Da meldet sich niemand.«

Zusammen mit der Feuerwehr erschienen acht Leute des LKA und ein Hund, der auf den Namen Luise hörte. Man grüßte sich kurz und ließ zunächst die Feuerwehr ihr Gewerbe ausüben. Osman hielt sein Telefon hoch.

»Ich rufe die Chefin an.«

Renata di Nardo hatte ihren Bericht über das gestrige Ereignis eigenhändig geschrieben und setzte ihre Unterschrift darunter. Als das Telefon klingelte, war sie bereits im Mantel und wollte über den Flur. Sie hatte den Warnschuss im Park selbstverständlich schriftlich begründen müssen. Der Mann hatte sie verfolgt, da war sie sich absolut sicher. Dann hatte sie in die Luft geschossen, und sofort war der Mann verschwunden, wie vom Erdboden verschluckt. Für wenige Sekunden dachte sie an einen Irrtum ihrerseits, aber dem war nicht so. Der Kerl war dagewesen. Sie musste sich beeilen. Heller wartete im Hof.

»Was gibt es denn so Dringendes?«

»Das Haus von Waldlass brennt«, rief Heller ihr zu.

Vor der Villa standen Feuerwehrwagen und der Sanka des Notarztes. Spengler sprach mit zwei Männern seines Einsatzkommandos. Heller lief zu ihm hinüber, während Renata di Nardo das Haus durch die aufgebrochene Tür betrat. Im gesamten Erdgeschoss waren Türen und Fenster geöffnet worden. Der kalte Rauch verätzte die Schleimhäute. Osman stand auf der Kellertreppe und winkte ihr.

»Hallo Chefin. Der Waldlass hat Glück gehabt. Das Feuer ist dilettantisch gelegt worden. Er hat es geschafft, sich von den Fesseln zu befreien und die Tür zu schließen. Er braucht trotzdem Sauerstoff, dann wollen sie ihn zur Beobachtung ins Krankenhaus mitnehmen.«

Renata di Nardo schaute auf das Messer in der Holztür.

»Das Messer ist längst nicht alles. Der oder die Eindringlinge haben Waldlass grün und blau geschlagen. Platzwunde an der Stirn, angebrochener Kiefer, Fraktur der Nase, Rippenbruch und noch einige Kleinigkeiten. Zärtlich sieht anders aus.«

Sie sah Osman an.

»Bleiben Sie sachlich, Herr Kollege. Hat Waldlass sich geäußert?«

Rasim Osman schüttelte den Kopf.

»Der sagt nichts. Die Alarmanlage war ausgeschaltet, und da wir keinerlei Einbruchsspuren finden konnten, muss er die Tür selbst geöffnet haben.«

Renata di Nardo hielt sich den Schal vor den Mund und ging durch den Kellergang.

»Die verbrannten und angekokelten Papiere einsammeln und zur Untersuchung bringen. Sind die Kollegen der Kriminaltechnik schon da?« Sie wartete die Antwort nicht ab und ging zurück auf die Straße.

»Luise hat etwas gefunden.« Heller machte ein gekünstelt ernstes Gesicht.

Da Renata di Nardo nicht wusste, wer Luise war, wollte sie ihm nicht das Vergnügen bereiten, auf ihre Kosten Heiterkeit zu treiben, also sagte sie nichts. Heller verzog indigniert die Mundwinkel.

»Kleiner Spaß am Rande. Die Hündin heißt wirklich Luise. Am Ende des Parks steht ein Pavillon an der Grundstücksgrenze. Dort befand sich ein Kilo Kokain in zehn Plastiktütchen verpackt. Das ist ein Wert zwischen hundertfünfzig- und dreihundert Tausend Euro, je nach Qualität.«

Sie sah, wie die Trage mit Waldlass aus der Villa gebracht wurde. Waldlass war offensichtlich inzwischen transportfähig.

Renata di Nardo trat neben die Trage.

»Haben Sie den Täter erkennen können? Oder waren es mehrere?«

Waldlass reagierte nicht. Renata di Nardo ging zum Haus zurück.

»Das ist kein üblicher Tatort. Da hat wahrscheinlich ein einzelner Täter gewütet und Waldlass auch noch zusammengeschlagen. Das hat etwas von Rache in einem Familienverbund, wenn Sie verstehen, was ich meine. Mit dem Kokain sollen wir wahrscheinlich auf eine falsche Spur gelockt werden. Das können Sie im Zusammenhang mit Waldlass vergessen. So blöd ist der nicht.« Renata di Nardo ging zum Auto und setzte sich hinein. Sie rief Gloger.

»Suchen Sie mit Osman das ganze Haus nach Wertsachen ab. Wenn es sein muss, dann öffnen sie auch den Tresor. Machen Sie beide nichts anderes.«

Heller setzte sich neben sie auf den Fahrersitz.

»Wahrscheinlich haben Sie recht. Spengler sagte, der Waldlass war mit einem Klebeband an einen Stuhl gefesselt worden. Er stank nach Rotwein. Hämatome am ganzen Körper, das Gesicht bis zur Unkenntlichkeit zerschlagen. Schrecklich. Und völlig untypisch für einen Einbrecher, aber das wissen Sie selbst.« Heller zog seine Ledermappe hervor und zeigte Renata di Nardo eine Liste und einige Fotos. »Das war unter anderem in der Kassette von Inninger, die Kollege Winkler gefunden hatte. Wenn Inningers Testament nur einen Hauch von Wahrheit enthält, dann kann ich mir vorstellen, weshalb der Waldlass nicht reden wird. Ich habe mit der Generalstaatsanwaltschaft gesprochen. Man wird Waldlass mit vier Jahren davonkommen lassen, wenn er aussagt und zusätzlich noch eine hohe Strafe bezahlt. Mehr ist nicht drin, egal was wir auf den Tisch legen, Frau Kollegin. Spengler führt das aus. Der wird Ihre Männer gleich aus dem Haus werfen.«

Das war genau die Nachricht, die sie befürchtet hatte. Da gab es also bereits einen Handel mit den Anwälten von Waldlass, bevor die Anklage mit den Beweisen überhaupt vorlag.

»Herr Oberstaatsanwalt, der Detlev Waldlass wird mit seiner Cambo Consulting und seinem Partner Siegfried Hegenau Geld gewaschen haben. Vielleicht haben die den Auftragsmord an Hannelore Bittner bestellt. Oder zweifeln Sie? Ihn nur wegen Geldwäsche und Bandenbetrugs zu verurteilen, tötet die Frau ein weiteres Mal. Denken Sie auch an die Richterin Zeiser. Die Sommerfotos von Inninger zeigen sie mit Waldlass am Alpsee. Danach ist sie verschwunden. Inninger gab ihr Informationen über die maroden Firmen. Das alles gilt nichts mehr? Was tue ich dann noch hier?«

Heller verschloss seine Mappe und schaute durch die Windschutzscheibe. Waldlass wurde in den Sanka geschoben, der dann mit Blaulicht davonfuhr.

»Regen Sie sich nicht auf. Sie kennen doch das Geschäft in diesem oberen gesellschaftlichen Milieu. Könnten wir Waldlass das Kokain zuordnen, dann wäre das etwas anderes. Aber Sie sagten selbst, die Sache sei getürkt worden. Luise hat übrigens Spuren an der Hecke zum Nachbargrundstück ausgemacht. Die Fußspuren weisen auf einen einzelnen Täter hin. Mir sind sowieso die Hände gebunden. Ich bin nur für die kleinen Diebe zuständig.« Er wirkte gekränkt. »Die Amerikaner werden uns den Hegenau als Zeugen nicht übergeben. Eine Aussage, die Bittner betreffend, können Sie vergessen. Offenbar hatten die Amerikaner von der Bittner keine besonders hohe Meinung. Auried nannte ihren Tod einen Kollateralschaden.«

Das war genug. Renata di Nardo wollte das Feld räumen.

»Na schön. Dann wird es einen Bericht geben mit dem Massimo Ragi als Mörder der Hannelore Bittner und diesem

Joe Summer als wahrscheinlichen Mörder des Ragi und dieses Zugbegleiters. Der Pelusino wurde das Opfer der Männer von Charkow. Danach werden die Akten geschlossen.«

»Auch die Akte Zeiser, Frau Kollegin. Es ist nichts Verwertbares gefunden worden.« Heller faltete die Hände wie zum Gebet. »Ich fürchte nur, dass uns mit der Latonini-Familie und den Osteuropäern inzwischen ganz andere Kaliber an Verbrechern gegenüberstehen. Die Kaukasier haben Beziehungen bis in die höchsten Regierungskreise ihrer Länder. Aber Sie bekommen ja drei oder vier neue Leute, dann wird das schon.« Er lachte hässlich. »Latonini soll sich momentan übrigens in Ghana aufhalten. Er ist ein übles Gespenst im Nadelstreifenanzug. Hier war er also nicht.«

Renata di Nardo wartete, bis Gloger und Osman zu ihrem Auto gingen. Dann stieg sie aus und lief zu ihnen hinüber.

»Fast dreißig teure Uhren, Goldbarren, Schmuck, Edelsteine. Alles fein säuberlich geordnet. Aber nicht ein Cent Bargeld.« Osman setzte sich ans Steuer, und Gloger musste auf den Rücksitz.

»Was sagt uns das?« Renata di Nardo rief ihr Büro an, um sich die Akten bereitlegen zu lassen. Sie wollte damit zu Winkler ins Krankenhaus. Die Antwort gab sie selbst. »Der Täter wollte Bargeld, damit er unauffällig bleiben kann. Wahrscheinlich hat er auch keine Kreditkarte an sich genommen.« Dann lauschte sie in das Telefon. »Ein bewaffneter Mann hat am Heussring eine Frau gezwungen, aus ihrem Auto zu steigen, und ist mit dem Fahrzeug davongebraust. Das war vor einer halben Stunde. Siebener BMW, dunkelblau, Kemptener Kennzeichen. Fluchtroute Immenstadt oder Autobahn. Hubschrauber ist im Einsatz. Also vorwärts, meine Herren.«

Jetzt gibt es doch noch Spaß, dachte Osman und drückte aufs Gaspedal. Sie mussten sich gegenseitig nicht bestätigen, dass sie alle drei an den Täter im Hause Waldlass dachten.

Über einer Tankstelle an der Oberstdorfer Straße kreiste der Polizeihubschrauber, und in der Einfahrt parkte ein Streifenwagen. Renata di Nardo stieg aus, eilte zu einem der Beamten hinüber und kam nach einem kurzen Gespräch zurück.

»Der Täter hat den geraubten Wagen an der Seite geparkt und sich den Mazda eines Mannes genommen, der zum Bezahlen in das Gebäude gegangen war und dummerweise den Schlüssel stecken gelassen hatte. Den Rest können Sie sich denken. Ein vollgetankter Wagen mit Stuttgarter Kennzeichen. Bei einer halben Stunde Vorsprung hat der ein Polster von mindestens fünfzig Kilometern. Abbruch meine Herren und zurück ins Büro.«

Renata di Nardo dachte, sie habe genug geredet und schwieg. Normalerweise würde sie nie privat werden, wenn sie im Dienst war, aber nun entschloss sie sich, kurzerhand nach Hause zu fahren, ein paar frische Sachen für Winkler zu holen und sie ihm in das Krankenhaus zu bringen. Also gab sie Osman die Anweisung, in den breiten Schumacherring einzubiegen und über die Illerbrücke zu ihr zu fahren. Ihr Telefon schnurrte, und sie hörte sich an, dass die Spurensuche im Haus von Waldlass beendet worden war. Heller wollte sie sehen.

»Frau Dr. Wallinger hat Sie nicht erreicht. Inninger erlitt einen Herzinfarkt. Wann sehen wir uns?«

»Am Nachmittag«, beschied sie ihn.

»Auf dem Messer im Holz der Kellertür ist der Name ›Paolo‹ zu lesen. Auch der cleverste Verbrecher macht Fehler«, sagte der Oberstaatsanwalt. Hat Spengler Sie nicht angerufen? Er hat das Messer.« Als sie nichts sagte, redete er weiter. »Übrigens ist Gigi Borgini heute früh gestorben. Adieu derweil.«

Was sagte das schon aus, dass ›Paolo‹ auf dem Messer stand? Auch das könnte Absicht sein, um eine falsche Spur zu legen. Das Telefon schlug wieder an, und sie vermutete noch einmal Heller, aber es war Spengler.

»Meine Leute haben in einer Mülltonne bei dem Unterschlupf der Kaukasier zwei zerschnittene Kreditkarten gefunden. Beide tragen den Namen Pelusino.«

Die Beweislage im Mordfall Pelusino hatte sich dadurch deutlich verbessert. Renata di Nardo brauchte eine Pause. Der arme Inninger hatte seine Entführung nicht überlebt, und seine Kidnapper waren weiterhin unbekannt. Das war für sie mehr als unbefriedigend. Deshalb rief sie Frau Dr. Wallinger an, erfuhr aber nur, dass Inninger auch ohne die Entführung nicht mehr lange zu leben gehabt hätte. Sie trank ein Glas Milch und wählte mehrfach Winklers Nummer an, dessen Telefon aber ständig belegt war. Renata di Nardo sah noch einmal die Abschlussberichte zu den Mordfällen Bittner und Ragi durch, und verschloss sie in ihrem Schrank. An diesem Herbstnachmittag schien ihr alles zu misslingen. Sie ging zu ihrem Audi, um zu Heller zu fahren. Kurz vor der Illerbrücke, sie wollte sich gerade ein Pfefferminzbonbon in den Mund schieben, erstarrte sie kurz und gab sofort Alarm. Ein Auto hatte sie gerade waghalsig überholt, und es trug das durchgegebene Stuttgarter Kennzeichen des gestohlenen Fahrzeugs.

»Paolo Borgini«, rief sie.

Osman nahm einem anderen Fahrzeug halsbrecherisch die Vorfahrt, wodurch Gloger das Mobiltelefon aus der Hand fiel.

»Der ist doch gar nicht grün«, sagte Gloger, weil er den Polizisten an der Tankstelle rufen gehört hatte, der Stuttgarter sei grün-metallic.

Renata di Nardo sah den BMW mit Osman und Gloger in ihrem Rückspiegel. Osman überholte.

»Fahre Sie nicht so dicht auf. Ich will wissen, wo der hin will«, befahl Renata di Nardo, und Osman nahm das Tempo heraus.

»Was für ein Zufall«, sagte Osman.

»Es gibt keine Zufälle«, antwortete Gloger.

Nach zehn Minuten gab es für Renata di Nardo keinen Zweifel mehr, wohin die Reise ging.

»Nehmen Sie eine Abkürzung zum Krankenhaus«, wies sie Osman an.

»Woher wissen Sie?«

Renata di Nardo ließ Osman nicht ausreden.

»Paolo Borgini ist Italiener. Jemand wird ihm mitgeteilt haben, dass sein Vater gestorben ist. Ihm wird längst bewusst gewesen sein, dass wir ihn fangen werden. Wahrscheinlich geht er davon aus, dass Waldlass ihn verrät, wenn der das Feuer überlebt.« Renata di Nardo musste entscheiden. Vor dem Krankenhaus bewegten sich in der Regel Menschen, die sie keiner Gefahr aussetzen konnte, falls sie zur Waffe greifen mussten. Andererseits wollte Borgini seinen toten Vater noch einmal sehen, also wäre es nicht besonders klug von ihm, wenn er seine Pistole ziehen würde.

»Bevor Borgini in die Einfahrt fahren kann, stelle ich mich quer vor ihn. Sie beide kommen dann von hinten an seine Tür. Alles verstanden? Gut, dann los.« Renata di Nardo wartete nicht lange, stieg aus und duckte sich hinter Fahrzeugen ab, während sich Osman an der Krankenhauseinfahrt positionierte und Gloger auf der anderen Seite Ausschau hielt.

Borgini kam nicht. Das Stuttgarter Auto war weit und breit nicht zu sehen. Sie konnte sich doch nicht dermaßen geirrt haben. Das wäre nun wirklich mehr als peinlich, wenn Borgini einen anderen Weg gewählt hätte. Aber Renata di Nardo hatte sich doch nicht geirrt. Paolo Borgini kam zu Fuß. Als er die Straße überquerte, sah sie, dass er unter einer Kapuze steckte und Stöpsel in den Ohren hatte. Sie schlich sich von hinten an und hörte Puccini. Die Arie *E lucevan le stelle* aus Tosca erklang. Für dich leuchten die Sterne nun nicht mehr, dachte Renata di Nardo und schlug ihm mit der linken Faust gegen den Rücken, weil sie in der Rechten ihre Waffe trug. Schnell kamen von der Seite und von vorne Osman und Gloger hinzu, die Borgini sofort auf den

Gehweg drückten. Das alles geschah in weniger als einer Minute, und als Borgini gefesselt auf dem Rücksitz saß, setzte sich Renata di Nardo auf den Beifahrersitz. Bei der Durchsuchung hatte sie nichts gefunden. Keine Waffe, kein Geld oder sonst etwas Verdächtiges. Renata di Nardo sprach ihn italienisch an.

»Sie sind ein guter Sohn, wenn Sie dem ›Padrone‹ die letzte Ehre erweisen wollen, Paolo.« Sie nannte Gigi Borgini absichtlich nicht ›Vater‹, denn sie wollte dem Sohn zeigen, dass sie wusste, um wen es sich bei dem Toten handelte. »Ich darf Sie nicht in das Krankenhaus lassen, das werden Sie verstehen.« Renata di Nardo machte eine Pause und sah, wie dem Sohn die Tränen in die Augen stiegen. »Es sei denn, Sie erzählen mir etwas über Hannelore Bittner, die Richterin Zeiser und die Herren Waldlass und Hegenau. Meinen Sie, das ist Ihnen der Padrone wert?«

Paolo Borgini versteifte sich auf dem Rücksitz und schwieg weiterhin. Am Kofferraum stand Gloger, vor dem Wagen Osman. Borgini musste einsehen, dass er keine Chance zur Flucht hatte.

»Wer hat Sie über den Tod Ihres Vaters informiert?«

»Ein Pfleger«, antwortete Borgini.

»Für Geld?«

»Aber ja. Die bekommen doch Hungerlöhne.« Borgini rutschte nach vorne, weil ihn die Handschellen im Rücken drückten.

Sie hätte ihn nach dem geraubten Geld von Waldlass fragen können und nach seiner Waffe, aber es blieb nicht mehr viel Zeit. Sie musste ihn abliefern, sonst bekam sie Ärger mit Spengler. Entweder hatte er einen Helfer oder ein Versteck, dass er während der Flucht aufgesucht hatte. Aber das war für Renata di Nardo nicht von Interesse.

»Sie müssen mir etwas sagen, oder ich bringe Sie direkt zum Verhör. Entweder-oder. Ohne mich kommen Sie nicht in das Krankenhaus. Beantworten Sie meine Frage?«

Borgini schien weiterhin unentschlossen zu sein. Immer wieder wanderte sein Blick hinüber zum Krankenhaus.

»Der Herr sei seiner Seele gnädig«, sagte er leise.

»Also gut, dann fahren wir zum Verhör«, antwortet Renata di Nardo streng.

»Momento«, rief er. »Die Richterin war mit Waldlass am See, aber ich bin ihr nie begegnet. Ich war zunächst zusammen mit Ahrens bei dem Bittner, weil der dringend Geld brauchte. Ahrens hatte dort seine Ex-Frau gesehen. Sie war ein Vögelchen, das gerne jedem ein Lied sang, der ihr Futter gab. Zwei Tage später war der Ahrens verschwunden. Später hat mich Hegenau angesprochen, und der hat für Waldlass den Massimo Ragi kommen lassen. Waldlass war wegen der Kronzeugin schrecklich in Panik geraten. Mit dem, was danach geschah, habe ich nichts zu tun. Der Padrone hat immer gesagt, keinerlei Aktionen, die zu viel Staub aufwirbeln, das tut uns nicht gut. Unsere Informanten sagten, die Bittner arbeitete auch für die Amerikaner und hat auch die reingelegt. Ob das stimmt, weiß ich nicht. Wir hatten genug damit zu tun, uns unserer Haut zu wehren. Die Russen haben meinen besten Freund Donato umbringen lassen.«

Renata di Nardo schaute ihm in seine großen Augen. Er war ein hübscher Bursche, wahrscheinlich nur in die falsche Familie hineingeboren.

»Sie wissen, dass Ihnen ein umfassendes Geständnis ein paar Jahre Gefängnis ersparen könnte.«

»Und Sie wissen, dass die Macht des Geldes bis in den tiefsten Winkel der letzten Zelle reicht. Ich erzähle Ihnen etwas über Waldlass, weil der ein Lump und Betrüger ist. Sie sollten ihm den Auftragsmord beweisen. Damit ist es aber genug.« Borgini lächelte, und er wirkte fast ein wenig verlegen.

»Ihre Entscheidung«, entgegnete Renata di Nardo. »Zwölf Jahre sind eine lange Zeit.«

Darüber konnte Borgini nur lachen.

»Der Tod ist eine lange Zeit«, widersprach er.

Renata di Nardo verließ das Auto und telefonierte mit dem Krankenhaus. Nach zehn Minuten durften sie in die Tiefgarage einfahren, wo sie ein Mann erwartete, der sie durch die Gänge führte und an die Bahre des Verstorbenen begleitete. Das heißt, nur ein Blick durch ein Fenster war möglich, auch wenn das den jungen Borgini wütend werden ließ. Gloger und Osman griffen kräftig nach seinen Armen, das beruhigte ihn wieder.

»Das ist eigentlich mehr, als Sie verdient haben, Paolo«, sagte Renata di Nardo italienisch.

Danach ging es zurück, und sie gab Gloger die Anweisung, Borgini in den Verhörraum zu bringen und Heller zu verständigen.

»Rufen Sie meine Anwälte an. Unser Padre Padrone muss nach Hause gebracht werden. Bitte.« Er sah sie flehend an. »Es ist die Kanzlei Mark, Kleinschmidt und Jung in Frankfurt. Oder die Kanzlei Burschel in München.«

Osman sah Gloger an. Diese Anwälte werden ihm ein paar Jahre ersparen können, da waren sie sich beide sicher. Renata di Nardo dachte in diesem Moment dasselbe. Mit den Morden würden sie ihn nicht kriegen, vielleicht reicht es zur Beihilfe im Falle Bittner. Man würde sehen müssen, was die italienischen Kollegen noch zusätzlich gegen ihn in der Hand hätten. Hinsichtlich der Richterin Zeiser war sie desillusioniert. Keine Anklage ohne Leiche. Ähnliches galt für den Kokainhandel. Falls sie nicht Spuren an den Beuteln fanden, die Borgini bei Waldlass gewissermaßen hinterlegt hatte. Das war sehr dumm von ihm gewesen. Sie betrat das Krankenhausgebäude, um zu Winkler zu gehen. Doch dann konnte sie es sich nicht verkneifen, Waldlass zu besuchen. Dessen Gesicht schimmerte inzwischen in diversen Schattierungen, und sie gönnte es ihm.

»Ich werde mein Augenlicht verlieren«, jammerte er.

»Wir haben Paolo Borgini verhaftet«, sagte sie.

»Wer soll das sein?«

Für wie dumm hielt sie der Waldlass? Diese Antwort hätte er ihr nicht geben dürfen. Sie hatte Borgini absichtlich nicht zu den Vorgängen in der Villa befragt, weil sie damit rechnete, dass er dann die Jalousien herunterlassen würde, denn ein Raubüberfall wäre selbst in seinem Repertoire keine Kleinigkeit. Jetzt stellte sich nur noch die Frage, wie viel Dreck der Waldlass tatsächlich am Stecken hatte.

»Wir werden den Mord an Frau Bittner nicht vergessen, Herr Waldlass. Eines sollten Sie nicht unterschätzen, Freunde haben Sie keine mehr.«

Als sie über den Flur ging, sah sie Winkler, der wie ein aufgebrachter Tiger auf und ab lief. Ohne Begrüßung schnauzte er gleich los.

»Bring mich hier heraus, sonst vergesse ich mich.«

»Dir auch einen wunderschönen Tag«, reagierte sie spöttisch, und Winkler wurde sofort zahmer, denn ohne ihre Mitwirkung würde er bleiben müssen. »Wir haben Paolo Borgini.« Sie konnte sich den kleinen Triumph einfach nicht verkneifen. Es schien ihn nicht sonderlich zu beeindrucken. Als der behandelnde Arzt im Hintergrund aus einem Zimmer kam, sie ansah und den Kopf schüttelte, da wusste sie, dass Winkler noch bleiben musste. Jetzt erst fielen ihr sein blasses Gesicht und seine gekrümmte Haltung auf. Sein Arm lag in einer Armbinde aus Schaumstoff. Bevor sie etwas sagte, ging sie mit ihm zu einem kleinen Tisch und zwei Stühlen. Einmal in diesem Herbst wollte sie noch, falls es einige wärmere Tage geben würde, eine Bergwanderung mit ihm machen. Der Winter würde wieder lange genug dauern. Winkler hockte konzentriert neben ihr, die Lippen zusammengepresst, als müsste er mit ihnen Stecknadeln festhalten, und schwieg. Sie zeigte ihm zwei Fotos von Inninger, auf denen ein Mann mit einer goldenen Kragennadel zu sehen war. Beide Daumen presste sie jeweils auf die Fotogesichter.

»Was soll das? Machen wir ein Quiz? Das ist Hegenau, der eitle Laffe.«

Mehr wollte sie in dieser Angelegenheit nicht hören.

»Willst du, dass ich hier Winterschlaf halte?« Er knurrte mehr, als dass er sprach. »Ich habe meinen Teil bei den Ermittlungen noch nicht erledigt. Die Zeiser bleibt verschollen. Außerdem ist der Herr Direktor Gansmayr außen vor, und der Hornbach bekommt höchstens ein paar Kratzer ab. Man wird den Borgini der Presse liefern und beim Waldlass Gnade vor Recht ergehen lassen. Einen feinen Beruf üben wir aus.«

Als sie etwas sagen wollte, kam ihr der Gedanke, dass Winkler mit Heller telefoniert haben könnte. Weil er dazu nichts sagte, sprach sie das Thema auch nicht an.

»Was schlägst du vor? Sollen wir sie alle erschießen?«

»Warum nicht?« Winkler tippte sich an die Nase. »Mein Riecher sagt mir, dass auch dieser Joe Summer ungeschoren davonkommen wird.«

Darüber hatte er eindeutig mit Heller gesprochen. Niemand in der Abteilung sprach sonst über Joe Summer, seit das mit Antonia Mandl passiert war.

»Ich möchte dich dringend bitten, noch eine Nacht hier zu bleiben. Am Wochenende habe ich keinen Dienst, das werden wir gemeinsam genießen. Bitte tu mir den Gefallen.«

Winkler hüstelte. Er hatte noch etwas vor, aber das wollte er ihr nicht erzählen.

»Sie sehen heute wieder einmal sehr schön aus, Signora di Nardo.«

Bevor sie ihm den Spott verbieten konnte, machte sie große Augen. Über den Flur kam Frau Hochreuther auf sie zu. Eigentlich wollte Renata di Nardo noch erzählen, dass die Ex-Frau und Attentäterin von Winkler für längere Zeit in der Psychiatrie blieb und ihr Anwalt einen Antrag auf Schuldunfähigkeit gestellt hatte. Nun verschwand sie schnell in den Aufzug.

Winkler blieb sitzen und reichte Benedikte Hochreuther seine Hand.

»Wie geht es Ihnen?«

Die alte Dame blieb neben ihm stehen und sah aufgeregt aus. Sie hatte ihren Hut verkehrt herum aufgesetzt, mit der Feder nach vorne, so dass sie aussah wie eine alte Indianerin.

»Das müsste ich Sie fragen. Man hat es in der Zeitung gelesen. So etwas aber auch.« Sie schnaufte. »Ich habe Inningers Zimmer ausgeräumt, die Tapeten abgerissen und wollte weißeln. Auch der alte Linoleumboden sollte raus. Da habe ich das hier zwischen Bohle und Tapete gefunden.«

Sie reichte Winkler einen dunkelbraunen Umschlag, den er sofort öffnete. Aus ihm rutschten zwei Kontoauszüge und zwei auf der Rückseite mit Datum versehene Fotos heraus. Zweimal Siegfried Hegenau mit Gigi Borgini auf dem Parkplatz eines Supermarktes in Kempten. Diese Aufnahmen waren Anfang August entstanden, wie die Daten aussagten. Jeweils an verschiedenen Tagen. Also bevor nach dem Mord an Hannelore Bittner die Untersuchungen begannen. Die Einzahlungen auf Hegenaus Konto passten zu den Daten der Bilder. Einmal waren es siebzigtausend Euro und dann noch einmal fünfzigtausend Euro. Für Winkler war das eindeutig. Siegfried Hegenau hatte vom alten Borgini Geld genommen. Für ihn war das ein Beweis, für eine Anklage würde es nicht reichen. Trotzdem wollte er den Umschlag an Heller weitergeben. Vielleicht setzte sich doch noch ein Puzzle zu einem Bild zusammen, und Hegenau kam nicht ungeschoren davon.

»Kommen Sie doch auf einen Tee zu mir, wenn es Ihnen besser geht«, sagte Frau Hochreuther.

Winkler nickte ihr zu. Er vermutete, dass Inninger mit seinen schmalen Fingern im Briefkasten von Hegenau gestöbert hatte, um die Unterlagen zu stehlen. Langsam schlenderte er über den Flur und zu den Telefonen hinüber. Winkler stellte sich auf die Zehen und beobachtete die Lage, während er

Heller anrief. Zu seinem Erstaunen meldete sich Renata di Nardo.

»Bist du geflogen? Was machst du bei Heller?«, fragte er.

»Nein, ein schnelles Auto hat geholfen. Der Oberstaatsanwalt soll für mich etwas klären. Spengler hat sich Paolo Borgini gekrallt und ihn nach München bringen lassen.« Sie war wütend, das hörte er deutlich. »Heller ist nicht da, soll ich ihm etwas ausrichten?«

Winkler musste sich schnell etwas einfallen lassen.

»Richte ihm aus, die von Inninger hingestellten roten Pumps zeigten ein ›A‹. Für mich bedeutet das ›Alpsee‹. Sie sollen noch einmal tauchen. Intuitiver Gedanke von mir.«

»Dir ist noch nie intuitiv etwas eingefallen, Winkler. Das klingt wie damals nach einem deiner Verhöre, als du in diesem Zusammenhang den Begriff ›Redundanz‹ benutzt hast. Also, raus mit der Sprache, was führst du im Schilde?«

Er prustete in das Telefon.

»Nichts. Ich bin ein kranker Mann und muss mich sofort hinlegen.« Vor seinem geistigen Auge entstand das Bild des Joe Summer.

»Frau Dr. Wallinger hat mich angerufen. Die Kriminaltechnik hat Beweise dafür gefunden, dass der Pelusino im Wohnmobil der Zeiser gesessen ist. Deshalb auch das Haar von ihr an seiner Hose. Leider war er wohl bereits tot, als er in dem Fahrzeug saß. Sie will das näher prüfen, falls Heller das Geld für die Sektion bewilligt. Der Staat muss sparen.«

Winkler schwieg, und Renata di Nardo wartete vergeblich auf ein nettes Wort von ihm. Er eilte in sein Zimmer, um sich seine Schuhe anzuziehen. Es pressierte ihm.

*

Als die feuchte Kälte langsam durch seinen Körper zog, erhob sich Joe und setzte sich ordentlich auf den Rücksitz.

Inzwischen hatte er bestimmt tausend Mal auf die Uhr gesehen, und nun tat er es wieder. Das alles hier dauerte ihm viel zu lange. Er wusste nicht einmal genau, wo Lohbach den Van geparkt hatte, weil er wegen der schwarzen Scheiben nicht hinaussehen konnte. Der würde ihm nicht mehr schaden können, dieser Intrigant. Als Inninger in der Hütte tot vom Stuhl gerutscht war, da hatte er sich gerade eine Pizza besorgt. Lohbach musste die Kondition des alten Mannes überschätzt haben. Immerhin hatte er noch ausgeplaudert, dass der Hegenau den Massimo Ragi engagiert hatte. Auch die beiden hatte Inninger beobachtet, was den Lohbach mehr erschreckt hatte als ihn. Inninger hatte ihn angesehen und ihm frech an den Kopf geworfen, »ihr habt den Ragi umgebracht, ich weiß es.« Deshalb war er gegangen, damit er keinen Fehler machte. Den Mist hatte dann der Lohbach angestellt. Joe steckte sich einen Kaugummi in den Mund. Er hatte über die Zahl vierundzwanzig nachgedacht. Diese Zahl trat in der Apokalypse auf. Oder in der Musik, als klangvolle Harmonie. Wenn er also an die vierundzwanzig dachte, dann würde nun alles gut ausgehen, davon war er überzeugt. Aber ihm war auch die vierzig in den Sinn gekommen. Während der Sintflut hatte es vierzig Tage lang geregnet. Jesus soll vierzig Tage in der Wüste verbracht haben. Aber auch Stonehenge in England besaß vierzig Riesensteine. Mit dieser Zahl konnte er sich nichts erklären. Joe wurde apathisch.

Lohbach riss die Tür auf und warf einen Kleidersack nach hinten.

»Zieh dich um, wir müssen uns beeilen. Im Sakko ist dein Pass. Also dein richtiger Pass, den wirst du brauchen. Die Aurieds sind schon vor Ort. Ich muss das Geschäft noch an die Neuen übergeben, dann räume ich dein Atelier auf und lass dir das Zeug nach Phoenix bringen. Ach so, das ist ja neu für dich. Du gehst nach Phoenix und wartest dort ab. Europa kommt für dich nicht mehr in Frage. Alles klar?«

»Wenn du es sagst, Smutty.«

Das waren keine guten Nachrichten. Es wurde ihm übel bei dem Gedanken, dass sich Lohbach in seinem Atelier zwischen seinen Bildern bewegen würde. Warum schickten sie ihn ausgerechnet in seine Heimatstadt? Vielleicht zur Strafe? Er trauerte um sein schönes Haus in England. Aber es war nicht zu ändern, und er würde sich fügen müssen. Jede andere Entscheidung seinerseits würde für ihn üble Konsequenzen nach sich ziehen. Eigentlich war es auch egal, in welcher Stadt er sich aufhielt. Er würde ein Dach über dem Kopf haben und zu essen und zu trinken bekommen. Intern hatten sie ihn immer »den Mann aus Phoenix/Arizona« genannt. Joe zog sich während der Fahrt um und schloss die Augen. Um sich abzulenken, begann er Zahlen zu addieren. Dann dachte er unerwartet an die Nacht mit dieser Frau, deren Namen er vergessen hatte, und die ihm so heftig ins Gesicht geschlagen hatte. Er erinnert sich nicht ungern an ihren Geruch. Sie war eine Verrückte. Was war da nur in ihm? Er konnte nicht ahnen, dass sich Antonia Mandl auf den Weg in die USA gemacht hatte, um ihn zu finden. So verrückt war sie.

Lohbach fuhr vorsichtig. So weit war es nach Durach auch wieder nicht, dass er die Aktion noch gefährden wollte. Man verlangte sowieso schon genug Erklärungen von ihm, die er nicht geben konnte. Schließlich war es nicht seine Schuld, dass sie die Tonnen Kokain noch nicht gefunden hatten. Wie er gehört hatte, sollte nun mehr als ein Dutzend Leute der Firma ins Allgäu kommen und die Sache bereinigen. An den Inninger dachte er sowieso nicht mehr. Das Thema lag abgehakt vergraben in der Vergangenheit.

Als Joe frisch eingekleidet aus dem Wagen stieg, den Hut tief ins Gesicht zog und auf das kleine Flugzeug zuging, stieg aus einem anderen Auto Auried. In seiner Begleitung war Siegfried Hegenau. Ohne sich umzusehen, kletterten sie in das Flugzeug. Joe drehte den Kopf zur Seite und schaute auf den Mann, der an einem Auto lehnte und den Arm in einer Schlinge trug. Den kannte er. Sie waren sich nie begegnet, aber aus der Entfernung hatte ihn Joe immer wieder beobachten können. Der Mann stand da und schaute zu ihm hinüber, als wollte er ihm mit seiner Anwesenheit drohen. Neben Winkler stand Heller im langen Trenchcoat und mit hellbraunen Hirschlederhandschuhen an den Händen.

»Die Amis führen Krieg gegen die Kokainkartelle, die haben ihre eigenen Gesetze. Würden wir diesen Joe verhaften, käme es zu diplomatischen Verwicklungen.« Heller putzte seine randlose Brille. »Wir müssen mit dem zufrieden sein, was wir erreicht haben.«

Was sollte Winkler darauf antworten?

»Vor wenigen Tagen habe ich in Erich Fromms *Haben oder Sein* einen Satz gelesen, der mir nicht mehr aus dem Kopf geht: Wir verdrängen unser Wissen sofort, denn wenn es bewusst bliebe, würde unser Leben zu schwierig werden und – so reden wir uns ein – zu ›gefährlich‹ sein«, rezitierte Winkler. »Ich fühle mich allerdings wie nach einer Niederlage.«

Heller hätte Winkler niemals für einen Büchermenschen gehalten.

»Der Generalstaatsanwalt hat mitgeteilt, dass dieser Joe Summer eine unerwünschte Person ist. Er wird ausgewiesen.«

»Na bravo.« Winkler stampfte mit dem Fuß auf.

»Ein kleiner Sieg ist mir dennoch gelungen. Dagmar und Reinhart Auried heißen in Wahrheit Joyceline Bradman und Bill Finesmith. Das hat mir ein Engelchen geflüstert. Finesmith erinnert mich an die Bodyguards des amerikanischen Präsidenten, die immer neben der Limousine herlaufen. Urlaub sollten die zwei im Allgäu nicht mehr machen.« Heller pfiff keck, während er den Inhalt des Briefumschlags betrachtete, den Winkler von Frau Hochreuther erhalten hatte. »Das hier wird Spengler nicht gelten lassen. Kollege Gloger hat die Aussage von Borgini protokolliert und von ihm unterschreiben lassen. Auch die hat Spengler nicht zu den Akten genommen, weil sie seiner Ansicht nach nicht korrekt zustande gekommen ist. Übrigens hat er mit Hornbach telefoniert. Der lebt in Nyon am Genfer See und ist vollkommen überrascht von der kriminellen Energie des Waldlass. Gansmayr übrigens auch.« Heller versuchte ironisch zu sein.

Winkler hatte nach seiner Verletzung mit Heller privat einige Male telefoniert. Er wollte über das Attentat auf ihn nicht gerne reden, also sprachen sie nur über die allgemeine Lage. Sie waren letztlich immer wieder auf die Fälle zu sprechen gekommen. Dabei waren sie sich näher gekommen, was Winkler eigentlich für unmöglich gehalten hatte.

»Auf welcher Seite steht der Spengler eigentlich?«, fragte Winkler herablassend.

»Immer auf der richtigen«, antwortete Oberstaatsanwalt Heller. »Schauen Sie sich die Presseerklärung von ihm in aller Ruhe an. Der Fall Hannelore Bittner ist quasi geklärt, der Mord an Ragi nicht, und alles andere bleibt geheim. Den Mord an Pelusino gebe ich an die Kaukasier.«

Joe war an der Treppe stehen geblieben, um einer vereinzelten Taube nachzusehen. Sie schwebte im Aufwind und ließ sich tragen. Plötzlich schien der Himmel zu ruhen, bis auf den Zauber des Lichts und der Kunst des Fliegens der Taube, sonst war es still. Als sie davonflog, stieg er in das Flugzeug. Wortlos setzte er sich an ein Fenster, nickte lediglich den Aurieds zu, den Hegenau ignorierte er. Joe richtete seinen Blick auf Winkler, der in seine Richtung starrte. Vielleicht dachte dieser Polizist ähnlich wie er. Man muss den Müll zur Seite räumen, damit man frei sein kann. Nur mit Stärke erreicht man einen Punkt. Damit das Leben nicht die gewünschte individuelle Bahn verlässt. Noch immer starrte Winkler zu ihm hin, und er erwiderte dessen Blick starr durch das kleine Fenster. Deine Augen halte ich aus, dachte Joe, darin bin ich geübt.

Ich vergesse nie ein Gesicht.

Statt Schmetterlingen eine Leiche ...

Tessa Korber
Todesfalter
Historischer Kriminalroman
Klappenbroschur, 226 Seiten
ISBN 978-3-86913-098-9

Sie malt, sie treibt Handel, sie verdient das Geld für die Familie. Und sie sammelt Raupen und Falter, von denen der Volksmund im 17. Jahrhundert noch denkt, sie seien Teufelsgetier, entstanden in einer Art Urzeugung aus Fäulnis und Schmutz. Maria Sibylla Merian ist nicht eben das Lieblingskind der Nürnberger Stadtoberen. Das wird auch nicht besser, als sie auf der Suche nach Insekten die Leiche einer jungen Frau entdeckt. Ihren Forschergeist lässt der Fund nicht ruhen: Warum musste das Mädchen, eine einfache Magd, sterben? Hilfe erfährt Maria Sibylla einzig von ihrer munteren »Jungfern- Company«, wohlhabende Bürgerstöchter, die bei ihr das Malen lernen und nebenbei auch das freie Denken. Sie helfen der Außenseiterin, in die Wirren städtischer Politik und Wirtschaftsinteressen einzudringen, um den Fall zu lösen. Doch die Schlinge aus Vorurteilen, Bigotterie und Feindseligkeit zieht sich immer enger um die Künstlerin.

Behütuns' dritter Fall

Tommie Goerz
Leergut
Kriminalroman
Klappenbroschur, 429 Seiten
ISBN 978-3-86913-100-9

Der Nürnberger Kriminalkommissar Friedo Behütuns durchlebt eine harte Zeit: Er hat aufgehört, Bier zu trinken, raucht nicht mehr, quält sich mit Dauerläufen. Und das alles, weil er sich zu dick fühlt. So hat er ständig schlechte Laune. Zu allem Überfluss lastet ein langer, harter und dunkler Winter auf Franken. Mit ihm kommt es zu einer Reihe rätselhafter Todesfälle im Kreis der Reichen und Schönen rund um Nürnberg. Was steckt dahinter? Nichts ergibt Sinn. Dann fällt auch noch das halbe Ermittlungsteam aus, eine Praktikantin aus Bremen muss einspringen. Es geht einfach nicht voran – bis es Frühling wird. Mit den ersten Sonnenstrahlen tut sich endlich eine Spur auf ...

Weitere Krimis von Tommie Goerz:

Tommie Goerz
Schafkopf
Behütuns' erster Fall
Kriminalroman
ISBN 978-3-86913-041-5

Tommie Goerz
Dunkles
Behütuns' zweiter Fall
Kriminalroman
ISBN 978-3-86913-057-6